2020年重庆市教委人文社会科学项目

"唐代西南流寓诗歌及传播研究"（20SKGH008）成果

流浪 的
诗歌与山河

——唐代西南流寓诗歌及其传播

COMMUNICATION
OF THE POEMS
BY THOSE LIVING IN EXILE
IN THE SOUTH-WEST REGION
IN TANG DYNASTY

丁红丽 著

社会科学文献出版社
SOCIAL SCIENCES ACADEMIC PRESS (CHINA)

目　录

| 第一章 |

中国古代文学中的流寓文学

第一节　流寓与流寓文学

　　流寓是古代中国普遍存在的一种人口迁移的社会现象。何谓流寓？《辞海》将其解释为"在异乡日久而定居下来"，《辞源》将其解释为"流，水移动。寓，寄居。流寓，寄居他乡"，二者的释义都指向在他乡、异乡居住，这是"流寓"的本质特性。只是《辞源》中关于"寄居"的时限是不确定的，而《辞海》与《汉语大辞典》皆定义为"日久而定居"，"日久"虽然也是个时间边界不明晰的模糊概念，但是"定居"是永久居住的意思。从词源上看，辞书所定义的"流落他乡居住"这一基本含义，也较为客观地表明了流寓"迁移"的基本特性。

　　"流寓"一词在文化典籍中最早出现是在《后汉书·廉范传》，"范父遭丧乱，客死于蜀汉，范遂流寓西州。西州平，归乡里"。[①] 廉范是京兆杜陵人，父亲客死于蜀汉后，他便流寓西州，可见"西州"并不是他的故乡。另外《周书·庾信传》亦载，"时陈氏与朝廷通好，南北流寓之士，各许还其旧国"。[②] 当时北周与陈朝交好，因此，那些在侯景之乱中流寓他乡的人们被允许返回家乡。当然，被允许归家的也包括一些因其他原因离开家乡的人们。此后，"流寓"一词便屡见史籍及诗文创作，如宋之问《桂州三月三日》写道："愚谓嬉游长似昔，不言流寓欻成今。"杜甫《桥

---

　　① 《后汉书》卷三十一，中华书局，1965，第1101页。
　　② 《周书》卷四十一，中华书局，1971，第734页。

陵诗三十韵因呈县内诸官》亦写道:"流寓理岂惬,穷愁醉不醒。"南宋诗人韩淲《竹院晁学士挽诗》:"江南流寓久,济北老成亡。"诗中"流寓"一词表达的均是"在异乡居住"之意,而且均含愁苦失意之志。可见,"流寓"这个词语所蕴含的首先是一种无奈之下的生存状态,然后才是这个处于无奈生存状态的生命个体。

"流寓"是个与"故乡"紧密相连的概念,这个词语的产生与中国传统安土重迁的观念是分不开的。中国社会自古以来就是一个以土地资源为资本的农耕文明社会,人们居住的区域相对固定,"本土"是一个只有生活在农耕地区的人民才真正拥有的文化概念。"本土"观念的产生与家庭的出现密切相连,以家庭为单位长期居住于一个地方,就会形成对土地的依恋,因此,"乡土""本土"既是一个地理单位,也是一个情感单位。较之而言,逐水草而居的游牧民族的"故乡"观念就相当淡薄。当"乡土""本土"的外延扩大到一定限度就出现了"国","国"是"家"的地理扩展与精神升华。国家的存在使流寓的范畴上升到了一个更高的精神层面,因此,流寓一方面是指人们离开自己的乡土而移居异地,另一方面则是指国民离开自己国家移居异国。由此也可以断言,如果没有"家"与"国"在本土和乡土层面上的概念界定,就不会有"流出"之说,也不可能有"流寓"现象的出现。

由于流寓是基于地域范围的迁移与流动,这就涉及流寓的外延与范围。戴伟华表示,"流寓"一词范围大小的关键在于如何理解"流"字,"如果理解为'流动',那么这个概念的范围就非常宽泛,所有的迁徙流动到异乡都可视为'流寓';如果理解为'流落''流放'的话,'流寓'一词的含义就会有很大的不同"。① "流落"有"漂泊外地,穷困失意"的含义,而"流放"则是古代的一种刑罚,若从这两个角度去理解"流寓"的话,差别是很明显的,可见,对流寓的内涵进行界定是非常必要的。蒋寅认为,流寓是个中性词,包含贬谪在内但并不限于贬谪。他的依据是,中国最晚从宋代以后的方志中就普遍有"流寓"一门的记录,专收外籍寓居本地的人物,如南宋《咸淳毗陵志》人物卷已列有"贤寓"一门,乾道间赵不悔修、罗愿纂的《新安志》人物四卷中也包含"流寓"一类。明代景

---

① 李永杰:《"流寓"概念探源》,《中国社会科学报》2016年5月20日,第5版。

泰间陈循等纂《寰宇通志》人物门之前特设"留寓"一类，弘治间李德恢等纂《严州府志》人物卷有"流寓"一门，正德间张钦纂《大同府志》于人物卷之外另设"宦迹、寓贤"一卷，足见到明代，流寓已是社会普遍意识到的现象。而且，这些方志中寓贤、流寓、侨寓、游寓、寓公等不同说法都不限于贬谪人物，足见流寓只是个中性词。因此，蒋寅认为，所谓流寓文学，也就是侨居异乡者所创作的文学。① 从客观上看，当人们因战争、仕宦或经商等各种原因迁徙异乡而并不变更籍贯时，人与异乡的实际关系当然就会远深于本籍，所以蒋寅认为，相对于籍贯而言，流寓建立于人与地域的实际接触基础上，绝不存在有名无实的状况，它是一种人与地域之间更为真实的关系。

张学松提出了不同的看法，他认为大凡迁谪、仕宦、游学、避乱乃至"问奇揽胜"等而移居外地者皆为流寓，故而，流寓的定义是"'不得已'离开本土而移居他乡"。② 在他看来，"不得已"中应当蕴含有"失意"之意，比如进京考取进士，一举得中在京城或其他地方为官，这就不属于"流寓"，而在京屡考不中，旅居异乡多年，如杜甫，就叫"流寓"，或遭贬谪或受排挤自请外放到非故乡的地方为官，如苏轼到海南上任也可叫流寓。

我们知道，只要离开故土迁居他乡总会带来一些"不得已"的因素，其范围非常广泛，包括政治、经济、军事、战争和外交等，无论是群体还是个人流寓，同样如此。不过，在安土重迁的传统农耕社会，故乡作为父母之邦，祖茔所在，还是牵系着人们的心理归属感，"旧国旧都，望之畅然"，这就使流寓的经历往往带着复杂的感受，其中可能大部分是身居异乡的孤独和酸楚。无论因政治失意而遭贬谪、流亡还是因战乱而流徙，抑或因出使被扣留或国破家亡羁流异域，流寓作家都处于一种前所未有的生存困境中，如精神的痛苦、孤独、迷茫，物质生活的匮乏，对流寓地自然环境、风俗人情的不适等。张学松认为这种包括精神孤独在内的生存困境正是流寓经典产生的内因。作家的流寓遭际再加上流寓地山水风物的"江

① 蒋寅：《一种更真实的人地关系与文学生态：中国古代流寓文学刍论》，《中国文化研究》2012 年第 3 期。

② 张学松：《论中国古代流寓文学经典之产生机制——以苏轼、杜甫为中心》，《清华大学学报》（哲学社会科学版）2019 年第 4 期。

山之助"、流寓者客观上的闲暇，这三者的交互作用正是流寓文学经典的产生机制。

在具体的流寓文学研究中，蒋寅的定义虽然更为全面，但在实际操作中，由于过于宽泛，难以凸显流寓文学的核心特质。依照蒋寅的定义，文学史上的作品，除了居乡之作，绝大多数作品都是"流寓文学"，几乎无所不包。而按张学松的定义，确实会屏蔽一些春风得意的迁移，同时，一些原本心甘情愿远离家乡去谋求更好人生发展而中途由于种种原因而流落异乡的人也被排除在外了，如此不免有所遗漏，显得过于狭隘。由此可见，从文学角度去观照流寓现象就会发现，"流寓"在内涵上有一个不容忽视的视角，即流寓者的心理状态和精神世界。流寓者无论是否出于"不得已"，迁离本土寓居异乡都会产生一定限度的精神困顿与危机，这才是流寓的本质内涵。乡国之思、漂泊之感便成为流寓文学最核心的特征，围绕这一特征，流寓文学一般描写流寓地的自然风物、风情民俗，记述流寓者的生存状态以及流寓者与流寓地域之间的关系由疏离到融合的建立过程。因此，不论是出于什么原因的流居他乡，只要在文学内容上表现这种"漂泊""怀乡"的，都可以称为流寓文学。从这个层面上看，蒋寅与张学松在涉及流寓文学本质特性时却意外地走向了统一。

蔡平《中国古代流寓文学研究视阈》一文则进一步认为："除了以'流寓'立意之外，尚有立意于'侨寓''流贬''贬谪''谪居''迁谪''谪宦''寓居''流徙''流人''流放''逐臣''徙居'者，这些无疑都可以归于流寓问题。其实，还有几种情况也是应被纳入流寓文学研究范围之内的。第一种情况是：一个人并非为生活所迫、被逼无奈，也并非因罪被流贬，而完全是一种流寓者的自主选择，为的是离开家乡和亲人去开拓一片新天地，从而改变现有的生存处境，这种情况流出时或许是满心欢喜的，但到寓居地后的处境却更为艰难，因而孤独感、无助感更加强烈，心中升起一种羁留他乡、思念故乡和亲人的漂泊之感。对文人来说，则会将这种感受通过文学作品表达出来。第二种情况是：他人流寓，我等作诗文为之怨，如历代咏昭君的诗文。第三种情况是：王朝更迭之际，前朝人被迫用事于新朝，他们虽然身仕新朝，内心却充满了对家国败亡的惋惜与思念以及用事于新朝的无奈，也许生存的地理空间并未发生多少变化，但主客关系发生了巨大变化，由前朝的主人心理一变而为新朝的客寓者心境。此类文人及其作品往往在古代文学研究中被称为'遗民'文学，但从流寓视角看，依然可以纳入流寓文学研究的视阈。"① 显然，蔡平更注意客寓者的内心体验，他着重从心理层面界定"流寓"本质。不过，如果将遗民诗纳入流寓文学范畴，则是明显忽略了地域迁移这一客观现实，这显然是不合理的。但是他又说，"流寓现象一旦发生，必涉及因何而流寓、离开流出地、自流出地至流寓地、到达并寓居流寓地的全过程。这一过程的每一环节都存在流寓者主体情感与心态的变化，也关涉到与流寓者的流寓行为发生关系的所有因素"。② 从这些表述看，他又肯定了地理位移的必要性，流寓必须在客观上发生位移，这也更符合"流寓"的界定，只有在地理空间的客观位移现象的基础上来分析流寓者的心理特质，才更合乎"流寓"的客观事实。

蒋寅将流寓文学置于传统的地域文学领域内，认为流寓是"一种更真实的人地关系"，是个中性词；张学松以迁移经历是否"不得已"来判定流寓文学；而蔡平更偏重于作家的主体性因素，强调流寓文学应向文人本位而非地域本位回归。综合而言，流寓虽是一种相对客观的地域迁移，但是流寓者历经行旅艰难寓居异乡，多少有些"不得已"的成分，在一段时间内，流寓者的心理与情绪都必将处于紧张与焦虑状态下，从地域迁移造成的生存境遇变化和迁移心理状态的变化生成性两个方面把握流寓这一社会现象是比较公允的。

第二节　中国古代流寓文学的类型

人与地域的隔阂通常在流寓者失意时是最显著的，一般而言，流寓者经过一段时间的调节后也会逐渐适应异乡生活，因此，流寓文学不仅反映了人与地域之间的隔阂，展现了人在异域的精神困顿，当然也能表现人与地域建立新的关系并达到融洽的过程。举凡流寓者在异地的游览登临、民俗民风、名物观照、自我遣怀等都属于与地域建立关系的过程，自然都在流寓文学的表现范围内。

---

① 蔡平：《中国古代流寓文学研究视阈》，《中国社会科学报》2015 年 1 月 30 日，第 2 版。
② 汪钰、陈煜菲：《晚唐流寓文学研究的综述与展望》，《石家庄学院学报》2021 年第 1 期。

人们离开乡土流寓异地，难免会有不能融入当地生活的隔阂感，文学史上表现这种人与地域隔阂感的最早作品是王粲的《登楼赋》。《登楼赋》被《文选》收录在"游览"类，但是其主要表达的是王粲离开家乡寓居荆州的生活，属于典型的流寓之作。王粲挟不世之才，因战乱离开中原，投在刘表幕下却不被重用，流寓荆州十五年。建安九年（204）秋，他登上当阳城楼，感慨丛生，写下这篇脍炙人口的小赋，王粲在这篇赋中表达了自己无法融入当地生活的不适感：

> 登兹楼以四望兮，聊暇日以销忧。览斯宇之所处兮，实显敞而寡仇。挟清漳之通浦兮，倚曲沮之长洲。背坟衍之广陆兮，临皋隰之沃流。北弥陶牧，西接昭丘。华实蔽野，黍稷盈畴。虽信美而非吾土兮，曾何足以少留！

这篇抒情辞赋在铺陈荆州风土之美后，笔调一转，发出"虽信美而非吾土"的感喟。一个人流寓异乡，如果能在寓居地施展人生抱负，实现人生价值，异乡倒也并非不可居处，但是王粲在流寓地不受重用，根本看不到前途，所以内心满是"惧匏瓜之徒悬兮，畏井渫之莫食"的忧虑，唯恐蹉跎岁月，人生虚度，所以当他登上城楼，凭栏远眺，孤独与失落感油然而起，回想自己在荆州的这一段充满焦虑和绝望的客寓时光，心理上更生与地域的隔膜与抗拒，这是典型的流寓者心态。

流寓他乡叠加怀才不遇，更加拓深了文人的伤感愤懑。《登楼赋》这种流寓心理经过《文选》的广泛传播，也成为后世文学的一种经典模式，后世诗人的流寓怀乡之作大多如此，如南朝阴铿的《和侯司空登楼望乡诗》中提到："信美今何益，伤心自有源。"又如杜甫《春日江村（其五）》也有"群盗哀王粲，中年召贾生。登楼初有作，前席竟为荣"之句，都是直接或者间接引用了王粲《登楼赋》的典故。类似的诗句还有李商隐《安定城楼》："贾生年少虚垂涕，王粲春来更远游。"李商隐这首诗写于开成三年（838）应博学宏词科试落第后，诗中充溢着怀才不遇和无可奈何之感，赢得后世无数才人的深深共鸣。在这类作品中，当诗人们陷入不得志的苦闷和忧谗畏讥的愤慨中，他们是不会注意到地域的风物之美和独特之处的，此时提到登楼的典故，完全是用来表现人与地域不相融的隔阂之感。在寓居他乡的失意与孤独中，他们对地域没有任何亲和感，即便是风景很好的地方也不值得逗留，更何况一般的所在？在这类诗作中，"登楼"这一实体行为已虚化为一种心态的象征，至于登的是什么楼、何处的楼也已不重要，因此对于后世而言，王粲《登楼赋》抒情意义更大于游览意义，"登楼"也成为一个被主题化的意象。

然而，随着时间的推移，流寓者如果能够逐渐适应、融入异乡的生活，用超脱的态度应物，那么他会更关注流寓地的自然风光。这类作品最典型的例子莫过于流寓蜀地的杜甫的诗作。杜甫在寓居成都浣花溪草堂时作了大量描写成都自然风情的诗，如著名的《江村》《春水》《水槛遣心二首》等。杜甫寓居成都时，其世交严武任职成都府尹兼御史大夫，充剑南节度使，对杜甫多有照顾，因而这一段时期杜甫虽然依然清贫，可是生活还是相对稳定的，精神状态整体上也比较愉悦，这从诗句中就能感受到，如：

> 已添无数鸟，争浴故相喧。（《春水》）
> 叶润林塘密，衣干枕席清。（《水槛遣心二首》）
> 好雨知时节，当春乃发生。（《春夜喜雨》）
> 自去自来梁上燕，相亲相近水中鸥。（《江村》）

我们甚至不需要阅读完整诗篇就能感受到诗人对蜀地风物的喜爱。杜甫定居草堂时正是在经历安史之乱长期颠沛流离的生活后，寓居成都时反而有难得的安定之感，更何况浣花草堂经过他的一番经营，风光如此优美，面对着绮丽的风光，诗人内心是充满喜悦与欣赏的。

当然还有一些诗人在顿遭人生打击的情况下转向佛禅，当他们面对寓居地的"穷山恶水"时，能够把源于外物的"适意"转化为内心深处彻悟后的"适意"，从而获得心灵上的解脱，如苏轼、白居易、韦应物等，他们在艰难的环境中借自然之形势或筑园，或建草堂，在寓居地也都有过暂时宁静的生活，他们的山水诗和咏物诗也以描写自然之景表达了愉悦的心情。兹举数例：

> 寝扉临碧涧，晨起澹忘情。空林细雨至，圆文遍水生。永日无余

事，山中伐木声。知子尘喧久，暂可散烦缨。（韦应物《西涧即事示卢陟》）

人间四月芳菲尽，山寺桃花始盛开。长恨春归无觅处，不知转入此中来。（白居易《大林寺桃花》）

总角黎家三四童，口吹葱叶送迎翁。莫作天涯万里意，溪边自有舞雩风。（苏轼《被酒独行遍至子云威徽先觉四黎之舍》）

短竹萧萧倚北墙，斩茅披棘见幽芳。使君尚许分池绿，邻舍何妨借树凉。亦有杏花充窈窕，更烦莺舌奏铿锵。身闲酒美谁来劝，坐看花光照水光。（苏轼《新葺小园二首》）

异地风物宜人，只是在暂时的愉悦中仍然隐含着"暂可散烦缨""长恨春归无觅处""莫作天涯万里意"这般流寓异乡的伤感与哀痛。至于像"初来犹自念乡邑，岁久此地还成家"（韩愈《桃源图》），"他年谁作舆地志，海南万里真吾乡"（苏轼《吾谪海南子由雷州被命即行了不相知至梧乃闻其尚在藤也旦夕当追及作此诗示之》）这样的诗句，更是委婉道出了诗人们"他乡不似家乡"的微妙情感变化。不论是否得到暂时的解脱，寓居异乡的不适感始终伴随着诗人，从文学的角度说，这种情感经历往往会产生歌咏风土民情的名作。

因此，从文学的角度看，流寓文学在关注流寓者的真实境遇上，将研究视角由作品本位研究转向文人本位，将诗歌创作视为文人一种特定的生存状态，而作品则自然成为文人生存状态的艺术再现，此时，我们会发现流寓文学是一种在人与地之间建立联系的动态发展文学。当流寓者来到一个陌生的地域，怀着好奇和欣赏的态度审视这一地域的山川地理、风俗民情时，无论他主观感受如何，这种惊奇新鲜感表现于文学，都会带有生动的印迹，甚至也会让当地人感到惊奇，产生重新认识本土文化的冲动。因此正如蒋寅所说，在中国古代文学中，流寓的意识起码结出两种不同的文学果实：一种表现人与地域的隔阂感，一种咏歌异地风物民情的好奇与惊异。①

---

① 蒋寅：《一种更真实的人地关系与文学生态：中国古代流寓文学刍论》，《中国文化研究》2012 年第 3 期。

"文学是人学",诗歌是作家独特的精神创造,审美活动更是"人类本质力量的对象化",作家的外部生存状态唯有通过内心感受才能间接作用于作品,流寓地的自然社会这些外部生态只有通过诗人情感的内化才能起作用。回归文人本位,使古代文学研究成为实现古人今人平等对话与心灵共振的媒介,这也更贴合文学生成的本质,也不失为一种中国古代文学研究现代转换的路径与思路。

第三节　流寓文学与地域文学的异同

中国古代文学的地域风格论起源甚早。中国早期的艺术往往是集体性、民间性创作,在文明程度与交通都不发达的时代,各地之间文化交流很少。在相对封闭的地域环境下,早期文学创作的地域色彩尤其浓烈鲜明。在《诗经》和《楚辞》中,不同的艺术诗歌与山川地域的关系得到了充分的体现,如《诗经》的十五国风就是按十五国的地域分布来编排的,其中关于地理风俗的描写很多,《汉书·地理志》在介绍地域时就引用《诗经》中各地民歌来论述不同地域风俗及其对文学创作的影响。

河内:

> 河内本殷之旧都,周既灭殷,分其畿内为三国,《诗·风》邶、庸、卫国是也。邶,以封纣子武庚;庸,管叔尹之;卫,蔡叔尹之:以临殷民,谓之三监。故《书序》曰"武王崩,三监畔",周公诛之,尽以其地封弟康叔,号曰孟侯,以夹辅周室;迁邶、庸之民于洛邑,故邶、庸、卫三国之诗相与同风。《邶诗》曰"在浚之下";《庸》曰"在浚之郊";《邶》又曰"亦流于淇""河水洋洋",《庸》曰:"送我淇上""在彼中河",《卫》曰:"瞻彼淇奥""河水洋洋"。故吴公子札聘鲁观周乐,闻《邶》《庸》《卫》之歌,曰:"美哉渊乎!吾闻康叔之德如是,是其《卫风》乎?"

河东:

> 河东土地平易,有盐铁之饶,本唐尧所居,《诗·风》唐、魏之

国也。周武王子唐叔在母未生，武王梦帝谓己曰："余名而子曰虞，将与之唐，属之参。"乃生，名之曰虞。至成王灭唐，而封叔虞。唐有晋水，及叔虞子燮为晋侯云，故参为晋星。其民有先王遗教，君子深思。小人俭陋。故唐诗《蟋蟀》《山枢》《葛生》之篇曰："今我不乐，日月其迈"；"宛其死矣，它人是愉"；"百岁之后，归于其居"。皆思奢俭之中，念死生之虑。吴札闻《唐》之歌，曰："思深哉！其有陶唐氏之遗民乎？"

陈国：

陈国，今淮阳之地。陈本太昊之虚，周武王封舜后妫满于陈，是为胡公，妻以元女大姬。妇人尊贵，好祭祀，用史巫，故其俗巫鬼。《陈诗》曰："坎其击鼓，宛丘之下，亡冬亡夏，值其鹭羽。"又曰："东门之枌，宛丘之栩，子仲之子，婆娑其下。"此其风也。吴札闻《陈》之歌，曰："国亡主，其能久乎！"自胡公后二十三世为楚所灭。陈虽属楚，于天文自若其故。①

以上三段文字描述了三个地域的民风与文学的关系：河内这一地域本是殷之旧都，周朝时分为邶、庸、卫三国，故三地的诗歌风格很相近。周公后来将三地全都封给他弟弟康叔，康叔德行高尚，吴公子季札评价此地的诗歌风格为"美哉渊乎"，这是康叔如深渊般仁厚的德行影响民风所致。河东盛产盐铁，十分富饶。河东本是唐尧所居，后来周武王将其分封给自己的儿子叔虞，因此河东蒙受唐尧叔虞的教化表现为"君子深思，小人俭陋"的民风，季札评价《唐风》呈现出"思深哉"的诗歌风格。陈国地处淮阳，因周武王将此地分封给舜帝后人妫满，妫满后被称为陈胡公，陈胡公娶了周武王的长女为妻，妻子地位尊崇，喜欢巫祭，所以民风好巫鬼，而《陈风》则描写了舞女们不分冬夏、不论严寒酷暑都在进行虔诚的祭祀活动，祭礼仪式精美、一丝不苟。季札观《陈风》时曾断言："国无主，其能久乎！"果不其然，陈国二十三年后便被灭了。吴公子季札不仅

---

① 《汉书》卷二十八，中华书局，1962，第1647—1653页。

能点评各地音乐的差别，而且能根据音乐的差别准确地推断各地的政治经济状况和民风。从吴公子季札观民风的评价可以看出，诗歌风格的地域性差异的形成与当地的经济生活、民风民俗密切相关。

楚辞同样是具鲜明的地域文化色彩的文学，宋人黄伯思在《新校楚辞序》中写道："盖屈宋诸骚，皆书楚语、作楚声、纪楚地、名楚物，故可谓之楚辞。"黄伯思对楚辞的定义表明，楚辞就是楚地的地方文学，解读楚辞必须结合楚地的山川风物、民情语言，如果不懂楚地语言，不明楚地山川地理，就没办法理解楚辞的浪漫浓烈。楚国地处南方山泽之国，八百里云梦大泽和连绵大山便是孕育神话与巫鬼的温床，诚如王夫之所说："楚，泽国也，其南沅湘之交，抑山国也，迭波旷宇，以荡遥情，而迫之以崟嵚戍削之幽菀，故推宕无涯，而天采蓇发，江山光怪之气，莫能掩抑。"[1] 荆楚诗人精彩绝艳、诡奇浪漫的想象得之于楚地高山大泽"江山光怪之气"的感召，很难想象在平坦无奇的平原地域会产生像《楚辞》这样浪漫神秘的作品。《楚辞》的浪漫奇诡，是自然界的地理结构在民族精神上打下的印记，楚地特殊的自然风貌对诗人审美理想的形成，发挥了重要的作用。刘勰在《文心雕龙·物色》中对楚辞有这样的评说："若乃山林皋壤，实文思之奥府；略语则阙，详说则繁。然屈平所以能洞鉴风骚之情者，抑亦江山之助乎？"[2] 刘勰认为山林和平原确是启发文思的宝库，屈原能够创作出伟大的作品，乃是得到了楚国江山景物的帮助。刘勰明确肯定了自然地理环境对文学的直接影响和作用，认为楚辞的产生离不开屈原对楚地风情的洞鉴，这里已提示楚辞和地域文化的关系，"江山之助"也成为中国古代文学理论中一以贯之的一个重要理论命题。自从刘勰提出"江山之助"这一观点后，后人多用它来表达文学创作中地域与文学互相影响的奇特现象，如《新唐书》张说"既谪岳州，而诗益凄婉，人谓得江山助云"，[3] 南宋王十明认为苏轼"文章均得江山助，但觉前贤让后贤"（《游东坡十一绝》），宋代诗人杨亿评同时代文人许洞的诗歌也说是"骚人已得江山助，赋客终陪霰雪游"（《许洞归吴中》），南宋洪适有感于登高易赋

① 《楚辞通释·序例》，《船山全书》第 14 册，岳麓书社，2011，第 208 页。
② 刘勰著，范文澜注《文心雕龙注》，人民文学出版社，1958，第 659 页。
③ 《新唐书》卷一百二十五，中华书局，1975，第 4410 页。

诗时也说"登临自有江山助，岂是胸中不得平"（《次韵蔡瞻明登巾山三绝句》），大诗人陆游也有同样的体验，"挥毫当得江山助，不到潇湘岂有诗"（《偶读旧稿有感》）所表达的正是挥毫写诗要有山川自然景物相助的创作体会。清代沈德潜认为，正是因为地理环境发生了变化才激发出诗风的变化，"是江山之助，果足以激发人之性灵者也"（《盛庭坚蜀游诗集序》）。

不仅诗歌创作是如此，诗歌欣赏也离不开对地理差异的理解。唐代白居易不理解陶渊明的"高玄"与韦应物的"清闲"何以形成，直到他亲历了诗人的创作地理环境，登上浔阳楼才真切了解他们创作风格的成因："常爱陶彭泽，文思何高玄。又怪韦江洲，诗情亦清闲。今朝登此楼，有以知其然。大江寒见底，匡山青倚天。深夜溢浦月，平旦炉峰烟。清辉与灵气，日夕供文篇。"（《题浔阳楼》）唯有登上浔阳楼，体验了地理，游历了山川，才能体会到陶渊明的高玄和韦应物的清闲均来自地理环境的清辉与灵气。

文学的产生离不开社会土壤，而不同地域的自然环境与社会环境对于文学思想发展与文学创作也会产生不同的影响。中国南北地域宽广，北方边远之地昼夜白雪，而南方常年温暖湿润，如此差异巨大的地理特征不可能不对人们的生活方式、思维方式产生巨大影响，"南人得江山之秀，北人以冰霜为清"（况周颐《蕙风词话》），地理环境孕生出截然不同的社会风俗，社会土壤的差异导致南北文学呈现巨大差异性也是必然的了。

当代学者刘师培在《南北文学不同论》中也指出："北方之地，土厚水深；南方之地，水势浩洋。"南北地域各自的水土不同造就了生活习性的差异，山川异地导致的民俗不同造成了南北文学差异，"山国之地，地土硗瘠，阻于交通，故民之生其间者，崇尚实际，修身力行有坚忍不拔之风"。"泽国之地，土壤膏腴，便于交通，故民之生其间者，崇尚虚无，活泼进取，有遗世特立之风。"南北之风"大抵北方之地，土厚水深，民生其间，多尚实际。南方之地，水势浩洋，民生其际，多尚虚无。民崇实际，故所著之文，不外记事、析理二端。民尚虚无，故所作之文，或为言志、抒情之体"。[①] 南北自然环境的不同造成了南方文学是"尚虚无"的浪漫型，而北方文学是"尚实际"的现实型的不同风格。罗宗强指出，"南方重华采，北方重写实，崇朴野。不同的文学发展趋向，当然与不同的文

---

① 刘师培：《南北文学不同论》，《程千帆全集》第 6 卷，河北教育出版社，2000，第 82 页。

化环境、自然环境有关。……造成南北文学思想差别的原因，除了文化环境外，自然环境的差异也起着作用"。① 北方士人正是因为南渡到江南见到南方的清峻山水，才能有南朝文学的明秀，"骏马秋风塞北"与"杏花春雨江南"是基于南北地理环境不同而形成的两种迥然不同的审美风格。

关于地理不同而产生的文学差异，西方学者也有相关论述。16 世纪法国思想家让・博丹在《易于认识历史的方法》中提出了民族差异起源于地理气候的差异的观点。18 世纪法国启蒙思想家孟德斯鸠在《论法的精神》这部著作中详尽而系统地论述了不同地理气候对人们的生活、习俗、经济乃至政治制度的形成产生的影响，他认为气候影响了国家的耕作方式，而耕作方式又直接影响了国家法律等一系列的精神生活。而 19 世纪法国历史学家丹纳在《艺术哲学》中也提出，种族、环境、时代是决定人类物质文明与精神文明的性质与面貌特征的三要素，其中环境因素便是由地理影响而产生。19 世纪英国历史学家博克尔也在《英国文化史》中认为，食物、气候、土壤和"自然界总貌"是社会发展的决定性因素。马克思在《1844年经济学哲学手稿》中说，"自然界，就它自身不是人的身体而言，是人的无机的身体。人靠自然界生活。……因为人是自然界的一部分"。② 在这些论述中，马克思的论述最能揭示人与地理的本质性关系，马克思恩格斯还在《德意志意识形态》中提出了"人创造环境，同样，环境也创造人"③ 这个命题，认为人和环境之间是相互作用的。可见，在中外哲学、历史及文学思想史上，承认地理环境对人类活动的影响，是一个久远的传统。

流寓文学是建立在研究地理环境对人类活动影响力的基础上的新形态文学，它以地域空间的位移过程为观察起点，以诗人在物理位移中的情感状态为关注对象。戴伟华指出，"文化的生成、发展和衰落，有一定的空间依托，或者说有一定的地理位置，而这种空间正是人和自然发生关系的切入点，规定了人和自然、社会之间活动关系的性质和品性，它包含了人和土地、水、气候、生物、矿物等自然条件以及人口、经济、交通、风

① 罗宗强：《魏晋南北朝文学思想史》，中华书局，1996，第 464、466 页。
② 《1844 年经济学哲学手稿》，人民出版社，2018，第 52 页。
③ 《德意志意识形态》（节选本），人民出版社，2018，第 38 页。

俗、宗教等社会条件的关系"，① 这是中国地域文学形成的基本原因和形态。他将由地域空间的区别而形成的文化差异称为文化空间学说，然而与"文化空间"相关的一个重要概念是"空间位移理论"。所谓的空间位移就是我们常说的地理迁移，这是人类历史上十分常见的社会现象，也是流寓文学发生的基础。

发生地理空间位移的动力无外乎内外两种，赫维人、潘玉君在《新人文地理学》中指出，内力是指由于人类内在因素而产生的作用力，外力则是指由于外部力量而产生的力。内力一般是人们的主观选择，而外力则来自客观因素。② 文人的空间移动也是由主观和客观两个方面因素造成的：主观因素造成的空间位移如游历山川、探亲访友、赴京应举等出自内在需求而产生的位移；客观因素造成的空间位移则完全是不得已被动迁移，如战乱、贬谪、入幕等，它们往往是由外在强大权力施加于个人的，迁移者很难有抗拒的可能。唐代墓志记载，很多墓主生前都有流寓异乡的经历，如《袁夫人墓志》载："（袁夫人）往因隋乱，流寓洛阳，贯属河南县千金乡。"③《徐买墓志》载："其先吴建武将军徐盛之后，晋平江表，车书混一，于时衣冠子弟，咸徙北州，乃流寓天齐，竟乐青土。"④ 袁夫人和徐买都是在唐初政权更替之际政治动荡和战乱的时期流寓他乡，这是因战乱而不得已的地理空间位移，是由客观需要或安排而形成的空间位移。仕宦贬谪造成的空间位移也有被动的或不可抗拒的原因，如屈原贬谪湘沅而长途迁移，"乘鄂渚而反顾兮，欸秋冬之绪风，步余马兮山皋，邸余车兮方林。乘舲船余上沅兮，齐吴榜以击汰"（《涉江》）。柳宗元因贬谪而进行的不得已的迁移："过洞庭，上湘江，非有罪左迁者罕至。又况逾临源岭，下漓水，出荔蒲，名不在刑部而来吏者，其加少也固宜。"⑤ 在我国古代社会还有一种因官职迁移而寓居异地的情况，如《唐代墓志汇编》乾封002《王延墓志》载："（王延）太原祁人也，因随父任，遂居洛阳。"⑥ 乾封006

① 戴伟华：《地域文化与唐代诗歌》，中华书局，2006，第15页。
② 赫维人、潘玉君：《新人文地理学》，中国社会科学出版社，2002，第111页。
③ 周绍良主编《唐代墓志汇编》，上海古籍出版社，1992，第467页。
④ 周绍良主编《唐代墓志汇编》，第496页。
⑤ 《送李渭赴京师序》，《柳河东集》，上海人民出版社，1974，第392页。
⑥ 周绍良主编《唐代墓志汇编》，第443页。

《颜仁楚墓志》载："（颜仁楚）琅琊人，先有仕魏，因家洛阳。"① 乾封042《张君并夫人墓志》载："（张君）本家宛叶，宦徙伊瀍，今为洛阳人也。"② 总章032《朱氏墓志》载："（朱氏）会稽余姚人也，其先仕周，因家于河南洛阳。"③ 咸亨044《马君墓志》载："（马君）家本扶风，因宦而居洛阳焉。"④ 从这些墓志记录中可知，有些人因为祖父辈的调任而寓居异地，有些人则是因自己的仕宦而迁离家乡寓居异地。这些外地任职表面上看是主动选择，有的甚至是自请由京城外放到非故乡的地方任职，实际上，在以京官为重的封建官制时代，外放做官大多是在某种政治或其他压力下选择的空间位移，依然带着不得已而为之的成分，因此其心态依然会发生重大变化。

在不得已的空间位移中产生的失意与痛苦正是流寓现象的根本特点，如柳宗元《寄许京兆孟容书》载："今抱非常之罪，居夷獠之乡，卑湿昏霿，恐一日填委沟壑，旷坠先绪，以是怛然痛恨，心肠沸热。"⑤ 贬谪给柳宗元带来的痛苦影响持久而深远，更成为他长期的精神折磨，伴随了柳宗元整个流寓生涯。流寓正是在不得已的空间位移背景下，带着几分精神痛苦的失意文士们逐渐与异域建立地理关系的过程，无论因政治失意遭贬谪流亡，还是因仕宦迁移，抑或是因战争避难，国破家亡，羁寓异域，面对流寓地自然环境和风俗人情的差异，物质生活的匮乏，精神的痛苦、孤独、迷茫等，流寓者都处于一种前所未有的物质与精神双重生存困境中。历史上的衣冠南渡人士便是因战争发生空间位移，虽然他们在异域江南发现了明山秀水，但是过江诸人，在风和日丽时相邀新亭对饮，仍忍不住相视流泪，他们这种精神失意也正符合流寓者的本质特点。

流寓者在空间位移中与陌生地域建立新的主客认同关系的过程中所产生的心理紧张和压力以及离开故土寓居他乡的无奈与悲情都需要时间来弥合。流寓初期，寓居地的江山景物和人文环境带给流寓者的陌生感和新奇感往往会激发其创作灵感，在流寓者内在精神情感的压抑与哀痛激发下，

① 周绍良主编《唐代墓志汇编》，第 445 页。
② 周绍良主编《唐代墓志汇编》，第 470 页。
③ 周绍良主编《唐代墓志汇编》，第 502 页。
④ 周绍良主编《唐代墓志汇编》，第 541 页。
⑤ 《柳河东集》，第 481 页。

流寓文学更容易产生经典作品。更重要的一点是，在大多数情况下，流寓者寓居他乡后往往会有一个相对空闲的时间段。如果是仕宦，工作的移交以及家人的安顿需要时间；如果是贬谪，则公务稀少，且贬谪之地一般僻冷，僻冷之地的公务更加简单稀少。更有一些文士在贬谪之地并不被赋予工作的权利，如苏轼到黄州虽有官职但不得签署公事，元稹、白居易被贬为无关紧要的闲职司马，杜甫漂泊西南时基本是个闲人，从创作的角度而言，赋闲让作家脱离政务的缠绕和无聊的应酬，能够有闲暇从容地观察与思考，能够有时间细心地打磨作品，更容易产生内容与形式都精美的艺术品。杜甫"晚节渐于诗律细"，正是因为他有时间观察思考和精雕细琢，《登高》一诗"句句精对"正是其精雕细琢的结果。可见，赋闲未尝不是一件好事，刘勰《文心雕龙·物色》所言"人兴贵闲"就含有此意，可以说，没有作家的流寓经历，当然也就不会有流寓文学经典，张学松通过考察唐宋时期著名诗人创作的经典作品发现，大部分流传广泛的经典作品都产生于诗人流寓期间，[①] 这便能很好地说明问题。

中国古代封建王朝由于地域辽阔以及经常性的战乱和割据等，各地之间发展极不平衡，不同的历史时代，南北方文学都各具特色、各擅其长。北方与南方经过魏晋南北朝的文化大融合，直到唐朝合南北之长而形成独特的文学。魏晋以后，由于文学的自觉，人们更注重人物的个性特色，批评家的眼光也更为集中在艺术个性之上，但是，地域对作家的影响力并未因此被忽略，作家在流寓的空间位移中，其思想品格、个性特色、学识气质、心理意志与异域的地理风貌相结合产生了许多风格不同的艺术品，这些艺术作品是诗人内在精神气质与外在的地域特点相融合的产物，因此，比之地域文学，流寓文学更具有丰富复杂的研究内涵与研究价值。

---

① 张学松：《论中国古代流寓文学经典之产生机制——以苏轼、杜甫为中心》，《清华大学学报》（哲学社会科学版）2019 年第 4 期。

| 第二章 |

唐代西南地区的交通状况

流寓与迁移的发生离不开交通道路的建设。唐代西南大片地区属于古代巴蜀，地处崇山峻岭与咆哮奔腾的江流之间，地势险要。蜀中平原千里沃野，巴蜀与唐代政治经济文化中心长安的交通发展情况就显得尤其重要。唐代时连接川陕的交通要道已经基本形成，四条陆路一条水路直通入蜀中，形成陆路水路交错的形势。这五条道路使西南巴蜀与中原紧紧联系在一起，它们是唐代人民往返中原与巴蜀迁移的主要路径，也是建立西南与中原政治文化经济一体发展的基础。

第一节　唐代西南地区的概况

从唐初到安史之乱前是唐代最强盛的时期，这一时期政治稳定，经济恢复，人口发展速度非常快，天宝十四载（755），户籍与人口数量都达到高峰，大唐帝国走向鼎盛。贞观元年（627），唐朝统治者将全国划为十大监察区，分别为关内道、河南道、河东道、河北道、山南道、陇右道、淮南道、江南道、剑南道、岭南道。开元二十一年（733），由于人口的稳定快速增长，唐朝再次进行行政区划的改革，将天下十道改为十五道，[①] 将江南道分为江南东、江南西及黔中三道，山南道分为山南东、山南西二道，并从关内道析出京畿道，从河南道析出都畿道，合为十五道，另在边境设立节度使，用来统兵。这正是唐帝国人口与经济发展到一定规模的结果。唐代西南地域包括山南、剑南二道大部分地区和黔中道的小部分地

---

① 《旧唐书》卷三十八，中华书局，1975，第1384页。

区，大体包括今天的渝川滇黔一带，这一带地域群山连绵，地势复杂，山川阻隔，远离政治权力核心地带，又兼气候温暖湿润，是唐代躲避战乱及贬谪流放官员的主要地域。

一　唐代西南地域的行政增设与人口增加

纵观有唐近三百年历史，巴蜀地区一直在唐王朝政治版图中扮演着重要角色。安史之乱后，全国政治局势的变化、成都府的设置使剑南道的地位大幅提升，巴蜀甚至成为关乎唐王朝存亡的政治、经济、军事大后方。顾炎武在《天下郡国利病书》言："唐都长安，每有寇盗，辄为出奔之举，恃有蜀也。所以再奔再北，而未至亡国，亦幸有蜀也。长安之地，天府四塞，辟如堂之有室；蜀以膏沃之土，处其阃阈，辟如室之有奥，风雨晦明，有所依而避焉。盖自秦汉以来，巴蜀为外府，而唐卒赖以不亡，斯其效矣。"① 顾炎武所谓"每有寇盗，辄为出奔之举"指的是在安史之乱与黄巢起义中唐玄宗与唐僖宗仓皇奔蜀，以及由此引发的士人与普通老百姓纷纷逃亡蜀地的避难潮。这也是因为西南地区远离北方政治中心，山川阻隔，地形复杂，受到战争影响较小，故只要发生战争与动乱，人们便向西南地区迁移。

西南巴蜀地区在唐朝发展非常迅速，这种发展并不是从安史之乱后才开始的。早在初唐时期，唐朝统治者出于军事与经济发展的考虑，就非常重视对西南地域的管理。随着长达 200 多年的政权分裂状态的结束与经济不断发展与繁荣，统治者们在西南地域不断增设行政区，从隋大业五年（609）至唐天宝十二载（753）的近 150 年，全国净新增 153 个州（郡）和 358 个县，分别约占当时全国总州（郡）数和总县数的 45% 和 22%，而同时期西南地区的州县增长率为 60% 与 40%，大大高于同期的全国平均水平。有唐一代，西南地区新增 37 州（郡）121 县，分别约占当时该区总州（郡）数和总县数的 59% 和 40%，即西南地区一半以上的州为新增州，1/3 以上的县为新增县。②

① 顾炎武：《天下郡国利病书·北直隶上·谷山笔尘》，《续修四库全书》第 595 册，上海古籍出版社，2005，第 498 页。

② 卢华语：《唐代西南地区州（郡）县增置的几个问题》，《中国经济史研究》2009 年第 4 期。

这些新增的州（郡）县在时间与空间上都很集中。依据《隋书·地理志》统计，从时间上看，唐代新增州县最集中的正是初盛唐这一段时间，从唐高祖武德初年（618）至天宝十二载的135年，共新增27州郡和114县；从地域上看，新增州县主要集中在西南地区的四川盆地周边和川西高原、贵州高原一带。例如，唐代武德初年至贞观十三年（639），新增18州67县，具体分布在川西平原周边、四川盆地中部丘陵区和北缘、米仓山南麓以及盆地东部，即今重庆三峡库区内和贵州高原东北部。贞观十四年至天宝十二载，新增9州47县，具体分布在川西平原、川西高原，四川盆地北缘和贵州高原。

州县新增的主要原因是人口增加和经济发展。由于隋末唐初战乱不及西南，再加上巴蜀地区地理封闭，社会环境相对安定，优越的自然条件吸引大批移民相继涌入。依《隋书·地理志》，隋时西南26郡有493241户，至唐贞观十三年44州竟有688200户，30年间增加194959户，这些增加的人口无疑包括大量移民。按隋唐间人口自然增长率为年均4.85‰计，即一年可增2392户，30年自然增长户数则为71760户，而除掉自然增长数目之外尚余123199户，这便是当时移民的户数，若以每户4口计，则有移民近50万口，这在当时是一个非常庞大的数字。[①] 周振鹤在《唐代安史之乱和北方人民的南迁》一文中谈到安史之乱造成的移民问题时指出，移民实际上是人口再分配，这次人口再分配造成两个明显变化：一是南北人口比例大变。天宝时，南方八道与北方七道人口总比例为4∶5，至元和间，这一形势已逆转，变成南方多于北方；二是南北人口分布趋于平衡，岭南、黔中、江西、山南一些地广人稀地区人口大增。安史之乱造成的人口迁移促进了南方的开发，带动了南方城市的兴起，使南北城市分布趋于均匀。[②]

数量巨大的移民在短时间内迁移至一个完全陌生的地域，衣食不足，水土不服，甚至风俗民情难以适应，都会导致他们陷入混乱无序的生活状态，必然会造成移民与当地居民交往时发生矛盾、碰撞，并冲击当地社会秩序的稳定，这就迫切需要加强行政管理，州县的增置就势所必然。面对

---

① 依卢华语的统计。参见卢华语《唐代西南地区州（郡）县增置的几个问题》，《中国经济史研究》2009年第4期。

② 周振鹤：《唐代安史之乱和北方人民的南迁》，《中华文史论丛》1987年第2期。

激增的人口，唐高祖下令对因寇盗饥荒而流亡至西南的移民进行户口管理并提供粮食，他颁布《定户口令》："比年寇盗，郡县饥荒，百姓流亡，十不存一，贸易妻子，奔波道路，虽加周给，无救倒悬。……外内户口见在京者，宜依本土置令以下。下官部领，就食剑南诸郡，所有官物，随至籴给。"① 诏令官府为移民提供粮食，并进行妥善安置、管理。不仅如此，唐高祖还特令官府"牧宰庶寮，随事迁易，州县分析，权宜废置"，② 对移民进行分置管理。然而，随着时间日长，官府供粮必然会出现短缺，于是朝廷下令就地开荒垦殖，"三蜀奥区，一都之会，夷民纷杂，蛮陬荒梗"。③ 川西平原周边有大片土地，正好可以安置难民，于是便在此增加了州县，设置了简、眉、邛、普、荣等州。汉中盆地处于入蜀道中，"大山峻谷，侧耕危获之地居多"，④ 移民来此正好就地安置，于是增设了集、静、蓬、壁等州，这样使得唐代西南地区形成第一个州县增置高峰区域。很显然，当时西南地区州县的设置与人口迁移数量增多有关，增析州县是唐代统治者加强管理的直接结果。

二　西南经济的快速发展

从贞观至天宝百余年，唐代社会经济发展迅速。在科技不发达的唐代，推动社会经济快速发展的最重要因素就是人口，经济越发达的地区，人口增长越快，增设州县数量越多，人口增加又能推动经济发展加快，州县的增设与该地区的经济发展形成正向相关的关系。隋代结束了多年战乱，经济得到恢复，人口大增，高祖时便"寻以户口滋多，析置州县"，⑤ 以益州为例，益州历来是西南政治、经济、文化中心，向称沃土富饶，诚如《隋书·地理志》所言："水陆所凑，货殖所萃，盖一都之会也。""人多工巧，绫锦雕镂之妙，殆侔于上国。"⑥ 而益州州县的增置变化就极其显著，唐立国之初，益州领 13 县，仅唐高祖到武则天统治期间，益州前后共增

---

① 董诰等编《全唐文》卷一，中华书局，1983，第 18 页。
② 唐高祖：《遣使安抚益州诏》，董诰等编《全唐文》卷二，第 27 页。
③ 温大雅：《大唐创业起居注》卷三，上海古籍出版社，1983，第 49 页。
④ 王象之：《舆地纪胜》卷一百八十八，中华书局，1992，第 4853 页。
⑤ 《隋书》卷二十九，中华书局，1973，第 807 页。
⑥ 《隋书》卷二十九，第 830 页。

14 县，后来又将其中 3 县析出置简州，将 13 县析出置彭、蜀、汉 3 州，割 1 县划给利州，这样益州就由原 1 州 13 县析分为 5 州 26 县，特别是成都县一再分割，由 1 县分成 5 县，而分出的华阳县在州郭之下，还与成都同治一城。① 益州州县析置的不断变化，从某种角度也反映了益州自身社会经济的快速发展导致唐王朝行政区划上出现一些不确定性，而这也正是唐时西南地区的经济发展和繁荣带来的必然结果。

人口的增加带来州郡县的激增，必然导致社会需求的扩大。在以手工劳动为基础的封建社会生产结构中，人口数量的增加往往是推动经济增长的主要因素，随着西南地域新置州县的增多，当地的户口数量也在不断增加。从隋末至贞观十三年，移民的安置就增加了 12 万多户近 50 万口，另纳"化外"之区于"化内"，新置 22 州，共增 26477 户约 102336 口。② 人口基数的扩大，必然会对粮食生产提出新的要求，从而刺激农业生产的发展。据《旧唐书·地理志》载，贞观十三年至天宝十二载，114 年间西南地区由 688200 户增至 1193822 户，即净增 505622 户，按杜佑推算每户有耕地 70 亩计，③ 则唐时西南地区此间共增加耕地 35393540 亩。为满足人口增加而扩大的生产需求，从唐初到天宝百余年，新修、扩建水利工程 14 项，④ 这些工程集中在川西平原，水利工程的修建大大便利了西南川蜀的农业生产，促进了该地区的农业经济发展。

人口数量增加也推动了手工业生产的发展。据统计，唐代巴蜀的丝织业分布 43 州，年产绢量近 800 万匹；⑤ 麻织业分布于 58 州，年产布约 860 万端。⑥ 其他如盐业、茶业、糖业、造纸、印刷和造船等，均有骄人成绩。⑦ 农业产品和手工业产品的丰富与繁荣，也促进了商业的发展。唐令规定，只有州与县可以设置集市，"诸非州县之所不得设市"，⑧ 如果按每个县设一市计算，天宝年间的西南地区至少有 293 个市，而实际数量应远

① 卢华语：《唐代西南地区州（郡）县增置的几个问题》，《中国经济史研究》2009 年第 4 期。
② 《旧唐书》卷四十、四十一，中华书局，1975，第 1620—1629、1663—1706 页。
③ 杜佑：《通典》卷六《食货六》，王文锦等点校，中华书局，1988，第 110 页。
④ 李敬洵：《唐代四川经济》，四川省社会科学院出版社，1988，第 49—50 页。
⑤ 卢华语：《唐天宝间西南地区绢帛年产量考》，《中国经济史研究》2007 年第 4 期。
⑥ 吴孔明：《唐代西南地区麻织业研究》，硕士学位论文，西南师范大学，2005。
⑦ 李敬洵：《唐代四川经济》，第 152—212 页。
⑧ 王溥：《唐会要》卷八十六，上海古籍出版社，2006，第 1874 页。

多于此。不仅集市数量多，集市的种类也多种多样，成都的集市除了有东市、西市、南市、北市等政府设置的固定市场外，还有米市、马市、炭市、酒市、花市、鱼市、蚕市、药市、七宝市等非固定市场，[①] 在以农业为主的州县还有乡村定期集市——草市，如蜀州青城县青城山草市、[②] 彭州唐昌县建德草市、[③] 峡中草市[④]等。这些集市上商品种类繁多，如夔州的云安县市场内，蜀都、南国各种奇货杂聚，[⑤] 大昌县盛产井盐，故"一泉之利，足以奔走四方，吴蜀之货，咸萃于此"，[⑥] 建德草市"百货咸集"，每年正月的蚕市时，更是"商旅辇货者数万，珍纤之玩悉有，受用之具毕陈"，[⑦] 这表明唐时西南地区各类商品交换都非常活跃，因此，到西南经商的人数剧增，很多商人宁愿冒着风险也要来到西南经商，唐诗中常有"瞿塘饶商贾"（李白《江上寄巴东故人》）、"嫁得瞿塘贾"（李益《江南曲》）之句，其中的"瞿塘贾"便成为入川商人的代称了。

各州星罗棋布的集市显示了唐代西南地区经济的繁荣，而经济的快速发展繁荣，反过来更加吸引大量人口进入，人口增多又使朝廷不得不进一步增设州县，完善行政建制。经济发展与人口增加互为促进，其表现形态就是西南地区州县的大量增置和行政区划的变化。唐高祖《遣史安抚益州诏》中载："西蜀僻远，控接巴夷，厥土沃饶，山川遐旷。往者隋末丧乱，盗寇交侵，流寓之民，遂相杂挠，游手堕业，其类实繁，敬攘矫虔，因此而作。"[⑧] 这正揭示了唐代初期经济发展与人口增长的原因：唐代西南地区地处偏僻，地理的相对隔绝使经济遭破坏较少，流寓之民大量涌入，再加上西南地域气候温暖湿润，只要政府在行政区域上进行适当的管理，经济发展就会非常迅速。

---

① 李敬洵：《唐代四川经济》，第 219—222 页。

② 李昉：《太平广记》卷三十一，中华书局，1986，第 199—120 页。

③ 陈谿：《彭州新置唐昌县建德草市歇马亭镇并天王院等记》，董诰等编《全唐文》卷八百零四，第 3749 页。

④ 郑谷《峡中寓止》："夜船归草市，春步上茶山。"

⑤ 李贻孙《夔州都督府记》，董诰等编《全唐文》卷五百四十四，第 2442 页。

⑥ 祝穆：《方舆胜览》卷五十八，祝洙增订，施和金点校，中华书局，2003，第 1032 页。

⑦ 陈谿：《彭州新置唐昌县建德草市歇马亭镇并天王院等记》，董诰等编《全唐文》卷八百零四，第 3749 页。

⑧ 唐高祖：《遣使安抚益州诏》，董诰等编《全唐文》卷二，第 27 页。

第二节　唐代西南地区的交通状况

唐代西南地区经济的快速发展使巴蜀的地位越来越重要，不仅如此，巴蜀地区在地理上位于长安西南，正是唐王室倚重的腹地。不论从哪方面看，其重要性都不可小视。因此，川陕交通就显得尤其重要。

一　西南山剑地区的重要性

为防边乱，初唐统治者相当重视陇右道、剑南道的行政管理，以边将振防边地之乱事。《旧唐书·地理志一》称：设河西节度使，以断绝羌胡之联系；置陇右节度使，防备羌戎之侵扰，建剑南道，抗吐蕃抚蛮獠。[①]《新唐书·地理志》载，河西、陇右、剑南成为初唐抵御边防的前线，州镇军星罗棋布，陇右军镇二十有余，兵额十余万，陇右道设十九州，六十县。剑南道置一府，三十八州，一百八十九县。[②] 二道皆由节度使领之，防备边乱。河西道设十军，十四守捉；陇右道置十八军，三守捉；剑南道建十军，十五守捉，三十二城，三十八镇。[③] 边军如此庞大，供给所需的粮食也是一笔庞大的补给，而粮食的供给除了在甘凉肃诸州屯田垦荒外，主要便是由剑南诸州民千里运粮至河陇而维持，陈子昂在《上蜀川军事》中陈述了这一事实："国家富有巴蜀，是天府之藏，自陇右及河西诸州军国所资，邮驿所给，商旅莫不皆取于蜀，又京都府库，岁月珍贡尚在其外。"[④] 据陈子昂所述，巴蜀不仅供应朝廷的日常进贡，还负担着陇右、河西军费，以及邮驿供给所费，足见唐前期巴蜀经济地位就比较高，实为国家倚重之区。

唐朝后期河陇失陷，统治者又不能有效控制河北，这等于被砍掉了左右臂膀，山剑地区遂与东南八道同为唐室赋税倚办之地，因此，各种人员更集中地流向这两个地区。山南西道、剑南、西川因此"俱为重藩"，翼辅皇都，地位进一步上升，这从人事任免上也可看出：唐朝前期山剑统帅

---

① 《旧唐书》卷三十八，第 1386—1387 页。
② 《新唐书》卷四十、四十二，第 1039、1079 页。
③ 《新唐书》卷五十二，第 1329 页。
④ 董诰等编《全唐文》卷二百一十一，第 2133 页。

还有不少迁谪而至的官员，到后期则常以宰相出镇或移镇，用人益重。

不仅如此，由于山剑距京畿颇近，山岭重叠，行迈艰难，易守难攻，最适宜于避难，国家每次有难，帝王往往逃向山剑，玄宗、德宗、僖宗四次越过秦岭诸谷逃入山剑。唐朝将亡的最后三四十年，其他地方纷纷失控、不上租赋，李唐皇室仍将关中及山剑州郡牢牢控制在手中，赖此地苟延残喘了几十年，凡此都显示了该地区的重要性。

安史之乱为祸惨烈，山剑地区幸免于战争破坏。肃、代以来山剑虽有过几次兵乱，但都被迅速平定下来，始终没有像河朔那样成为"反侧之地"，一直是"顺地"，为唐王室提供着强有力支持。据翁俊雄《唐朝鼎盛时期政区与人口》统计，天宝时期的山剑人口已达 700 万，占全国 1/7。[①]周振鹤《唐代安史之乱和北方人民的南迁》也显示安史之乱后，该地区人口非但没有减少，反而有所增加。[②] 战乱中人口不减反增，足以说明安史之乱中山剑地区不仅未受到大的破坏，反而吸纳了大量其他地区的人口，这也促进了山剑地区的进一步发展繁荣。据《新唐书·地理志》，剑南地区是物产最丰饶、上贡方物最多之地，益州更是当时繁庶之地，"扬一益二"即显示了其经济地位仅次于东南，这都与山剑的地理形势有着不可分割的联系。

二 西线交通的四条陆路通道

山剑地区作为唐帝国的腹地与重要粮仓，其与长安洛阳的交通就显得尤为重要。唐代以东西两京为中心的政治格局决定了唐代的城市布局与交通格局，隋唐以来，帝国的南北交通逐步形成了西中东三线：东线是运河航线，中线是蓝田—武关道、洛阳—襄州道，西线是关中至山剑滇黔地区的交通路线，人们一般称之为川陕诸谷道。

西线作为西部内陆最重要的南北交通线，北接关中、河陇、碛西，南达山剑，远通滇黔，南北两端沟通的地区极为辽阔，把关中与山剑这两个重要地区紧紧联系起来。但是，西线有秦岭高山阻隔，山势险峻，地貌复杂，阁栈狭窄，道路迂回，险峻地势倍增交通上的困难，不但人货通过量有限，而

---

① 翁俊雄：《唐朝鼎盛时期政区与人口》，首都师范大学出版社，1995，第 219 页。
② 周振鹤：《唐代安史之乱和北方人民的南迁》，《中华文史论丛》1987 年第 2 期。

且容易马死人疲，稍有不慎就会坠身万丈深谷，正因为如此险要的地势，西线交通路线在战乱时为唐王朝避难蜀中保存实力提供了可能。

凡是定都于关中的王朝，其政治中心与西南广大腹地的联系都十分紧密，因此，相应地川陕交通也重要起来，反之，一旦将首都东移至东部平原区，秦岭诸谷道就空前冷落。若适逢南北统一、国家强大，则川陕交通就更发达，而中原乱离，这些道路更是日益荒冷废塞。因这样的区位关系和政治背景，秦岭诸谷道在唐以前经历了几次废兴：川陕诸谷的四条道路于秦汉一统时期开凿，魏晋及南北朝前期，南北对峙，关中、汉中、四川战争特别多，秦岭诸谷道便成为常用的出兵道路，经常处于战争的一方大肆兴修而敌方又不断破坏的反复中，"自晋世南迁，斯路废矣，其崖岸崩沦……车马不通者久，攀萝扪葛，然后可至"（《石门铭》）。褒斜道上的《石门铭》刻记了这条蜀道的兴衰历史。

由于这些道路在沟通南北方面起过巨大作用，且与汉唐史地关系甚为紧密，故成为研究者关注的重点，其走向、驿程、馆驿、路线开凿及演变已考述得比较清楚。① 现依据前人的研究，将西线四条道路的基本情况整理如下。

西线沟通川陕的交通线一共有四条，分别是凤兴道（嘉陵道、陈仓道、故道）、② 褒斜道、骆谷道（傥骆道）、子午道（见图 2-1）。

这四条道路自西向东排列，自北向南分为三个部分。北段即从长安分别到凤翔府、郿县、周至县、京兆府长安县四个府县；中段由这四个府县分别从凤兴道、褒斜道、骆谷道、子午道四条谷道到达秦岭南麓汉中盆地的金牛驿、褒城县、兴元府、洋州，并与通往蜀中的驿路相接；南段即金牛县通往成都的入蜀驿道，即金牛成都道，经由汉中、利州、剑州、绵州、汉州至成都，全长 1340 里。

这四条路线的基本走向如下。

---

① 严耕望《唐代交通图考》卷三《秦岭仇池区》、卷四《山剑滇区》论述得最为深入细致，堪称代表作。另外，史念海《唐代历史地理论丛》、冯汉镛《唐五代时剑南道的交通路线考》、黄盛璋《川陕交通的历史发展》、蓝勇《四川古代交通史》主要是对川陕交通的宏观论述，李之勤《论故道在川陕诸道中的特殊地位》《唐代的文川道》《唐敬宗宝历年间裴度重修的斜谷路及其所置驿馆》、辛德勇《古代交通与地理文献研究》则针对具体问题展开研究。

② 凤兴道又称嘉陵道、陈仓道、故道，严耕望《唐代交通图考》称散关凤兴道。

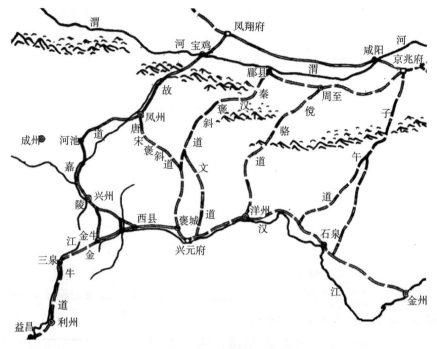

图 2 - 1　唐代蜀道

资料来源：李之勤：《论故道在川陕诸驿中的特殊地位》,《中国历史地理论丛》1993年第 2 期。

凤兴道：长安北至凤翔府—西南至宝鸡县西——凤州—兴州—金牛成都道。

褒斜道：长安—郿县—秦汉褒斜道—褒城—西县—金牛成都道。

骆谷道：长安—周至县—傥骆道—洋州—兴元府—金牛成都道。

子午道：京兆府长安县—子午谷—洋州—兴元府—金牛成都道。

（一）凤兴道

凤兴道即"故道"，最初被称为"周道"，是我国最早的川陕通道。"周道"的名称最早见于周初《散氏盘》铭文，[①] 但是实际上，川陕两地通过周道交往从周代以前就开始了，在宝鸡地区的周原县出土的甲骨文中有"蜀"字，这表明周代以前关中与巴蜀就有密切的往来。另据我国乐史专家考证，考古学家在四川省新繁、彭县、广汉等县市境先后发现一大批

---

① 据王国维考证，《散氏盘》上的"周道"就是汉代时人们所说的故道。参见王国维《观堂集林》卷十八，中华书局，1959，第 887 页。

周代的青铜器，《汉书·礼乐志》中记载在汉武帝时，"犍为郡①于水滨得古磬十六枚"，② 充分证明了渭水流域的关中地区与巴蜀之间从周代到汉代一直有交通与联系，而联系两地交通的孔道就是铭文中的周道，即后来人们所说的故道。

"故道"最初只是在嘉陵江边与秦岭山麓上由于人们频繁交往而踏出的通道，是一条并未经过人工修筑的沿江及沿悬崖攀越山间小道而形成的夹隙小道，也是《史记》上所说"隙陇蜀之货物而多贾"③ 的"隙"，这条道路在先秦时期就已基本固定。最早对故道进行修整的是秦代，《史记》《太平御览》《十三州记》等文献都记述了秦代修蜀道的事实：公元前316年，秦惠文王对蜀采取了一次较大规模的军事行动，秦人为了进行这一战争，对秦蜀道路进行修整。《史记》未具体记述修整道路情况，但《太平御览·蜀王本纪》却有详尽的描述："秦惠王时，蜀王不降秦，秦亦无道出蜀，蜀王从万余人，东猎褒谷，卒见秦惠王。"④ 由于蜀王致秦王之礼太薄，惠王大怒，欲伐蜀，但也苦于无行军之道，便"刻五石牛，置金其后。蜀王以为金，便令五丁拖牛成道，置三枚于成都，秦道乃得通"。⑤

故道在唐代使用得非常频繁，然而若以通蜀中而言，故道作为从首都长安经凤翔通向巴蜀的国家驿道，则可以不必经过汉中而直通巴蜀的中心成都，而其他三条驿道都必须经过汉中。由于故道在最西边，可经由散关、凤兴、利剑汉绵四州直达成都，因此，从总体上看，作为"长安—成都"的直通驿道，故道路线较其他路线更直，里程最近。

故道由于历史最悠久，使用频繁，沿线人户密集，旅客受野兽攻击和强盗侵扰的威胁较小，相对更加安全；而且，这条道路沿线谷道较平缓，适合大队车马行走，更便于商旅往来，且沿线州郡城镇比其他三条线路更多，可保供应无虞。因此，在唐前期，川陕交通四道，唯此道被定为"驿路"，常置驿以通使命。由于它是官道，帝王南幸常取此道，安史之乱玄宗幸蜀走的便是此道，安史之乱平定以后，唐玄宗从四川成都返回长安

---

① 犍为郡在今四川省宜宾市境内。
② 《汉书》卷二十二，第1033页。
③ 《史记》卷一百二十九，中华书局，1959，第3261页。
④ 李昉：《太平御览》卷八百八十八，中华书局，1966，第3945页。
⑤ 李昉：《太平御览》卷八百八十八，第3945页。

时，也是走的这条道路。严耕望《唐代交通图考》考证"（唐代）三帝四次南幸，往还八程所经，除德宗去程及僖宗第一次去程取骆谷道外，其余六次皆取散关道（故道）。"[1] 文人入蜀也多取此道，如苏颋去成都赴任即取此道，有《晓发兴州入陈平路》《兴州出行》《经三泉路作》等诗为证，"诗圣"杜甫有《飞仙岭》诗表明他走的也是故道。晚唐诗人李商隐有《行至金牛驿寄兴元渤海尚书》，从诗题看他行走至金牛驿并未经过兴元，说明他走的可能也是不经汉中的故道。可见，唐代从皇帝、官员到文人商贾行旅往来秦蜀间多取故道，这足以表明这条线路是当时设备相当完善的驿道。唐代川陕间的道路虽多，故道的作用仍是不可替代的。

（二）骆谷道

骆谷道又称傥骆道。骆谷，即傥骆谷，终南山的一个山谷，全长约五百里，北口在周至县西南，叫骆谷，南口在洋县北叫傥谷，总名傥骆谷，又简称为骆谷。骆谷道是由长安赴兴元府的一个重要通道，《元和郡县图志》卷二所说"骆谷道，汉魏旧道也，南通蜀汉"，[2] 即此道。

川陕诸道中，若论从长安至兴元府，则以骆谷道最近。兴元府即汉中，在唐代前期沿袭了"梁州"旧称，兴元元年（784），唐德宗避朱泚之乱出奔汉中，诏改此地为"兴元府"。汉中地处秦岭山脉与大巴山脉之间的盆地，经济发达，也是唐代重要的粮仓，而且，汉中"北瞰关中，南蔽巴蜀，东达襄邓，西控秦陇，形势最重"，[3]《通典》卷一百七十五载，梁州（汉中）"去西京取骆谷路六百五十二里，斜谷路九百三十三里，驿路（故道）一千二百十三里"。[4] 蜀道南北各条支线道路皆在此交会，是联系长安与成都的一大纽带。

初盛唐时由于骆谷、斜谷不置驿，故迁贬者亦由此道入蜀，《续高僧传·法琳传》谓法琳贞观中得罪，"敕徙于益部僧寺，行至百牢关菩提寺，因病而卒"，[5] 这是今存最早的唐人由此道贬入蜀中之记载。骆谷道路险

① 严耕望：《唐代交通图考》，文汇印刷厂有限公司，1985，第732页。
② 李吉甫：《元和郡县图志》卷二，中华书局，1983，第32页。
③ 顾祖禹：《读史方舆纪要》卷五十六，中华书局，2005，第2660页。
④ 杜佑：《通典》卷一百七十五，第4567页。
⑤ 道宣：《续高僧传》卷二十四，大藏经刊行会编《大正新修大藏经》第50册第2060部，佛陀教育基金会出版部，1990，第638页。

峻，诗人行经此处留下了真实的记录，"鸟企蛇盘地半天，下窥千仞到浮烟"（欧阳詹《自南山却赴京师石臼岭头即事寄严仆射》），"涧底红光夺火燃，摇风扇毒愁行客"（李绅《南梁行》）。但是，由于道路相当近捷，且沿途景色绝佳，登高一望，群山万壑，浪叠云堆，涧底幽深，动植物品类繁茂，景致千奇百怪，因此，行走骆谷道入蜀的人也非常多。

建中四年（783）底，德宗避乱于梁州，广明元年（880）僖宗逃难入蜀，仓皇之中皆从骆谷入。事实上，早在安史之乱爆发之际，玄宗南幸，群臣追驾不及，就纷纷由骆谷南下。颜真卿《颜府君神道碑铭》载："十五年，长安陷，舆驾幸蜀，朝官多出骆谷，至兴道，房琯、李煜、高适等数十人尽在。"[1] 高适由骆谷西驰奔赴行在，至河池郡才追及大驾。此外，大臣赴任回朝经此道者亦不少，据《旧唐书·崔宁传》和《旧唐书·刘滋传》，杜鸿渐取此道赴镇西川，其自剑南回朝，经鄠县，也是由骆谷北上的，武元衡镇蜀虽自斜谷而下，据《旧唐书·武元衡传》，其返回时行至骆谷拜相，也是由此道返回长安的。

唐前期由于这条路线未置驿馆，故无论公私皆取此道，到中唐时，由于该道捷近，可供紧急时备用，朝廷便置驿以加强管理，据《唐会要》卷八十六《关市》："宝应元年九月敕：骆谷、金牛、子午等路往来行客所将随身器仗等，今日以后，除郎官、御史、诸州部统进奉事官任将器仗随身，自余私客等，皆须过所上具所将器仗色目，然后放过。如过所上不具所将器仗色目数者，一切于守捉处勒留。"[2] 宝应元年（762）以后朝廷对于骆谷道、金牛道、子午道的管理都日渐严格起来，骆谷道为其中之首。

贞元中，柳宗元作《馆驿使壁记》中记载了自长安出发的七条驿道，于入川四道中独举骆谷道："自长安至于好盩屋，其驿十有一，其蔽曰洋州，其关曰华阳。"[3] 洋州正是出骆谷道的核心城市，柳宗元谓其间已置十一驿，说明骆谷道在贞元、元和时的重要性愈增。自贞元中，骆谷道的使用频率高了起来，中晚唐左降官赴贬所，通常由此路。如元稹在元和四年（809）奉使东川由此道，有《骆口驿》一诗，元和十年元稹贬通州司马也

---

① 董诰等编《全唐文》卷三百四十一，第3460页。
② 王溥：《唐会要》卷八十六，第1580页。
③ 《柳河东集》，第441页。

是由此路。官员调任也多取此道，白居易曾在骆谷北端的周至县担任县尉一年多，其《南秦雪》称："往岁曾为西邑吏，惯从骆口到南秦。"表明他常年从此道来往。唐代诗人李绅《南梁行》记载其元和十四年（819）赴兴元府崔从幕为观察判官，也是取道骆谷。此外，据《旧唐书》卷一百一十七《严震传》载，严震部将马勋活捉叛将张用诚的行动即发生在骆谷传舍。可见，贞元以来，山剑两道文武官均常往返此道。

骆口驿在骆谷南端，规模宏壮，描写此驿的诗歌很多，可见此地文士经过之频繁。如岑参《酬成少尹骆谷行见呈》诗题中的成少尹便作有《骆谷行》，晚唐文士章孝标撰《骆谷行》，李绅有《南梁行》，韩琮有《骆谷晚望》，还有元稹《骆口驿》、《南秦雪》、《望云骓马歌》（记载德宗由骆谷逃命一事），唐彦谦《登兴元城观烽火》，欧阳詹《与洪孺卿自梁州回途中经骆谷》《自南山却赴京师石臼岭头即事寄严仆射》等，不胜枚举。

（三）褒斜道

褒斜道有新旧两条，旧道是秦汉魏晋开凿的古道，新道是唐人所开，宋人沿用，一般称为唐宋褒斜道。

秦汉褒斜道最早见于记载是在汉武帝时期。汉高祖刘邦入长安后，关中成为汉代政治、经济、文化中心，关中经济发达，物产丰富，长安由于人繁费巨，极需"汉中之谷"，因此需要一条通道将关中的粮食运往长安。当时已有的通道都存在着严重问题，若从长安到汉中绕道故道，显然有些远，同时，从山东运送漕粮入长安，要经过黄河砥柱，此地水流湍急经常覆船，因此需要寻找一条更安全的航道进入长安。元朔年间，汉武帝便将此事交御史大夫张汤，"汤问其事，因言：'抵蜀从故道，故道多阪，回远。今穿褒斜道，少阪，近四百里；而褒水通沔，斜水通渭，皆可以行船漕。漕从南阳上沔入褒，褒之绝水至斜，间百余里，以车转，从斜下下渭。如此，汉中之谷可致，山东从沔无限，便于砥柱之漕。且褒斜材木竹箭之饶，拟于巴蜀。'天子以为然，拜汤子卬为汉中守，发数万人作褒斜道五百余里。道果便近，而水湍石，不可漕"。[①] 从当时的朝议情况看，开通褒斜道之后便可以漕运通过汉江、褒河、斜水绕道入渭水以进入长安，

---

① 《史记》卷二十九，第1411页。

可见当时人们并不是把褒斜道当作一条陆路栈道来修建的，而是希望开辟一条五百里长的水道比长安故道要近四百里，它以最短的距离将繁荣的长安三辅地区与富庶的蜀中连在了一起。从此之后，"玺书交驰于斜谷之南，玉帛戈戈于梁益之乡"，[①] 长安三辅地区高度发达的文化经由此道南下梁州益州，而梁益二州的丰富物资也从此道源源不断地运往关中。《史记·货殖列传》记载这种景象："武、昭治咸阳，因以汉都，长安诸陵，四方辐凑并至而会，地小人众，故其民益玩巧而事末也。南则巴蜀。巴蜀亦沃野，地饶卮、姜、丹沙、石、铜、铁、竹、木之器。南御滇僰，僰僮。西近邛笮，笮马、旄牛。然四塞，栈道千里，无所不通，唯褒斜绾毂其口，以所多易所鲜。"[②] 由于这条交通动脉的经济、军事价值极高，汉代统治者多次对其进行修理完善，秦汉褒斜道一直被朝廷妥善地治理，始终保持着畅通无阻的局面。

汉末魏晋时，由于政治动乱，褒斜道一度衰废。北魏宣武帝（元恪）正始三年（506），朝廷遣"左校令贾三德领徒一万人，成其事"（《石门铭》），修复褒斜栈道，至永平二年（509）竣工。但是贾大司马所整修的褒斜道并不完全是汉代的褒斜道，而是合褒斜与故道各一段的新褒斜道，这一道路也就是人们一般所说的连云栈道（《石门铭》），"斜谷在（郿）县西南三十里，入谷口二百二十里，抵凤县界，出连云栈，复百五十里出谷，抵褒城，长四百七十里"，[③] 这一段道路与原褒斜道并不一致，它在北端出斜口以后一直走向凤县，与原故道重合，而在南端循褒河西溪走向进入褒城。

唐文宗开成四年（839），山南西道节度使归融对褒斜道进行重新修整。重新修整后的褒斜道由于在南端经由甘肃，有利于沟通陕西与西域，北端又省却了绕道宝鸡，与长安距离较短，因此，唐代一直较为兴盛，到宋代也一直沿用下来，故称为唐宋褒斜道。唐宋褒斜道连接故道北端与秦汉褒斜道南端，形成散关—褒城线，北面部分在散关以北和故道合而为一，南面则到褒城以后与秦汉褒斜道走向大致相同，路线在褒城、凤州间，故严耕望先生称之为褒城、凤州道。

---

① 常璩撰，刘琳校注《华阳国志校注》，巴蜀书社，1984，第221页。
② 《史记》卷一百二十九，第3261—3262页。
③ 穆彰阿等纂修《大清一统志·凤翔府一》，上海古籍出版社，2008，第12页。

褒斜道经过了前后六次修筑,成为川陕交通干线,唐政府十分重视,因而成为官道,而褒斜旧路则一直未置驿,行人少,记载也少。唐后期文献记载最多的就是此道,孙樵《兴元新路记》、刘禹锡《山南西道新修驿路记》专门记载驿路修建的情况,"自散关抵褒城,次舍十有五,牙门将贾黯董之;自褒而南,逾利州至于剑门,次舍十有七,同节度副使石文颖董之"。① 史传、政书、地志、石刻、笔记、小说中也多可考知,这条驿路上添置的馆驿最多,自散关抵褒城置馆驿十五座,褒城南端置驿馆十七座。唐人诗文中多有描写褒城驿的内容,足以说明唐文人在此道上的行旅情况。褒斜道在唐代以后道路状况不断完善,到明朝时,已经非常宽敞了,成为"可并行二轿四马"② 的"四川官路""川藏通衢","商旅满关,茶船遍河",③ 其繁盛状况可见一斑。

(四)子午道

子午道的出现比褒斜道更早,早在汉高祖刘邦起事之初,便经由子午道进入汉中,"高祖受命,兴于汉中,道由子午,出散入秦"(《石门颂》),可见这条道路在汉代以前就出现了。

子午道路线清晰,自长安县南行六十里入子午谷,又南四十,又南至金州安康,由安康西南斜出至洋州。它是入川四道中最东边的一条道路,也是最受冷落的道路。《石门颂》载:"(子午道)上则悬峻,屈曲流颠;下则入冥,倾泻输渊。平阿淖泥,常荫鲜晏;木石相距,利磨确磐。临危枪砀,履尾心寒。"从这段记载看,子午道道路险峻逶迤,泥泞曲折,山石嶙峋,锋利刺人,人行走在子午道上,就如走在老虎尾巴上一样胆战心惊,除了行军队伍外,一般客商行旅多不敢行走此道。

子午道距梁州不及骆谷近,通剑南不及散关凤兴道、褒斜道方便,位置最僻,故行客走褒斜、骆谷者多,这条道路仅唐初及玄宗天宝时因上贡荔枝而置驿站。④ 天宝时,杨妃嗜荔枝,因子午道在长安正南,蜀中盛产荔枝的涪州又与长安—洋州处在一条线上,比绕道兴元要近,乃诏置驿,

---

① 刘禹锡:《山南西道新修驿路记》,董诰等编《全唐文》卷六百零六,第6123页。
② 王士性:《广志绎》,吕景琳点校,中华书局,1981,第50页。
③ 曹抡彬:《雅安府志》卷五,成文出版社,1969,第137页。
④ 严耕望:《唐代交通图考》卷三,文汇印刷厂有限公司,1985,第669—671页。

驿使自涪陵路入达州，取子午道上长安，以保证荔枝色味不变，所以子午道又称为"荔枝道"。子午道除天宝年间使用较多，其他时期官方行旅不太多，然而此道民间行旅却络绎不绝，僧人、商客、举子穿行其间，直到中唐以来子午道公私行客仍不少，朝廷开始加强管理，据前引《唐会要》卷八十六《关市》，宝应元年（762）朝廷已经诏令将子午同骆谷道、金牛道一并纳入严格管理，设子午关，严查过往行旅保障治安。

要之，在连接川蜀的四条重要道路中，凤兴道（故道）是位于最西边的一条官道，它不必经过汉中可直达成都，道路平缓，常年置驿，故而为入蜀的一条最常用的道路。骆谷道是从长安至汉中兴元府最近的道路，沿路风景奇丽秀美，因唐代前期未置驿站，那些行夫贬客多取此道，中唐后开始置驿站加强管理，使用频率也高起来。褒斜道最初是作为水路交通要道修建的，经过多次修整扩建，尤其和故道连接后便成为一条便捷而宽敞的官道。子午道最为险峻陡峭，行客甚少，唐代天宝时为进贡荔枝而设驿站，是最为偏僻的一条道路。

三　长江水道

除了以上四条陆路通道外，还有一条东西向进入西南地域的水路交通路径，即以长江水路为主干，以岷江、涪江、嘉陵江等为支线，再辅以沿江陆路交通编织而成的水路交通网。南宋范成大云："溯江入蜀者，至此（万州）即舍舟而徒，不两旬可至成都，行舟即须十旬。"[1] 严耕望也认为，"万州以上至益州，江流南曲为弓形，迂回甚远，古人于益万间往往取弦线之陆路。万州以下循峡江而行，万州以上取弦线直西至成都，然此直线陆路度越山岭，虽使命徒行为便，但货运盖有困难，故万州为交通形胜之地"。[2] 显然，万州为三峡上行至成都之水陆分途所在地，入川者先从水路溯长江西行，行至万州（最远不超过渝州和合州）后，便舍舟走陆路进入成都。所以，就一般人而言，若无物资行李之累（比如商贾），溯江入蜀到达万州以后，舍舟登陆继续西行，而不必溯行于九曲蜀江。出川则从成都陆行向南经通义县（眉州治所，今四川省眉山市）到龙游县（嘉州治所，今

---

① 《吴船录》卷下，《范成大笔记六种》，孔凡礼点校，中华书局，2002，第216页。
② 严耕望：《唐代交通图考》卷四，第1103页。

四川省乐山市）中，舟行大江至戎州（今四川省宜宾市）入于汶江（今长江宜宾至泸州合江段），然后沿江经泸、渝（重庆市）、涪、忠、万、夔诸州，至巫山出蜀。剑南东川绵、梓、遂、普（今四川省安岳县）诸州自涪江南下，山南西道利、阆、果（今四川省南充市）等州自嘉陵江而下，汇于合州（今重庆市合川区），然后至渝州入于长江，再顺水行舟沿江出峡。

由于唐代文化中心在北方，首都也在北方，故而文化迁徙与文人迁移大方向是自北向南，故东西线相比之下就不如南北线重要，不过中晚唐时期东西线使用更多一些，如刘禹锡任夔州刺史，白居易量移忠州刺史，以及罗隐、贯休等人，皆是溯江上行而入于蜀中。这一线在唐代巴蜀地区的对外交通的重要性虽略逊于蜀道，但就文学创作之盛而言则未遑多让，其中尤以三峡最为突出。

西线四条蜀道和一条峡路，作为唐五代文人入蜀的两大移动路径，乃是各地域文化与巴蜀文化相互接触和彼此影响的空间管道。地方官、使客、进士、选人、游幕者、流贬者往来不断，千里迢迢，下第文士游蜀者也多，方镇、刺史、使客、幕僚都是这里南北往来的主体，往来于山剑地区聚集的文士密度仅次于关中、江南，居全国第三位。来自关中、河东、河南、河北、江南和荆湘各地的文人载笔入蜀，通过这两大路线给巴蜀文学的发展输入了外来元素，他们风餐露宿，行色匆匆，在沿线留下了极为丰富的文化遗存。在唐五代巴蜀文学发展壮大的过程中，蜀道和峡路作为对外交流的文化走廊，作为输入新鲜血液的两大动脉，不但见证了"天下诗人皆入蜀"的历史风云，同时也成就了自身作为文学大道、诗歌之旅的历史地位。

戴伟华提出，考察唐代诗人的流寓情况一般要考察三个地理空间要素：移出场、移入场和移动路径。[1] 其中连接移出地与移入地的是移动路径，一般主要是交通路径。交通路径的选择对于诗人的流寓行程有很大影响，路途的曲折跌宕往往会更增加漂泊孤独与命运无着的苦难感，这就更给原本处在命运低谷期的流寓者增添了悲剧色彩，对流寓诗歌也产生了深远影响。对西线交通路线的梳理，有助于我们进一步了解唐代诗人西南流寓的路线与诗歌创作情况。

---

① 戴伟华：《地域文化与唐代诗歌》，第18页。

| 第三章 |

盛唐西川名都的孤独旅人

历史上的每条交通路线都被看作不同民族和文明之间进行交往的途径，自远古时代起，沿着这一条条交通路线就一直发生着民族的迁移，并由此引起了颇具效果的不同文化的碰撞和相互补充、相互融合。蜀道的四条线路通向的终点是成都平原，成都平原四周群山环抱，北有秦岭，东有高峡，沃野千里，气候温和，降雨充沛，这里水旱从人，物产丰富，经济发达。作为成都平原上最繁华的城市，成都是西南商贸经济中心，唐代时又是西川节度使治所，其政治文化地位和经济地位在西南地区都是无与伦比的。成都平原西南麓的文化名城嘉州，地处成都平原与西南丘陵山地连接的要冲，也是蜀中汉民族与西南少数民族连接的纽带，具有重要战略地位。同为成都平原上的文化名城，成都与嘉州因与蜀道沟连而受到中原文化的强大影响，从而形成了颇具特色的地域文化。

第一节　成都与杜甫的流寓

一　成都与诗歌文化

作为西南山剑地区的核心城市，成都早有"天府之国"之称。成都的筑城历史源于周赧王四年（公元前 311）秦惠文王平蜀国叛乱后，秦相张仪与蜀守张若仿咸阳建制而开始兴筑成都城，距今已有 2000 多年历史。成都四周山围四塞，地势险峻，有天险可恃，顾祖禹在《读史方舆纪要》中说到成都地势之险，"剑门失守，则夕树降旗；阴平已逾，则朝缨白组；瞿唐不闭，则楼船飙集；清溪无阻，则蛮弩星驰，成都之险，不在近郊，而在四境之外也"。① 成都地理位置的重要性早有共识，这使得它在历史上素为统治者青睐，多次成为政治权力中心。东汉末年，成都便成为益州治所；三国时，成都为蜀汉国都；唐天宝十五载（756）玄宗幸蜀，第二年升益州为成都府，置南京，后三年罢京，仍为成都府。五代时，成都为前后蜀割据政权的国都，明末张献忠据成都建立大西政权，改成都为西京，后张献忠败走，成都全城被毁，直至康熙四年（1665），成都乃得以恢复其"蜀都"地位，又喧然为一名都会。唐代时成都的地位，严耕望在其《唐五代时期之成都》中的描述极为准确："安史乱后，吐蕃势力，直逼陇东，长安已在其军力威胁之下，惟赖朔方诸军之蔽拒，与剑南一军之犄角，始得支持百有余年。蜀中在唐代政治军事上之地位如此重要，加以人口众多，经济繁荣，人文蔚盛，故唐代中叶，成都已与扬州并称为首都长安以外之两个最大城市。"②

作为中国历史上极少数几个历两千年繁荣不衰的都市之一，成都经济繁荣，文化阜盛，具有深厚的历史积淀和人文底蕴。至晚唐五代时期，两蜀割据，无供应中原之负担，故物力更见雄厚，经济繁荣促成文艺进一步之发展，成都不但为当时中国规模最大的都市，而且也是当时中国最大的文学艺术中心。宋代袁说友在《成都文类·序》中说："益，古大都会也，有江山之雄，有文物之盛。奇观绝景，仙游神迹，一草一木，一丘一壑，名公才士，骚人墨客，窥奇吐芳，声流文畅，散落人间，何可一二数也！"③ 成都以其江山之雄文物之盛而成为西南地域独擅文场的文化胜地，以成都为代表的蜀文学成果也十分丰富，仅唐五代的文学活动就十分兴盛，740多名入蜀文人成为这一历史时期巴蜀文学舞台上的主人，他们将诗歌的种子播入蜀中，把优秀的文学艺术带进了巴山蜀水间，使巴蜀文学逐渐到达其自身的巅峰状态，其深远影响则波及宋元明清各个历史时期。

在唐代西南地区的文坛上，成都的地位无疑是最高的。依据张仲裁的统计，④ 唐代寓居成都的文士创作了1300余篇作品，作品数量最多，占巴

① 顾祖禹：《读史方舆纪要》卷六十七，第3132页。
② 《唐五代时期之成都》，《严耕望史学论文集》中册，上海古籍出版社，2009，第717页。
③ 袁说友：《成都文类》，中华书局，2011，第1页。
④ 张仲裁：《唐五代文人入蜀考论》，社会科学文献出版社，2013，第102页。

蜀流寓诗人创作总量的近四成，除成都之外其他数量较高的有夔州 644 篇，梓州 240 篇，此三地共计有 2200 余篇，占总数的 66%；忠、阆、通三州，因为白居易、杜甫和元稹的关系，作品量共有 303 篇，数量也很可观；除绵、汉、蜀、彭、嘉州靠近成都而有较多的作品外，其他州数量均很有限。当然我们也应该看到，一位杰出的作家对地区文学发展所起的长久不衰的推动力和影响力，又远远超过数十百位平庸的作者。忠、阆、通三州正是因为有白居易、杜甫和元稹的关系，才有文化盛景的出现。

成都作为西南地域流寓地州府中最具有吸引力的城市，不论是作品整体数量还是优秀作者的数量都远超他郡。汉代流寓的司马相如、扬雄已经成为邈远而悠久的历史记忆，唐代时流寓成都且有诗歌创作的著名诗人就有杨炯、王勃、骆宾王、李白、杜甫、岑参、薛涛、武元衡、薛能、杜光庭、韦庄等，其中成就和影响力最大的当属大诗人杜甫。

杜甫入蜀 8 年，在成都创作诗歌 257 首，在入蜀诗人创作诗歌中不论数量还是质量都是第一等的，其影响力相当深远。据王兆鹏等《唐诗排行榜》的统计，在全部唐诗百首名篇中，杜甫一人以 17 篇的数量雄居榜首。此 17 名篇具体的创作时间和地点分别如下（见表 3 – 1）。

表 3 – 1　杜甫 17 名篇创作时间和地点

百篇名次	篇名	创作年份	创作地点
5	登岳阳楼	768	岳州
15	登高	767	夔州
28	闻官军收河南河北	762	梓州
29	石壕吏	759	陕州
41	旅夜抒怀	765	忠州
44	蜀相	760	成都
53	望岳	736	兖州
56	春望	757	长安
63	九日蓝田崔氏庄	758	长安
67	丹青引赠曹将军霸	764	成都
74	兵车行	751	长安
84	秋兴（玉露凋伤）	766	夔州

百篇名次	篇名	创作年份	创作地点
85	登楼	764	成都
86	月夜	756	长安
87	北征	756	鄜州
92	春夜喜雨	761	成都
100	羌村	756	鄜州

资料来源：王兆鹏等：《唐诗排行榜》，中华书局，2011。

17 篇的创作地点分布为：成都 4 篇，长安 4 篇，夔州 2 篇，鄜州 2 篇，其余岳、梓、陕、忠、兖五州各 1 篇；若以较大地域范围论，则巴蜀 8 篇，京洛 7 篇，荆湘 1 篇，齐鲁 1 篇。上面的统计结果还未包括诸如《茅屋为秋风所破歌》《咏怀古迹》这类作于蜀地的经典名篇，这似乎可以表明杜甫西南流寓诗的影响力。

在唐五代 300 余年间，成都地区无论是城市经济的发展，还是文学艺术水平的提升，都有一个极为明显的大幅动态变化过程，而这一动态变化过程中的关键性影响因素，就是持续不断的以文人入蜀为主要表现形式的文化输入。

二 杜甫流寓成都的经历

杜甫漂泊巴蜀期间正是他诗篇浑漫产量丰富的鼎盛时期，其间所作 900 余篇，占其全部创作的 60% 以上，其中极多传世名篇。这些作品中频繁出现的蜀地名物山川蕴含了丰富的地理信息，给人以极为深刻的印象。当然，杜甫在蜀中足迹所至不限于成都，至今巴蜀地区的杜甫草堂就有三处：成都草堂、梓州草堂（在今四川省三台县）、夔州瀼西草堂（在今重庆市奉节县）。这三地也成为杜甫诗歌创作最多的地方（成都 257 篇，夔州 470 篇，梓州 92 篇），然而，这三处草堂中独以成都杜甫草堂影响力最大，冯至《杜甫传》写道："人们提到杜甫时，尽可以忽略了杜甫的生地和死地，却总忘不了成都的草堂。"[①] 这既是由成都作为西南首府的地理优势地位决定的，也与杜甫在成都居住时间最长、诗人对成都草堂所寄寓的

---

① 冯至：《杜甫传》，百花文艺出版社，2007，第 128 页。

情感之深有关。

乾元二年（759），杜甫因房琯之祸见疏于肃宗，后被排挤出京城。邺城之战唐军大败后，安史叛军再次攻陷洛阳，杜甫目睹了唐王朝军队的溃败与战乱中人民凄惨的生活，"满目悲生事，因人作远游"（《秦州杂诗》），他辞去华州司功参军的职位前往秦州。同年十月，他从秦州出发，经汉源、同谷、栗亭，过白水道、绵谷、剑门，于腊月底到达成都。

杜甫之所以选择去巴蜀，是因为其好友高适时任彭州刺史。一年后，杜甫好友严武被任命为剑南节度使，五年后，朋友岑参入蜀而后罢官客居成都，随后另一位好友裴迪出任蜀州刺史也来到成都，这些由于各种原因来到成都的诗人们与杜甫都有诗歌唱和。这些著名诗人的会聚西南，使得因安史之乱而流寓西南蜀地的诗人群体创作成为一道独特景观。

（一）杜甫入蜀第一段行程：从秦州到同谷

杜甫的入蜀经历在他的纪行诗歌中有详细的记录，杜甫这组纪行诗歌既记录了诗人的行程，也展现了蜀地奇崛的地理风貌。

秦州是陇西东西交通要冲，但地瘠产微，胜迹无多，生计困顿，再加上有"以其逼吐蕃必乱"（何焯语）的考虑，在秦州生活了三个月，杜甫决定离秦州南行。恰逢此时，同谷令来信告诉杜甫同谷物产富饶，谋生极易，并邀请杜甫到同谷居住，"邑有佳主人，情如已会面。来书语绝妙，远客惊深眷"（《积草岭》），杜甫感激同谷令的盛情，便踏上了南下同谷的路。

同谷县即今甘肃成县，在甘肃省东南部、西汉水北岸，邻接陕西省。北魏在此置白石县，西魏改称同谷县，唐时为成州治。

关于杜甫去同谷的路线，冯至在《杜甫传》中指出，杜甫从秦州西南的赤谷起始，路过铁堂峡、盐井、寒峡、法镜寺、青阳峡、龙门镇、石龛，入同谷界内的积草岭，直到同谷附近的泥功山、凤凰台，[①] 随后穿越今陇南礼县、西和、成县，便到达"无食问乐土，无衣思南州"（《发秦州》）的"南州"（即同谷）。

在南下同谷县的行程中，杜甫写下一组纪行诗，《发秦州》是第一篇，

---

① 冯至：《杜甫传》，第120页。

继之而后有《赤谷》《铁堂峡》《盐井》《寒峡》《法镜寺》《青阳峡》《龙门镇》《石龛》《积草岭》《泥功山》《凤凰台》诸诗，一些主要的行止地点都留有纪行诗作，共计十二首，这些诗歌大致可以勾勒出杜甫的行止。

诗人是在一个半夜时分携家人出发的，"中宵驱车去，饮马寒流塘。磊落星月高，苍茫云雾浮"（《发秦州》），他驱赶着马车载着家人，离城往西南走了七里，天亮时就来到赤谷。赤谷山体呈红色，道路比较平坦，从赤谷出发后才真正开始了艰险的行程，"晨发赤谷亭，险艰方自兹"（《赤谷》）。诗人在乱石塞途、山深风厉的山谷中行进，一路上又困又饥，不禁发出感叹："常恐死道路，永为高人嗤。"（《赤谷》）杜甫迫于战乱而流寓他乡，也不知以后有无机会回到故乡，在一路的行程中他内心是凄惶的，诚如王嗣奭说："故乡之乱未息，故不可思，言永无归期也。"①

离开赤谷，杜甫进入秦州通往西汉水流域的必经之道——铁堂峡。《方舆胜览》载："铁堂山在天水县（秦州治所在此）东五里。有石笋青翠，长者至丈余，小者可以为砺（磨刀石）。"② 杜甫《铁堂峡》描述其险："峡形藏堂隍，壁色立积铁。径摩穹苍蟠，石与厚地裂。"黑色的石壁屹立如堆积的生铁一般，石壁的小径似乎可以摩擦着青天而盘曲着，陡峭异常，真是令人胆寒。赤谷在秦州西南七里，而铁堂峡却在秦州东五里处，杜甫为什么既到了西南七里的赤谷，却又折向东五里的铁堂峡呢？据陈贻焮考证，秦州赴同谷须经铁堂峡，出城抄小路到此虽只五里，但是走不了车辆，而杜甫此行是带着家眷有车辆相随的，"乱石无改辙，我车已载脂"（《赤谷》），所以从赤谷绕道而来，极大可能是由于杜甫选择了一条虽迂回但是相对平坦的行进之路。③

出铁堂峡后，杜甫进入嘉陵江支流西汉水流域。此地河谷宽广，物产丰饶，盛产井盐，自古闻名，秦设西盐，汉设盐官。《元和郡县图志》载，盐井在成州长道县（今甘肃西和县）东三十里，"水与岸齐，盐极甘美，食之破气。盐官故城，在县东三十里，在幡冢西四十里。相承营煮，味与海盐同，今西和县东仍有盐关镇"。④ 杜甫经过盐井，有《盐井》："卤中

---

① 王嗣奭：《杜臆》，上海古籍出版社，1983，第 109 页。
② 祝穆：《方舆胜览》卷六十九，第 1210 页。
③ 陈贻焮：《杜甫评传》，上海古籍出版社，1982，第 598 页。
④ 李吉甫：《元和郡县图志》卷二十二，第 573 页。

草木白，青者官盐烟。官作既有程，煮盐烟在川。汲井岁榾榾，出车日连连。自公斗三百，转致斛六千。君子慎止足，小人苦喧阗。我何良叹嗟，物理固自然。"诗歌描写煮盐的生产场景，盐井附近草木受卤气浸渍而凋枯，青烟满川。诗歌结尾对井盐生产中官方抬高盐价，商人从中牟利，从而导致老百姓在公私双重盘剥下生活困苦表达了极大愤慨。

离开盐井，折南而行，便进入寒峡。杜甫有《寒峡》："行迈日悄悄，山谷势多端。云门转绝岸，积阻霾天寒。寒硖不可度，我实衣裳单。况当仲冬交，溯沿增波澜。野人寻烟语，行子傍水餐。此生免荷殳，未敢辞路难。"寒峡仍在秦州境内，峡谷地势险峻多变，由峡谷转为悬崖峭壁。时值寒冬，诗人衣裳单薄，走在如此艰难的旅程上，诗人想到比之行走于寒峡的"野人""行子"，自己尚能免受租役之累，也不敢抱怨行路艰难。

再往南行，就到了著名的法镜寺。杜甫有《法镜寺》："婵娟碧鲜净，萧摵寒箨聚。回回山根水，冉冉松上雨。泄云蒙清晨，初日翳复吐。朱甍半光炯，户牖粲可数。"法镜寺前溪水潺潺，竹林萧萧，松柏亭亭，在朝阳映照下，法镜寺的朱红色屋顶明艳璀璨，如此美景使漂泊的诗人一破愁颜，逗留有时，直到日上中天，才依依不舍地上路。

离开法镜寺后，杜甫穿行于岩壁高耸、溪谷狭深的青阳峡中，杜甫在《青阳峡》中记录此地的险峻："林迥峡角来，天窄壁面削。溪西五里石，奋怒向我落。仰看日车侧，俯恐坤轴弱。魑魅啸有风，霜霰浩漠漠。"此地冈峦纵横相连，云气、水气参错在一起，峡角劈面而来，石壁陡立如削露出窄窄的一线天，既可怕又雄壮。

过了青阳峡，杜甫来到成县东边的龙门镇。诗人经过栈道泥泞、天寒日暮、辛苦行旅后来到龙门镇，见到龙门镇云屯峰攒而叹戍卒之苦："石门云雪隘，古镇峰峦集。旌竿暮惨淡，风水白刃涩。胡马屯成皋，防虞此何及！嗟尔远戍人，山寒夜中泣。"（《龙门镇》）乾元二年九月，史思明陷东京及郑、滑等州，故龙门镇兵有石门之守，但是诗人却见龙门镇旌竿惨淡，白刃钝涩，防戍弛涣，远戍之人山寒夜泣，这种景象令人感慨万千。

成县东南有石龛，今称八峰崖石窟，这里山山相连，岭岭相垂，天寒日暮，高山深谷有各种野兽号叫，"熊黑咆我东，虎豹号我西。我后鬼长啸，我前狨又啼。天寒昏无日，山远道路迷"（杜甫《石龛》），诗人行走在此，阴森恐怖，胆寒心惊，倍觉凄切。杜甫驱车行于石龛下，竟偶见山巅"伐竹者"悲歌，便询问缘由，"伐竹者谁子，悲歌上云梯。为官采美箭，五岁供梁齐。苦云直龄尽，无以充提携。奈何渔阳骑，飒飒惊烝黎"（《石龛》）。原来安史之乱五年以来，都在砍伐做箭杆的竹子供应河南、山东一带平乱的官军，如今合格的笔直竹子都砍尽了，无法满足官府的需求，故而愁苦，这使诗人真实感受到安史之乱给人民带来的苦难，给唐帝国带来的人力、物力、财力的巨大损耗。

离开石龛后，杜甫翻越积草岭。积草岭是天水与同谷县的天然分界，《积草岭》题下原注："同谷界。"《积草岭》中有"山分积草岭，路异鸣水县"之句。此岭行路艰难，阴云连着峰峦，"飕飕林响交，惨惨石状变"（《积草岭》），风吹过丛林飕飕作响，随着阳光忽明忽暗，山中怪石变化不定、阴森可怖，然而，此时杜甫想着翻过这道坎，前面就是所向往的乐土同谷，虽然行程艰险、景象可怕，但诗人内心充满了终抵目的地的欢喜：只要翻过积草岭，越过泥泞遍地的泥功山，就可以抵达同谷了。

泥功山在成县西北三十里，上有古刹，峰峦突兀，高插青霄，周围数十里，林木丰蔚，鸟兽繁多，风景优美。据《成县新志》所描绘，泥功山峰高林茂，春秋佳日，亦复大有可观。然杜甫此行碰上道路泥泞，行旅艰难，心境不佳，其《泥功山》极言泥功山的泥泞："朝行青泥上，暮在青泥中。泥泞非一时，版筑劳人功。不畏道途永，乃将汩没同。白马为铁骊，小儿成老翁。哀猿透却坠，死鹿力所穷。寄语北来人，后来莫匆匆。"泥泞难行的泥功山，很多地方还要人工版筑才能前行，而且还有可能陷入泥淖中惨遭灭顶之灾，确实是很危险。

另成县东南七里又有凤凰山。古成州有八景楼，泥功山与凤凰台居其二，都是风景优美之地。杜甫既来此，便前去凤凰山之凤凰台，诗人因凤凰台联想到周文王时凤鸣岐山，从而产生剖心血以饮啄凤雏、待致太平的愿望，并作《凤凰台》："我能剖心出，饮啄慰孤愁。心以当竹实，炯然无外求。血以当醴泉，岂徒比清流。所重王者瑞，敢辞微命休？坐看彩翮长，举意八极周。自天衔瑞图，飞下十二楼。图以奉至尊，凤以垂鸿猷。再光中兴业，一洗苍生忧。深衷正为此，群盗何淹留？"诗人为国致太平、为民致平安的殷殷赤子之心，昭然可表。

过了泥功山，杜甫抵达同谷。诗人十月之交从秦州出发，仲冬时节到同谷，耗时两旬。从秦州到同谷，杜甫以十二首纪行诗记录了沿途的自然风光和艰辛步履，完整地勾画了自己的流徙路线，不仅如此，诗人还将情思和目光推向了广阔的社会人生。诗人自己处于艰难行旅之途，但是想到那些身处底层的采盐之工、采箭之民、戍守士兵，其悲悯之心油然而生，其儒家"济天下"的伟大人格卓然凸显。

杜甫到同谷后，不料想当初的佳主人同谷令竟无助于他，这使诗人在此地谋生极为艰难，"岁拾橡栗随狙公，天寒日暮山谷里"（《同谷七歌》），在大雪封山的严冬，只能去山里捡拾橡栗充饥，全家人的生活几濒绝境。诗人在《在乾元中寓居同谷县作歌七首》中描写了自己所面临的绝境："长镵长镵白木柄，我生托子以为命。黄精无苗山雪盛，短衣数挽不掩胫。此时与子空归来，男呻女吟四壁静。呜呼二歌兮歌始放，邻里为我色惆怅。"大雪之天诗人独自去深山寻找黄精（山芋），一无所获，回来后见家人饿得呻吟，邻居对此也只能"惆怅"，足见生活贫困的并不止杜甫一家。诗人以其极具现实主义的细节描写，展现了安史之乱后整个社会的贫困与苦难。在同谷生活陷入绝境，加以吐蕃觊觎下的成州岌岌可危，万般无奈之下，杜甫只得在凛冽的寒风中，于乾元二年腊月携家眷再度从同谷出发前往成都。

（二）杜甫入蜀第二段行程：从同谷到成都

在同谷居住不到一个月，杜甫即离开同谷前往成都，经过近十个月的艰苦行程，于乾元三年（760）岁末到成都。从启程到抵达，杜甫又写了十二首纪行诗，为这段流寓的行程留下了珍贵的资料。

《发同谷县》为第一篇。《发同谷县》题下原注："乾元二年十二月一日，自陇右赴成都纪行。"在《发同谷县》中诗人感慨道："始来兹山中，休驾喜地僻。奈何迫物累，一岁四行役。忡忡去绝境，杳杳更远适。停骖龙潭云，回首虎崖石。临歧别数子，握手泪再滴。交情无旧新，穷老多惨戚。平生懒拙意，偶值栖遁迹。去住与愿违，仰惭林间翮。"诗人回顾这一年来东奔西走的流寓生活，春天从东都回华州，秋天从华州客秦州，冬天从秦州赴同谷，现今又从同谷去成都，一年之内竟有四次旅行，生活确乎是太不安定了！诗人原本打算在同谷定居下来，谁知事与愿违，不得不再次奔走，"季冬携童稚，辛苦赴蜀门"，只得在寒冬腊月踏上艰辛旅程。

　　杜甫从同谷凤凰村出发后，东行经过栗亭，进而南下到木皮岭。唐时的栗亭不过是同谷县所辖的一个小镇，此地气候温暖湿润，土地平旷，田肥水美，其优越的自然环境和丰富的物产名声远播，杜甫在此逗留了几日并赋诗《栗亭十韵》。栗亭西有木皮岭，自古以来，取道同谷入蜀者，木皮岭乃其必经之地。

　　关于木皮岭位置历来都有不同说法。《方舆胜览》卷六十九载："木皮岭，在河池县西十里。杜甫发同谷，取路栗亭，南入郡界，历当房村，度木皮岭。"① 又据民国《徽县新志》载："木皮岭，（徽县）西南三十里。一名柳树崖，脉与龙洞山联属。石径层沓，人马登陟崖坎，艰于行。"②《成县新志》载："木皮岭在县南百里，疑今白马关。"③ 今人孙士信通过实地勘察，证实木皮岭在甘肃省徽县西南三十里，即今龙洞山脉，其主峰在栗川乡境内，突兀高耸，上多云雨，为古来入蜀之捷径。④《方舆胜览》载："黄巢之乱，王铎置关于此，以遮秦陇，路极险。"⑤ 木皮岭是栗亭进入蜀道的最便捷之道，从杜甫诗《木皮岭》看来也是如此。《木皮岭》诗如下：

　　　　首路栗亭西，尚想凤凰村。季冬携童稚，辛苦赴蜀门。南登木皮岭，艰险不易论。汗流被我体，祁寒为之暄。远岫争辅佐，千岩自崩奔。始知五岳外，别有他山尊。仰干塞大明，俯入裂厚坤。再闻虎豹斗，屡蹋风水昏。高有废阁道，摧折如断辕。下有冬青林，石上走长根。西崖特秀发，焕若灵芝繁。润聚金碧气，清无沙土痕。忆观昆仑图，目击悬圃存。对此欲何适，默伤垂老魂。

从杜甫诗句"南登木皮岭，艰险不易论"也可知木皮岭的方位大概在栗亭西南面。诗歌记述了木皮岭鬼斧神工的奇壮景象："远岫"争着来"辅佐"它，"千岩"在它面前简直要五体投地。往上一望，它塞满了整个天空；

　① 祝穆：《方舆胜览》卷六十九，第 1213 页。
　② 《中国地方志集成·甘肃府县志辑》（36），凤凰出版社，2008，第 505 页。
　③ 《中国地方志集成·甘肃府县志辑》（38），第 255 页。
　④ 孙士信：《杜甫诗中木皮岭的地理位置及其它》，《兰州教育学院学报》1988 年第 1 期。
　⑤ 祝穆：《方舆胜览》卷六十九，第 1223 页。

往下一瞧，万丈深渊，大地裂开了口。诗人被这些从未见过的崇山峻岭怔住了，这惊天动地的势派令人不觉目瞪口呆。

翻过峥嵘艰险的木皮岭，嘉陵江在群山万壑中游流奔腾。嘉陵江有两个渡口，即白沙渡和水会渡，白沙渡在今徽县洛河（旧名白水河）中游的官桥坝渡口，此渡在木皮岭东十五里，古置小河关，今属徽县大河乡。水会渡即虞关渡，在徽县西南七十里处，虞关耸立江边，地势险绝，总握水陆要隘，为兵家常争之地，史称"蜀门"。杜甫来到白沙渡口乘舟过江，有《白沙渡》：

> 畏途随长江，渡口下绝岸。差池上舟楫，杳窕入云汉。天寒荒野外，日暮中流半。我马向北嘶，山猿饮相唤。水清石礧礧，沙白滩漫漫。迥然洗愁辛，多病一疏散。高壁抵嶔崟，洪涛越凌乱。临风独回首，揽辔复三叹。

诗人日暮渡江，只见白沙渡水清沙白，风景可娱，不觉心神顿爽，愁苦病痛也一洗而消。渡江而后，到达水会渡，[①] 有《水会渡》：

> 山行有常程，中夜尚未安。微月没已久，崖倾路何难。大江动我前，汹若溟渤宽。篙师暗理楫，歌笑轻波澜。霜浓木石滑，风急手足寒。入舟已千忧，陟巘仍万盘。迥眺积水处，始知众星干。远游令人瘦，衰疾惭加餐。

夜渡嘉陵江，但见星光闪烁，渡江见水中星空倒影，恍疑众星皆湿，及登岸仰视，见众星在天，始知其仍是干的，真是奇思妙想。

渡江之后杜甫便来到栈道。栈道即栈阁，根据解释，栈道是我国古代在今川、陕、甘、滇诸省境内峭岩陡壁上凿孔架桥连阁而成的一种道路，是当时西南地区的重要交通要道。相传战国秦伐蜀所修的"金牛道"，后世名"南栈道"，即今川陕公路的一段。《梁州图经》载，栈道连空，极天

---

① 关于杜甫嘉陵江一段行迹学界有争议。学界大多认为杜甫是从水会渡顺嘉陵江而下，即从白水道直到略阳，再取道金牛道入蜀。

下之至险。杜甫入蜀要走好几道长而险的栈道，始登栈道时，诗人作有《飞仙阁》：

> 土门山行窄，微径缘秋毫。栈云阑干峻，梯石结构牢。万壑欹疏
> 林，积阴带奔涛。寒日外澹泊，长风中怒号。歇鞍在地底，始觉所历
> 高。往来杂坐卧，人马同疲劳。浮生有定分，饥饱岂可逃。叹息谓妻
> 子：我何随汝曹？

飞仙阁建在飞仙岭上，据《方舆胜览》载，"飞仙岭在兴州（治所在今陕西省略阳县）东三十里，相传为徐佐卿化鹤跧泊之地，故名飞仙，上有阁道百余间，即入蜀路"。[1] 又《通志》载，栈道在褒斜谷中。飞仙阁即今武曲关，北栈阁五十三间，总名连云栈道。[2] 这些栈道多筑于悬崖间，下临洪河，从诗人描述来看，飞仙阁极其险峻：登阁的山路窄狭，栈阁高耸入云，外设栏杆护险，又用石头砌成梯子一样陡的磴道，虽极险峻，倒也坚固；栈道旁边山沟里，歪歪斜斜地长着一片片稀疏的树林子；栈道下面，阴影积聚，波涛奔腾，寒日在阁道外面淡淡地照着，大风在阁道内怒号。等诗人来到低洼处歇鞍时，才觉得刚才经过的地方真高！来来往往的旅客混杂在一起，有的坐着有的躺着，无论人还是马都同样感到很疲劳，不禁让人产生流亡与逃难的痛苦感！

踏上金牛道后，杜甫一家来到五盘岭。五盘岭又名七盘岭，位于川陕交界咽喉处，《大清一统志》载，"七盘岭，在（保宁府）广元县北一百七十里，一名五盘岭"。[3] 鲁訔曰："栈道盘曲有五重。"[4] 七盘岭上有七盘关，七盘关又称棋盘关，号称西秦第一关。它与白水关、葭萌关、剑门关一起被称为川北四大名关。杜甫有《五盘岭》吟道：

> 五盘虽云险，山色佳有余。仰凌栈道细，俯映江木疏。地僻无网
> 罟，水清反多鱼。好鸟不妄飞，野人半巢居。喜见淳朴俗，坦然心神

---

① 祝穆：《方舆胜览》卷六十九，第 1207 页。
② 仇兆鳌注《杜诗详注》，中华书局，1979，第 711 页。
③ 穆彰阿等纂修《大清一统志》卷三百九十，第 14 页。
④ 仇兆鳌注《杜诗详注》，第 713 页。

舒。东郊尚格斗，巨猾何时除？故乡有弟妹，流落随丘墟。成都万事好，岂若归吾庐！

五盘岭山势虽然险峻，但天气和暖，水清山秀，民风淳朴，"喜见淳朴俗，坦然心神舒"，诗人的心绪得以些许舒放，忧愁稍微消解。越过五盘岭，就到蜀境了。

过了五盘岭，杜甫来到龙门阁。龙门阁为金牛道上最险峻的阁道，也是古金牛道上最著名的栈阁之一。《元和郡县图志》载，"龙门山在利州绵谷县（今四川省广元市）东北八十二里"，[①]《方舆胜览》载，"他阁道虽险，然在山腰，亦微有径，可以增置阁道，惟此阁石壁斗立，虚凿石窍而架木其上，比他处极险"。[②] 杜甫有《龙门阁》描述此地险峻：

> 清江下龙门，绝壁无尺土。长风驾高浪，浩浩自太古。危途中萦盘，仰望垂线缕。滑石敧谁凿，浮梁袅相拄。目眩陨杂花，头风吹过雨。百年不敢料，一坠那得取！饱闻经瞿塘，足见度大庾。终身历艰险，恐惧从此数。

根据杜甫的描述，龙门阁绝壁千仞如削，峡江湍急如奔，悬挂绝壁、抬头仰望像是垂着一根线，龙门阁由石凿窍而成，面临一片空虚，似乎在石壁上晃荡，石壁梯滑，杂花陨落使人目眩，雨吹了过来使人受风寒而头风发作，杜甫行走在龙门阁的感受与《方舆胜览》所记载"石壁斗立，虚凿石窍"的险境是一致的，凶险无比的阁道在杜甫心中留下巨大的阴影。

龙门阁后便是石柜阁，《方舆胜览》载，石栏桥在绵谷县北一里，自城北至大安军界，管桥栏阁共一万五千三百一十六间，最著者为石柜阁、龙门阁。[③] 杜甫有《石柜阁》：

> 季冬日已长，山晚半天赤。蜀道多早花，江间饶奇石。石柜曾波

① 李吉甫：《元和郡县图志》卷二十二，第 565 页。
② 祝穆：《方舆胜览》卷六十六，第 1156 页。
③ 祝穆：《方舆胜览》卷六十六，第 1157 页。

上，临虚荡高壁。清晖回群鸥，暝色带远客。羁栖负幽意，感叹向绝
迹。信甘屏懦婴，不独冻馁迫。优游谢康乐，放浪陶彭泽。吾衰未自
安，谢尔性所适。

诗人走在阁道上，冬日末尾的日影已经慢慢变长，成群的白鸥沐浴着夕阳
的光辉飞回，这里风光清俊奇异，只是往下一看就发现底下虚空，只有江
水浩波，真令人感慨万分，倍觉辛酸。

经过了石柜阁，来到桔柏渡。杜甫有诗歌《桔柏渡》：

青冥寒江渡，驾竹为长桥。竿湿烟漠漠，江永风萧萧。连筏动袅
娜，征衣飒飘飘。急流鸧鹒散，绝岸鼋鼍骄。西辕自兹异，东逝不可
要。高通荆门路，阔会沧海潮。孤光隐顾盼，游子怅寂寥。无以洗心
胸，前登但山椒。

从杜诗的描述可知，桔柏渡上有竹索架的长桥，雾气蒙蒙，竹索桥湿漉漉
的，桥筏（筏是竹篾拧成的绳索）颤颤悠悠，走在桥上，行人的衣裳随风
飘扬，江流上风声呼啸，急流中连鸧鹒这样的大鸟都待不住。这样的险路
行来真令游子感到惆怅而寂寥，如不是万般无奈，谁会远行千里，来到这
样的地方呢！

走过了险峻的栈道，又渡过湍急的嘉陵江，诗人随后就要南下到剑门
关了。剑门关在今四川省剑阁县东北二十五里，郦道元《水经注·漾水》
载："小剑戍北，西去大剑三十里，连山绝险，飞阁通衢，故谓之剑阁
也。"[1] 因大剑山，小剑山峭壁中断，两崖相嵌，如门之辟，如剑之植，故
名。杜甫《剑门》诗写道："惟天有设险，剑门天下壮。连山抱西南，石
角皆北向。两崖崇墉倚，刻画城郭状。"诗人仰望剑山相对而出，山山相
连抱住西南，山上的石头犄角都指向北方，两崖犹如并排靠着的两堵高
墙，纹理纵横居然刻画成城郭的形状，剑门真是天险之地！西晋张载的
《剑阁铭》载："一夫荷戟，万夫趑趄。形胜之地，非亲勿居。"李白的
《蜀道难》有"剑阁峥嵘而崔嵬，一夫当关，万夫莫开。所守或匪亲，化

---

① 郦道元著，陈桥驿校证《水经注校证》卷二十，中华书局，2007，第485页。

为狼与豺"之句。这里确乎是一夫奋勇临关，百万人莫敢近前的险塞。杜甫见此关地势险要，也产生狂徒割据祸国殃民的忧虑："至今英雄人，高视见霸王。并吞与割据，极力不相让。吾将罪真宰，意欲铲叠嶂。恐此复偶然，临风默惆怅。"（《剑门》）西川乃天府之国，物产丰富，自古一些英雄人物，凭着这"一夫怒临关，百万未可傍"的险要地势在此地称霸称王，至今仍有影响，今后难免还会有人出来效法他们并吞割据，互不相让。想到此处，诗人不禁要追责天公，真想铲平这重山叠嶂，可见诗人忧国之心，无时不在。

过了剑门，杜甫终于到达目的地成都。成都府是当时一个人口众多、物产丰富的大府，由于玄宗曾来此避安禄山乱，于至德二载（757）十二月升为南京，上元元年（760）九月罢京，恢复为蜀郡，① 诗人到来的时候，成都还是南京。杜甫作《成都府》写自己初来时对成都的印象和感触，这首诗也可看作二十四首入蜀纪行组诗的总结语：

> 翳翳桑榆日，照我征衣裳。我行山川异，忽在天一方。但逢新人民，未卜见故乡。大江东流去，游子日月长。曾城填华屋，季冬树木苍。喧然名都会，吹箫间笙簧。信美无与适，侧身望川梁。鸟雀夜各归，中原杳茫茫。初月出不高，众星尚争光。自古有羁旅，我何苦哀伤！

成都气候温暖，虽是深冬，树木还郁郁苍苍。高城里满是宝肆华堂，袅袅的舞声夹杂着嘹亮的笙簧，虽然当时天下战乱未平，但这里依然歌舞升平。虽然如此繁华美好，气候宜人，但是对于为了躲避战乱流浪而至的风尘仆仆的诗人，想着战火纷飞的中原，内心充满了"虽信美而非吾土"的哀伤，但是诗人很快就释然了，自古以来人生就少不了羁旅，又何须伤感呢！

《发秦州》至《凤凰台》十二首，是杜甫"自秦州赴同谷县纪行"之作，《发同谷县》至《成都府》十二首，是"自陇右赴成都纪行"之作，

① 据《旧唐书》卷十，"（上元元年）九月甲午，以荆州为南都，州曰江陵府，官吏制置同京兆。其蜀郡先为南京，宜复为蜀郡"，第 259 页。

共计二十四首诗。这两组诗以行程先后为次，且篇数相同，可见是有计划的写作。诗人在决意入蜀时便做此写作计划，一则是蜀道艰险，自己身体病弱恐不能顺利通过，"百年不敢料，一坠那复取"（《龙门阁》），"常恐死道路，永为高人嗤"（《赤谷》），二则是为消解艰险旅途中无尽凄苦孤独情绪，于是他选用了自己最擅长的五古体，以组诗形式和陇山蜀水对话。在这些诗歌中，他也近乎本能地关注时局的变化、人民的苦难，在蜀道行程中也完成了伟大人格的升华。二十四首纪行诗全以地名为题，从秦州至成都，井然有序，历历可考，堪为图经。

杜甫这两组诗歌采取实事实景加以艺术表现，笔力变化多样，象景传神，各具特色，既不同于传统山水诗，也不同于诗人旧作，这既是因为蜀中山水挺特奇崛，更因作者能随物肖形，"搜奇抉奥，峭刻生新"，更何况，其所见所感又多从辛苦中得来，加之诗人富于摆脱俗套、独辟蹊径的创新精神。这组山水诗的艺术价值极高，诚如陈贻焮所评，"它有谢灵运的模山范水刻画生新而无繁富之累'两橛'之病，有王孟的情景交融浑然一体而无烂熟之境、闲散之气，是取山水诗形成之初直至大盛之时艺术上的所长，去其所短，在集大成中大变从而创作出的成功之作，突兀宏肆，忧愤深广，既是山水图经，更是流民长卷，思想与艺术俱高，为唐代山水诗创作开拓领域，增添异彩，并大大提高其表现力和价值"。[①]

诗歌是主观情感与客观山水完美结合的产物，山水诗创作既需要诗人的才高，也需要"江山之助"，杜甫的纪行山水诗无形中为入蜀诸诗的写作，做好了美学思想上和创作路数上的充分准备。

三 杜甫成都寓居生活

杜甫上元元年（760）十月到成都，永泰元年（765）五月携家出成都，沿岷江南下，又沿长江东下，一路经过嘉州、戎州、渝州、忠州等地，最后迁居夔州。在夔州住了一年零九个月后，直至大历三年（768）正月才出川。

---

① 陈贻焮：《杜甫评传》，第635—636页。

杜甫在成都寓居了前后大约四年，① 他用 200 多首诗歌记录了这一段生活。通过这些诗歌，我们也能管窥诗人在成都的生活状态。

（一）居所——草堂营建

杜甫一家初到成都时寓居在城西七里浣花溪畔的草堂寺，上元元年春，杜甫开始筹划着自己修盖一座草堂。草堂地址选在成都西郭外的浣花溪，浣花溪一名百花潭，离他当时寓居的佛寺不甚远。草堂的修建得到了很多朋友的帮助，通过杜甫诗歌的记录，可大致再现当时的情景：

> 忧我营茅栋，携钱过野桥。他乡惟表弟，还往莫辞劳。（《王十五司马弟出郭相访兼遗营草堂赀》）
>
> 奉乞桃栽一百根，春前为送浣花村。河阳县里虽无数，濯锦江边未满园。（《萧八明府实处觅桃栽》）
>
> 华轩蔼蔼他年到，绵竹亭亭出县高。江上舍前无此物，幸分苍翠拂波涛。（《从韦二明府续处觅绵竹》）
>
> 草堂堑西无树林，非子谁复见幽心？饱闻桤木三年大，与致溪边十亩阴。（《凭何十一少府邕觅桤木栽》）
>
> 欲存老盖千年意，为觅霜根数寸栽。（《凭韦少府班觅松树子栽》）

从这些诗句可知，在筹划修盖时，在成都府当司马的表弟王十五给杜甫送了钱帮助他盖屋，绵竹县令韦续送了绵竹，河阳县令萧实送了桃树苗，绵谷县尉何邕送了数百根桤树苗，涪城县尉韦班送了松树苗。在朋友们的帮助下，杜甫的草堂很快建好了，草屋掩映，绿植成荫，"桤林碍日吟风叶，笼竹和烟滴露梢"（《堂成》），如此短时间，桤林已经长得阴阴郁郁了，可见朋友们送来的树木当是成形的粗壮植物，这也足见朋友们的真挚。草堂建好，安置新家，样样物什不足，朋友们还送来了些生活必需品。涪城县尉韦班还送他一些瓷碗："大邑烧瓷轻且坚，扣如哀玉锦城传。君家白碗胜霜雪，急送茅斋也可怜。"（《又于韦处乞大邑瓷碗》）果园坊的徐卿

① 实际上杜甫居成都没有四年，他于宝应元年（762）底因西川兵马使徐知道谋反而入梓州、阆州，永泰元年春才返回浣花草堂，中途因蜀中战乱离开过一年多。据刘文典《杜甫年谱》，云南人民出版社，2013，第67—86页。

送了他果树，杜甫在《诣徐卿觅果栽》中写道"草堂少花今欲栽，不问绿李与黄梅"，草堂花果很少，所以不论梅李，只要是果木树都要。

在众多朋友的帮助下，在以浣花村为中心的方圆几百里内，杜甫的草堂终于营建起来。这里绿树成荫，鸟语花香，环境优美，"暂止飞乌将数子，频来语燕定新巢"（《堂成》），何止是鸟禽，流浪已久的诗人终于有了一个托身之所！陶开虞说："初营成都草堂，有裴、严二中丞，高使君为之主；有徐卿，萧、何、韦三明府为之圈；有王录事、王十五司马为之营修。大官遣骑，亲朋展力，客居正复不寂寥也。"① 这座草堂中有着诸多朋友的情谊，这似乎暗示了有朋友们的陪伴，成都的生活必然不会寂寥。这座成都草堂，成为长年流亡的诗人的安身之所，也成为杜甫苦难人生的一抹温暖颜色。

（二）生计

杜甫初至成都时生活主要是靠朋友接济的，而一旦朋友的接济断绝，生计就变得十分困难。诗人在《狂夫》中描述自己初至成都的这种生活状况："万里桥西一草堂，百花潭水即沧浪。风含翠筱娟娟净，雨浥红蕖冉冉香。厚禄故人书断绝，恒饥稚子色凄凉。欲填沟壑唯疏放，自笑狂夫老更狂。"虽然草堂环境如此优美，开门白水，风含翠葆，雨浥红莲，可朋友的接济断了，致稚子忍饥挨饿，生活艰难、前途黯淡，这种酸苦也难为人道，诗人只能用自嘲与疏狂的人生态度聊以消解。无奈之下，诗人只好趁崔侍御去彭州之便，托他捎诗给彭州刺史高适求援："百年已过半，秋全转饥寒。为问彭州牧，何时救急难？"（《因崔五侍御寄高彭州》）"秋至"是收获季节，此时尚"转饥寒"，可见流浪在外、无产业之人生计的艰难。

虽然有朋友接济，但是还是要自己想点办法，杜甫便在草堂附近种了一些蔬菜，这样有客来访时不至于没有什么可以招待的。然而杜甫不善稼穑，蔬菜长得不好，在《有客》中，诗人描述了自己用可怜的一点菜蔬招待朋友的情景："患气经时久，临江卜宅新。喧卑方避俗，疏快颇宜人。有客过茅宇，呼儿正葛巾。自锄稀菜甲，小摘为情亲。"诗人住在江边这

① 仇兆鳌注《杜诗详注》，第 731 页。

新盖的茅屋里，好不容易有要好的亲友到来，诗人赶忙叫儿子帮着整理好葛巾出来迎接，把自己种出的稀稀拉拉的刚长出了几片叶子的蔬菜摘来待客。有时，慕名而来的客人来访，诗人也没有什么好招待的，只有"百年粗粝腐儒餐"（《宾至》）。从总体看，杜甫寓居草堂的物质生活是十分清苦的。

（三）风俗与气候的适应

对于寓居异乡的人们来说，最难适应的便是气候环境。成都处于四川盆地西部，属于典型的亚热带季风气候，四周有高山阻隔，雨水又多，气候温暖潮湿，这与中原大不一样。对于从北方迁移来的诗人而言，长期的阴雨是很难适应的。杜甫在《梅雨》中写道："南京犀浦道，四月熟黄梅。湛湛长江去，冥冥细雨来。茅茨疏易湿，云雾密难开。竟日蛟龙喜，盘涡与岸回。"此时的成都仍称为"南京"，犀浦县属成都府，垂拱二年（686）析成都县置。其实，梅雨是我国长江中下游地区的一种气候，成都并无梅雨，只是秋季过半时有暑溽天，又闷又湿，与梅雨气候类似，溽湿的连绵细雨将草堂新盖的不密不厚的茅屋顶浸润得湿透了、渗水了。云雾密布，溪水暴涨，漩涡滚滚，这种凶险的景象带来的惊愕，对于一个久居北方而初来乍到的人来说，是新屋落成的喜悦也掩盖不了的。诗人见屋边水涨而产生的惊愕之情在《江涨》中得到了进一步的表露："江涨柴门外，儿童报急流。下床高数尺，倚杖没中洲。细动迎风燕，轻摇逐浪鸥。渔人萦小楫，容易拔船头。"江水暴涨，下得床来便见室内水深数尺，出门一看，外面的沙洲已经淹没了，生活在北方的诗人对这样的生活多少是有些不太适应的。

（四）邻里日常交游

随着时间日久，杜甫与左邻右舍也熟悉起来。杜甫草堂左边的邻居是一位隐居的县令，① 这位风雅的邻居不惜花钱买野竹栽种，杜甫有《北邻》："明府岂辞满，藏身方告劳。青钱买野竹，白帻岸江皋。爱酒晋山简，能诗何水曹。时来访老疾，步屧到蓬蒿。"诗歌描述这位风雅的邻居

---

① 据陈贻焮《杜甫评传》，杜甫草堂在浣花溪水西岸，草堂基本上坐西朝东，又屋后凿沟为界，并借以护院，沟西蓄桤林以遮挡西晒，草堂北邻即左邻。

常常顶着平民用的白头巾在江边徘徊，这位爱诗酒的邻居颇有名士风范，他见杜甫年老多病，经常到满院蓬蒿的草堂来看望杜甫。

杜甫的南邻也是位隐士，《南邻》一诗写道："锦里先生乌角巾，园收芋栗不全贫。惯看宾客儿童喜，得食阶除鸟雀驯。秋水才深四五尺，野航恰受两三人。白沙翠竹江村暮，相送柴门月色新。"和左邻的隐居县令不同，这位南邻喜戴"乌角巾"。乌巾乃隐士之服，这位锦里先生虽生活清贫却好客，故常常有宾客儿童来家里，杜甫过访南邻，主人热情相待，又趁秋水初涨，陪同乘小船游览，到黄昏月上，才亲自送客归家，这位热情的"南邻"就是朱山人。杜甫跟朱山人脾性相投，经常往来，他还写有一首《过南邻朱山人水亭》表达了自己与朱山人之间的厚谊："相近竹参差，相过人不知。幽花欹满树，小水细通池。归客村非远，残樽席更移。看君多道气，从此数追随。"杜朱两家中隔竹林，杜甫常常从竹林里到朱山人家盘桓，他们住得很近，回家没几步路，故可杯酒流连，喝完了一瓶酒又挪个阴凉的地方，四周幽花满树，细水通池。主人朱山人又是好客忘机的妙人，有股子"道气素心"。自古闲居野处之士，必有同道同志之士相与往还，杜甫与朱山人二人优游往来，江村的生活也就不寂寞了。

除了两位高雅邻人外，杜甫日常交往的朋友还有一些风雅之士，包括画家王宰和韦偃。杜甫有《戏题王宰画山水图歌》评价王宰的画，可见二人交情不错。而另一位朋友韦偃善画马，他画的马名气很大，而他松石画得更好，张彦远《历代名画记》载，韦偃"工山水、高僧、奇士、老松、异石，笔力劲健，风格高举。人知偃善马，不知松石更佳"。[1] 韦偃知杜甫平生最爱马，离开成都时便在杜甫草堂厅内东边的墙壁画了两匹马作为留念。杜甫在《题壁上韦偃画马歌》中描述了韦偃对自己的友谊："韦侯别我有所适，知我怜君画无敌。戏拈秃笔扫骅骝，欻见骐骥出东壁。一匹龁草一匹嘶，坐看千里当霜蹄。时危安得真致此，与人同生亦同死。"这马画得精妙，气韵昂然，情态生动，也寄托了杜甫"时危安得真致此"的志向，确实堪为知己。

（五）游成都景观

成都是一座历史文化名城，名胜景观不少，杜甫诗歌也记录了其日常

---

① 张彦远著，承载译注《历代名画记全译》，贵州人民出版社，2008，第528页。

生活中游观成都景观的过程。

武侯祠位于成都市南郊，是西晋末年十六国成（汉）李雄为纪念三国蜀丞相武乡侯诸葛亮而建。武侯祠最初与蜀先主刘备昭烈庙相邻，直到明初时，武侯祠被并于昭烈庙。唐时武侯祠尚未并入昭烈庙，杜甫游览时，只见祠边古柏森森，青瓦红墙，殿宇宏伟，杜甫游览凭吊，作《蜀相》诗："丞相祠堂何处寻？锦官城外柏森森。映阶碧草自春色，隔叶黄鹂空好音。三顾频烦天下计，两朝开济老臣心。出师未捷身先死，长使英雄泪满襟。"锦官城故址在今成都市南，简称锦城，三国蜀汉时管理织锦之官驻此，故名。锦官城附近一带有锦江流过，称锦里，传说古人织锦濯于此江中，较他水鲜明，故名。诸葛亮建立了两朝开济的大功业，可是对于他的"出师未捷身先死"，诗人深表惋惜，自己胸怀大志，身当乱世，却无补于国，无济于时，诗人这掬同情之泪是为诸葛亮洒，更是为自己而洒。当然，这沉痛的诗句也道出了千古英雄壮志未酬、抱恨终天的孤愤，具有强烈的艺术感染力。

杜甫经过千辛万苦来到成都，虽然修盖了草堂暂得安居，心境也获得暂时的宁静，但诗歌中的闲适情调并不能完全掩盖其内心的痛苦，这种由时代赋予的深沉情绪涌动在诗人的内心深处，在那些貌似和平宁静的篇章中时时透现出来。

成都西南有碧鸡坊。据《梁益记》载，成都有一百二十多座坊，碧鸡坊位列第四。碧鸡坊是个祭祀神灵的地方，又据《汉书·郊祀志》载，"益州有金马、碧鸡之神，可醮祭而致，于是遣谏议大夫王褒使持节而求之"。① 碧鸡坊的海棠花特富艳，宋代周煇《清波别志》卷上载："（巴蜀）海棠富艳，江浙无之。成都燕王宫、碧鸡坊尤名奇特。"② 杜甫曾游西郊去碧鸡坊，并作《西郊》："时出碧鸡坊，西郊向草堂。市桥官柳细，江路野梅香。傍架齐书帙，看题检药囊。无人觉来往，疏懒意何长。"诗人游览碧鸡坊后，走四里过市桥，迤西再走三里即到草堂（草堂在城西七里）。经过位于成都西南石牛门外市桥时，③ 感受腊月梅花阵阵扑鼻的香气，回

---

① 《汉书》卷二十五，第1250页。
② 周煇：《清波别志》卷一，四库全书本，第6页。
③ 据《华阳国志》载，"（成都）西南石牛门曰市桥"；另《益州记》载，冲星桥即市桥，在成都县西南四里。汉旧州市在桥南，故名。

到家来齐书检药，都无人打扰。诗人自来自往，自作自止，无限舒畅，没有了俗人应接之烦，"疏懒意何长"，这种轻松自在也是十分难得的了。

浣花溪是锦江的支流，位于现成都市西郊。杜甫的草堂就在溪边，杜甫既居住于溪边，便常趁天气晴好时游览溪边风景，也写了很多诗歌。他曾有过一次溯溪西行游览经历："落景下高堂，进舟泛回溪。谁谓筑居小？未尽乔木西。远郊信荒僻，秋色有余凄。练练峰上雪，纤纤云表霓。童戏左右岸，罟弋毕提携。翻倒荷芰乱，指挥径路迷。得鱼已割鳞，采藕不洗泥。人情逐鲜美，物贱事已睽。吾村蔼暝姿，异舍鸡亦栖。萧条欲何适，出处无可齐。衣上见新月，霜中登故畦。浊醪自初熟，东城多鼓鼙。"（《泛溪》）这首诗记叙他乘船沿浣花溪绕村子的一次"巡礼性"游览。顺着杜甫在渡船里所见的视野看去，浣花溪地处僻荒郊外，秋色凄凄，但是也显示出一派生机：乡村孩童淘气，不爱干净，甚至把荷芰糟蹋得不成样子，还要捉弄人，可是，他们却那么顽健、无忧无虑。新月落照在衣服上，故畦不荒，诗人舍舟而登，撷蔬而归，浊醪亦熟，与妻孥共为一夕之乐而已。在这样环境优美的世外之地，诗人也算是获得了暂时的一点松快。

四　杜甫的流寓心理

杜甫的成都流寓诗也记录了诗人的流寓心理，这是杜甫个人的心理感受，也是乱世中避居西南的唐代文人共同的一种社会心理，既具有独特性，又具有典型性。

（一）哀伤国事

作为流寓异乡的游子，杜甫在暂时的宁静中始终没有忘记国家民族的灾难，情感与心理上的忧思从未消散过。杜甫始终关注着国家的安危，虽身在蜀中，但时刻想要返回长安，怎奈当时安史之乱尚未平息，因由蜀入京之咽喉要道剑阁盗贼未宁而归途受阻。

上元元年（760）六月，平卢兵马史田神功破史思明部于郑州，诗人在《野老》中写道："野老篱边江岸回，柴门不正逐江开。渔人网集澄潭下，贾客船随返照来。长路关心悲剑阁，片云何事傍琴台？王师未报收东郡，城阙秋生画角哀。"诗歌尾联"王师未报收东郡，城阙秋生画角哀"便是言说田神功虽破史思明，但东部诸郡尚未收复的情况，诗人悲路途遥远剑阁难越，叹片云无意傍琴台而不归，闻画角而忧战乱难归，写尽天下因战乱流寓他乡者的思归之心，真是纸上之泪矣。

这种心情在其同一时期的其他诗篇中也有表露。如：

> 京洛云山外，音书静不来。神交作赋客，力尽望乡台。衰疾江边卧，亲朋日暮回。白鸥元水宿，何事有余哀。（《云山》）
>
> 干戈犹未定，弟妹各何之？拭泪沾襟血，梳头满面丝。地卑荒野大，天远暮江迟。衰疾那能久，应无见汝期。（《遣兴》）
>
> 养拙蓬为户，茫茫何所开。江通神女馆，地隔望乡台。渐惜容颜老，无由弟妹来。兵戈与人事，回首一悲哀。（《遣愁》）

这些诗歌无不哀时伤乱，望乡思亲，百感交集。流离道路时，渴望栖隐，既营草堂，初觉惬意，稍长仍想还乡，这也是人之常情。王粲登楼有叹："虽信美而非吾土兮，曾何足以少留！"杜甫在入蜀道中业已料到这一点了，所以他说"成都万事好，岂若归吾庐"（《五盘》），这是真切实在的流寓心态了。

（二）怀念家乡

杜甫三十多岁前与弟妹一起生活在洛阳陆浑庄，这里也是杜甫远祖杜预和祖父杜审言的墓地所在。陆浑庄是杜甫铭记在心的唯一故乡。然而，洛阳陆浑庄在安史之乱惨遭兵火，杜甫与弟妹也由此离散，故乡陆浑庄便只能成为其内心深处魂牵梦萦的地方。自从杜甫离开长安开始了迁移流离的生活，不论是老家洛阳还是作为士人精神圣地的长安，都再也没有回去过，直至在江湖漂泊中离开人世。因此，在杜甫后半生的流寓生活中，思乡成为一个核心内容。

在辗转流寓的路途中，思乡之情因时空的隔绝变得更加深沉了。乾元二年秋，杜甫在秦州作了《月夜忆舍弟》："戍鼓断人行，秋边一雁声。露从今夜白，月是故乡明。有弟皆分散，无家问死生。寄书长不避，况乃未休兵。"诗人身处异乡而怀念故乡，在他看来，异乡的月色甚至不如故乡明亮，这种故土情结经过异乡漂泊心理的浸染而显得愈发醇厚、苦涩。

从秦州出发向南穿越艰险的山岳，经同谷去成都之前的不到半年时间里，杜甫频繁地忆起故乡，如《赤谷》："贫病转零落，故乡不可思。"诗人在这首诗中首次产生了诀别故乡、客死他乡的觉悟，从这条道路走出去，返回似乎是不可能了，再想回到故乡更加困难，杜甫预感到与生他养他的中原永远地诀别了。他所表现出的羁旅之苦，并不仅仅是岁月的严酷，更有时局动荡命若浮萍的无力感，家乡的破坏、家人的离散、个人的漂泊三者是紧紧联系在一起交融出现的。如在同谷逗留期间所作的《乾元中寓居同谷县作歌七首》，其一："中原无书归不得，手脚冻皴皮肉死。"其三："有弟有弟在远方，三人各瘦何人强。"其四："有妹有妹在钟离，良人早殁诸孤痴。"其五："呜呼五歌兮歌正长，魂招不来归故乡。"这些诗歌中的故乡已不是单纯的地理概念，而是包含有骨肉弟妹的有机一体，成为带有强烈主体情感的"家乡"观念。

杜甫由同谷去成都途中所作《五盘》写道："东郊尚格斗，巨猾何时除。故乡有弟妹，流落随丘墟。"诗歌叙述了史思明叛军在洛阳东遭到唐军抵抗，战争仍然在继续，在此情景下诗人想念家人，诉说了与弟妹的离散之情。乾元二年底杜甫到达成都不久便写了一首《恨别》："洛城一别四千里，胡骑长驱五六年。草木变衰行剑外，兵戈阻绝老江边。思家步月清宵立，忆弟看云白日眠。闻道河阳近乘胜，司徒急为破幽燕。"这首诗的背景是安禄山叛乱爆发五六年之后，李光弼率官军在河阳战役和怀州战役中打败了叛军，收复失地。虽然打了胜仗，可是家人的离散却仍使诗人充满了感伤。可见，杜甫的"故乡"概念是始终伴随着家人的一个心理意象。

广德元年正月，唐军逐渐收复河南河北的失地，杜甫听闻官军收复失地，欣喜若狂，他写下《闻官军收河南河北》："即从巴峡穿巫峡，便下襄阳向洛阳。"此时诗人第一想法仍然是穿巫峡下襄阳回到洛阳的陆浑庄，可见在诗人的意识中，故乡洛阳是作为"家"的同义价值来呈现的，它具有骨肉家族一体化的有机心理象征，是精神归趋的目的地。思乡与思亲是不可分割的，二者交织在一起构成"故乡"的精神家园。

这一时期杜甫写的怀人送别诗还有怀念家人兄弟的诗歌，如《月夜忆舍弟》、《同谷七歌》（其三、其四）、《送远》、《送人从军》。《月夜忆舍弟》怀念自己兄弟；《同谷七歌》其三怀念兄弟，其四怀念寡居弱妹；《送远》《送人从军》都极言乱世远行之苦。杜甫此时家散人失，身寄异地，

"有弟皆分散，无家问死生"，对故园亲人的思念一直是寓居异乡的诗人潜藏的心理情感。

（三）思念朋友

朋友是诗人在流寓的孤寂生活中最大的安慰，对朋友的思念也是杜甫寓居心理之一。杜甫在流寓生活中经常想念的一位朋友便是李白，居秦州时，杜甫听说李白因参加永王李璘谋反而流放夜郎，他写了《梦李白二首》：

> 死别已吞声，生别常恻恻。江南瘴疠地，逐客无消息。故人入我梦，明我长相忆。恐非平生魂，路远不可测。魂来枫林青，魂返关塞黑。君今在罗网，何以有羽翼？落月满屋梁，犹疑照颜色。水深波浪阔，无使蛟龙得！

> 浮云终日行，游子久不至。三夜频梦君，情亲见君意。告归常局促，苦道来不易。江湖多风波，舟楫恐失坠。出门搔白首，若负平生志。冠盖满京华，斯人独憔悴。孰云网恢恢，将老身反累。千秋万岁名，寂寞身后事。

杜甫写这两首诗时并不知道李白已经遇赦，他心里似乎真以为李白已经惨死了。在第一首诗中，诗人因梦生悲，产生了怀疑李白已死的恐惧与悲哀，人处在似梦似醒、恍恍惚惚的精神状态中，实感和梦幻交织产生错觉，梦中李白漂泊无依的灵魂，现实中自己孤苦漂泊不安的灵魂，梦醒若有所失的迷惘和悲痛，同时显现出来了。第二首写梦到李白，是真是梦，已经分不清了！这是因为诗人对李白有最真实的深情，所以才写得如此动情。这两首诗都发自真性情，以血泪文字抒孤愤，真是从精神实质上"得屈骚之神"也。在得到李白遇赦的消息后，诗人又写了《天末怀李白》和《寄李十二白二十韵》，表达获知朋友消息后的高兴和对朋友的关心。

杜甫寓居蜀地之际还时常想念另一位老友郑虔。郑虔与杜甫二人在长安时就交往很深，杜甫在长安时所作《陪郑广文游何将军山林》《戏简郑广文兼呈苏司业》，诗题中的郑文广即郑虔。至德二载，郑虔因陷贼获罪贬台州司户，杜甫前去送别却没能与其见上面，只好写诗以寄乱世哀伤之意，"便与先生应永诀，九重泉路尽交期"（《送郑十八虔贬台州司户伤其临老陷贼之故阙为面别情见于诗》），诗歌充满了乱世中永无会期的悲哀。
而现在诗人自己流寓他乡，前途茫茫，就更感此生后会无期了，他在《有
怀台州郑十八司户》中怀念郑虔："天台隔三江，风浪无晨暮。郑公纵得
归，老病不识路。昔如水上鸥，今为笼中兔。性命由他人，悲辛但狂顾。"
这首诗怀念郑虔，想象他处于孤危之状，如亲见身历，一字一泪，从肺腑流
淌出来。

此后不久，郑虔来信说他在海边卧病，虽为世所弃，但也有人见怜，
不时给点钱沽酒喝。杜甫终于"得台州司户虔消息"，得知他还活着，多
少感到安慰，作《所思》："郑老身仍窜，台州信所传。为农山涧曲，卧病
海云边。世已疏儒素，人犹乞酒钱。徒劳望牛斗，无计剧龙泉。"诗人感
慨好友境遇竟如此之惨，又深叹他的久窜犹如宝剑埋于地下，苦无计以出
之，这既是为好友悲鸣，也是为自己发悲声。

对朋友的怀念与担心使诗人忘了自己也处于流亡离乱的贫苦交加处
境，这也表现了乱世离人复杂的思想感情和苦痛的精神面貌，这些诗歌展
现了较高的认识价值和近乎悲剧效果的美学价值。

（四）短暂的自适

杜甫在安史之乱仕途失意之下走投无路时进入蜀地，在蜀中的五年
间，诗人在成都居住不过四年，后因成都大乱又在梓阆漂泊了一年半的
时间。

在成都草堂寓居的四年是杜甫生活相对稳定、情感与心态相对安定的
时期。这一时期，杜甫有高适、严武等朋友相助，有草堂可以托身，还有
高雅的邻人与诗友交往唱和，浣花溪环境清幽，草堂周围树木成荫，环境
优美，诗人在这样的生活状态下写了大量的诗歌以自遣，如《江畔独步寻
花七绝句》《水槛遣心》《江村》等，另外一些记录朋友来访或者出门访
客的诗篇，也少不了以成都的自然地理风光为背景，如《客至（喜崔明府
相过）》开篇说："舍南舍北皆春水，但见群鸥日日来。"他也常到房前屋
后，或附近村子里去转转："田舍清江曲，柴门古道旁。草深迷市井，地
僻懒衣裳。杨柳枝枝弱，枇杷对对香。鸬鹚西日照，晒翅满渔梁。"（《田
舍》）田舍、柴门、清溪、古道、草木蓊郁的集市、诗人萧散的身影、婀
娜的柳枝、树上一对对的黄枇杷、西下的夕阳中晒翅的鸬鹚，一切都显得

那么美好。这是战乱中暂得的愉悦，但也是人生宝贵的心理体验，成都这四年里许多沉溺于自然山水的自适诗歌，都是以浣花溪的自然风物为背景和底色，这是杜甫寓居成都时期诗歌的一大特点。

在巴蜀生活的近十年的时间是杜甫创作中成就最高、作品数量最多的时期，正如仇兆鳌在《杜诗详注》中引李长祥所说："少陵诗，得蜀山水吐气，蜀山水，得少陵诗吐气。"[①] 杜甫因寓居巴蜀而使其诗歌在质量与数量上都更上一层楼，这不能不说是"江山之助"，而巴蜀山水也因杜甫的到来更添文化魅力。

杜甫巴蜀诗在文学史上影响深远，杜甫入蜀纪行诗奇崛峭刻，开辟了纪行诗新境界；成都诗闲适自得，既对中唐清空闲远的大历诗风有直接逗启之功，又是晚唐诗人的追摹对象，也影响了白居易和宋人俗白诗风。杜甫流寓西南创作的拗律常用虚字，有的是歌行变体，其拗律或故意失粘，或用当时俚俗为语的吴体诗，杜自注此体是"戏为"，明其非正律，是变体，晚唐皮日休、陆龟蒙，宋欧阳修、张耒、黄庭坚皆学之，尤其经过黄庭坚为代表的江西诗派的发扬光大，拗律成为律诗园囿中一朵芬芳的奇葩。而杜甫的巴蜀咏物诗重议论，则影响了主议论重瘦硬的宋诗。

杜甫寓居巴蜀创作的诗歌影响了整个晚唐和宋代文学，如"宋初三体"的白体、晚唐体、西昆体，分别取法白居易、贾岛、姚合和李商隐等，而这些唐代诗人的作品则分别师法杜诗（尤其巴蜀诗）的某方面并拓宽拓深，这些接受杜诗变体的唐宋大家，又深深地影响了整个宋代文坛，甚至影响了中华民族的文化精神，说杜甫是中国文坛的诗圣也是毫不为过的。不仅如此，作为蜀中文化名人，杜甫诗歌在客观上传播了蜀中山水，而且杜甫以个人影响力吸引后人寻访诗圣足迹，探访蜀中山水，并进一步传播了蜀中山水的美，使得蜀中山水进一步揭开面纱，清晰呈现在世人面前。

第二节　嘉州与岑参的流寓

嘉州地处成都以南，秦时名为南安县，到汉代时，南安县隶属犍为郡，

---

① 仇兆鳌注《杜诗详注》，第727页。

北周时在此先置平羌县，后改平羌为嘉州，意为"郡土嘉美"，唐代袭嘉州之名，唐以后曾以嘉定为名。不管名称如何变化，嘉州所辖地区以今四川省乐山市为主体，总体格局没有太大改变。

嘉州自古风光秀丽，有峨眉山、乐山大佛两大世界自然与文化双遗产的名山胜景，青衣江与大渡河在此汇入汶江（即岷江），嘉州秀美的山水也孕育了独特的文化遗产。嘉州自古有"士大夫之郡"的美誉，这里人文兴盛，早在汉代时嘉州就受到"文翁"教化的潜养，到唐代更是因蜀中经济文化的高度发展和北方流寓文人的到来而使本地文化得到快速发展。唐代在嘉州过境或为官、滞留的诗人有王勃、陈子昂、李白、岑参、杜甫、薛涛、薛能、齐己等十多人，他们在嘉州创作了大量诗文，直接促进了嘉州的文化繁荣。在这些诗人中，尤其值得一提的是岑参，岑参是在嘉州留下诗歌最多的唐代著名诗人之一（另外一位是薛能，但薛能诗歌名气不及岑参），而且，岑参是唐代唯一以"嘉州"为名号的诗人，他本人在唐代诗坛的地位较高，其嘉州诗极大地提高了嘉州的知名度，提升了嘉州文化的水平，对嘉州地方文化的发展产生了重要影响。

一　岑参流寓蜀中的背景

岑参于大历元年（766）春入蜀，大历二年任嘉州刺史，大历三年罢官，罢官后却因杨子琳之乱不得东归，最终客寓成都而逝。岑参在西南流寓地度过了他人生的最后三年，嘉州刺史任上的一年也成为他生命中最重要的一年。

岑参出自三代相门之家，高祖岑文本从一介白衣起家，官至宰相，"赠侍中、广州都督，谥曰宪，赐东园秘器，陪葬昭陵"。[①] 在祖上荣光影响下，岑参也有强烈用世之心，岑参"早岁孤贫，能自砥砺，遍览史籍"，[②] 二十岁至洛阳，献书阙下，他往返于京洛间，"弱冠干于诸侯""出入二郡，蹉跎十秋"（《感旧赋并序》），十年求仕，以求一任而不得，潦倒失意。

① 《旧唐书》卷七十，第 2539 页。
② 杜确：《岑嘉州集序》，陈铁民、侯忠义校注《岑参集校注》，上海古籍出版社，1981，第 463 页。

天宝三载（744），三十岁的岑参在长安举进士，以第二名及第，授右内率府兵曹参军。兵曹参军主要掌管兵事，是个非常卑微的官职。岑参在《初授官题高冠草堂》中表达自己此时的心境："三十始一命，官情都欲阑。自怜无旧业，不敢耻微官。"唐朝举进士后授官，大抵从最低的九品开始，此次授官右内率府兵曹参军，实在是个太过低微的官职。三十岁的岑参蹉跎了多年才站在仕途起点上，他已没有太多的时间一步一步地升迁，为寻找快速升迁的机会，天宝八载（749）冬，三十五岁的岑参赴安西，在高仙芝幕府任职。

依唐朝制度，边将可以入为宰辅，僚属亦处高位。岑参乃相门之后，自视甚高，然而他自释褐以来五年间，官场颇多失意，因此他寄希望于远赴边陲建功立业。但是，这次出塞，因主帅高仙芝为人贪残，岑参在安西亦不得意。天宝十载秋，岑参回到长安，天宝十三载，岑参再次入幕北庭封长清幕府，先为支度判官，后为支度副使。岑参两次入幕均无所为，后又做了三年佐郡，始终不得志。

安史之乱后，宝应元年（762）冬，岑参入为祠部员外郎，广德元年（763）改考功员外郎，广德二年转虞部郎中，永泰元年（765）十一月，五十一岁的岑参出为嘉州刺史。据《旧唐书·职官志一》记载，下州刺史为正四品下，尚书左右诸司郎中为从五品上，武德年间颁布的《武德令》规定："吏部郎中正四品上，诸司郎中正五品上。贞观二年，并改为从五品上也。"① 岑参三度为郎均是从五品上阶，下州刺史为正四品的州郡长官，从品级上看是升了一品。然唐朝官吏向来重内官而轻外任，郎官为京官，嘉州在边远蜀地，《唐会要》卷六十八《刺史上》载："京职之不称者，乃左为外任；大邑之负累者，乃降为小邑；近官之不能者，乃迁为远官。"② 嘉州刺史是外任远官，按唐代惯例外任远官实有贬谪之意。而且，外任官员诏令一旦下达，朝廷对官吏的赴任日期是有规定的，通常必须即刻上任，不得耽延。据《唐会要》卷七十五载，广德元年二月敕："吏部及制敕所授官，委中书门下及吏部甲。制敕出后三日内下本州，准令式计程外一月不到，任本州报中书门下，吏部用阙，如灼然事故，准敕勒留，

---

① 《旧唐书》卷四十二，第 1793、1795 页。
② 王溥：《唐会要》卷六十八，第 1199 页。

不在此限。"①《唐律疏议》卷九《职官》明确记载:"诸之官限满不赴者,一日笞十,十日加一等,罪止徒一年。"②从这两条文献记载可以看出,唐代律令规定官员除在赴任途中遇突发事故准许滞留外,一般是不能耽延时日的,违反限程要受到严厉的惩罚。因此,接到任命的岑参只得匆匆上任,"无端来出守,不是厌为郎"(《寻杨郎中宅即事》),"岂不惮险艰,王程剩相拘"(《酬成少尹骆谷行见呈》),他内心感到悲怅不已。

不料当岑参行至梁州时,遇到蜀中大乱,他不得已停滞在梁州,直到大历元年,朝廷派剑南西川节度使杜鸿渐入川平乱,岑参方随杜鸿渐入蜀。大历二年(767),岑参正式赴嘉州刺史任,但一年后,即大历三年七月,岑参被罢官,又因蜀乱不得已淹留戎州。大历四年,五十五岁的诗人,客居成都,自夏及秋,悲愁不已。这一年岁末,岑参东归不遂,竟卒于成都旅舍。

岑参嘉州为官一年,而他却流寓蜀中居住四年,这四年的流寓生活对岑参影响重大,对他的创作也产生了深远影响。

二 岑参流寓蜀中的历程

永泰元年,岑参由库部郎中转嘉州刺史,好友成贲由左司郎中迁成都府少尹。岑参早在乾元元年(758)入为祠部员外郎后便与为台省员外郎的成贲有诗文往来,③此次二人同时迁任蜀地,便结伴同行入蜀。岑参在《酬成少尹骆谷行见呈》记述二人同行入蜀:

> 闻君行路难,惆怅临长衢。岂不惮险艰,王程剩相拘。忆昨蓬莱官,新授刺史符。明主仍赐衣,价值千万余。何幸承命日,得与夫子俱。携手出华省,连镳赴长途。五马当路嘶,按节投蜀都。千崖信萦折,一径何盘纡。层冰滑征轮,密竹碍隼旗。深林迷昏旦,栈道凌空虚。飞雪缩马毛,烈风擘我肤。峰攒望天小,亭午见日初。夜宿月近人,朝行云满车。泉浇石罅坼,火入松心枯。亚尹同心者,风流贤大

---

① 王溥:《唐会要》卷七十五,第1362页。
② 《唐律疏议》卷九,刘俊文点校,中华书局,1983,第186页。
③ 参见岑参《和刑部成员外秋夜离直寄台省知己》。

夫。荣禄上及亲，之官随板舆。高价振台阁，清词出应徐。成都春酒
香，且用俸钱沽。浮名何足道，海上堪乘桴。

诗中说"何幸承命日，得与夫子俱"，可知他们是结伴同行入蜀，诗题也
明确此行走的是骆谷道。此诗描绘了诗人于深冬时节行走于骆谷道所见的
独特山间景象，山路盘旋曲折，窄小的道路随山势而迂回，时值十一月的
严冬，冰雪将路面冻得坚硬，路滑难行，走在密林中的小路上，车仗举步
难行，处在冬天冰雪气候中的骆谷道，雪大风烈，无比寒冷，栈道凌空，
道路险峻异常，难怪成贲要感叹"行路难"了！艰苦的行程让人备感酸
楚，什么时候能到达目的地呢？也许明年春天能在成都稍微悠闲地享受一
下了。然而，成都只是成贲的目的地，而成都南三百里左右的嘉州才是岑
参的最终目的地，到了成都后他还将继续前行。

出骆谷后，岑参和成贲便抵达了梁州州治西的城固县。到城固县时，
岑参与成贲稍作休整，趁便拜访了永安禅师。岑参有《赴嘉州过城固县寻
永安超禅师房》："满寺枇杷冬着花，老僧相见具袈裟。汉王城北雪初霁，
韩信台西日欲斜。门外不须催五马，林中且听演三车。岂料巴川多胜事，
为君书此报京华。"大雪后满寺枇杷挂着雪花，寺中老住持身着袈裟隆重
地接待从京城远道而来的贵客。岑参和成贲拜访了永安禅师，还寻访了汉
王城和韩信台。梁州在汉代时称汉中，有汉王城、韩信台、樊哙台等历史
名胜，据《读史方舆纪要》，汉王城在"县东十里，高十余丈，南北二百
步。其东五里有韩信台"，而樊哙台在"县北五里"。① 另据《水经注》
载，"壻水迳樊哙台南，台高五六丈，上容百许人。又东南迳大城固北，
城乘高势，北临壻水。水北有韩信台，高十余丈，上容百许人"。② 汉王城
是当年刘邦驻军的地方，韩信台是当年韩信被任命为大将军操练兵马的地
方。汉王城与韩信台相距仅五里，便于同时游览，而樊哙台则在县北五
里。"汉王城北雪初霁，韩信台西日欲斜"，从岑参诗来看，岑参和成贲也
只游览了汉王城与韩信台。

岑参与成贲经过城固县便到达梁州，然而此时，却传来了蜀中大乱的

① 顾祖禹：《读史方舆纪要》卷五十六，第 2680—2681 页。
② 郦道元著，陈桥驿校证《水经注校证》，第 647 页。

消息，岑参不得不收敛匆匆行色而停驻下来。蜀中之乱源起于永泰元年四月剑南节度使严武卒后出现的权力真空。依据史料记载，严武去世后，曾由行军司马杜济代理军府的全部事宜，当时右仆射郭英乂的兄弟郭英干担任都知兵马使，郭英干便与都虞侯郭嘉琳向朝廷共请郭英乂为剑南节度使，五月，朝廷以郭英乂为剑南节度使。然而，当时的西山都知兵马使崔旰与所部共请大将王崇俊为剑南节度使。朝廷已经任命了郭英乂，便拒绝了崔旰的请求，但此事使郭英乂与崔旰王崇俊有了嫌隙，且矛盾愈深并发生了残酷的战斗，"英乂由是衔之（王崇俊），至成都数日，即诬崇俊以罪而诛之。召旰还成都，旰辞以备吐蕃，未可归，英乂愈怒，绝其馈饷以困之。旰转徙入深山，英乂自将兵攻之，声言助旰拒守。会大雪，山谷深数尺，士马冻死者甚众，旰出兵击之，英乂大败，收余兵，才及千人而还"。① 郭英乂和崔旰之间的这场战斗以郭英乂大败而结束，十月，崔旰干脆杀了郭英乂，占据成都，导致蜀中大乱。《旧唐书》载，"永泰元年十月，剑南西川兵马史崔旰杀节度使郭英乂，据成都，自称留侯。邛州衙将柏贞节、泸州衙将杨子琳、剑州牙将李昌夔等兴兵讨旰，西蜀大乱"。② 崔旰叛乱造成了蜀中大乱，岑参成贲便无法继续前往，只能停留在梁州。③

朝廷对于蜀中大乱很快给出了处置方案，即命杜鸿渐前往蜀中平乱，《旧唐书·杜鸿渐传》载，大历元年二月，朝廷"命鸿渐以宰相兼充山、剑副元帅、剑南西川节度使，以平蜀乱"，④《资治通鉴》也记载了此事："（大历元年二月）壬子，以杜鸿渐为山南西道、剑南东、西川副元帅、剑南西川节度使，以平蜀乱。"⑤ 杜鸿渐于大历元年二月赴蜀平乱，同行的有

---

① 《资治通鉴》卷二百二十三、二百二十四，中华书局，1956，第 7187 页。

② 《旧唐书》卷一百零八，第 3283 页。

③ 岑参到梁州得知蜀中大乱后的行程如何，有不同的说法。闻一多先生在《岑嘉州系年考证》（《唐诗杂论》，上海古籍出版社，1998，第 119—121 页）认为，岑参并未停留梁州，而是返回长安，并于第二年二月即 766 年入杜鸿渐幕府与杜鸿渐一起再度入蜀。陈铁民、侯忠义先生《岑参年谱》也持相同观点，不同的是，陈铁民、侯忠义认为，岑参陪杜鸿渐入蜀时在梁州滞留了两个多月。参见陈铁民、侯忠义等校注《岑参集校注》，上海古籍出版社，1981，第 500 页。四川内江师范学院的李厚琼在《岑参入蜀未与杜鸿渐同行》（《内江师范学院学报》2005 年第 3 期）一文中指出，岑参滞留梁州至大历元年初夏，未因蜀乱返京。

④ 《旧唐书》卷一百零八，第 3283 页。

⑤ 《资治通鉴》卷二百二十四，第 7190 页。

杜亚、杨炎二人，史书载"永泰末，剑南叛乱，鸿渐以宰相出领山剑副元帅，以亚及杨炎并为判官"。① 杜鸿渐在出发的同时，即驰书要求当时的梁州刺史、山南西道节度使张献诚进蜀讨乱。杜鸿渐此行的目的地是益昌，益昌为蜀之边境，可进可退，与梓州战场距离适中，宜于指挥督战。而梁州距战场遥远，因此，杜鸿渐出骆谷经过梁州时，并未做过多的停留，继续前行，直赴入蜀之门户益昌，并临时驻节督战。但是，没想到张献诚在梓州讨贼大败，连旌节也为崔旰所夺，《资治通鉴》代宗大历元年载："三月，癸未，献诚与旰战于梓州，献诚军败，仅以身免，旌节皆为旰所夺。"② 又《旧唐书·崔宁传》："张献诚数与旰战，献诚屡败，旌节皆为旰所夺。"③ "癸未"是三月二十七日，不到一个月的时间，这场战争就有了结果。

张献诚的惨败使杜鸿渐不敢再贸然进军。四月初夏，杜鸿渐渐次进至成都，正是风和日丽花柳迎人的季候，他改换策略，对崔旰礼遇有加，"且惮旰雄武，先许以不死。既见，礼遇之，不敢加谯责，反委以政"。④ "杜鸿渐至蜀境，闻张献诚败而惧，使人先达意于崔旰，许以万全。旰卑辞重赂以迎之，鸿渐喜；进至成都，见旰，但接以温恭，无一言责其干纪，日与将佐高会，州府事悉以委旰。又数荐之于朝，因请以节制让旰，以柏茂琳、杨子琳、李昌夔各为本州刺史。上不得已从之。壬寅，以旰为成都尹、西川节度行军司马。"⑤ 在杜鸿渐的绥靖政策下，由崔旰叛乱而引起的蜀中之乱结束。

岑参永泰元年来到梁州，当时的梁州刺史张献诚是岑参的故人，二人"小年即相知"（《过梁州奉赠张尚书大夫公》）。岑参抵达梁州时正是深冬时节，天气严寒，张献诚赠以袍衣，岑参在《尚书念旧垂赐袍衣率题绝句献上以申感谢》中记载了此事："富贵情还在，相逢岂间然。绨袍更有赠，犹荷故人怜。"张献诚还置宴款待老朋友，"富贵情易疏，相逢心不移。置酒宴高馆，娇歌杂青丝。锦席绣拂庐，玉盘金屈卮"（《过梁州奉赠张尚书

---

① 《旧唐书》卷一百四十六，第 3962 页。
② 《资治通鉴》卷二百二十四，第 7191 页。
③ 《旧唐书》卷一百一十七，第 3400 页。
④ 《新唐书》卷一百二十六，第 4424 页。
⑤ 《资治通鉴》卷二百二十四，第 7191—7192 页。

大夫公》），张献诚不以富贵易交的殷勤相待令岑参感到非常温暖。

大历元年二月杜鸿渐从长安出发平叛时，岑参在梁州遥遥和诗《奉和杜相公初发京城作》："按节辞黄阁，登坛恋赤墀。衔恩期报主，授律远行师。野鹊迎金印，郊云拂画旗。叨陪幕中客，敢和出车诗。"诗歌中表明他此时为梁州"幕中客"的身份。杜鸿渐经过梁州去益昌时，岑参又有和诗《奉和相公发益昌》："山花万朵迎征盖，川柳千条拂去旌。暂到蜀城应计日，须知明主待持衡。"岑参在梁州又待了多久，他什么时候入蜀以及他的行程路线又如何，我们可依他创作的诗歌梳理如下。

杜鸿渐三月底在益昌时，岑参等人仍在梁州停留，他曾作《梁州陪赵行军龙冈寺北庭泛舟宴王侍御得长字》："谁宴霜台使，行军粉署郎。唱歌江鸟没，吹笛岸花香。"此时，梁州刺史张献诚正在前线平乱，"霜台使"指的是王侍御，此时招待王侍御的主人并不是张献诚，而是赵行军，岑参在其中作陪，"唱歌江鸟没，吹笛岸花香"描写了春天的景象。

春夏间，岑参陪鲜于晋在梁州游汉江，鲜于晋于大历元年八月拜邛州刺史，[1] 岑参有《与鲜于庶子泛汉江》，诗题中的"鲜于庶子"即鲜于晋，诗歌写道："日影浮归棹，芦花冒钓丝。"描写的正是夏季芦花飘飞的时节泛舟汉江的情景。

这年夏天，岑参《梁州对雨怀麹二秀才便呈麹大判官时疾赠余新诗》又有句："濛濛随风过，萧飒鸣庭槐。隔帘湿衣巾，当暑凉幽斋。"从诗句中"暑凉"字眼可知这年夏天岑参还在梁州。

随后岑参和几位朋友鲜于晋、成贲一起出发去蜀中。他经过五盘岭时有《早上五盘岭》一诗。五盘岭又名七盘岭，在今四川省广元市东北，与陕西省宁强县相接，是由陕入蜀的通道。诗歌写道："平旦驱驷马，旷然出五盘。江回两岸斗，日隐群峰攒。苍翠烟景曙，森沉云树寒。松疏露孤驿，花密藏回滩。栈道溪雨滑，畬田原草干。此行为知己，不觉蜀道难。"他明确指出"此行为知己，不觉蜀道难"，这个"知己"即指杜鸿渐，[2] 这次是投奔杜鸿渐而去。诗歌以不施华美之辞藻的素描笔法描述了五盘岭

---

① 据颜真卿撰《中散大夫京兆尹汉阳郡太守赠太子少保鲜于公神道碑铭》："公（鲜于仲通）弟晋，字叔明，……永泰二年（即大历元年，766）秋八月，有诏自太子左庶子复拜为邛州刺史兼御史中丞，邛南八州都防御、观察等使。"

② 据闻一多《岑嘉州系年考证》所考，参见闻一多《唐诗杂论》，第121页。

险峻的山势，苍翠的密林以及天湿雨滑的危险栈道。五盘岭地势开阔，江流在此迂回曲折，两岸山峰斗立，此时蜀中正好已经烧过畲田下过雨，雾霭中群山苍翠，白云缭绕，松林隐隐，花树隐约，一派优美风光也折射出诗人心情甚好，丝毫不觉蜀道之艰险。

不久岑参来到利州道，利州道是五盘岭附近一处险路，岑参有诗《与鲜于庶子自梓州成都少尹自褒城同行至利州道中作》,① 诗歌写道：

> 前日登七盘，旷然见三巴。汉水出嶓冢，梁山控褒斜。栈道笼迅湍，行人贯层崖。岩倾劣通马，石窄难容车。深林怯魑魅，洞穴防龙蛇。水种新插秧，山田正烧畲。夜猿啸山雨，曙鸟鸣江花。过午方始饭，经时旋及瓜。

诗题明言"至利州"，亦说明岑参离开梁州后，其目的就是前往益昌与驻节于此的杜鸿渐会合。诗题也清楚表明岑参此行是与鲜于晋、成贲结伴而行。诗中提到前行五盘岭的行程，也提到巴蜀地山田正烧畲，新插秧田，所叙时令景物与《早上五盘岭》相承。从这首诗歌的叙述，读者能清楚了解到五盘岭一带的农耕风物：此地远可见控斜水与褒水的梁山（即剑门山），因下过雨，水田里农夫正在插秧，而山田里正在烧畲，真是一派生机勃勃的景象。

不久岑参来到龙门阁，岑参有《赴犍为经龙阁道》："侧径转青壁，危桥透沧波。汗流出鸟道，胆碎窥龙涡。骤雨暗溪谷，归云网松萝。屡闻羌儿笛，厌听巴童歌。江路险复永，梦魂愁更多。圣朝幸典郡，不敢嫌岷峨。"诗题中的"犍为"即嘉州，龙阁即龙门阁，是山南道利州绵谷县东北八十二里处栈道，与千佛岩相邻，"侧径转青壁，危桥透沧波"，这个栈道在斗立石壁上虚凿石窍而架木其上建成，无比险峻，杜甫入蜀经过此路也曾作《龙门阁》诗言此处险峻。

通过龙门阁便入剑门了，岑参有《入剑门作寄杜杨二郎中时二公并为杜元帅判官》："不知造化初，此山谁开坼。双崖倚天立，万仞从地劈。云

① 据陈铁民注，梓州在利州之南，褒城属梁州，在利州北面，梓州至利州与褒城至利州无法同行，疑"梓州"为"梁州"之误。陈铁民、侯忠义校注《岑参集校注》，第325页。

飞不到顶，鸟去难过壁。速驾畏岩倾，单行愁路窄。平明地仍黑，停午日暂赤。凛凛三伏寒，巉巉五丁迹。"大剑山与小剑山倚天而立，好似被劈开一样，高处云都不到顶，鸟也飞不过去。走在这险峻之地，白天看来，地面也是暗的，三伏天经过这里却遍体生寒。

岑参一行来到蜀境广汉时已至秋天。岑诗《汉川山行呈成少尹》写道："秋来取一醉，待倚月光眠。"诗题中的汉川即汉州之地，汉州治所在今四川省广汉市。①

岑参在大历元年早秋七月终于抵达成都，《陪狄员外早秋登府西楼因呈院中诸公》诗提到，"常爱张仪楼，西山正相当"。张仪楼与西山是成都的风景名胜，《元和郡县图志》卷三十一载："（成都府）城西南楼百有余尺，名张仪楼。"② 岑参诗歌描写了成都府的秋景："千峰带积雪，百里临城墙。烟氛扫晴空，草树映朝光。车马隘百井，里闬盘二江。……蝉鸣秋城夕，鸟去江天长。兵马休战争，风尘尚苍茫。"成都秋高气爽，里闬繁荣，然时适逢乱局，诗人风尘仆仆内心一片苍茫忧患，百感交集。

岑参抵达成都后并未立即至嘉州赴任，因杜鸿渐出发时也曾表奏岑参"职方郎中兼侍御史，列于幕府"，③ 所以岑参作为杜鸿渐幕府成员，一直在成都伴随其左右。大历元年九月二十三日，岑参曾陪杜鸿渐拜访益州保唐寺的无住禅师④，同年冬天岑参送同在成都的狄员外巡按西山，有《送狄员外巡按西山军》，西山即剑南西山，属岷山山脉延绵至岷江以西地区，唐代在此设置防秋三戍以备吐蕃，狄员外当时兼工部员外郎，与岑参同在杜鸿渐幕府，故诗中有"狄子幕府郎，有谋必康济"之句。大历二年早春乍暖还寒，岑参陪西川节度使崔宁⑤宴游浣花溪，有《早春陪裴中丞泛浣花溪宴》，诗中有"旌节临溪口，寒郊斗觉暄"，描述了乍暖还寒的早春节候特点。

大历二年六月，杜鸿渐回朝奏事，成都幕府解散，随后岑参自成都赴

---

① 陈铁民、侯忠义校注《岑参集校注》，第331页。
② 李吉甫：《元和郡县图志》卷三十一，第768页。
③ 杜确：《岑嘉州集序》，陈铁民、侯忠义校注《岑参集校注》，第464页。
④ 无住禅师于永泰二年（766）九月受请住持成都保唐寺，直到大历九年（774）六月圆寂。参见《历代法宝记》，《大正新修大藏经》第51册，第179页。
⑤ 崔宁即崔旰，大历三年，唐代宗赐名宁，事见《新唐书》卷一百四十四，第4705页。

任嘉州刺史。① 从大历二年六月到大历三年七月，岑参在嘉州刺史任上。大历三年七月，岑参罢官东归，有《阻戎泸间群盗》："唯有白鸟飞，空见秋月圆。罢官自南蜀，假道来兹川。"诗下自注"戊申岁，余罢官东归"，"戊申岁"即大历三年，诗中有"罢官自南蜀"的句子，也说明岑参从嘉州罢官后因"群盗"而在戎州淹泊，"群盗"指的是大历三年发生的杨子琳之乱。大历三年四月，西川节度使崔旰入朝，以其弟崔宽为留后，泸州刺史杨子琳趁机率精骑突入成都，七月，败还泸州，招聚亡命之徒，沿江东下，声言入朝，这场战争又导致蜀中大乱，② 岑参因此淹留戎州（治所在今四川省宜宾市）。

同一时期岑参又有《东归发犍为至泥溪舟中作》："前日解侯印，泛舟归山东。平旦发犍为，逍遥信回风。七月江水大，沧波涨秋空。"诗歌也表明了其罢官东归的情况，还描述了舟行于七月泥溪中所见江水大涨浩波苍茫的景象，对于罢官的诗人而言此情此景不免凄凉。

大历三年九月诗人来到戎州青山峡口。青山峡位于岷江与金沙江之间，③ 岑参作《青山峡口泊舟怀狄侍御》："九月芦花新，弥令客心焦。谁念在江岛，故人满天朝。无处豁心胸，忧来醉能销。往来巴山道，三见秋草凋。"诗歌中的"三见秋草凋"是指诗人从大历元年至大历三年连续度过了三个蜀地之秋。蜀中流寓三年，现在因蜀中大乱不能回去，岑参只好北返成都，再作打算。

大历五年（770）秋，岑参再次准备返回，起程之前祭祀路神，问卜了吉日。就在一切准备就绪的时候，岑参却病倒了，诚如杜确在《岑嘉州集序》所言，真是"旋轸有日，犯轶俟时，吉往凶归，呜呼不禄！"④

岑参于成都旅舍卧病期间，曾作《客舍悲秋有怀两省旧游呈幕中诸公》诗："三度为郎便白头，一从出守五经秋。莫言圣主长不用，其那苍生应未休！人间岁月如流水，客舍秋风今又起。不知心事向谁论，江上蝉鸣空满耳！"这首诗对他的一生做出了总结：诗人自从长安出发刺嘉州到最后客死成都，东归的计划最终还是未能实现，其间因战乱而多次阻隔淹

---

① 此据闻一多先生考证，参见闻一多《岑嘉州系年考证》，《唐诗杂论》，第 122 页。
② 参见《资治通鉴》卷二百二十四，第 7200 页。
③ 陈铁民、侯忠义校注《岑参集校注》，第 372 页。
④ 陈铁民、侯忠义校注《岑参集校注》，第 464 页。

留，这对于一个流寓异乡的士人而言，既是个人的不幸，更是时代的悲剧。

三 岑参的嘉州流寓生活

岑参流寓蜀中，从骆谷道南下秦岭经由汉中，再由梁州入蜀以及前往嘉州一路的行旅中都有诗歌记录行途之事，这些诗歌较为完整地绘制了他此次赴蜀的路线，描绘了行途所见风光之奇与风俗之异。

成都作为历史文化名城，文化名胜丰富，岑参在成都居住期间，游览了成都的许多名胜，写了一组诗歌描述成都人文名胜，分别有《武侯庙》《文公台》《扬雄草玄台》《司马相如琴台》《严君平卜肆》《张仪楼》《升迁桥》《万里桥》《石犀》。

在成都幕府职事结束后，岑参便前往嘉州任上。大历二年，诗人一来到嘉州便被嘉山嘉水所吸引，古人有云"天下山水之胜在蜀"，而"蜀川山水之胜"却在嘉州。岑参作为嘉州刺史，政事多暇，游览了不少地方，他登凌云寺，游峨眉山，留下了不少佳作记录嘉州的胜迹与山水。

嘉州郡斋偏远，四面围山，郡偏诉少，"草生公府静，花落讼庭闲"（《初至犍为作》），诗人日常闲居，欣赏幽美的郡斋山水，也能自得一分闲适，"山色轩槛内，滩声枕席间"（《初至犍为作》），"山光围一郡，江月照千家"（《郡斋望江山》），景色宜人，郡斋中有不知何人所作的壁画，岑参郡斋闲居之余，观山赏画，倒也自在。

岑参常常出游，他游凌云寺，有《登嘉州凌云寺作》："寺出飞鸟外，青峰戴朱楼。搏壁跻半空，喜得登上头。殆知宇宙阔，下看三江流。天晴见峨眉，如向波上浮。"诗歌描写了凌云寺的高耸挺拔，登上凌云寺令人心胸朗阔，远处的峨眉山如同浮在水波上一般，颇有"波撼峨眉山"的气势。游览峨眉山，有诗歌《峨眉东脚临江听猿怀二室旧庐》，诗歌描写雨后峨眉山："峨眉烟翠新，昨夜秋雨洗。分明峰头树，倒插秋江底。"雨后的峨眉山如水洗一般，天空清澈，树木如倒插秋江底。凡此不一而足，嘉山嘉水尽收笔下，俊逸新奇，状难写之景如在目前，有极高的艺术感染力。游青衣山，有诗歌《上嘉州青衣山中峰题惠净上人幽居寄兵部杨郎中》，其序言"青衣之山，在大江之中，屹然迥绝，崖壁苍峭，周广七里，长波四匝"，指明青衣山陡峭立于大江之中的奇特地势。诗歌写道："青衣谁开凿？独在水中央。浮舟一跻攀，侧径沿穿苍。绝顶访老僧，豁然登上方。诸岭一何小，三江奔茫茫。兰若向西开，峨眉正相当。猿鸟乐钟磬，松萝泛天香。江云入袈裟，山月吐绳床。"诗歌描写青衣山处岷江、青衣江、大渡河三江交汇处，山间松萝云雾，猿鸣鸟啼，其屹然之绝真堪与峨眉名山相匹。

在青衣山下青衣江边，有一个龙吟滩，诗人行游至此，曾夜宿于当地官舍，有《江行夜宿龙吼滩①览眺思峨眉隐者兼寄幕中诸公》："官舍临江口，滩声人惯闻。水烟晴吐月，山火夜烧云。且欲寻方士，无心恋使君。异乡何可住，况复久离群。"这首诗描写了诗人在龙吟滩口的官舍中见到清雅美丽江滩夜景，此时的岑参已有东归之意。

嘉州是一个相对偏远的小城，岑参在嘉州寓居的时间并不长，但留下了不少诗歌记录自己的寓居生活，这些诗歌描绘了嘉州优美的山山水水，也传达了诗人出外州为官的行路之艰与内心依恋长安的复杂心理。

四 岑参的流寓心理

嘉州属边远小州，是下等州，岑参被任命为嘉州刺史实质是遭贬谪。对于这场不得不外任为官的远行，岑参内心是郁闷而又极不情愿的，他甚至有一种"浮名何足道，海上堪乘桴"（《酬成少尹骆谷行见呈》）的归隐之心，这注定是一条路途艰难而又难免有些伤怀的流寓之途。因此，当他风尘仆仆，一路向西南行进，却因蜀中大乱而被阻梁州时，内心是惆怅而忧闷的。尽管得到梁州刺史张献诚的照顾，游览梁州各处名胜风景，品尝梁州的美味佳肴，但他内心的苦闷没有丝毫消解。他在《梁州陪赵行军龙冈寺北庭泛舟宴王侍御》一诗中感叹自己年华老去："云雨连三峡，风尘接百蛮。到来能几日，不觉鬓毛斑。"又在《与鲜于庶子泛汉江》中表达自己滞留梁州无所事事、壮志难酬的苦闷："日影浮归棹，芦花冒钓丝。山公醉不醉，问取葛强知。"岑参是有用世之心的，但是如今却滞留梁州，行程蹉跎，时日不多诗人便头生华发，壮志难酬，这首诗歌以魏晋名士山简借酒消愁的典故来寄托自己的内心苦闷，夺他人之酒杯浇自己的块垒，

---

① 据陈铁民注，龙吼滩为嘉州洪雅县龙吟滩。陈铁民、侯忠义校注《岑参集校注》，第363页。

其苦闷之情可想而知。

蜀乱平后，岑参又踏上行旅，经过五盘岭、龙门阁、剑门后到达成都，在这段行程中，他写下不少记游写景诗，这些诗歌往往一面是对奇异的山水风物的描写，一面却是不尽的思乡情愫。在《赴犍为经龙阁道》中，他说："屡闻羌儿笛，厌听巴童歌。江路险复永，梦魂愁更多。"在《与鲜于庶子自梓州成都少尹自襄城同行至利州道中作》中，他说："数公各游宦，千里皆辞家。言笑忘羁旅，还如在京华。"艰难奇壮的蜀道既唤不起他内心的激情，也不能平复他仕途失意的苦闷，所以他"梦魂愁更多"，好在这一段旅程有几个朋友一起同行，在朋友的陪伴下宦游，似乎还如旧日在京华一般了。宦游在外的最大痛苦是精神上没有朋友可交流，如果有志趣相投的朋友为伴，寓居他乡的不得志与生活苦闷也可以强自排遣了，正如他在《寻杨七郎中①宅即事》中所说："雨滴芭蕉赤，霜催橘子黄。逢君开口笑，何处有他乡。"朋友的一片情意，一声笑语，便可以暂把他乡当故乡，获得精神上的暂时解脱。

在成都入杜鸿渐幕府期间，岑参也时时怀念故乡。春天到来，诗人感叹："腊月江上暖，南桥新柳枝。春风触处到，忆得故园时。终日不如意，出门何所之。从人觅颜色，自笑弱男儿。"（《江上春叹》）战争与离乱使诗人充满故园之思，他有时候心绪不佳便出门寻找排遣，但是又不知要到哪里去，只能跟着幕府的同僚们一起，暂寻春色，自我解嘲。在登高时，他也会想到在北方的故园，"故园江树北，斜日岭云西。"（《酬崔十三侍御登玉垒山思故园见寄》）。

大历二年，杜鸿渐派属官入朝奏事，岑参羡慕这位入朝奏事的同僚能够返回长安，在《送崔员外入奏因访故园》中，岑参写道："欲谒明光殿，先趋建礼门。仙郎去得意，亚相正承恩。竹里巴山道，花间汉水源。凭将两行泪，为访邵平园。"他如此渴望返回长安故园而不能，只能嘱托同僚去看看自己在长安的故园。

随着杜鸿渐幕府解散，岑参离开成都赴嘉州。嘉州比之成都更偏僻，也鲜少有朋友交游酬唱，生活更加孤独寂寞，此时他的思乡情更甚，出游峨眉山，"哀猿不可听，北客欲流涕"（《峨眉东脚临江听猿怀二室旧庐》），

---

① 杨七郎中，《全唐诗》作"阳七郎中"。

峨眉山下猿鸣更唤起他对家乡的思念和人生不如意的愁怀。

岑参的思乡之情一方面是对故园的思念，另一方面则是夹杂了很深"恋阙"成分的迁谪心态，这两个方面在岑参诗歌里面是合二为一的。实际上，早在虢州长史任上，岑参就多次在诗歌中表达对"紫殿""丹墀""西掖""紫禁"的依恋与向往，如"幸得趋紫殿，却忆侍丹墀"（《佐郡思旧》），"西掖诚可恋，南山思早回"（《春兴思南山旧庐招柳建正字》），"不谓青云客，犹思紫禁时"（《稠桑驿喜逢严河南中丞便别》）。在到嘉州任上后的很多诗歌里，他更是称呼故乡为"帝乡""京华""帝城"，表现出对"帝乡""帝城"魂牵梦萦的思念，如：

> 梦魂知忆处，无夜不京华。（《郡斋平望江山》）
> 言笑忘羁旅，还如在京华。（《与鲜于庶子自梓州成都少尹自褒城同行至利州道中作》）
> 丹青忽借便，移向帝乡飞。（《咏郡斋壁画片云》）
> 帝城谁不恋，回望动离骚。（《送赵侍御归上都》）

对帝乡的魂牵梦萦，使他在送别返回长安的朋友时表现出羡慕又无奈的心理，他自己也明确说过，"剖竹向西蜀，岷峨眇天涯。空深北阙恋，岂惮南路赊"（《与鲜于庶子自梓州成都少尹自褒城同行至利州道中作》），他深知重回帝乡很难，恋阙北归只是一种空想，但仍然深怀着"北阙恋"。这种对帝乡充满依恋的明确表达其实是一种对帝权崇拜的潜意识，这是那些有着强烈用世心的封建士人精神世界中最常见的一种心理。本来，恪尽职守是忠君的最主要的表达方式，可在现实中，对现职的不满和回归政治权力核心的向往往往伴随在廷阙之恋中。岑参有极强的用世之心，在文人的理想中，仕途通达意味着及早地身登青云，进入中枢权力机构，而当仕途受挫，理想与价值难以实现，便很容易产生嗟卑叹老之感，二者是一体两面的。

在岑参漂泊巴南，欲取道三峡东归那段日子，他的思乡情就更浓了，"镜里愁衰鬓，舟中换旅衣。梦魂知忆处，无夜不先归"（《巴南舟中思陆浑别业》），"见雁思乡信，闻猿积泪痕。孤舟万里外，秋月不堪论"（《巴南舟中夜书事》），"杉冷晓猿悲，楚客心欲绝……顷来压尘网，安得有仙骨。

岩壑归去来，公卿是何物"（《下外江舟中怀终南旧居》）等，急切思归的情感就是如此煎熬着、折磨着他，人生的叹老嗟卑与强烈思乡糅合在一起，满纸皆是人生暮年的酸楚。

嘉州是岑参生命的最后一程，他也已经敏锐地感知到自己对帝阙的思念是一场空了。对于景色优美、物产丰富的蜀中重镇，岑参就有了一些别样的情绪，如"异乡何可住，况复久离群"（《江行夜宿吼滩临眺思峨眉隐者兼寄幕中诸公》），"久客厌江月，罢官思早归"（《送绵州李司马秩满归京因呈李兵部》），"客厌巴南地，乡邻剑北天"（《晚发五溪》），一个"厌"字可见诗人对巴南（嘉州）生活的隔离疏远，虽然只近一年的时间，可是已经住厌了，根本原因是浓厚的恋阙之情在年华逐渐衰老与回京落空的强烈加持中逐渐转化成一种复杂的心理。

巴山蜀水纵然地肥物美，花可再荣，秋冬如春，毕竟不是诗人的故土，"虽信美而非吾土兮，曾何足以少留""人情同于怀土兮，岂穷达而异心"（王粲《登楼赋》）。岑参终于下定决心返乡，"忽作万里别，东归三峡长"（《东归留题太常徐卿草堂在蜀》），他满含惜别情意，再次审视了嘉州这座小城，"曲池荫高树，小径穿丛草。江鸟飞入帘，山云来到床"（《东归留题太常徐卿草堂》），飞鸟亲人，山云娱人，尽管山水如此多情，诗人终于还是离开了这座山水秀美的小城。

嘉州作为三蜀之一，风景优美。《华阳国志·蜀志》载："益州以蜀郡、广汉、犍为为三蜀，土地沃美，人士俊乂，一州称望。"[1] 又《水经注·江水》载："江水又东南迳南安县西，有熊耳峡，连山竞险，接岭争高。……县治青衣、江会，襟带二水矣，即蜀王开明故治也。"[2] 从这些记载可以看出，嘉州自古以来就是地灵人杰风景名胜之地，这里山川相缪，明山秀水。然而，在唐代以前，嘉州山水进入诗歌的并不多见，直到唐代，伴随着李白《峨眉山月歌》人们才认识到"平羌江"（即青衣江）的美，然而李白匆匆而过，也没有更多关于嘉州的诗，只有岑参对嘉州的歌咏，才使人们对嘉州的兴趣陡然大增，才有后代的"薛能之集江干，司空曙之赋凌云山"（杨天惠《水石墨记》），才让世人真正认识了嘉州的美，并吸引了

---

[1] 常璩撰，刘琳校注《华阳国志校注》卷三，第254页。
[2] 郦道元著，陈桥驿校证《水经注校证》卷三十三，第770页。

许多文人前来游赏。正如宋代苏轼在《送张嘉州》中所说，"颇愿身为汉嘉守，载酒时作凌云游"，后世人们凡有幸亲睹嘉州山水，无不付之于笔墨，形之于歌咏。正是岑参嘉州诗，激发了后世文人对嘉州的不断歌咏，石介、苏轼、黄庭坚、王十朋、陆游、范成大等众多诗人，不吝以大量诗文吟咏凌云寺、乌尤寺、万景楼、壁津楼、大佛石、尔雅台、峨眉山、清音阁等嘉州名胜，也正由于这些诗人的热情歌咏，嘉州的山山水水才为人们所了解，从而蜚声中外。

每一个过境作家对于所到之处景物的描写，都具有文化传播的意义，而以"嘉州"被后人称名的唐代诗人岑参以其在文坛的影响力，以其对嘉州的大力书写，对嘉州山水的传播做出了具有历史影响力的贡献，而在唐代诗歌史上占一席之地的《岑嘉州诗集》也成为嘉州人研习的对象，这无疑促进了嘉州好学之风的长盛不衰，提升了当地的文化品质。

第四章

中唐东川小城的贬谪之旅

巴地位于巴蜀之地的东部，地域范围相当广阔，《华阳国志·巴志》最早记载了巴地的地理范围："其地东至鱼复，西至僰道，北接汉中，南极黔、涪。"[1] 巴地的腹心地区在今达州、巴中、重庆、鄂西等地。其中，巴中扼着长江水道入蜀的要道，地势险要，自古以来便是兵家必争之地。巴地物产丰饶，纳贡之物有"桑、蚕、麻、纻、鱼、盐、铜、铁、丹、漆、茶、蜜、灵龟、巨犀、山鸡、白雉、黄润、鲜粉"，[2] 纳贡之物达十八种之多，但是，巴地却因地势崎岖，经济文化并不发达，而且一些僻远之地还成为唐代贬谪官员的地方和战乱时期人们的避乱之所。流寓文人的到来一定程度上促进了当地经济和文化的发展，尤其是著名文人的到来，无疑会提升地区的知名度。夔州、通州、忠州更因为唐代大诗人杜甫、刘禹锡、元稹、白居易的到来而尤为人们所熟悉。

第一节　夔州与杜甫、刘禹锡的流寓

夔州即今重庆市奉节县，位于长江三峡上游，属于巴蜀文化圈。夔州地处白帝城下，雄踞瞿塘峡口，其"郡城临江而险，盖据三峡之上"，[3] 是扼守巴蜀东门的要冲，历来为兵家必争之地。自夔州由西而东，瞿塘峡、巫峡历其全境，所谓"路入巴渝通两蜀，江连荆楚接三川"，正见其地当

---

① 常璩撰，刘琳校注《华阳国志校注》卷一，第 25 页。
② 常璩撰，刘琳校注《华阳国志校注》卷一，第 25 页。
③ 乐史：《太平寰宇记》卷一百四十八，中华书局，2007，第 2872 页。

要冲，地势极为险要。正因为此，唐代统治者对夔州的政区管理极为重视，据《旧唐书·地理志二》，唐武德二年，唐朝统治者在原夔州基础上析出夔州与归州二州，"割夔州之秭归、巴东二县，分置归州"，① 贞观十四年，又升夔州为都督府，"督归、夔、忠、万、涪、渝、南七州"。② 天宝元年（742），夔、归二州分别易名为云安郡、巴东郡，乾元元年，复为夔、归之名，夔州领奉节、云安、巫山、大昌四县，归州领秭归、巴东、兴山三县。夔州地势险要，扼守长江水道入蜀的咽喉，因此，经过夔州、迁移寓居夔州的诗人也较多，在夔州创作的流寓诗数量也很多，其中，最著名的是大诗人杜甫与刘禹锡，杜甫因避乱以平民之身寓居巴蜀，而刘禹锡则因贬谪而至夔州，这两位诗人名气大，创作的夔州诗数量多，对于夔州文化的提升与传播起到了巨大的作用。

一　杜甫流寓夔州的经历与诗歌创作

唐代寓居夔州的诗人中最著名的当属以平民之身寓夔的大诗人杜甫。杜甫于永泰二年移夔州，他在夔州寓居了两年，创作了近 470 首诗歌，其中以《秋兴八首》为代表的一系列作品，气象雄盖宇宙，描写细入毫芒，诗艺纯青，登峰造极，无论是数量上还是质量上都达到一个后人难以匹敌的高度。

永泰元年四月，严武去世，夏初，杜甫离开成都草堂，拟沿江出蜀。大历元年春夏之交，杜甫到达夔州，因身兼贫病在夔州滞留。杜甫在夔州不足两年，却屡有迁徙，他曾先后寓于白帝西阁、正对白盐山的赤甲山、鱼复浦的瀼西以及白帝城东北的东屯，最终于大历三年初出峡。出峡后杜甫一直漂泊于荆湘，竟于大历五年冬在湘水舟船中贫病而逝，结束了漂泊的一生。

夔州是杜甫流寓生涯中最后一站，他多次迁移，居无定所，漂泊流离。诗人伟大的人格在贫困生活中催发出巨大的创作能量，在夔州的两年时间里，杜甫创作了 467 首作品，③ 夔州岁月成为诗人创作生命力最旺盛

---

① 《旧唐书》卷三十九，第 1554 页。

② 《旧唐书》卷三十九，第 1555 页。

③ 仇兆鳌《杜少陵集详注》在前人研究的基础上酌订编年诗，大致可信，据此书统计，夔州诗共有 435 首，云安诗 32 首。陈贻焮《杜甫评传》采用此说将两地诗整体合并为夔州诗。

的时期，在这些诗歌中，不论山水诗，还是抒怀、回忆、怀古和遣兴之作，夔州独特的山川地貌都为之提供了雄浑的背景。杜甫与夔州的相遇激发出如此壮丽雄浑的诗歌，这既是诗人的幸运，也是夔州的幸运。

杜甫流寓夔州的行途经历，依杜甫诗歌大致可梳理如下：① 永泰元年，杜甫离开成都，他先经岷江去了嘉州与族兄团聚，在《狂歌行赠四兄》中杜甫有"今年思我来嘉州，嘉州酒重花绕楼"之句。接着杜甫到了犍为县的青溪驿，作《宿青溪驿奉怀张员外十五兄之绪》，其中有"浩荡前后间，佳期付荆楚"的句子，表明诗人此行是要出峡前往荆楚的。过了青溪驿，杜甫到了戎州，他受到戎州刺史的热情招待，作《宴戎州杨使君东楼》记录此事。随后到达渝州，诗人在渝州等候朋友严六一起出峡，根据他在《渝州候严六侍御不到先下峡》的记叙，严六没有来，"闻道乘骢发，沙边待至今"，杜甫只好自己坐船出渝。很快便到了忠州，杜甫在忠州得到一位当刺史的族侄招待，"出守吾家侄，殊方此日欢"（《宴忠州使君侄宅》）。宴席上宾主尽欢，杜甫度过了难得的愉悦时光，但短暂的愉悦并不能动摇他出峡的决心。杜甫并未在忠州过多停留，离开忠州后顺江而下，一路前往云安，终于在永泰元年九月到达云安（即夔州郡云阳）。没想到在云安却生了一场大病，"儿扶犹杖策，卧病一秋强"（《别常征君》），这一场病太严重了，卧病途中，欲归不得，只能在云安滞留下来。

因病停留了大半年，第二年即大历元年暮春，杜甫终于从云安来到夔州（即夔州郡奉节县）。杜甫在夔州的住处先后有五处，根据杜甫《客堂》《草阁》《宿江边阁》《入宅三首》《赤甲》《赠苏四徯》《峡口二首》《览镜呈柏中丞》《西阁雨望》《西阁三度期大昌严明府同宿不到》《西阁二首》《月》《卜居》《暮春题瀼西新赁草屋五首》《园官送菜》《暇日小园散病将种秋菜督勒耕牛兼书触目》等诗歌的记述，杜甫初到时住客堂，后迁草阁、江边阁，再后来又迁西阁，后又迁赤甲，再迁瀼西，最后迁东屯。

流寓异乡的生活是动荡不安极不稳定的，初来乍到时杜甫寄居西阁，他计划着选一个合适的安身之所，最好也建一个草屋，在《客堂》中他写道："事业只浊醪，营葺但草屋。"营建草堂的首要任务是选址，杜甫此次选定建草屋的地址是赤甲，"卜居赤甲迁居新，两见巫山楚水春"（《赤

---

① 杜甫的夔州经历参见陈贻焮《杜甫评传》。

甲》)。大历二年春杜甫从西阁迁居赤甲暂住，但是，赤甲住处面对着白盐山的断崖，背靠着势如骏奔涛涌的赤甲峭壁，"乱石居难定，春归客未还"（《入宅三首》其二），杜甫住了一段时间，还是选择了离开。

大历二年暮春，杜甫迁入瀼西草屋。① 杜甫在瀼西买了四十亩柑园，瀼西周围环境很是优美，但是饱经磨难的诗人已经没有当初营建草堂的兴致了，他在瀼西租赁了几间草屋，在《暮春题瀼西新赁草堂五首（其一）》中说："久嗟三峡客，再与暮春期。百舌欲无语，繁花能几时？谷虚云气薄，波乱日华迟。战伐何由定，哀伤不在兹。"他在这一年夏秋之交写的《柴门》中说"足了垂白年"，表示自己可能要终老于瀼西了。

秋后他又搬到东屯去了，东屯在白帝城东北十余里。根据陆游乾道七年（1171）四月十日所撰的《东屯高斋记》，东屯有一百顷公田，本是当年公孙述为了解决军粮问题而开垦的屯田之所，杜甫居瀼西时，当时的夔州都督柏茂琳委托杜甫代管这片公田，无奈之下，杜甫便只好移居东屯，亲自督看秋收的情况。杜甫在《自瀼西荆扉且移居东屯茅屋四首之二》说："东屯复瀼西，一种住清溪。来往皆茅屋，淹留为稻畦。"条件都一样，但为了便于管理不得不搬到这里来了。东屯也没有住多久，大历三年元宵节前后，杜甫便离夔东下。

杜甫大约于永泰元年九月到云安（唐云安县属夔州），至大历三年正月出峡东下，前后跨三个年头，实际寓居夔州时间有两年多。在这两年多时间里，杜甫创作了四百多首诗，夔州诗不仅数量多，而且内容丰富多彩，手法变化多端，实为杜甫创作生涯之冠。其中不乏许多名传千古的组诗，如《咏怀古迹五首》《秋兴八首》《诸将五首》等，尤其是《秋兴八首》，以情纬文，以文被质，文质彬彬，堪称绝唱。这些诗歌以七律组诗的形式表现出的博大的社会内容与复杂的思想感情，是诗人以真实经历中积累的生活感受把握兴衰之际时代风云的体现，展现了极强的忧时浩叹的感染力，显示杜诗"晚节渐于诗律细"的精湛艺术，在文学史上产生了重大的影响。

① 据陈贻焮《杜甫评传》，瀼溪，即今日奉节城东门外之梅溪河，距东门约半里地，水流量较大，有渡船通东岸。

二 刘禹锡流寓夔州的经历与诗歌创作

在杜甫离开夔州 50 多年后的长庆二年（822）正月，夔州迎来了另一位文化大家刘禹锡，刘禹锡是唐代流贬夔州的文人官吏中最著名的一位。刘禹锡于穆宗长庆元年十一月贬夔州刺史，在夔州期间对当地的民歌《竹枝词》进行改造再创作，使得这一原本只在蜀中流传的民歌传布天下，这对于以夔州为代表的巴蜀文化传播起到非常重要的作用。

刘禹锡贬谪夔州源于永贞革新的失败。"永贞革新"是唐顺宗永贞元年（805）发生的具有积极的社会意义的政治改革运动，据《旧唐书》卷十四《顺宗纪》、《顺宗实录》载，唐朝末年，由于藩镇割据势力进一步发展，宦官专横，土地兼并加剧，阶级矛盾十分尖锐。顺宗即位后即任用王叔文等人进行改革，王叔文等人制定了一系列政策来抑制藩镇势力，打击宦官势力，减轻税收，史称"永贞革新"。然而改革遭到宦官集团的痛恨，宦官勾结士族和藩镇势力，逼迫唐顺宗禅位。唐宪宗即位后，革新派人物被贬杀一空：王伾死于贬所，王叔文被贬旋被赐死，柳宗元、刘禹锡、韦执谊、韩泰、韩晔、陈谏、凌准、程异八人被贬为远州司马。

作为永贞革新的主要成员，刘禹锡先被贬为连州刺史，后又改贬朗州司马，其间刘禹锡因母亲去世回洛阳丁忧。不久，唐宪宗被宦官杀害，唐穆宗即位，唐穆宗上任后遂重新起用刘禹锡，任其为夔州刺史。

刘禹锡接到朝廷任命时正在洛阳丁母忧，他丁忧除服之后即由家乡洛阳赴任夔州。从刘禹锡《夔州谢上表》中所言"臣即以今月二日到任上讫"以及表文书写时间"长庆二年正月五日"可知，他是正月二日到任的。洛阳与夔州相距近千里，路上行程少则几日，多则十几日，由此可以推断刘禹锡大致是于长庆元年（821）冬接到诏令后出发的。

由洛阳到夔州，走东线水路是最方便的，刘禹锡正是由水路溯江入蜀的。在经由鄂州时，刘禹锡得到一位同为永贞旧臣的老朋友李程的盛情款待。李程与刘禹锡同为永贞旧臣，二人有着相同的命运，"顺宗即位，（李程）为王叔文所排，罢学士。三迁为员外郎。……十三年四月，拜礼部侍郎。六月，出为鄂州刺史、鄂岳观察使"，① 李程当时正在鄂州刺史任上。

---

① 《旧唐书》卷一百六十七，第 4372 页。

刘禹锡有《鄂渚留别李二十一表臣大夫》告别李程："高樯起行色，促柱动离声。欲问江深浅，应如远别情。"二人同为贬臣，此番晤见实属不易，诗歌表现了二人的深情厚谊，并表达了刘禹锡对李程的依依别情。从这首诗中"高樯"也可以看出刘禹锡走水路溯江而上夔州，走水路非常顺利，长庆二年（822）正月，刘禹锡便到夔州。

在夔州两年后，长庆四年八月，刘禹锡转任和州。刘禹锡长庆二年正月到夔州任，至长庆四年八月离开夔州，他在夔州生活了两年多时间。

作为夔州刺史，刘禹锡对夔州的治理非常认真，他于长庆三年和长庆四年分别向穆宗皇帝进呈了《夔州论利害表》和《论利害表》，但是穆宗昏庸无能，穷奢极欲，不关心朝政，根本没有理会一个边远贬官的表文。虽然上表的目的没有达到，但是刘禹锡通过对夔州当地各方面情况的仔细考察，很好地了解了当地民风民情，饱览异域他乡的山水风光，进一步了解了巴蜀文化，这也为他的创作提供了丰富的素材。

据卞孝萱《刘禹锡年谱》，刘禹锡的夔州诗有 61 首；据陶敏《刘禹锡全集编年校注》，刘禹锡有夔州诗 51 首；高忠《刘禹锡诗文系年》所录刘禹锡夔州诗有 69 首。刘禹锡的夔州诗内容主要是寄友怀人、记录民风民俗、酬答唱和、咏史怀古等，此外，对夔州地理古迹的咏怀也是刘禹锡夔州诗中值得注意的内容，然而，影响最大、成就最高的，当属其创作的《竹枝词》等民歌体乐府诗。

三　夔州流寓诗

杜甫与刘禹锡寓居夔州的时间尽管间隔了 50 多年，但是 50 年间中唐政治格局并无太大变化，夔州文化民风也并无太多不同，因此从客体上看，杜甫与刘禹锡诗歌里的夔州也有很多相通的地方，在寓居夔州的两位大文豪笔下，夔州的山川地理、民风民俗一一呈现在世人面前。

（一）夔州山川名胜

巴蜀的自然风光鬼斧神工，杜甫和刘禹锡寓居夔州时对夔州的自然山川都有过相当多的描绘，二人的表现手法是不同的，杜甫通过一诗一景的方式进行细致的描写，而刘禹锡主要是通过《竹枝词》对夔州山水进行景物与情感融合的印象式刻画。

1. 瞿塘峡

瞿塘峡西起夔州（今重庆市奉节县）白帝城，东迄大溪，其间为峡谷段，长 16 里，为三峡中最短的峡，西口处两崖对峙，中贯一汇，望之如门，称夔门。瞿塘峡也是长江三峡中最为险峻的一段峡谷，两岸悬崖壁立，江面最狭处只有 30 余丈，江流湍急，山势峻险，号称"天堑"。

杜甫多次写诗描写瞿塘峡，早在云安卧病时，杜甫就有《长江二首》咏瞿塘峡："众水会涪万，瞿塘争一门。朝宗人共挹，盗贼尔谁尊？孤石隐如马，高萝垂饮猿。归心异波浪，何事即飞翻？"诗歌描绘了众水汇于一处的夔门，百川归海，犹诸侯朝见天子，波澜壮阔的山川景色隐于诗人东归长安的孺子情怀中。到夔州居住后，杜甫又有《瞿唐两崖》《瞿唐怀古》二诗描写瞿塘峡的夔门：

> 三峡传何处？双崖壮此门。入天犹石色，穿水忽云根。猱玃须髯古，蛟龙窟宅尊。羲和冬驭近，愁畏日车翻。（《瞿唐两崖》）
>
> 西南万壑注，勍敌两崖开。地与山根裂，江从月窟来。削成当白帝，空曲隐阳台。疏凿功虽美，陶钧力大哉！（《瞿唐怀古》）

前一首诗歌状奇险之景，写石壁耸天，羲和若驾日车行至此也惧怕会在此翻车了，真是触目惊心！后一首诗怀念大禹开凿之功，描状瞿塘峡天险，这样的形胜终归功于造化之力。两首诗均以写实的细致描摹手法写瞿塘峡之险。

瞿塘峡口江心有巨石突起，名滟滪滩，亦作滟滪堆，俗称燕窝石。[①]冬季出水面很高，夏季水涨时只露出顶端，为长江三峡著名险滩，《唐国史补》卷下云："大抵峡路峻急，故曰：'朝发白帝，暮彻江陵。'四月五月为尤险时，故曰：'滟滪大如马，瞿塘不可下。滟滪大如牛，瞿塘不可留。滟滪大如襆，瞿塘不可触。"[②] 杜甫在夔州作《滟滪堆》专咏此滩：

[①] 燕窝石即滟滪堆，这里指大滟滪堆，是自古以来最险要的奇景，新中国成立后已被航运部门炸掉了，现在只能看到小滟滪堆，方圆也有数丈，高可 3 米。

[②] 上海古籍出版社编《唐五代笔记小说大观》卷下，丁如明等校，上海古籍出版社，2000，第 198 页。

巨石水中央，江寒出水长。沉牛答云雨，如马戒舟航。天意存倾覆，神功接混茫。干戈连解缆，行止忆垂堂。

大历二年，杜甫迁居瀼西草堂，有一首《滟滪》拗体七律：

滟滪既没孤根深，西来水多愁太阴。江天漠漠鸟双去，风雨时时龙一吟。舟人渔子歌回首，估客胡商泪满襟。寄语舟航恶年少，休翻盐井掷黄金。

这首诗写滟滪水势，以告诫人勿要冒险，仇兆鳌说："滟滪根没，以水多故也。江天风雨，即太阴愁惨之象。鸟去龙吟，则人不可往矣。回首，见险知止也。泪襟，阻水难下也。少年无赖，逐利轻生，故戒其翻盐以掷金。"① 诗歌前四句能抓住令人惊异的景象，并通过排奡的文笔、新奇的变律，将峡中天阴水涨的景象，以及人们处此境地的不安情绪表现出来，达到了强烈的艺术效果，历来为人们所称道。

刘禹锡描绘瞿塘峡则是通过《竹枝词》以饱含情感的喻托手法来表现滟滪堆之艰险难行，如《竹枝词九首》：

城西门前滟滪堆，年年波浪不能摧。懊恨人心不如石，少时东去复西来。(《竹枝词其六》)
瞿塘嘈嘈十二滩，此中道路古来难。长恨人心不如水，等闲平地起波澜。(《竹枝词其七》)

这两首诗均由滟滪堆的坚挺不摧想到人心易变，由滟滪堆的艰险难行想到人心的无端生衅，难以把握，这既是爱情失意女子的怨恨，也是诗人政治上受排挤打压后内心的愤慨，言近旨远，有着深远的寄托。刘禹锡的夔州山水诗更多是把个人政治上的失意寄托于夔州的地理山川，以夔州山川为比兴对象，或愤慨人心不古，或自伤身世不幸，寄寓了诗人的别样怀抱。

① 仇兆鳌注《杜诗详注》，第 1650 页。

2. 巫山神女庙

离瞿塘峡不远的巫峡岸边有十二峰，其中最著名的是神女峰。神女峰下有神女庙，范成大《吴船录》卷下载："（又过巫峡）三十五里，至神女庙。庙前滩尤汹怒，十二峰俱在北岸，前后蔽亏，不能足其数。"① 巫山神女峰与神女庙也成为诗人们游历吟咏的地方。

大历二年杜甫到夔州城东的天池游览作了一首《天池》，诗歌以楚王神女的典故描写天池的浩渺之势："百顷青云杪，层波白石中。郁纡腾秀气，萧瑟浸寒空。直对巫山出，兼疑夏禹功。……飘零神女雨，断续楚王风。"夔州的山风水气与巫山密切相连，这仿佛就是巫山神女在行云布雨。杜甫写到巫山云雨气势的诗歌非常多，如"玉露凋伤枫树林，巫山巫峡气萧森"（《秋兴八首》其一），"巫山小摇落，碧色见松林"（《西阁二首》其一），"晴浴狎鸥分处处，雨随神女下朝朝"（《夔州歌十绝句》其六），这些诗歌虽然没有直接描写神女峰与神女庙，但却以云气雨露表现了夔州的地理气候。

巫山神女庙也是刘禹锡经常流连的当地名胜。刘禹锡在即将到达夔州时有一首《松滋渡望峡中》："渡头轻雨洒寒梅，云际溶溶雪水来。梦渚草长迷楚望，夷陵土黑有秦灰。巴人泪应猿声落，蜀客船从鸟道回。十二碧峰何处所？永安宫外是荒台。"诗歌描写了在峡江中远眺十二峰的情景，雨后巫峡烟雨凄迷，这北地难以见到的独特迷人的巴蜀风光，一下子打动了诗人。

到夔州后，见到郁郁葱葱的神女峰，刘禹锡游赏了神女庙，作《巫山神女庙》诗："巫山十二郁苍苍，片石亭亭号女郎。晓雾乍开疑卷幔，山花欲谢似残妆。星河好夜闻清佩，云雨归时带异香。何事神仙九天上，人间来就楚襄王。"这首诗主要以渐次提升、逐层推进的想象取胜，开篇处点出吟咏的对象其实是"片石"而非"女郎"，接下来就女郎展开想象，以"卷幔""残妆""清佩""异香"从视觉、听觉和嗅觉多方面为神女传神写照，结尾又将神女峰人格化为普通女郎，在虚实之间拓展出诗意的空间，表现出无尽的审美意象，在汗牛充栋的巫山神女诗中，刘禹锡此诗绝对算得上上乘之作。

---

① 《吴船录》卷下，《范成大笔记六种》，第 219 页。

3. 八阵图

八阵图指三国时蜀相诸葛亮创制的一种阵法，据《三国志·诸葛亮传》载，"（亮）推演兵法，作八阵图"。①《晋书·桓温传》也载："初，诸葛亮造八阵图于鱼复平沙之上。"② 后人考其遗迹而绘成图形，其遗址，史载有三处，其中最著名的一处即在夔州西的长江东边江岸上。③ 据《水经注》卷三十三载："江水又东迳诸葛亮图垒南，石债平旷，望兼川陆，有亮所造八阵图，东跨故垒，皆累细石为之。"④ 其中所说的长江水流经八阵图，正是夔州八阵图。

后人对诸葛亮八阵图颇有神异化的传说，多认为八阵图传自《太公兵法》，至于八阵图的神异之处，刘禹锡《嘉话录》也有描述："夔州西市，俯临江沙，下有诸葛亮八阵图，聚石分布，宛然犹存。峡水大时，三蜀雪消之际，颓涌湓漾，大木十围，枯槎百丈，随波而下。及乎水落平川，万物皆失故态，诸葛小石之堆，标聚行列依然。如是者近六百年，迨今不动。"⑤ 八阵图能够在江水大涨万物失态时，保持原状六百年不动，确实很神奇。刘禹锡认为"是诸葛公诚明一心，为先主效死；况此法出《六韬》，是太公上智之才所构，自有此法，惟孔明行之。所以神明保持，一定而不可改也"，⑥ 刘禹锡将八阵图的神异归结于诸葛亮的诚明一心感动神明，这实则是千古忠贞之士的美好愿望。

诸葛亮的忠勇智慧与八阵图的神秘莫测吸引了无数后人游览凭吊。杜甫至夔州作《八阵图》："功盖三分国，名成八阵图。江流石不转，遗恨失吞吴。"诗歌也提到"江流石不转"的神奇，杜甫吊古伤今，末句与其说是在写诸葛亮的"遗恨"，毋宁说是抒发杜甫自己"伤己垂暮无成"的抑郁情怀。

---

① 《三国志》卷三十五，中华书局，1982，第927页。
② 《晋书》卷九十八，中华书局，1974，第2569页。
③ 相传诸葛亮曾聚石布成八阵图形。据记载，八阵图遗迹有三处：一在奉节县南江边，一在陕西沔县（今陕西省汉中市勉县）东南诸葛亮墓东，一在四川新都县北三十里弥牟镇（即今四川省成都市青白江区弥牟镇）。
④ 郦道元著，陈桥驿校证《水经注校证》，第777页。
⑤ 据《太平广记》卷三百七十四引《刘宾客嘉话录》。李昉等编《太平广记》卷三百七十四，中华书局，1961，第2969页。
⑥ 瞿蜕园笺证《刘禹锡集笺证》卷二十二，上海古籍出版社，1989，第595页。

刘禹锡在治理夔州期间也经常前往八阵图遗址游览,他曾作《观八阵图》:"轩皇传上略,蜀相运神机。水落龙蛇出,沙平鹅鹳飞。波涛无动势,鳞介避余威。会有知兵者,临流指是非。"诗歌赞美八阵图即便是惊涛骇浪也不能动摇丝毫,实际上是感慨诸葛亮的聪明才智,对诸葛亮的忠诚之心表示钦佩。诗歌以"观"为题,也表现诗人以期从八阵图中揣摩诸葛亮变幻莫测的用兵技巧的目的,咏史怀古只是方式手段,其中蕴含着的个人心志的抒发才是刘禹锡真实的创作动机。

4. 鱼复永安宫

鱼复即今重庆市奉节县,鱼复本是秦汉旧名,蜀时改鱼复为永安,两晋南朝仍名鱼复,唐贞观时才改名奉节县,至今未变。鱼复县故城原在白帝城西北,后来就移至白帝城,北宋以后县治随州治移至瀼西。《读史方舆纪要》卷三载:"鱼复,今夔州府治,亦即蜀汉故郡治也。"[1]

刘备当年征吴,曾在此立永安宫,《水经注》载:"江水东迳永安宫南,刘备终于此,诸葛亮受遗处也,其间平地可二十里许,江山迥阔,入峡所无,城周十余里,背山面江,颓墉四毁,荆棘成林,左右民居,多垦其中。"[2] 陆游《入蜀记》载:"至夔州,州在山麓沙上,所谓鱼复永安宫也。……比白帝城颇平旷,然失关险,无复形胜。"[3] 永安宫地处背山面江的平阔之处,刘禹锡游览至此,有《鱼复江中》:"扁舟尽室贫相逐,白发藏冠镊更加。远水自澄终日绿,晴林长落过春花。客情浩荡逢乡语,诗意留连重物华。风樯好住贪程去,斜日青帘背酒家。"这首诗跳过历史传说,而仅就眼前景物加以铺陈,展现了鱼复江边的景象。刘禹锡所见鱼复江中渔父,一叶扁舟,家世贫困,华发满头,而自己亦客居此地意有踌躇,不禁感慨丛生,然眼前景物如此美好,又在很大程度上稀释了他的怀古之幽情。

5. 先主庙

先主庙指的是三国时期刘备的庙,一处在成都南,另一处在夔州。《方舆胜览》载:"蜀先主庙,《成都记》在府南八里。"又载:"蜀先主

---

① 顾祖禹:《读史方舆纪要》卷三,第107页。

② 郦道元著,陈桥驿校证《水经注校证》卷三十三,第777页。

③ 陆游著,蒋方校注《入蜀记校注》卷六,湖北人民出版社,2005,第236—237页。

庙，去奉节县六里。"① 黄初三年（222）二月，蜀先主刘备率兵伐吴，败归白帝城，次年四月卒于永安宫，故永安宫里有先主庙。另据《太平寰宇记》载："先主改鱼复为永安，仍于州西七里别置永安宫，城在平地。"② 刘备即卒于此。杜甫刚到夔州时或已不止一次来此游览，有《谒先主庙》：

> 惨淡风云会，乘时各有人。力侔分社稷，志屈偃经纶。复汉留长策，中原仗老臣。杂耕心未已，呕血事酸辛。霸气西南歇，雄图历数屯。锦江元过楚，剑阁复通秦。旧俗存祠庙，空山立鬼神。虚檐交鸟道，枯木半龙鳞。竹送清溪月，苔移玉座春。闾阎儿女换，歌舞岁时新。绝域归舟远，荒城系马频。如何对摇落，况乃久风尘。孰与关张并，功临耿邓亲。应天才不小，得士契无邻。迟暮堪帷幄，飘零且钓缗。向来忧国泪，寂寞洒衣巾。

诗人先描述了先主刘备建立蜀汉功业未成而西南霸气消歇，雄图为天命所限的历史始末，然后展现先主庙中苍凉古壮的情景，感慨先主于风尘寥落中奋起，以应天之才建立不世功业，方成君臣契合之机。自己年齿迟暮，哪里还能参加运筹帷幄？只能作一钓叟已耳！只是忧及国家破败，不禁泪洒衣巾也。杜甫当桑榆之年、处途穷之际，犹不忘立不世之功，复痛洒忧国之泪，这种精神颇感动人。另外杜甫的《咏怀古迹五首》其四也是咏怀永安宫而追怀刘备：

> "蜀主窥吴幸三峡，崩年亦在永安宫。翠华想像空山里，玉殿虚无野寺中。古庙杉松巢水鹤，岁时伏腊走村翁。武侯祠屋常邻近，一体君臣祭祀同。"

诗歌咏叹先主事，多用"幸""崩""翠华""玉殿"等字眼，表示作者尊蜀汉为正统的观点。杜甫一生所系唯在君臣之义，诗歌咏永安宫而抒发怀抱，只在于"一体君臣"四字中，流露出诗人赞咏君臣际会之情。

---

① 祝穆：《方舆胜览》卷五十七《夔州路》，第 1015 页。
② 乐史：《太平寰宇记》卷一百四十八，第 2871 页。

刘禹锡在夔州时也常来此凭吊，他有《蜀先主庙》诗："天地英雄气，千秋尚凛然。势分三足鼎，业复五铢钱。得相能开国，生儿不象贤。凄凉蜀故妓，来舞魏宫前。"诗歌写蜀国的盛衰，指出蜀国的盛在于"得相能开国"，衰则在于"生儿不象贤"，得一诸葛亮这样的人才则可兴国，而一不贤之主如刘禅则可亡国，这首诗以咏史来讽今，诗歌借咏史以抒发之，以古衬今，也对李唐王朝不能任用贤能进行深思，令人于历史相似性的联想中更深刻地认识现实，其中也蕴含了刘禹锡自己的政治思想和远大抱负。

6. 武侯庙

武侯庙也有成都与夔州两处，成都武侯庙在锦官门外，《杜诗镜铨》言："吴曾《漫录》：'蜀先主庙在成都锦官门外，西挟即武侯祠，东挟即后主祠。'"① 而夔州的武侯庙位置在夔州府治附近，《大清一统志》载："武侯庙在夔州府治八阵台下。"② 先主庙和武侯祠相邻，武侯祠位于先主庙西边。

杜甫景仰诸葛亮，前在成都，今来夔府，多次拜谒祠庙，凭吊赋诗，作《武侯庙》："遗庙丹青落，空山草木长。犹闻辞后主，不复卧南阳。"还有《咏怀古迹五首》其五："诸葛大名垂宇宙，宗臣遗像肃清高。三分割据纡筹策，万古云霄一羽毛。伯仲之间见伊吕，指挥若定失萧曹。运移汉祚终难复，志决身歼军务劳。"这两首都是因武侯庙而追怀诸葛亮。诸葛亮最为人们所景仰的不是他为刘备驱驰谋划，而是在后主昏庸的情况下，仍然鞠躬尽瘁，六出其师，不复有归时卧南阳之意，这才是"云霄万古"的忠贞之士！评价如此之高，固然出于对孔明的真心崇敬，但也无妨将之看作诗人在借古人的酒厄浇自己大志未酬的垒块，在对诸葛的赞美上，杜甫也寄寓了自己的理想人格。后来杜甫居瀼西草堂期间，也有出游访武侯祠，并作有《诸葛庙》写出游事："久游巴子国，屡入武侯祠。竹日斜虚寝，溪风满薄帷。君臣当共济，贤圣亦同时。翊戴归先主，并吞更出师。虫蛇穿画壁，巫觋醉蛛丝。欻忆吟《梁父》，躬耕起未迟。"这首诗同样羡慕诸葛亮于风云际会中的君臣相遇，敬佩其鞠躬尽瘁，伤感庙貌的

---

① 杨伦笺注《杜诗镜铨》卷十七，上海古籍出版社，1998，第842页。
② 穆彰阿等纂修《大清一统志》卷三百九十九，第9页。

凄凉。杜甫写这首诗时已是人生暮年，病情加重，身体虚弱，常恐客死他乡，以诸葛庙抒发自己壮志莫酬的哀怨和生命暮年的愁苦感叹，也便能理解了。

7. 白帝城

白帝城旧址在今奉节县治以东，瞿塘峡口北岸的白帝山山腰上。据《奉节县志》载："白帝山在县东南十三里，高耸特峙，与赤甲山相接。"[①]白帝山上有白帝寺、天王庙、白帝城与白帝楼。关于白帝的来由，《山海经·西次三经》载："长留之山，其神白帝少昊居之。"[②] 少昊又为金天氏，为西方之神，由于蜀地处于中原之西，便被说成白帝居住与管辖之地，白帝成为蜀地的神，并有了天王称号，奉节成为白帝天王信仰的中心。这些都是白帝崇拜文化的遗存，也是白帝崇拜地域化的标志。

白帝城的建立则始于汉代公孙述，《奉节县志》载："公孙述据蜀，有白龙自井出，故号曰'白帝城'。"[③] 公孙述起兵在蜀地讨乱，后僭立为帝，改成都郭外旧仓为白帝仓，筑城于鱼复，号白帝城。[④] 白帝城因山势而修，周围七里，用石块砌成的城墙旧迹至今仍多处可见。北周、隋、唐在公孙述白帝城基础上扩大城府，并将夔州府治迁移至白帝城。据刘禹锡《夔州刺史厅壁记》载："夔初城于瀼西，后周大总管龙门拓王述登白帝，叹曰：'此奇势可居。'遂移府于今治所（指唐治白帝城）。隋初杨素以越公领大总管，又张大之。"[⑤] 白帝城作为府治所在，地势险峻，这里山势起伏，山为红砂石，树木稀疏。城南的白帝山耸立江边，山势陡峭，从江边至山顶，拾级而上，有石阶四百余级，杜甫"城尖径仄旌旆愁，独立缥缈之飞楼"（《白帝城最高楼》）说的就是这里。

白帝山顶有白帝庙，庙门南向，俯视大江滚滚东流。白帝庙最初供奉的是公孙述，后来士大夫认为奉祀割据的叛逆于理未安，于是改祀刘备和诸葛亮了。白帝庙虽不算雄伟，却颇为秀丽，庙内正殿内有塑像，正中为先主刘备，右为诸葛亮，左为关羽、张飞。殿右又有武侯祠，亦为明嘉靖

① 杨德坤等纂《奉节县志》卷七，《中国地方志集成》，巴蜀书社，1992，第605页。
② 袁珂校注《山海经校注》，上海古籍书版社，1980，第51页。
③ 杨德坤等纂《奉节县志》卷七，《中国地方志集成》，第605页。
④ 《后汉书》卷十三，中华书局，1965，第534、541页。
⑤ 瞿蜕园笺证《刘禹锡集笺证》卷九，第213页。

时重修，正中为诸葛亮像，左右陪祀的是诸葛瞻、诸葛尚。

从白帝庙上俯瞰江流，汹涌澎湃，江面最窄处仅百米左右，这里就是以惊险雄奇著称的瞿塘峡口，即"夔门"，这里是入蜀的咽喉，也是三峡之门。唐代夔州城实际上就是以白帝城为基础向西北面山坡扩展而成的，所以唐人往往把夔州城直称为白帝城，杜甫"伏枕云安县，迁居白帝城"（《移居夔州作》）就是如此。

寓居夔州的杜甫与刘禹锡都游历过白帝城，也写下了关于白帝城的诗篇。杜甫写白帝城的诗歌有 50 多首，仅以白帝为标题的诗歌就有《上白帝城》《上白帝城二首》《白帝城最高楼》《白帝》《白帝城楼》《晓望白帝城盐山》《白帝楼》《陪诸公上白帝城头宴越公堂之作》《大历三年春白帝城放船出瞿塘峡久居夔府江适江陵漂泊有诗凡四十韵》等。其中写白帝城登览最佳的是《白帝城最高楼》："城尖径仄旌旆愁，独立缥缈之飞楼。峡坼云霾龙虎卧，江清日抱鼋鼍游。扶桑西枝对断石，弱水东影随长流。杖藜叹世者谁子？泣血迸空回白头。"这首诗很好地展现了白帝城的地形：城楼高耸，台阶陡峭，"城尖径仄"，登高临深，云霾坼峡，山木蟠挐，有似龙虎之卧；日抱清江，滩石波荡，有若鼋鼍之游，真是险峻异常！诗人也由此引发自己孤独衰老尚不能出峡的哀愁叹息！

《上白帝城》《上白帝城二首》均为慨叹公孙述当年据险作乱跃马称帝，"公孙初恃险，跃马意何长？"《上白帝城》以公孙述作乱寄托了诗人对时局的看法，隐射崔旰据蜀中割据自重的现实，《上白帝城二首》（其一）仍是借公孙事讽崔旰作乱蜀中，"兵戈犹拥蜀，赋敛强输秦"，诗歌更表现诗人关心时政与民生的热肠。另外还有《陪诸公上白帝城宴越公堂之作》《白帝楼》《白帝城楼》，这些诗歌主要描写诗人离群索居，寂寥已甚，偶尔也会参加当地官绅宴会，有时也出去走走散散心，主要表达境地荒凉繁花凋谢而生命过隙的感叹。

刘禹锡做夔州刺史时也游览过白帝城，并作有《白帝城》："白帝城头春草生，白盐山下蜀江清。南人上来歌一曲，北人莫上动乡情。"刘禹锡这首诗歌不像杜甫诗详细描写白帝城的地望形势，而是以白帝城头春草生时一片生机勃勃的景象，引发旅客的无限乡愁。刘禹锡革新失败被贬后，羁旅他乡，既实现不了政治理想，也回不了家乡，只能把无尽的凄楚在诗歌中一点点道出。

8. 赤甲山与白盐山

离白帝山不远处，有两座高山夹江对峙，这就是著名的赤甲山和白盐山。赤甲在江北，山顶状如桃子，当地俗称桃子山，呈暗红色，白盐山在南岸，山色呈灰白色，两山红白相映，远远望去更增添了这一带山川的奇伟秀丽。杜甫《夔州歌》中"赤甲白盐俱刺天，间阎缭绕接山巅"所说的就是二山。

赤甲山，即赤岬山。汉晋隋唐时赤岬山在白帝山北，白帝山与赤岬山紧密相连，二山均东傍东瀼溪（即今草堂河），其位置应在今奉节县白帝乡向阳一带。① 赤岬山上有赤岬城，赤岬城也为公孙述称帝后所筑，《水经注》载："江水东迳赤岬城西，是公孙述所造，因山据势，周回七里一百四十步，东高二百丈，西北高千丈，南连基白帝山，甚高大，不生树木，其石悉赤，土人云，如人祖脾，故谓之赤岬山。"② 郦道元认为赤岬山之名与山石呈暗红色有关，但是《元和郡县图志》载："赤甲山，在城北三里，汉时尝取邑人为赤甲军，盖犀甲之色也。"③ 从这些记载可知"赤甲"指的是汉时驻守军士所着犀甲为赤色，而非郦道元所说的"其石悉赤，如人祖脾"之意了。

杜甫曾在赤甲短暂居住过一段时间，《杜甫年谱》中记载杜甫"大历二年丁未，春，迁居赤甲。三月，迁瀼西。秋，迁东屯"。④ 由于居住于赤甲，杜甫在很多诗歌中写到了赤甲山："奔峭背赤甲，断崖当白盐。"（《入宅三首》）"黄草峡西船不归，赤甲山下行人稀。"（《黄草》）"卜居赤甲迁居新，两见巫山楚水春。"（《赤甲》）"白盐危峤北，赤甲古城东。"（《自瀼西荆扉且移居东屯茅屋四首》）"赤甲白盐俱刺天，间阎缭绕接山颠。"（《夔州歌十绝句》）这些诗句提及赤甲，无不是展现其险峭雄伟的不凡之姿。

比之赤甲山的古朴，白盐山更多一份高峻与秀美。杜甫《夔州歌十绝句》其四"枫林橘树丹青合，复道重楼锦绣悬"描写了白盐山上色彩明丽

① 据蓝勇《汉唐时代的赤甲山不在今天的位置》考证。蓝勇：《长江三峡历史地理》，四川人民出版社，2003，第420—421页。
② 郦道元著，陈桥驿校证《水经注校证》卷三十三，第777页。
③ 李吉甫：《元和郡县图志之阙卷逸文·山南道》，第1057页。
④ 杨伦笺注《杜诗镜铨·年谱·附录二》，上海古籍出版社，1981，第1150页。

的优美风景，诗人在《晓望白帝城盐山》"春城见松雪，始拟进归舟"表明了坐船到白盐山登览的想法。大历元年秋天，杜甫终于前去游览了白盐山，"卓立群峰外，蟠根积水边，他皆任厚地，尔独近高天。白榜千家邑，清秋万估船。词人取佳句，刻画竟谁传？"（《白盐山》）诗歌感叹白盐山耸立在江边，高可近天，当真是卓尔不群，令人惊叹。

刘禹锡刺夔州，也游览过白盐山。他在《竹枝词九首（其一）》中写到白盐山："白帝城头春草生，白盐山下蜀江清。南人上来歌一曲，北人莫上动乡情。"春草生长的季节，高耸的灰白色白盐山映衬着清澈碧绿的江水，这样山清水秀的自然风光，难免牵动诗人乡情愁肠，诗歌也展现了白盐山除了高峻之外的另一个特点，即山水相侔而清秀怡人的雅致美。

（二）夔州的民风民俗

除了地理山川等自然风光的最直观差异性感受外，流寓诗人最容易感受到的地域差异便是当地的民间文化及风土人情。夔州属于东川，其生产方式与文化民风比之于西南地域的其他地方既有共性，也有独特之处。

1. 烧畲

烧畲是巴蜀地区常见的农耕方式，据《奉节县志》载："峡土硗确，暖气晚达，故民烧地而耕，谓之火耕。"[1] "烧畲"是一种刀耕火种的原始耕作方式，这样传统的生产方式在巴蜀许多地区一直延续下来，许多流寓巴蜀的诗人笔下都提到过。

大历二年秋天，杜甫在瀼西写了首赠友诗《秋日夔府咏怀奉寄郑监审李宾客之芳一百韵》，这首诗咏夔州风物，句句可以入画：

> 峡束沧江起，岩排石树圆。拂云霾楚气，朝海蹴吴天。煮井为盐速，烧畲度地偏。有时惊叠嶂，何处觅平川？鹓鹭双双舞，獮猴垒垒悬。碧萝长似带，锦石小如钱。春草何曾歇？寒花亦可怜。猎人吹戍火，野店引山泉。

诗中提到了夔州有煮井盐和畲田的风俗，其中"烧畲度地偏"说的便是烧

---

① 杨德坤等纂《奉节县志》，《中国地方志集成》，第 644 页。

畬这一古老耕种方式。实际上，烧畬是一种颇费时日的耕作法，为防止火灾一般要卜到下雨才开始烧畬，有时大火要烧很久，大雨降下后，充分燃烧过的农作物灰尘经过一段时间的发酵与沉积，山民才开始耕种，"斫畬应费日，解缆不知年"（《自瀼西荆扉且移居东屯茅屋四首》），从卜日烧畬，到开始耕种，少则十天半月，多则数月，耗时颇费。杜甫认为正是因为夔州山区比较偏远，地处崇山峻岭，无法采用平原地区所常用的耕作方法，所以只能选择这样的耕作方式。

"烧畬"在别人看来是落后的生产方式，但是刘禹锡认为这恰恰反映了当地百姓的聪明睿智。刘禹锡《畬田行》对夔州的"畬田"是这样描述的：

> 何处好畬田，团团缦山腹。钻龟得雨卦，上山烧卧木。惊麏走且顾，群雉声咿喔。红焰远成霞，轻煤飞入郭。风引上高岑，猎猎度青林。青林望靡靡，赤光低复起。照潭出老蛟，爆竹惊山鬼。夜色不见山，孤明星汉间。如星复如月，俱逐晓风灭。本从敲石光，遂至烘天热。下种暖灰中，乘阳拆牙孽。苍苍一雨后，茁颖如云发。巴人拱手吟，耕耨不关心。由来得地势，径寸有余金。

畬田选取的是那些没有沟垄区划的缦田，烧畬之前人们首先要把山上的草木砍斫晾干，在烧畬田之前先要通过占卜问卦来判断好阴晴变化，只有得到下雨的卦象后才"上山烧卧木"，只有确保有雨水，才能开始烧畬。整个烧畬过程非常壮观，由星星之火到漫卷整片青林的火焰，诗人还描写了火光中惊麏、群雉奔走的情态，想象着老蛟、山鬼在火中受惊的情景，火光烘得天空都炽热了。烧过的农田趁着草木的温度赶紧下种，幼芽乘着阳气开始萌生，经过雨水滋润后便快速生长。在刘禹锡看来，烧畬虽然看似是一种"耕耨不关心"任其自然的耕种方式，但是却并非随意的行为，而展现了当地山民"由来得地势"的因地制宜的智慧，令人赞叹。

2. 取水

夔州与云安有盐井，却罕有用来汲水的水井，居民用水只能到山下汲水。夔州有妇女下山负水的习俗，刘禹锡《竹枝词》中的"银钏金钗来负水，长刀短笠去烧畬"便提到蜀中妇女下山负水的习俗。陆游《入蜀记》

详细记录了蜀中妇女汲水的情景:"(峡中)妇人汲水,皆背负一全木盎,长二尺,下有三足,至泉旁,以杓挹水,及八分,即倒坐旁石,束盎背上而去。大抵峡中负物率着背,又多妇人,不独水也。有妇人负酒卖,亦如负水状,呼买之,长跪以献。未嫁者,率为同心髻,高二尺,插银钗至六尺只,后插大象牙梳,如手大。"① 从这段记录看,蜀人习惯以"木盎"背负重物,不独是负水,还有负酒、负薪、负粮食等,这种携物方式应该与当地山高路窄的生活环境有一定关系。

夔地多山,没有打井取水的风俗,以负水的方式取水始终是一件费力且低效的事,为了省力方便,夔州人民发明用竹筒引山泉水的方法。杜甫寓居夔州时便是用此法取水,杜甫《引水》一诗说明竹筒引水的方便:"月峡瞿塘云作顶,乱石峥嵘俗无井。云安酤水奴仆悲,鱼复移居心力省。白帝城西万竹蟠,接筒引水喉不干。人生留滞生理难,斗水何直百忧宽。"这些引水的竹筒如蟠龙一般匍于山腹,引山泉水而下,非常方便地解决了饮水的难题。竹筒引水虽然给诗人生活带来了方便,可是一旦竹筒发生故障就非常麻烦了,杜甫就经历过夏日断水的困扰,好在当时有一位叫阿段的奴仆帮他修好了,"病渴三更回白首,传声一注湿青云"(《示獠奴阿段》),这种渴病中突遇甘霖的感受,只有经历过的人才能体会到。杜甫还有一首《信行远修水筒》,描写天气炎热,偏偏引水竹筒坏了,有个叫信行的仆人冒暑上山,往返40里,修好水筒的事,可见这样的事情并不是偶然的。

刘禹锡任夔州刺史时居住在靠近大江的刺史宅内,因城墙阻隔,用水极为不便,于是请了一位工匠为他装置机械汲水机。刘禹锡在《机汲记》中说:"濒江之俗,不饮于凿而皆饮之流。"② 说明了采用井水和流水即"饮于凿"和"饮之流"两种取水方式的差别,并详细介绍了工匠"用机以汲"实现用机械方式来汲取流水,并用打通竹节连接成竹筒将水送入院内的方法,刘禹锡的汲水机达到了"走下潺潺,声寒空中,通洞环折,唯用所在。周除而沃盥以蠲,入爨而锜釜以盈。任涑之余,移用于汤沐;涑

---

① 陆游著,蒋方校注《入蜀记校注》卷六,第215页。
② 瞿蜕园笺证《刘禹锡集笺证》卷九,第222页。

浣之末，泄注于圃畦"① 的原始自来水系统的效果，它从下往上汲取江水而不受城墙岩石的阻隔，这可以说是我国最早的抽水机雏形了。这些汲水方式后来也渐渐为夔州老百姓所采用，极大便利了他们的生活。

3. 驾船

峡中人生活在江边，无论贫富多以驾船为生。他们驾船技术很高，涨水时节江水漫天，风涛怒吼，还能驾着船，航行速度很快，当时蜀人称舵师为"长年三老"。据《水经注·江水》载："至于夏水襄陵，沿溯阻绝。或王命急宣，有时朝发白帝，暮到江陵。"② 这说的就是驾船师顺江而下的情景，但是，此时也非常危险，稍不留意就会坠入水中，蜀谚"渍起如屋，漩下如井"，说的是驾船的人遇漩须撇开，遇渍须捎过，否则就会船翻人亡。杜甫诗《最能行》描写驾船的能手，诗曰：

> 峡中丈夫绝轻死，少在公门多在水。富豪有钱驾大舸，贫穷取给行舴子。小儿学问止论语，大儿结束随商旅。欹帆侧柁入波涛，撇漩捎渍无险阻。朝发白帝暮江陵，顷来目击信有征。瞿塘漫天虎须怒，归州长年行最能。此乡之人气量窄，误竞南风疏北客。若道土无英俊才，何得山有屈原宅？

诗题中"最能"，即指驾船的能手。峡中男子大多数在水上谋生，最能驾船的男子就在最危险的瞿塘峡和虎须滩上驾船。瞿塘峡和虎须滩虽凶险，但是架不住经验丰富的船师的本领更高强，如今亲眼得见他们驾船才相信书上所说"朝发白帝，暮到江陵"原来是完全可能的。

4. 民间歌舞：竹枝词与踏歌词

夔人好歌舞，民间有赛歌、对歌以祈安泰之习俗，《太平寰宇记》中描写开州祭祀歌舞的风俗，"巴之风俗，皆重田神，春则刻木虔祈，冬则用牲解赛，邪巫击鼓以为淫祀，男女皆唱竹枝歌"。③ 这种地方风俗也孕育了夔州人爱好歌舞之风，他们人人能唱，刘禹锡曾多次提到这种民俗：

---

① 瞿蜕园笺证《刘禹锡集笺证》卷九，第 223 页。
② 郦道元著，陈桥驿校证《水经注校证》卷三十三，第 790 页。
③ 乐史：《太平寰宇记》，第 2671 页。

> 楚水巴山江雨多，巴人能唱本乡歌。(《杂曲歌辞》)
> 南人上来歌一曲，北人莫上动乡情。(《杂曲歌辞》)
> 桥东桥西好杨柳，人来人去唱歌行。(《杂曲歌辞》)
> 自从雪里唱新曲，直到三春花尽时。(《踏歌词》)

夔中人人能唱，从"雪里"唱到"三月"的歌曲便是竹枝词。竹枝词又称"竹枝"或"竹枝子"，原是巴渝地区的民间歌曲，本为"巴渝之遗音，惟峡人善唱"。[①] 竹枝词以描写婚恋和农事劳作为主要内容，一般以短笛和鼓为节拍伴奏，并伴以舞蹈、演唱等多种形式。表演者一般手执竹笛，边跳边唱。《蜀中名胜记》载："琵琶峰下女子皆善吹笛，嫁时，群女子治具吹笛，唱《竹枝词》送之。"[②] 竹枝词曲调婉转悠扬，语言明白如话。竹枝词以其朗朗上口的特质，被民间广泛传唱并保存了。

寓居夔州的文人大部分会接触到这种无处不在的民间歌舞形式，杜甫在《暮春题瀼西新赁草屋五首》中提到自己寓居夔州经常看到当地人歌舞："万里巴渝曲，三年实饱闻。"另外，杜甫在《奉寄李十五秘书文嶷二首》也提到夔州《竹枝歌》对游客的吸引："避暑云安县，秋风早下来。暂留鱼复浦，同过楚王台。猿鸟千崖窄，江湖万里开。竹枝歌未好，画舸莫迟回。"诗歌尾联劝告没有听够竹枝歌的人们，不要这么轻易就离开，诗中所说的"竹枝歌"便是夔峡人人爱唱的民歌竹枝词。

对竹枝词进行深入了解的是诗人刘禹锡。刘禹锡《竹枝词九首（并引）》对夔州的歌舞述之最详："四方之歌，异音而同乐。岁正月，余来建平，里中儿联歌《竹枝》、吹短笛、击鼓以赴节。歌者扬袂睢舞，以曲多为贤。聆其音，中黄钟之羽。卒章激讦如吴声，虽伧儜不可分，而含思宛转，有淇澳之艳。昔屈原居沅湘间，其民迎神词多鄙陋，乃为作《九歌》，到于今荆楚鼓舞之。故余亦作《竹枝词》九篇，俾善歌者扬之。附于末。后之聆巴歈，知变风之自焉。"[③] 刘禹锡这段文字描述了他春天来到夔州时见当地人正表演竹枝词的情景，他经过仔细观察与聆听发现竹枝词为诗乐

---

① 仇兆鳌注《杜诗详注》，第1294页。
② 曹学佺：《蜀中名胜记》卷二十二，刘知渐点校，重庆出版社，1984，第315页。
③ 瞿蜕园笺证《刘禹锡集笺证》卷二十七，第852页。

舞三位一体的艺术形式，其音韵婉转，"含思宛转，有淇澳之艳"，并非仅仅俚俗之乐，于是他仿效屈原作《九歌》改造创作了《竹枝词》，其目的是记录当地人民的风俗习惯和生活状貌，并让善歌者将其传唱下去。

刘禹锡《竹枝词》主要描写当地青年男欢女爱的歌舞风俗，《竹枝词》除了少部分诗歌抒发客愁外，大多数是以女子口吻表达对爱情的向往，如《竹枝词二首》其二："杨柳青青江水平，闻郎江上唱歌声。东边日出西边雨，道是无情还有晴。"诗歌以初恋少女口吻生动准确地呈现出少女初恋的惊喜心理。表现女性心理及日常生活的内容在《竹枝词九首》中更为常见：

白帝城头春草生，白盐山下蜀江清。南人上来歌一曲，北人莫上动乡情。（其一）

山桃红花满上头，蜀江春水拍山流。花红易衰似郎意，水流无限似侬愁。（其二）

江上朱楼新雨晴，瀼西春水縠文生。桥东桥西好杨柳，人来人去唱歌行。（其三）

日出三竿春雾消，江头蜀客驻兰桡。凭寄狂夫书一纸，住在成都万里桥。（其四）

两岸山花似雪开，家家春酒满银杯。昭君坊中多女伴，永安宫外踏青来。（其五）

城西门前滟滪堆，年年波浪不能摧。懊恨人心不如石，少时东去复西来。（其六）

瞿塘嘈嘈十二滩，此中道路古来难。长恨人心不如水，等闲平地起波澜。（其七）

巫峡苍苍烟雨时，清猿啼在最高枝。个里愁人肠自断，由来不是此声悲。（其八）

山上层层桃李花，云间烟火是人家。银钏金钗来负水，长刀短笠去烧畬。（其九）

这些诗歌除了其一、其六、其九外，均以女性为表现对象。其二以恋爱中女子的口吻表现其亦怨亦恋的矛盾心理，其三以少女的口吻描写了怀春少女对心上人暗藏的爱慕，其四以独守之商妇的口吻表现其对出门在外的丈夫寄语，其五以赴歌会的一般少女口吻表现闺中女子的活泼愉悦，其七以失意之女子的口吻表现其对爱人变心的失望，其八以失恋之女子的口吻表现其内心的哀愁。这些诗歌以女性社会生活与婚恋心理为表现对象，展现了女性生活的方方面面，尤其是婚恋状态。

刘禹锡不仅创作《竹枝词》，而且他也善于歌唱《竹枝词》，白居易曾聆听过刘禹锡歌唱《竹枝词》，"梦得能唱《竹枝》，听者愁绝"，[①] 刘禹锡所唱《竹枝词》歌声令听者愁绝，给白居易留下了深刻印象，他在《忆梦得》中云："几时红烛下，闻唱竹枝歌。"对刘禹锡的歌唱念念不忘。

除了《竹枝词》外，刘禹锡还创作了《踏歌词》。刘禹锡有《踏歌词四首》（其三）描写了男女聚会、联翩起舞的狂欢图景："新词宛转递相传，振袖倾鬟风露前。月落乌啼云雨散，游童陌上拾花钿。"一曲又一曲悠扬宛转的新歌接连不断地出现，那踏着鼓笛伴着悠扬歌声"振袖倾鬟"的舞蹈热烈轻快赏心悦目，一对对伴侣在野外通宵达旦地寻欢作乐，舞会散去时地面上竟留下少女们遗落的花钿，可见欢乐场面宏阔壮观，少女们沉湎于歌舞之深！这种习俗令诗人大开眼界。《踏歌词四首》（其二）还歌咏"襄王故宫地"："桃蹊柳陌好经过，灯下妆成月下歌。为是襄王故宫地，至今犹自细腰多。"古楚宫在夔州巫山县，州县相去不远，巫山县歌舞风俗很盛，也许是受楚王爱细腰故事的影响，此地女子以"细腰"为美，她们对爱情的追求与表达也很独特，且有"灯下妆成月下歌"的习俗，她们在月明星稀春风骀荡的夜晚，以联唱新词和细腰之舞抒发恋情。这些诗都是通过诗人视角去观察与感受，把朦朦胧胧的初恋情感展示得迷离惆怅、耐人寻味。刘禹锡《踏歌词》与《竹枝词》在艺术上内容上都有多方面的一致，不同的是《竹枝词》以民歌为本位融入诗人的情怀，而《踏歌词》则是以诗人为本位融入民歌特色，二者都是民歌与文人创作一体化的结果。

5. 踏青

踏青这项节令性的民俗文化历史悠久，可以追溯到远古社会，一般围绕繁衍子嗣、迎生育神而展开。春秋秦汉时期，祭祀色彩浓厚的迎春活动

---

① 朱金城笺校《白居易集笺校》，上海古籍出版社，1988，第 1861 页。

逐渐演化为上巳节，并且剔除了一些行为放纵的习俗，男女求偶的目的也逐渐弱化。据《韩诗薛君章句》记载，"郑国之俗三月上巳，于溱洧两水之上，招魂续魄，拂除不祥"，[①] 可见，这时的上巳节蒙上了一层祭祀色彩，突出了"招魂续魄，拂除不祥"的主题。魏晋时期，上巳节日期确定为每年的三月三日，故多称三月三，这时上巳节的风俗较之前发生了较大的改变，活动的形式也十分丰富。受魏晋玄学的影响，文人骚客渐喜寄情山水，因三月草木茂盛，气候宜人，与自然亲近的曲水流觞和踏青等活动逐渐被社会下层人民所接受。到隋唐时，踏春已逐渐演变为一项全民普及性的风俗活动。

夔州地区虽然地处偏远的巴山楚水地带，但是也有着相同的文化习俗。蜀中风俗二月二日踏青节[②]，每当踏青日来到，人们便相邀出门，外出踏青，祈祷风调雨顺，表达对自然的敬畏与喜爱。女子们则精心打扮相携去昭君坊瞻仰，以昭君的美貌、品德勉励自己，刘禹锡《竹枝词九首》中"昭君坊中多女伴，永安宫外踏青来"就表现了妇女结伴踏青的场景，刘禹锡此诗对夔州踏春民俗进行了精准的描绘。

四　夔州流寓诗的价值

杜甫与刘禹锡两位先后寓居夔州的大文豪用自己的诗笔对夔州生活做了记录与描述，将夔州的地理风貌风土人情展现给读者，在文学史、民俗文化史上都有着不可低估的价值。

杜甫夔州诗多为历代诗家和研究者赞美，陈善《扪虱新话》认为，"观子美到夔州以后诗，简易纯熟，无斧凿痕，信是如弹丸矣"。[③] 王十朋也很推崇杜甫夔州诗，他在《夔路十贤·少陵先生》中说："子美稷契志，空抱竟无用。夔州三百篇，高配风雅颂。"[④] 王十朋将杜甫夔州诗与风雅颂相提并论，足见他对夔州诗评价之高了。宋代诗人黄庭坚喜爱杜诗，他还将杜甫夔州诗进行刻印传播，"自予谪居黔州，欲属一奇士而有力者，尽

① 《后汉书》"袁绍传注"引"韩诗薛君注"。《后汉书》卷七十四，第2382页。
② 参见本书第五章第一节"梓州与李商隐的流寓"，第151页。
③ 陈善：《扪虱新话》卷八，商务印书馆，1939，第3页。
④ 《全宋诗》卷二千零三十七，北京大学出版社，1991，第23861页。

刻杜子美东西川及夔州诗，使大雅之音久湮没而复盈三巴之耳"，[1] 后遇见丹棱杨素，约好由他"尽书杜子美两川夔峡诸诗"，并建大雅堂以藏之，这也极大促进了杜甫夔州诗的传播，杜甫夔州诗的传播也极大提升了巴渝文化的质量与品格。

刘禹锡夔州创作的十一首竹枝词，几乎每首都是经典作品，这些诗歌传播得非常远，"武陵夷俚悉歌之"，[2] 南宋胡仔《苕溪渔隐丛话》后集卷十二中云："予尝舟行苕溪，夜闻舟人唱吴歌，歌中有此后两句，余皆杂以俚语。岂非梦得之歌，自巴渝而流传至此乎？"[3] 刘禹锡的竹枝词大大促进了巴渝民歌的发展和传播。刘禹锡竹枝词在音律、歌词形式上得以规范定型，并逐渐发展成熟，白居易、苏轼、范成大、陆游等文人都相继效仿，创作了大量的竹枝词，这些诗歌或泛咏风物，或即景抒情，语言宛转轻快，风格恬静和美，文人的创作使得这一诗体很快流行于各地，并大放异彩，创造了文学史上的灿烂遗产。

随着夔州诗的传播，白帝城、白盐山、蜀水、奉节瀼水、昭君坊、滟滪堆、瞿塘峡、巫峡等川蜀地域名称也变得家喻户晓，这极大程度上扩大了巴蜀地域文化的影响范围。

第二节　通州与元稹的流寓

通州即今四川省达州市，地处北纬30度附近，在大巴山南麓。从地理位置上看，通州处于四川盆地与秦岭、大巴山交会之地，《中国地名掌故词典》称此地"联络金房，翼带汉沔，西出渠阆，东下夔巫，地居四达之路"，[4] 地理位置相当优越。通州自古属巴地，据《舆地广记》载，通州本属于宕渠县地，"东汉置宣汉县，属巴郡，蜀刘氏分宕渠郡。晋省之，属巴西。宋复置，及立巴渠郡。梁置石城县，立万州及东关郡。西魏曰通州。隋改石城县曰通川，置通川郡，唐因之。皇朝（北宋）为达州"。[5]

---

① 《全宋文》卷二千三百零七，上海辞书出版社，2006，第160页。
② 《新唐书》卷一百六十八，第5129页。
③ 胡仔：《苕溪渔隐丛话》后集卷十二，廖德明校点，人民文学出版社，1962，第92—93页。
④ 牛汝辰编著《中国地名掌故词典》，中国社会出版社，2016，第337页。
⑤ 欧阳忞：《舆地广记》，四川大学出版社，2003，第1014页。

"通州"之名始于西魏，这一名称在隋唐时沿用下来，直到宋代时改为达州。

通州城地处大巴山脚下的峡谷，境内"有巴江、渠江，合于县东南"，[①] 西北方有高山屏立，冬天北方冷气流很难过境，南方又有河水贯穿而过，境内高山众多且为南北走向，受亚热带季风影响，通州形成了温暖潮湿的气候。州河的湿气使城里常年雾气腾腾，浊气使恶性疟疾流行。由于这种复杂的地形与气候，通州植被茂密，森林广布，野生动物较多且蚊虫肆虐。[②]

通州在唐朝鼎盛时期约有 4 万户人家，十分繁盛，"通之盛时，户四万室，耕稼骈致，谣讴涌溢。廛闲珠玉，楼稚丹漆"，[③] 后来因为"政式不虔，人用不谧"而至饥馑因仍，盗贼蜂起，百姓流走他乡，人口锐减，"万不存一"，直到元稹贬谪而寓居通州时，"居才二百室"，"幅员六千里之地"，[④] 通州也成了地广人稀的荒凉下州。

一 元稹两次入川经历

元稹于元和十年（815）贬任通州司马，他在通州生活了约 4 年时间，写下许多记录通州生活的诗歌，这些诗歌将唐代通州的面貌详细呈现在世人面前。不仅如此，元稹还在通州写出了唐代文学史上著名的新乐府诗歌运动的纲领性理论，并创作了新乐府诗歌、咏物诗、酬唱诗约 180 首，不得不说寓居通州这段时间是元稹文学创作上的高峰时期。

元稹入蜀有两次，一次是元和四年（809）三月到五月，元稹以监察御史往返东川，第二次是元和十年三月谪出为通州司马。从元稹留下的纪行诗看，这两次由长安入蜀的线路都是出长安，经骆谷，至褒城，抵汉中，再经西县，然后西南沿金牛道入蜀。

元稹第一次入蜀是以监察御史充剑南东川详覆使的身份详覆泸州监官

---

① 欧阳忞：《舆地广记》，第 1014 页。

② 龚胜生《2000 年来中国瘴病分布变迁的初步研究》（《地理学报》1993 年第 4 期）对历史上每个时代的瘴病格局进行了地理上的划分，形成江南、西南、岭南三大瘴区，而通州就属于西南瘴区。

③ 《元稹集》卷五十九，冀勤点校，中华书局，1982，第 619 页。

④ 《元稹集》卷五十九，第 621 页。

任敬仲贪赃犯案的。元稹《使东川并序》载："元和四年三月七日，予以监察御史使东川"。① 另元稹《弹奏剑南东川节度使状》也说，"臣昨奉三月一日，令往剑南东川，详覆泸州监官任敬仲赃犯"。② 白居易在元稹的传文中也有"（元稹）使于蜀，案任敬仲狱"③ 的记录。元稹此次按御东川是公差出使，又是以高级官员身份去办理公务，事情紧急，戴月夜行，急如星火，"二月除御使，三月使巴蛮"（《台中鞠狱忆开元观旧事呈损之兼赠周兄四十韵》），他于元和四年三月七日从长安出发，取道骆谷。骆谷在陕西周至县西南，谷长 400 余里，为关中与汉中之间的交通要道。④ 元稹到骆口驿有《使东川·骆口驿二首》，诗云："二星徼外通蛮服，五夜灯前草御文。我到东川恰相半，向南看月北看云。"诗歌描写自己在骆口驿夜宿的情景。

出骆谷后，元稹西行进入汉中，即到达梁州兴元府。有《梁州梦》，题下注载："是夜宿汉川驿，梦与杓直、乐天同游曲江，兼入慈恩寺诸院。倏然而寤，则递乘及阶，邮使已传呼报晓矣。"⑤ 诗歌表达了夜宿汉川驿时对白居易等朋友的思念。

三月十六日元稹到褒城，有诗《褒城驿》叙述了褒城驿的修建与花木种植的情况。褒城驿池岸有桃花，元稹忆起往年与友人旧游的情景，有感而作《亚枝红》，自注："往岁与乐天曾于郭家亭子竹林中，见亚枝红桃花半在池水。自后数年，不复记得。忽于褒城驿池岸竹间见之，宛如旧物，深所怆然。"⑥ 在褒城，元稹还遇见一位故人黄明府，有《黄明府诗》，其序载："元和四年三月，予奉使东川，十六日至褒城东数里。前有大池，楼榭甚盛。逶巡，有黄明府见迎。瞻其形容，仿佛似识。问其前衔，则故曩时之逃席黄丞也。说向前事，黄生惘然而悟，因馈酒一樽，舣舟请予同

---

① 《元稹集》卷十七，第 193 页。
② 《元稹集》卷三十七，第 419 页。
③ 参见白居易《唐故武昌军节度处置等使正议大夫检校户部尚书鄂州刺史兼御史大夫赐紫金鱼袋赠尚书右仆射河南元公墓志铭（并序）》，董诰等编《全唐文》卷六百七十九，第 6945 页。
④ 乐史：《太平寰宇记》卷三十《凤翔府盩厔县》，第 646—647 页。
⑤ 《元稹集》卷十七，第 195 页。
⑥ 《元稹集》卷十七，第 194 页。

载。予不违其意，与之尽欢。"① 二人叙前事，舣舟载酒，尽兴而归。

离开褒城后元稹向西经汉水至西县白马驿，唐时西县治所在今陕西勉县西老城，白马驿以旧白马关而行名，《元和郡县图志》卷二十二"兴元府西县"载："百牢关，在县西南三十步，隋置白马关。"② 白马关即百牢关，唐代时白马关的位置已经移到川陕交界处的嘉陵江畔，③ 故元稹后来在《百牢关》诗写道："嘉陵江上万重山，何事临江一破颜。"诗歌描写了白马关处于嘉陵江上崇山峻岭的位置与地势，此当是他第一次过百牢关。

沿汉水西行时，元稹留有《江上笛》《江上行》等纪行诗作，其中《江上笛》注载："三月十五日夜，于西县白马驿南楼闻笛怅然，忆得小年曾与从兄长楚写《汉江闻笛赋》，而有怆耳。"④ 元稹在诗中写道："小年为写游梁赋，最说汉江闻笛愁。今夜听时在何处，月明西县驿南楼。"题注与诗歌内容均表明诗人在三月十五日到白马驿。过了白马驿后便前往西县方向，《江上行》："闷见汉江流不息，悠悠漫漫竟何成。江流不语意相问，何事远来江上行。"又有《清明日》："常年寒食好风轻，触处相随取次行。今日清明汉江上，一身骑马县官迎。"从诗歌内容可知，诗人是从汉中经褒城沿汉水逆流西行而上，于清明节前后终于到达西县。

过了西县，元稹到达漫天岭，作有《漫天岭赠僧》，其中有"五上两漫天"之句，两漫天即大漫天岭和小漫天岭，在今广元市东北 35 里处，二岭相连。经过漫天岭，元稹便由西县向西南行至蜀门，进入了蜀中之

---

① 《元稹集》卷十七，第 115 页。

② 李吉甫：《元和郡县图志》卷二十二，第 560 页。

③ 《元和郡县图志》所言白马驿在西县西南"三十步"，严耕望《唐代交通图考》第四卷《山剑滇黔区》篇二十三《金牛成都驿道》认为百牢关在西县西三十里，非是"三十步"，唐末五代时百牢关移到西南金牛驿，已不在西县了。邓元煊、王玨繁《剑门关志》（巴蜀书社，1995）第一编《蜀道·金牛新道》载："上下七盘岭共二十里，自注'岭为秦蜀分界处，亦称百牢关。'"七盘岭在嘉陵江岸，元稹赴东川又行经此处，故其所称当指此川、陕交接处之百牢关。蓝勇《四川古代交通路线史》（西南师范大学出版社，1989）提出唐宋时五盘岭在临嘉陵江边的广元九井滩上；周相录《元稹年谱新编》（博士学位论文，四川大学，2004）也认为元稹诗中所言百牢关在嘉陵江岸，不可能为西出西县第一驿"百牢关"，应该位于现宁强县西南川陕交界处嘉陵江岸的七盘岭处；孙启祥经过实地考察，认为百牢关在嘉陵江边而非西县，百牢关移至嘉陵江滨的年代应是开元天宝年间，而非唐代后期或者末期。

④ 原文为"二月"，据周相录的考证，"二月"当为"三月"之误，故更改。参见周相录《元稹年谱新编》，博士学位论文，四川大学，2004，第 31 页。

地。元稹有诗"那知今日蜀门路，带月夜行缘问囚"（《惭问囚》），明确指出他已经过了蜀门。

进入蜀地后便到了利州嘉陵驿。嘉陵驿又名嘉川驿，在广元市西。元稹作有《江楼月》，题注载："嘉川驿望月，忆构直、乐天、知退、拒非、顺之数贤，居近曲江，闲夜多同步月。"诗中写道："嘉陵江岸驿楼中，江在楼前月在空。月色满床兼满地，江声如鼓复如风。诚知远近皆三五，但恐阴晴有异同。万一帝乡还洁白，几人潜傍杏园东。"题注与诗歌描写了诗人夜宿嘉陵驿，月色满床，江声如鼓，江风漫漫，诗人难以入眠，不禁怀念起白居易等朋友来的情景。

过了嘉陵驿，不久元稹至望喜驿。望喜驿在今四川省广元市西南，《羯鼓录》载："出蜀至利州西界，望喜驿路入汉川矣。自西南来，始至嘉陵江，颇有山川景致。"① 由此元稹有《望喜驿》《望驿台》二诗，其中《望驿台》诗写道："可怜三月三旬足，怅望江边望驿台。料得孟光今日语，不曾春尽不归来。"白居易又有酬和诗《酬和元九东川路诗十二首望驿台》："两处春光同日尽"。此时的望驿台正是春光明媚，春意十足之时，倒令诗人产生几分留恋之意。

过了望喜驿后复西南行，便至东川所治梓州。元稹有《西州院》题注记"东川官舍"，东川官舍乃东川所治梓州。诗中写道："墙上杜鹃鸟，又作思归鸣。以彼撩乱思，吟为幽怨声。"从诗歌描述杜鹃鸣叫，可知是暮春四月光景。

到梓州不久，元稹便完成了东川任务返回了长安。诗人返回途经嘉陵江、百牢关等地，作《嘉陵江二首》："千里嘉陵江水声，何年重绕此江行。只应添得清宵梦，时见满江流月明。"诗中"重绕"表明此行为返程。过百牢关时作《夜深行》："夜深犹自绕江行，震地江声似鼓声。渐见戍楼疑近驿，百牢关吏火前迎。"又作《西县驿》："去时楼上清明夜，月照楼前撩乱花。今日成荫复成子，可怜春尽未还家。"诗中"去时""今日"表明此诗是元稹由东川返京途经西县时所作。大约五月元稹返回了长安。

元稹返回长安后第二年，元和五年（810），因为对当时数十不法之事提出异议得罪了宦官，被宪宗皇帝贬为江陵士曹参军，4 年后量移通州

---

① 李昉：《太平御览》卷五百八十二，中华书局，1966，第 3630 页。

刺史。

元和十年三月，时隔 6 年之久，元稹从江陵再度入川，此行比起元和四年入东川为使，心情自是大不一样。在唐一代，当权者以偏僻荒凉且落后闭塞之地作为排除异己之谪地，因路途险恶，谪官死于迁谪途中的情况也时有发生，对于此次出行通州，元稹便已怀有无法生还的悲观念头。"为我远来休怅望，折君灾难是通州"（《别李十一五绝》其一），这注定了是一场充满痛苦与绝望悲观的旅程。

离京赴任前，白居易、樊宗宪、李景信、其侄元谷至鄠东蒲池村送别元稹。鄠，即鄠县，今陕西省户县，"汉属右扶风，自后魏属京兆，后遂因之"，① 这是出京的门户之地。元稹《酬乐天东南行诗一百韵》诗序记录了此事："元和十年三月二十五日，予司马通州，二十九日与乐天于鄠东蒲池村别，各赋一绝。"② 元稹另有诗《沣西别乐天博载樊宗宪李景信两秀才侄谷三月三十日相饯送》："今朝相送自同游，酒语诗情替别愁。忽到沣西总回去，一身骑马向通州。"这次送别，朋友们都有诗相送，其中白居易赠别诗最多，临别赠诗"沣水店头春尽日，送君上马谪通州"（《十年三月三十日别微之于沣上十四年三月十一日夜遇微之于峡中停舟夷陵三宿而别言不尽者以诗终之因赋七言十七韵以赠且欲寄所遇之地与相见之时为他年会话张本也》），另外又有《城西别元九》："城西三月三十日，别友辞家两恨多。帝里却归犹寂寞，通州独去又如何？"对元稹既有同情叹惜，又有勉励支持。离别后，白居易又有《醉后却寄元九》："蒲池村里匆匆别，沣水桥边兀兀回。行到城门残酒醒，万重离恨一时来。"二人情深义重，可见一斑。

告别朋友们之后，元稹向着贬谪之地慢慢前行，过青山驿时元稹有《紫踯躅》记录宿于青山驿的情景："去年春别湘水头，今年夏见青山曲……可怜今夜宿青山，何年却向青山宿？"③ 又有《山枇杷》："往年乘传过青山，正值山花好时节……昨来谷口先相问，及到山前已消歇。左降通州十日迟，又与幽花一年别。""往年"当指使东川时途经青山驿。诗人往年乘

---

① 李吉甫：《元和郡县图志》卷二，第 29 页。
② 《元稹集》卷十二，第 135 页。
③ 《元稹集》卷二十六，第 302 页。

坐过青山驿的驿车，此次再次经过青山驿，心绪已大不一样。

至褒城，元稹又见到驿壁上的窦群题诗，想到窦群已于元和九年（814）卒，又回忆起上一次入东川时经过褒城热情招待自己的黄明府也已死去，自己也是谪入通州，人生无常的伤感涌上心头，作《褒城驿二首》，其一写道："容州诗句在褒城，几度经过眼暂明。今日重看满衫泪，可怜名字已前生。"其二写道："忆昔万株梨映竹，遇逢黄令醉残春。梨枯竹尽黄令死，今日再来衰病身。"不同于前次公干行色匆匆，此次"今日重看满衫泪""今日再来衰病身"，这种人生的不得志和着感伤与眼泪，伴随了整个行程。褒城驿在兴元府，嘉陵江近在咫尺，面对江水，诗人又写下两首同名诗作《嘉陵水》，诗有"若使江流会人意，也应知我远来心"之句，表达了自己无处诉说的痛苦。

过大小漫天岭时，元稹拜见了僧智藏。漫天岭在今四川省广元市北三十五里嘉陵江边，岭上有雪峰寺，智藏当时驻锡于此。元稹有《题漫天岭智藏师兰若僧云住此二十八年》一诗："僧临大道阅浮生，来往憧憧利与名。二十八年何限客，不曾闲见一人行。"赞美智藏淡泊名利超凡脱俗的情操。

过了漫天岭，诗人到阆州苍溪县。苍溪县有云台山，[①] 元稹曾游云台山。宋王象之《舆地碑记目》载："元稹留题：唐元稹以谏官谪通州司马，今达州也。曾游云台山，书行记于山之钟楼枋上。"[②] 据王象之所说，元稹曾在云台山上钟楼上题了一篇游记，然谓元稹"以谏官谪通州司马"，显误，元稹此次是以江陵士曹参军量移通州，非以谏官谪通州司马。元稹在苍溪县有《苍溪县寄扬州兄弟》："苍溪县下嘉陵水，入峡穿江到海流。凭杖鲤鱼将远信，雁回时节到扬州。"诗人想到嘉陵江水入峡到海，应当也能将自己对兄弟的思念之情带到扬州吧，诗歌表达了对扬州亲人的怀念。

在进入蜀道之后，元稹取道新政县，从新政县东行，经过蓬州，然后顺流江南下，到达渠州。在新政县有《新政县》诗："新政县前逢月夜，嘉陵江底看星辰。"到渠州则有《赠吴渠州从姨兄士则》："忆昔分襟童子

---

① 《新唐书》卷四十《地理志四·山南道》载："苍溪，有云台山，紫阳山。"（第1038页）王象之《舆地纪胜》卷一百八十五《利州路·阆中·景物》载："云台山在苍溪县东南三十五里。"（第4763页）

② 《景印文渊阁四库全书》第682册，台湾商务印书馆，1983，第576页。

郎，白头抛掷又他乡。三千里外巴南恨，二十年前城里狂。宁氏舅甥俱寂
寞，荀家兄弟半沦亡。泪因生别兼怀旧，回首江山欲万行。"当时渠州刺
史是元稹从姨兄吴士则，元稹此诗既有对兄弟情的回忆，又有对自己不幸
遭遇的哀痛。

随后元稹由渠州转入渠江，过了渠江后乘船便至通州。渠江中水滩较
多，《蜀中名胜记》卷二十八载："渠江有三十六滩，水之灌输其间者，涡
停渠别，莫知其几。"① 行至渠江中两个水滩南昌滩和长滩，有诗《南昌
滩》："渠江明净峡逶迤，船到明滩拽签迟。橹窠动摇妨作梦，巴童指点笑
吟诗。"另有诗《长滩梦李绅》："惭愧梦魂无远近，不辞风雨到长滩。"
可见渠州虽滩涂涡停，行船缓慢，但山水明净，风光甚美。

元稹终于在六月到达通州，但是到通州不久元稹便患了"瘴疟"。元
稹的"瘴疟"很严重，不久他即赴兴元疗疾。当时的通州刺史是李进贤，②
《新唐书》载："河东李进贤者，善畜牧，家高赀，得幸于绶，署牙门将。
元和中，进贤累为振武节度使，辟绶子澈为判官。"③ 李进贤为严绶所知，
而元稹亦为严绶所赏识，二人也算同门。元稹北上兴元治病，大约与李进
贤的帮助有关。元稹有《感梦》诗："十月初二日，我行蓬州西。三十里
有馆，有馆名芳溪。荒邮屋舍坏，新雨田地泥。我病百日余，肌体顾若
刿。"十月初已染病百余日，可见是六月到通州便生病了。从诗句可知，
蓬州在通州西，芳溪馆在蓬州西30里，新政县又在芳溪馆西，可知元稹自
通州，经蓬州至新政，新政在嘉陵江边。元稹跋涉至新政县，在此处上
船，逆嘉陵江北上，经阆州、百牢关，终至兴元。元稹在兴元经过近20个
月的治疗，病已大好。元和十二年（817）再次经过百牢关、大小漫天岭、
经阆州于元和十二年五月返回通州，途中有《百牢关》《题漫天岭赠僧》
《通州》等诗作纪行。

元和十四年，元稹量移至虢州，离开通州。元稹在通州四年，除去赴
兴元治病的一年半，他真正在通州任上只有两年时间。在这两年时间，经

---

① 曹学佺：《蜀中名胜记》卷二十八，第405页。
② 《旧唐书》卷十五载："（元和九年二月）丁丑，贬前镇武节度使李进贤为通州刺史。"
（第449页）《资治通鉴》卷二百三十九载："（元和九年）二月，丁丑，贬李进贤为通州
刺史。"（第7703页）
③ 《新唐书》卷一百二十九，第4486页。

此次疾病的生死考验的元稹，不再如初至通州时那般消沉悲观，他关注民生，兴利除弊，积极有为，对于推动当地的经济文化发展做出了积极的贡献。

二 元稹寓居通州生活

司马本是地方刺史官属下掌管军事的副职，唐肃宗、代宗之后，朝廷设置了大量节度观察使，而节度观察使又都有自己的判官参谋、掌书记。一旦支郡有事，节度使与节度观察使就派使府的幕职前往处理，如果有刺史、县令空缺，也派幕府担任，这样导致都督以下的长史司马皆无所用，成为一个并无实权的冗员散职。一般而言，中唐时多以司马这样的闲职处置由京官迁谪外地者。白居易《江州司马厅记》载："刺史，守土臣，不可远观游；群吏，执事官，不敢自暇佚。惟司马绰绰可以从容于山水诗酒间。"① 从白居易的话也可看出，在各州的官制配置中，司马是清闲的虚职，为遥署之官，平日无事，闲旷无聊，得以游览自遣。元稹为通州司马，多有冗余之日，对通州的方方面面进行了广泛的考察与了解。

（一）通州的气候与环境

唐时通州是个非常荒野的地方，元稹在《叙诗寄乐天书》描述通州，"人士稀少，近荒札，死亡过半。邑无吏，市无货，百姓茹草木，刺史以下计粒而食。大有虎、貘、蛇、虺之患，小有蟆蚼、浮尘、蜘蛛、蛒蜂之类，皆能钻啮肌肤，使人疮痍"。② 根据元稹的记载看，通州虫蛇虎貘，贫穷荒凉，根本不适合居住。元稹在提及通州地理气候时用得最多的是一个"瘴"字，如：

> 四面千重火云合，中心一道瘴江流。（《得微之到官后书备知通州之事怅然有感因成四章》其一）
> 人稀地僻医巫少，夏旱秋霖瘴疟多。（《得微之到官后书备知通州之事怅然有感因成四章》其三）
> 瘴窟蛇休蛰，炎溪暑不徂。（《酬乐天东南行诗一百韵》）

---

① 董诰等编《全唐文》卷六百七十六，第6899页。
② 《元稹集》卷二十八，第351页。

病瘴年深浑秃尽，那能胜置角头巾。(《三兄以白角巾寄遗发不胜冠因有感叹》)

瘴云拂地黄梅雨，明月满帆青草湖。(《送友封二首》)

君避海鲸惊浪里，我随巴蟒瘴烟中。(《酬乐天春寄微之》)

雨滞更愁南瘴毒，月明兼喜北风凉。(《夜坐》)

元稹到通州后给白居易去信描述通州的地理环境，尤其提到"瘴江""瘴疟"，此外，在元稹笔下，"瘴窟""病瘴""瘴云""瘴烟""瘴毒"，还有"瘴疠""瘴塞""瘴水""瘴色""瘴疾""瘴气"等，几乎笼罩了元稹在通州的整个生活空间。"瘴"是巴地最显著的自然特征，关于瘴疠的记载最早出于《大广益会玉篇》："瘴，之亮切，瘴疠也。"①《诸病源候论·瘴气候》载："南地暖，故太阴之时，草木不黄落，伏蛰不闭藏，杂毒因暖而生。"② 瘴气实质上就是因为高温而在相对密闭环境中蒸腾而生的有毒气体。通州四面高山万仞，夏天人们好像居住在被湿热熏蒸的甑子中，蒸腾逼人，阴雨潮湿，而又兼有丛林密布，故常有瘴气蒸腾。从北方来此的士人们常会不适应而染病，患疟是普遍现象，元稹一到通州就染上疟疾，"我病百日余，肌体顾若刲"(《感梦》)，从肤体如刀割一般的痛苦状态可知，瘴疟之疾非常痛苦，甚至会要人性命。

唐代时通州降水丰沛，植被茂盛，生态极好，通州这种自然环境恰恰宜于毒蛇猛兽生存，历代以来像老虎、猿、猴子等一类的野生动物资源在通州尤为丰富。作为州长官的元稹初到通州时，发现下榻的江馆门口黄泥路上竟有老虎的脚印！元稹写下"通州到日日平西，江馆无人虎印泥"(《见乐天诗》)时，其内心的震惊与失落可想而知。元稹多次在诗歌里描述老虎在通州城里自由穿行的情况，如"山深虎横馆无门"(《通州丁溪馆夜别李景信三首》其二)，"怅魂夜啸虎行多"(《酬乐天得微之诗知通州事因成四首》其三)。老虎频频出现在州城，也会出现伤人的情况，元稹在《酬乐天得微之诗知通州事因成四首》其一题注中载，"通州元和二年

---

① 顾野王：《大广益会玉篇》，中华书局，1987，第57页。

② 巢元方著，南京中医学院校释《诸病源候论校释》卷十《疫疠病诸候·瘴气候》，人民卫生出版社，1980，第357页。

偏蹄虎害人，比之白额"，可见通州老虎进入州城害人确是常发生的事情。

湿热的环境也给蛇虫鼠蚁的繁殖创造了天然的温床，这也使通州的人居环境显得很恶劣。在通州，各种毒虫随处可见，巴蛇"白昼遮长道，青溪蒸毒烟"（《巴蛇》其三），牛蛤蜂"中手足辄断落，及心胸则圮裂"，蜘蛛乘人不备咬人皮肤"毒滕攻犹易，焚心疗恐迟"，更不用说各种大小蚊虫"宁论隔纱幌，并解透绵衣"，让人防不胜防了。① 在与虫蛇猛兽共存的环境里，大自然自有其相生相克之术，生活在通州的土民，总结出了一些防治办法，能以民间医药和方术攻其所毒，元稹到通州后不久，依此作了《虫豸诗》七篇，介绍了通州常见的七种毒虫及被其咬伤后治疗方法："通之地，丛秽卑褊，蒸瘴阴郁，焰为虫蛇，备有辛螫，蛇之毒百，而鼻塞者尤之，虫之辈亦百，而虻、蟆、浮尘、蜘蛛、蚁子、蛒蜂之类，最甚害人。其土民具能攻其所毒，亦往往合于方籍。不知者，遭辄死。"② 元稹作《虫豸诗》的目的在于"尽药石之所宜"，记录为蛇虫蛛蚁所伤的治疗之方，为民除害造福，但是客观上也向我们展现了巴人生活环境的真实状态。

（二）民风淳朴与歌舞祭祀

元稹世居河南，初到通州的元稹对和中原"汉性情"差异很大的"巴风俗"，感觉十分不适。首先，初来乍到的他听不懂通州的语言。元稹在《酬乐天东南行诗一百韵》中描述了通州方言："舞态翻鸲鹆，歌词咽鹧鸪。夷音啼似笑，蛮语谜相呼。"他感觉巴人唱歌像鹧鸪鸟叫，哭声听起来像笑声，说话像谜一样难猜，"入衙官吏声疑鸟"（《酬乐天得微之诗知通州事因成四首》其二），衙门官吏们说话像"鸟语"，元稹根本听不懂，语言交流就成了问题。通州的音乐也让元稹颇为不适，巴地的乐器与京城自然不同，"猿声芦管调，羌笛竹鸡声"（《遣行十首》其九），元稹觉得通州的芦管声如猿啼，羌笛音则如竹鸡鸣叫。其实，巴人性格直朴，风俗粗犷，喜好歌舞，《华阳国志·巴志》记载，巴地"其民质直好义，土风敦厚，有先民之流……而其失在于重迟钝，俗素朴，无造次辨丽之气"。③

---

① 《元稹集》卷四，第40页。
② 《元稹集》卷四，第40页。
③ 常璩撰，刘琳校注《华阳国志校注》，第28页。

《太平寰宇记》说巴渠人"不解丝竹","其民俗聚会则击鼓踏木牙，唱竹枝歌为乐"，①巴人劲勇，俗喜歌舞，只是他们不擅长中原和江南的丝竹乐器，他们擅长的是芦管羌笛鼓之类的西北乐器，他们唱的是竹枝词那样的民歌。这样的声乐在元稹听来是"鸟声""猿声"，然而，这样的音乐在唐代另一位诗人于鹄听来却十分动听，"巴女骑牛唱竹枝，藕丝菱叶傍江时"（《巴女谣》），这悠闲美妙的画面令人赏心悦目。元稹初至通州，又满怀委屈与牢骚，他将巴地音乐比作"鸟声""猿啼"，这既表现了巴地乐器不同于中原的独特性，也表现了元稹作为从中原先进文化地域而来的文人士大夫对边域乐器的鄙薄。

巴楚之地历来"信巫鬼重淫祀"，据《太平寰宇记》记载："巴之风俗，皆重田神，春则刻木虔祈，冬即用牲解赛，邪巫击鼓以为淫祀，男女皆唱竹枝歌。"②巴人把赖以生存的土地神格化为"土地神""田神"并修庙塑像以祭祀，举行"春社""秋社"的祭祀活动，这也反映了早期农耕文化下，人们以为有灵魂、鬼神主宰着自己的命运和自然界的一切，希望借助各路神仙保一方风调雨顺，佑四邻畜旺人兴，因此他们祈求神力以补人力之不足，这种原始宗教观念根深蒂固。由此也延伸出各地不同的祭神娱神活动，如"赛神"活动。元稹《赛神》描述了巴地人民赛神娱神的情景：

> 楚俗不事事，巫风事妖神。事妖结妖社，不问疏与亲。年年十月暮，珠稻欲垂新。家家不敛获，赛妖无富贫。杀牛贳官酒，椎鼓集顽民。喧阗里闾隘，凶酗日夜频。岁暮雪霜至，稻珠随陇湮。吏来官税迫，求质倍称缗。贫者日消铄，富亦无仓囷。不谓事神苦，自言诚不真。岳阳贤刺史，念此为俗屯。未可一朝去，俾之为等伦。粗许存习俗，不得呼党人。但许一日泽，不得月与旬。吾闻国侨理，三年名乃振。巫风燎原久，未必怜徒薪。我来歌此事，非独歌政仁。此事四邻有，亦欲闻四邻。

从诗歌的描述可知，老百姓虔诚祭祀，无论贫富把家里的粮食都尽数拿

① 乐史：《太平寰宇记》卷一百三十七，第2678页。
② 乐史：《太平寰宇记》卷一百三十七，第2671页。

出，家家杀牛贷酒，日夜酗酒，元稹认为这种祭祀活动严重影响了生产，是不利于民风教化的，百姓把牛杀了，不事劳作，这种不事农耕而事妖神的祭祀活动浪费财物又费时间，实在不是仁政的表现。元稹作此诗希望通过诗歌传播引起人们对这一民间陋俗的警醒与改正，但是客观上却为我们展现了古风依然的通州民俗，实非亲临此地者所不能道。

元稹对巴地流行的民歌竹枝词也产生了浓厚兴趣，也创作了《竹枝词》，白居易《竹枝词》（其四）中说："江畔谁人唱竹枝，前声断咽后声迟。怪来调苦缘词苦，多是通州司马诗。"从白居易的诗歌内容看，元稹竹枝歌调苦词苦，只可惜未能传世。元稹的《竹枝词》虽未流传下来，但其"词苦"，与元稹通州诗的风格一致，多半是以表达自己的谪居生活感受为主，也是诗人流寓通州生活的产物。

（三）通州的生活生产方式

通州不仅在重鬼神重祭祀上与中原大不相同，他们的生产方式、饮食习惯、居住房屋、服饰也都与中原不同。

通州幅员虽有六千里，但山高路险，大部分为山地，耕地较少，"地狭而腴，民勤耕作，无寸土之旷"，[1]"平地才应一顷余"（《酬乐天得微之诗知通州事因成四首》），基本上还是采用刀耕火种的生产方式，凡地广人稀的山区峡谷地带，均停留在这种落后的生产方式上。元稹在《酬乐天得微之诗知通州事因成四首》中反复提到通州"畲田"的耕种方式："田畴付火罢耕锄""田仰畲刀少用牛""米涩畲田不解锄"，元稹关注到巴蜀地区独特的生产方式是砍烧草木为灰，以灰为肥，候雨种植，这种靠天生产的农业生产方式收成很薄，"刺史以下，计粒而食"，这也导致百姓生活困苦，"百姓茹草木""甑有尘埃圃乏蔬"，民众生活无比艰辛。辛勤劳作却无以饱腹，人们只好掇取野菜瓜果，猎取山中的老鼠、竹鸡、野猪、斑鸠，捕获水里的螃蟹、鱼、蛤、鳝等，凡可食用之物都会被人们取来充饥，元稹在《酬乐天东南行诗一百韵》中写道："芋羹真暂淡，䶉炙漫涂苏。炰鳖那胜羜，烹鯀只似鲈。"[2] 诗歌里提到通州用来充饥的有䶉鼠[3]、

① 《宋史》卷八十九，中华书局，2011，第2230页。

② 《元稹集》卷十二，第135页。

③ 即竹鼠，体肥，长约30厘米，以竹笋和植物根茎为食，穴居地下。

鳖、鲦鱼等一些有限的食物资源，这也表现了通州在物质资源上确实比较匮乏。

通州经济不发达，市集采用的还是原始交易方法，"市井无钱论尺丈"（《酬乐天得微之诗知通州事因成四首》），通州市集交易物品、鸡禽等买卖不用秤称，而是论个数，比长短。"寅年篱下多逢虎，亥日沙头始卖鱼"（《得微之到官后书备知通州之事怅然有感因成四章》），"寅年""亥日"，是说通州场镇三天一次集市，即逢寅、巳、申、亥为赶场日，这些交易习俗至今尚存。

在如此贫困的生活中，巴人发展了自己的酿酒技术。巴地人民酿酒技术已十分成熟，据《太平御览・郡国志》载："南乡峡，峡西八十里有巴乡村，善酿酒，故俗称'巴乡酒'也。"[1] 元稹在《酬乐天东南行诗一百韵》中提到巴人酿酒去卖的情景："酢醅荷裹卖，醨酒水淋沽。"元稹自注"巴民造酒如淋醋法"，可见，通州人民早已创造了小灶作坊煮酒技艺。

巴人的衣物与中原一样以桑蚕丝与棉麻为主，《华阳国志・巴志》载，巴地"土植五谷，牲具六畜"，[2] 盛产桑蚕、棉麻等经济作物。巴人所织的布，在当时相当有名。唐代依然保持了以绢布代俸禄的传统，賨布、賨人皆因此而得名。《说文解字》载："賨，南蛮赋也。"元稹得到白居易送的筪席后，将一段通州特产的白丝绸和一段绿花麻丝面料寄给了友人，"溢城万里隔巴庸，纻薄绨轻共一封"（《酬乐天得稹所寄苎丝布白轻庸制成衣服以诗报之》），能够拿来送给最挚爱的朋友，必然是巴地特产，可见巴地苎丝布品质甚好。

巴地妇女多用长丝巾包头，据元稹的《酬乐天东南行诗一百韵》中描述，"椎髻抛巾帼"，这是说通州人梳椎形发髻，再用长丝巾包头，这种头饰装束是巴蜀各地共有的。据扬雄《蜀王本纪》载，"蜀人椎髻左衽"，巴蜀各地不论男女，都习惯用布或丝绸包头（俗称包帕子），这一习俗沿袭到当代。诗歌中还提到通州人善以稻草、苎麻编织草鞋，《酬乐天东南行诗一百韵》中载"芒屩泅牛妇，丫头荡桨夫"，屩就是草鞋。

巴人的民居也有着独特的地域特色，杜甫在《五盘》中描述巴人喜

---

[1] 李昉：《太平御览》卷五十三，第 259 页。
[2] 常璩撰，刘琳校注《华阳国志校注》卷一，第 25 页。

"巢居"的居住特点，"好鸟不妄飞，野人半巢居"。元稹《酬乐天得微之诗知通州事因成四首》对于巢居则描述得更细致一些："平地才应一顷余，阁栏都大似巢居。"元稹在这首诗下题注："巴人多在山坡架木为居，自号阁栏头也。"这种"阁栏"可能是一种依山坡而建的吊脚楼或窝棚，因陋就简，所用的建筑材料多为就地取材的竹木或者茅草，"茅檐屋舍竹篱州"（《酬乐天得微之诗知通州事因成四首》），"楚俗不理居，居人尽茅舍"（《茅舍》），茅舍一般以竹木为构架，不挖筑地基，不用梁柱，茅檐冬暖夏凉，矮小可避风，这种建筑多是双层的，底层一般饲养动物，人都住在第二层，可隔绝湿气，还可避免蛇、猛兽的侵袭，这反映了巴人建房，无论是选址、布局还是构成，都善于利用自然条件，遵循因地制宜、因山造势、沿河构屋及因材致用的节约原则和营建思路。

三 元稹的流寓心理

元稹所处的唐中期社会经济急剧动荡衰败，藩镇割据兵祸连年，宦官朝士相争于上，军阀胥吏搜刮于下，"直臣义士，往往抑塞"（《叙诗寄乐天书》），朝中略有正义感的人，无不横遭打击，相继被贬出京。贬谪就是将人驱逐到最僻远荒凉的地方去，以达到惩处的目的，诚如刘禹锡《读张曲江集》所言，"逐臣不得与善地，多五溪不毛之地"。元稹以司马的身份谪寓通州，通州偏远荒僻，司马又是闲职，被贬为通州司马的元稹，其内心的悲凉在诗中常有流露。

（一）地理恐惧

从元稹通州诗来看，他描写的通州是一个带有强烈个人色彩的"元稹的通州"。元稹对通州的认知带着强烈否定态度和恐惧心理，当然这除了与个人遭遇与情绪因素有关外，也有先入为主的刻板印象的因素。在元稹谪通州之前，他身边很少有人实地去过通州，唐代时人们对通州的印象还是来自《尚书·禹贡》中对于西南地区蛮荒与充满神秘的记录，这当然与西南地区远离王畿荒僻未开发的状态有关。在唐人观念中，西南与岭南地区都是瘴烟蛮荒的恐怖之地，因此，这也形成了人们对于通州的刻板印象，甚至严重影响了唐朝政府对这两大地区的行政秩序设置和它们与中原内地的经济文化交流关系的形成。

当元稹拖着愁病之身一路行过艰险蜀道抵达通州时，他的心情沮丧到极点，觉得通州大概是他的生命终点了。到了通州不久，元稹便给白居易写了一封书信描述通州的恶劣环境："夏多阴霾，秋为痢疟，地无医巫，药石万里，病者有百死一生之虑。"（《叙诗寄乐天书》）通州偏远闭塞，瘴热潮湿，其间虎蛇横行，蚊虫肆意，对环境的巨大不适使元稹仿佛置身于人间地狱，不禁发出长叹："夫何以仆之命不厚也如此！智不足也又如此，其所诣之忧险又复如此！"（《叙诗寄乐天书》）生活在这样的环境中，元稹时刻觉得自己处于生命终结状态，这种绝望与悲叹成了他在此期间诗歌咏叹的一种常调：

> 雨滑危梁性命愁，差池一步一生休。黄泉便是通州郡，渐入深泥渐到州。（《酬乐天雨后见忆》）
> 为我远来休怅望，折君灾难是通州。（《别李十一五绝》其一）
> 别后料添新梦寐，虎惊蛇伏是通州。（《别李十一五绝》其四）
> 阴深山有瘴，湿垫草多虵。众噬锥刀毒，群飞风雨声。（《虵》）

通州恶劣的生活环境使元稹产生了一种自己的生命时刻要走向衰亡的幻觉，"黄泉""灾难"的恐惧感也转换为贬谪的绝望与惶恐。

不仅如此，唐时通州还处在刀耕火种的原始状态，经济发展落后，人们与外界较少交流，人文环境闭塞，没有朋友的极度的孤独使元稹对每位过访的朋友都无比留恋，"何事相逢翻有泪，念君缘我到通州。留君剩住君须住，我不自由君自由"（《喜李十一景信到》），"今日别君心更苦，别君总是在通州"（《别李十一五绝》其二），诗句表现出了元稹对朋友的不舍与自己不得不滞留通州的万般无奈。

元稹诗歌中的通州以一个险恶蛮荒之地的形象出现，这虽然是通州的地理地貌，但也与元稹的贬谪心态以及他作为北方贵族后裔常年生活在长安、凤翔、洛阳等发达地域有关。其实，通州虽然地处偏远，但还在上郡之列，而元稹之所以有如此的情感反应，主要是无辜被贬被弃置的巨大委屈绝望使然，"私又自怜才命俱困，恐不能复脱于通"（《上兴元权尚书启》），这种心态投射便表现为对通州的极度恐惧不适，通州诗的那种近乎绝望的悲鸣，实质上是一个远离故土寓居异地的文士心理上做出的挣扎和抗拒。

（二）精神孤独

元稹离开京城谪居通州，这在地理空间上将他从原先的文化生态圈中隔离开来，使他从权力中心疏离了出来。回想起自己遭不公平的政治打击，元稹时有孤哀之叹："无朋友为臣吹嘘，无亲党为臣援庇，莫非苦己，实不因人，独立成性，遂无交结。……便至今日窜逐，臣自离京国，目断魂销"（《同州刺史献上表》），这种被否定、遗弃、疏远、孤立的情绪伴随着他成为元稹通州诗情感表达中的一种基调，"尔是无心水，东流有限无？我心无说处，也共尔何殊"（《嘉陵水》），"物色可怜心莫恨，此行都是独行时"（《南昌滩》），无人诉说，没有朋友，孤独在他的通州诗歌中十分常见了。

其实，大多数诗人因贬谪而寓居异地，被强行与熟悉的生活圈与文化圈剥离，都会感觉到孤独。但是，对于元稹而言，在被贬江陵时，他对自己能重返朝廷仍然充满了信心，因此凄苦之情并不浓郁。而元稹量移到通州时，可以提拔自己的裴垍已经病逝，重返朝廷的机会已显渺茫，"自从裴公无，吾道甘已矣"（《感遇》）的前途认知，不禁让诗人觉得前路茫茫，人世苍凉，故他通州诗歌中蕴涵的情感显得十分凄怨悲伤，"其流离放逐之意，靡不凄惋"。①再加上他到通州后就染上疟疾，而且病情十分严重，"疟病将死，一见外不复记忆"（《酬乐天东南行诗一百韵并序》），"染瘴危重""疟病将死"，后又"病疟二年"，他觉得自己可能真的要死在通州了。元稹这一时期写给白居易两首酬答诗：

> 秋茅处处流痠疟，夜鸟声声哭瘴云。赢骨不胜纤细物，欲将文服却还君。（《酬乐天寄生衣》）
> 残灯无焰影幢幢，此夕闻君谪九江。垂死病中惊坐起，暗风吹雨入寒窗。（《闻乐天授江州司马》）

从诗中"赢骨不胜纤细物"的形象自叙中，从他听闻朋友白居易谪九江司马后"垂死病中惊坐起"的情绪反应中，我们不难觉察到疾病与人生失意

---

① 《旧唐书》卷一百六十六，第4332页。

双重叠加所蕴积在元稹内心的巨大痛苦与悲伤。仕途失意还染上疟疾，这样的处境之下，倍增孤独与凄凉，他的诗歌对通州的描述充满了疾病、瘴疠、虫蛇、贫穷、落后等负面印象，也就不足为奇了。

任通州司马的四年中，元稹在病酒吟诗中度过，由于水土不服，他身体患上疾病，他难以适应当地的风俗人情，听不懂当地人说话，也无法欣赏当地的歌舞，他只有作诗以自娱，但作诗又苦于无诗友切磋，谓"通之人莫可与言诗者，惟妻淑在旁知状"（《得乐天书》），他只好源源不断地把诗稿寄给好友白居易，白居易也回报以诗，这也算他孤寂生活中的一点安慰了。

元和十年腊月，白居易在江州作《与元九书》，倡导一种记录时事的诗歌，两年后，元稹于通州作《古题乐府序》，与之遥相呼应，这是新乐府诗歌的最早理论根据。元稹主张诗歌抒写民生"闻见之间足有悲者"和"病时之尤急者"，创作了如《乐府古题十九首》《连昌宫词》《放言五首》《行宫》《梦游春七十韵》等一大批优秀的诗作，实践了"刺美见事""不虚为文"的文学主张。这些作品一经面世就在朋友之间广泛传播，据白居易《与元九书》："当此之时，足下兴有余力，且欲与仆悉索还往中诗，取其尤长者，如张十八古乐府，李二十新歌行，卢杨二秘书律诗，窦七、元八绝句，博搜精掇，编而次之，号《元白往还诗集》。众君子得拟议于此者，莫不踊跃欣喜，以为盛事。"[1] 白居易将自己与元稹往来唱和的诗作编辑成册，朋友们莫不踊跃传播，可见他们的诗歌影响力之大。虽然通州的地理环境与自然气候给元稹带来了生活上的困扰，但是通州也成就了元稹在文学史上的声名。

元稹诗歌在整个贵族士林具有广泛的传播度，《旧唐书·元稹传》载："穆宗皇帝在东宫，有妃嫔左右尝诵稹歌诗以为乐曲者，知稹所为，尝称其善，宫中呼为元才子。"[2] 白居易《河南元公墓志铭》载："自六宫、两都、八方，至南蛮、东夷国，皆写传之。每一章一句出，无胫而走，疾于珠玉。"[3] 可见，元稹诗歌深受皇帝、六宫妃嫔、京都百姓的喜欢，甚至还传播到南蛮、东夷，传播范围非常广泛。元稹自己在诗歌中也记载了其诗

---

① 朱金城笺校《白居易集笺校》卷四十五，第2796页。
② 《旧唐书》卷一百六十六，第4333页。
③ 白居易《河南元公墓志铭》，董诰等编《全唐文》卷六百七十九，第6946页。

歌深受欢迎的情况，诗《……长庆初俱以制诰侍宿南郊斋宫夜后偶吟数十篇两掖诸公洎翰林学士三十余人惊起就听逮至卒吏莫不众观群公直至侍从行礼之时不复聚寐予与乐天吟哦竟亦不绝……》载："春野醉吟十里程，斋宫潜咏万人惊。"这些诗歌一产生就使两掖诸公甚至翰林学士三十余人惊叹吟哦，实在是影响力巨大。

作为通州司马，元稹虽然权力不大，但在元和十三年（818）九月以司马权知州务，积极治理州务，还发动组织通州民众砍山垦荒，发展农业生产，"乃劝州人，大课芟铚"（《告畲三阳神文》），他组织当地百姓利用农闲开山，祭奠山神，"今天子斩三叛之明年，通民毕赋，用其闲余，夹津而南，开山三十里，为来年农种张本。自十月季旬，周甲癸而功半就"（《告畲竹山神文》）。从这些记录中可以看出，元稹组织当地百姓开山垦田，提高农业生产力，为当地人民办了不少实事。在通州任上的时间里，元稹为当地百姓做了很多好事，《蜀中名胜记》有记载："州以元微之左迁司马著名。"① 据说现在流传于达州的"元九登高节"这一习俗，就是源自唐代通州人民对通州司马元稹的无限怀念。

当然，元九登高节的来历还有其他不同说法，但是人们宁愿相信元九登高因元稹而起，当然是由于元稹诗名较显，似乎可以为达州增加文化的亮色，由此也可见元稹诗歌对通州的影响力。

第三节 忠州与白居易的流寓

忠州在周代时为巴国地，秦属巴郡，汉置临江县。谯周《巴记》曰："临江县，后汉初平元年临江县属永宁郡，今郡东二里临江古城是也。"② 贞观八年（634），朝廷诏改临州为忠州，天宝元年，改为南宾郡，乾元元年，复为忠州。③

忠州的"忠"主要是源自周代巴蔓子"刎首留城"历史典故。按《华阳国志·巴志》载，"周之季世，巴国有乱，将军有蔓子请师于楚，许

---

① 曹学佺：《蜀中名胜记》卷二十三，第 331 页。
② 乐史：《太平寰宇记》卷一百四十九，第 2888 页。
③ 《旧唐书》卷三十九，第 1557 页。

以三城。楚王救巴。巴国既宁，楚使请城，蔓子曰：'藉楚之灵，克弭祸难。诚许楚王城，吾将头往谢之，城不可得也！'乃自刭，以头授楚使。楚王叹曰：'使吾得臣若巴蔓子，用城何为！'乃以上卿礼葬其头，巴国葬其身，亦以上卿礼"。① 巴蔓子舍头不舍城的忠信感动了古往今来的无数人，今忠州西北一里尚有蔓子冢，这是人们对这位忠勇诚信的巴蔓子将军的纪念。又三国时有严颜忠勇守巴郡的事迹，据《三国志》载，刘璋使严颜守巴郡，为张飞所擒，欲降之。"颜答曰：'……我州但有斩头将军，无有降将军也。'飞怒，令左右牵去斫头，颜色不变，曰：'斫头便斫头，何为怒耶！'"② 今临江县西南二十里，还有严太守碑及祠纪念忠勇守城的严颜。正因为这些忠勇的历史人物，唐贞观八年，唐太宗御赐临州为忠州。③

唐代的忠州属于山南东道，北距长安约2200里，忠州因偏僻荒凉，经济落后，人口稀少，地位较低，范成大《吴船录》卷下载："益、梓、利、夔最下，忠、涪、恭、万尤卑。"④ 因自然和人文条件落后，唐宋时忠州沦为下州。唐代的忠州，建于山腰之上，四周高山，僻远荒凉，市井萧疏。杜甫《题忠州龙兴寺所居院壁》曾经这样描写过它的荒凉："忠州三峡内，井邑聚云根。小市常争米，孤城早闭门。"人们为了争米而争吵，集市状况透露了经济凋敝和民风的疏败，作为"小市""孤城"的忠州，其荒凉可见一斑。

一 白居易赴忠州路线

元和十三年十二月，朝廷诏令江州司马白居易量移忠州刺史，元和十四年三月，白居易便到达忠州。元和十五年夏，白居易离忠归京。白居易在忠州大约一年零三个月，其间共创作诗歌116首，序言文章1篇，这些诗文展现了诗人在忠州丰富而复杂的生活内容。⑤

从江州赴忠州，长江水路是最便捷的，《旧唐书·白居易传》载：

① 常璩撰，刘琳校注《华阳国志校注》卷一，第32页。
② 《三国志》卷三十六，第943页。
③ 吴松弟：《两唐书地理志汇释》，安徽教育出版社，2002，第249页。
④ 《吴船录》卷下，《范成大笔记六种》，第216页。
⑤ 据鲜于煌的统计。参见鲜于煌《试论白居易三峡诗的内容特色》，《重庆师范大学学报》2006年第6期。

"（元和）十三年冬，量移忠州刺史。自浔阳浮江上峡。"① 可见白居易是直接从浔阳沿长江上浮走水路入峡的。在进入湖北境的时候，适逢元稹自通州转葓州，二人遂于十一日夜停舟夷陵（今湖北省宜昌市境），赴长江北岸黄牛峡口半山腰的石洞（后名三游洞）中置酒畅饮，倾述别情，"一别五年方见面，相携三宿未回船。坐从日暮唯长叹，语到天明竟未眠"（《十年三月三十日别微之于沣上十四年三月十一日夜遇微之于峡中停舟夷陵三宿而别言不尽者以诗终之因赋七言十七韵以赠且欲寄所遇之地与相见之时为他年会话张本也》）。两位诗人彻夜长谈，逗留了三日，彼此赋诗相勉，白居易在给元稹的赠诗中写道："君还秦地辞炎徼，我向忠州入瘴烟。未死会应相见在，又知何地复何年？"四年未见，如今一别又不知何日相见了，二人依依别情，伤感不已，情深谊厚，溢于言表。

白居易别过友人后，继续沿江上行。不久到昭君故里秭归，诗人访问了昭君村并写下《过昭君村》："竟埋代北骨，不返巴东魂。惨淡晚云水，依稀旧乡园。"诗歌充满了对昭君出塞终生不归的同情，也寄托了自己出谪偏隅之地的愁肠。

春天的长江两岸，峰峦耸峙，草碧花红，他沿途赋诗，绘景状物，抒情言志，留下了许多动人的诗篇，诗人到达巴东时有《入峡次巴东》："不知远郡何时到，犹喜全家此去同。万里王程三峡外，百年生计一舟中。巫山暮足沾花雨，陇水春多逆浪风。两片红旌数声鼓，使君艎艓上巴东。"优美的江峡风光使白居易惊喜不已，诗人一路行来，心情非常愉快。

进入三峡，行程变得艰险起来，白居易有《初入峡有感》："上有万仞山，下有千丈水。苍苍两崖间，阔狭容一苇。瞿唐呀直泻，滟滪屹中峙。未夜黑岩昏，无风白浪起。大石如刀剑，小石如牙齿。一步不可行，况千三百里。苫箬竹筵篛，欹危榾师趾。一跌无完舟，吾生系于此。常闻仗忠信，蛮貊可行矣。自古漂沉人，岂尽非君子。况吾时与命，蹇舛不足恃。常恐不才身，复作无名死。"都说蜀道艰险，三峡水道同样凶险，自峡州至忠州，滩险相继，凡一千三百里，诗歌将瞿塘峡山高、崖险、水深、滩急、浪翻的雄奇之势，描绘得惟妙惟肖，叫人颇有身临其境之感。面对凶险的峡中景物，诗人触景生情发出了"一跌无完舟，吾生系于此""常恐

---

① 《旧唐书》卷一百六十六，第 4352 页。

不才身,复作无名死"的慨叹。

瞿塘峡号称西蜀门户,两岸悬崖壁立,江流湍急,山势险峻,宋陆游《入蜀记》卷六载:"发大溪口,入瞿唐峡,两壁对耸,上入霄汉,其平如削成。"① 白居易是在夜晚进入瞿塘峡的,看到如此壮丽的景色,难免引起百般感慨,作《夜入瞿塘峡》:"瞿塘天下险,夜上信难哉。岸似双屏合,天如匹帛开。逆风惊浪起,拔稔暗船来。欲识愁多少,高于滟滪堆。"诗歌描述瞿塘峡岸像双屏开合,天空如匹练打开,真是鬼斧神工!面对瞿塘峡的惊风骇浪,诗人表达了自己置身困境的愁苦情怀,劳顿恐怖的旅途使白居易初尝了忠州之任的艰难。经过长途旅程,白居易于元和十四年三月二十八日抵忠州。

二 忠州流寓生活

白居易由江州司马量移忠州刺史,由司马升移为刺史,表面上看是升迁了,但是江州繁华,而忠州为蛮荒的不毛之地,这也是一种典型的"明升暗降"。忠州地处川东腹地,峰叠水环、山束峡牵的山水风貌有别于中原地区,初至忠州的白居易把自己定位为瘴乡沦落人,"昔游秦雍间,今落巴蛮中"(《我身》),"瘴地风霜早,温天气候催"(《闻雷》),"瘴乡得老犹为幸,岂敢伤嗟白发新"(《京使回累得南省诸公书因以长句诗寄谢》),"化作憔悴翁,抛身在荒陋"(《累得京使回》),"岁暮纷多思,天涯渺未归"(《除夜》),"天涯深峡无人地,岁暮穷阴欲夜天"(《东楼醉》),"君还秦地辞炎徼,我向忠州入瘴烟"(《十年三月三十日别微之于沣上》),他把忠州称为巴蛮、瘴地、瘴乡、荒陋、天涯、无人地、瘴烟,这是典型的贬谪心理折射。

(一) 日常生活

白居易初到忠州时忠州是什么光景,从白居易两首赠答诗中大体可以看出:

> 好在天涯李使君,江头相见日黄昏。吏人生梗都如鹿,市井疏芜

---

① 陆游著,蒋方校注《入蜀记校注》,第 233 页。

只抵村。一只兰船当驿路，百层石磴上州门。更无平地堪行处，虚受朱轮五马恩。（《初到忠州赠李六》）

山束邑居窄，峡牵气候偏。林峦少平地，雾雨多阴天。隐隐煮盐火，漠漠烧畲烟。（《初到忠州登东楼寄万州杨八使君》）

从这两首诗歌的描述看，诗人从长江下船后，要爬一百多个台阶才能到州门。忠州建于山腰，有爬坡上坎的地理特点，州城里少有平缓空旷的地方，由于周围高山地形的限制，山石林立，城邑特别窄小，车马根本无法行走，皇帝给刺史配的车马，白居易也只能算"虚受"了。三峡地区由于处于山势陡峭怪石林立的山地，农业生产还是用的刀耕火种的"畲耕"方式，烧畲是三峡农业生产的一个很大特点。忠州还出产井盐，山间隐隐而升起煮盐的火苗，田畴间升腾而起烧畲的烟雾，"隐隐煮盐火，漠漠烧畲烟"成为忠州常见的景象。

由于忠州使用的是烧畲耕种法，所以种出来的粮食味道"涩"，元稹在给白居易的书信中也曾说通州是"米涩畲田不解锄"，这大概是畲耕出产粮食的共同特点。白居易在《即事寄微之》中描写忠州的日常衣食情况："畲田涩米不耕锄，旱地荒园少菜蔬。想念土风今若此，料看生计合何如？衣缝纰颣黄丝绢，饭下腥咸白小鱼。保暖饥寒何足道，此身长短是空虚。"比之江南和中原等平原地带，忠州因缺少平地，不用耕锄法种植，地旱菜蔬很少，在饮食生活上与中原大不相同，诚如饮食没有菜蔬多用腥咸小白鱼下饭，衣服是稀疏残次的黄丝绢缝制的，在这样的地方该如何生活呢？这种生活对于从富庶的平原城市江州迁移而来寓居的诗人自然是很难习惯的。

在如此偏狭恶劣的自然环境下，忠州市井狭小，吏人桀骜，百姓穷困，经济萧条，荒疏的市井风貌在白居易诗中被屡次描写出来："巴人类猿狨，矍铄满山野。"（《自江州至忠州》）"安可施政教，尚不通语言。"（《征秋税毕题郡南亭》）"吏人生梗都如鹿，市井疏芜只抵村。"（《初到忠州赠李六》）在白居易眼里忠州只如一个荒村，经济规模和发展层次上不仅大大低于京城，甚至不如江州的水平。这样一个经济荒芜教化不通的地方，白居易甚至不愿让朋友杨归厚知道自己在忠州的情况，"到城莫说忠州恶，无益虚教杨八愁"（《送高侍御使回因寄杨八》），这也说明他初到忠州时，对这个小城是有着极强排斥心理的，眼里看到的都是忠州的缺点。

　　然而，随着白居易在忠州的时间增加，他逐渐适应了忠州的地理与气候，也渐渐喜欢上了忠州。忠州因为建于山腰，多山、多峡、多雾、多雨的地理风貌在白居易眼里充满别致与神奇，"林峦少平地，雾雨多阴天"（《初到忠州登东楼寄万州杨八使君》），"水雾重如雨，山火高于星"（《早祭风伯因怀李十一舍人》），"城暗云雾多，峡深田地窄"（《西楼晓》）。忠州的山水是明朗美妙的，山是与白云江水缭绕缠绵的，"临江一嶂白云间，红绿层层锦绣班"（《在巴南望郡南山呈乐天》），水是与山回环委曲的，"城下巴江水，春来似麹尘"（《巴水》）"始见江山势，峰叠水环回"（《登城东古台》）。这样的山水时常引得诗人"莺声诱引来花下，草色勾留坐水边"（《春江》），"尽日看山立，有时寻涧行"（《郊下》），他徘徊山水间，恋恋不舍。

　　喜爱上忠州山水的诗人，很快走出对忠州地理气候与生活方式的不适，去欣赏巴人的民歌、舞蹈，也爱上巴地物产，他也用诗歌记录下忠州的风土人情、名物特产。

　　（二）竹枝词与巴人歌舞

　　巴人自古以来能歌善舞，据《华阳国志·巴志》载，"周武王伐纣，实得巴、蜀之师，著乎《尚书》。巴师勇锐，歌舞以凌殷人，前徒倒戈，故世称之曰：武王伐纣，前歌后舞也"，[①] 可见巴渝舞具有威武雄壮的特点，巴人以歌舞助武王灭纣的威武雄壮场面给后人留下了永世难忘的记忆，而巴人善歌舞的形象也深入人心。

　　川东三峡最具乡土特色民族特色广为传唱的是竹枝歌，白居易到忠州后喜欢听竹枝词，"江果尝卢橘，山歌听竹枝"（《江楼偶宴赠同座》），"巴童巫女竹枝歌，懊恼何人怨咽多。暂听遣君犹怅望，长闻教我复如何"（《听竹枝赠李侍御》），竹枝词这种直接传情达意的方式为白居易喜爱，他很快就写了著名的《竹枝词》四首：

---

　　① 常璩撰，刘琳校注《华阳国志校注》卷一，第21页。

瞿塘峡口水烟低，白帝城头月向西。唱到竹枝声咽处，寒猿暗鸟一时啼。

竹枝苦怨怨何人？夜静山空歇又闻。蛮儿巴女齐声唱，愁杀江楼病使君。

巴东船舫上巴西，波面风生雨脚齐。水蓼冷花红簇簇，江蓠湿叶碧凄凄。

江畔谁人唱竹枝？前声断咽后声迟。怪来调苦缘词苦，多是通州司马诗！

白居易的这组《竹枝词》写于元和十四年，主要表现竹枝调哀苦的特点。三年之后的长庆二年（822），大诗人刘禹锡贬作夔州刺史，创作了两组《竹枝词》，影响极为深远。竹枝词的广泛传播，实为白居易肇其端，刘禹锡扬其波，经过二人的创作与传播，这一富有浓郁三峡地方特色、民族特色的民歌奇葩很快风行巴山蜀水、唱响大江南北，经上千年的历史传唱到今而久久不衰。

白居易诗歌也描写了巴人的舞蹈，如"楚袖萧条舞，巴弦趣数弹"（《留北客》），"蛮鼓声坎坎，巴女舞蹲蹲"（《郡中春宴因赠诸客》），"坎坎"，象声之词，指鼓声，"蹲蹲"，指舞蹈之上下起伏的动作。随着漫长的历史岁月的变迁，巴人这种舞蹈逐步演变成现在三峡地区家喻户晓老少喜爱的"大摆手舞"和"小摆手舞"，[1]"摆手舞"动作粗犷豪放，"摆手歌"旋律优美，歌声嘹亮。每当跳"摆手舞"的时候，方圆几十里的山寨成百上千的人都穿着节日的盛装翩翩起舞，顿时村村寨寨都变成了唱歌跳舞欢乐的海洋，浓郁巴地风情扑面而来。

（三）巴酒、巴荔枝等珍奇物产

巴地美酒在历史上也很有名气，《华阳国志·蜀志》载："开明帝始立宗庙，以酒曰醴。"[2] 又《华阳国志·巴志》载："川崖惟平，其稼多黍。

---

[1] 据鲜于煌的考证，白居易诗歌中所描写的舞蹈就是现在土家族的"摆手舞"。鲜于煌《试论白居易三峡诗的内容特色》，《重庆师范大学学报》2006 年第 6 期。

[2] 常璩撰，刘琳校注《华阳国志校注》卷三，第 185 页。

旨酒嘉谷，可以养父。野惟阜丘，彼稷多有。嘉谷旨酒，可以养母。"① 巴蜀因其川崖多产黍米而酿酒业十分发达，自古以来，嘉谷美酒就是巴地著名的特产。白居易在《郡中春宴因赠诸客》中描写巴酒的飘香甜美醉人："薰草席铺座，藤枝酒注樽。"诗中提到巴地的藤枝酒。忠州南引藤山盛产一种"引藤"，这是一种有手指头粗细的空心藤，可以当吸管用。忠州人饮酒时，把引藤插入酒中，用嘴吸酒，白居易在《春至》中也写到这种酒的饮法："闲拈蕉叶题诗咏，闷取藤枝引酒尝。""藤枝引酒"即是用藤管吸饮的方法饮用。因为这种独特的饮用方法，藤枝酒又名竿儿酒、咂酒、呷酒，这是唐时忠州一代流行的酒。据当代学者王世英说："古纳西的酒，其一为甜酒……其二是水酒，原料用大麦或小麦，酿法同上，以陶瓮贮酒，饮前在瓮内加泉水，在瓮口插入一根弧管或藤管，把水酒引出，盛在碗内饮之。"② 可见纳西族的藤枝酒实质上就是忠州藤枝酒，藤枝酒现在云南省纳西族还在饮用，足可见巴人的这种酒流传之广和影响之深远。

除了美酒外，忠州盛产荔枝，白居易极爱荔枝，写过多首荔枝诗，对荔枝的描述非常细致，如：

> 奇果标南土，芳林对北堂。素华春漠漠，丹实夏煌煌。叶捧低垂户，枝擘重压墙。始因风弄色，渐与日争光。夕讶条悬火，朝惊树点妆。深于红踯躅，大校白槟榔。星缀连心朵，珠排耀眼房。紫罗裁衬壳，白玉裹填瓤。早岁曾闻说，今朝始摘尝。嚼疑天上味，嗅异世间香。润胜莲生水，鲜逾橘得霜。燕支掌中颗，甘露舌头浆。物少尤珍重，天高苦渺茫。已教生暑月，又使阻遐方。粹液灵难驻，妍姿嫩易伤。近南光景热，向北道途长。不得充王赋，无由寄帝乡。唯君堪掷赠，面白似潘郎。（《题郡中荔枝诗十八韵兼寄万州杨八使君》）

这首诗歌从荔枝的生长地，到枝叶果实的形态、果实的味道都进行了翔实描绘，"紫罗裁衬壳，白玉裹填瓤"描写了果壳和果肉的颜色，"嚼疑天上味，嗅异世间香"描写了果实的香味实在人间罕有，"粹液灵难驻，妍姿

---

① 常璩撰，刘琳校注《华阳国志校注》卷一，第 28 页。
② 云南省社会科学院东巴文化研究所编印《东巴文化论丛》第 1 辑，1991，第 63 页。

嫩易伤"表明了荔枝难以贮存的特性。如此细致而全面的描写，可见白居易对荔枝的喜爱程度非同一般。

荔枝生长于南方，北方人一般难以见到。白居易不仅写了荔枝诗，他到忠州的第二年便命画工作《荔枝图》以寄亲友，还为之作序，再次描述荔枝的形态与特性：

> 荔枝生巴峡间。树形团团如帷盖，叶如桂冬青，华如橘春荣，实如丹夏熟。朵如葡萄，核如枇杷，壳如红缯，膜如紫绡，瓤肉莹白如冰雪，浆液甘酸如醴酪。大略如彼，其实过之。若离本枝，一日而色变，二日而香变，三日而味变，四五日外，色香味尽去矣。①

这篇序文再次描述了荔枝的生长环境、树形、叶子形状、花的形态以及果实的味道，同样也说明了其不易贮存的特点，序文语言平实，描写生动，《荔枝图》与《荔枝图序》寄至京师，引起轰动，这也让蜀中荔枝传播得更广泛了。

白居易有位朋友杨归厚在万州做刺史，也很喜爱荔枝，还想自己种植荔枝，白居易嘲笑他："闻道万州方欲种，愁君得吃是何年。"（《重寄荔枝与杨使君时闻杨使君欲种植故有落句戏之》）诗人调侃朋友，现在种植荔枝树，等到能吃上荔枝也不知是猴年马月了！虽然白居易这样说，但其实他自己也有这样的想法，而且也在庭中种了荔枝树："红颗珍珠诚可爱，白须太守亦何痴。十年结子知谁在，自向庭中种荔枝。"（《种荔枝》）他也嘲笑自己种荔枝的行为，现在种荔枝十年后结了果实，自己也不知道在哪里呢！

（四）东西二楼

忠州城东与城西各有一座楼，东楼可以宴宾客，西楼可以俯观溪水。据《蜀中名胜记》载，"东楼以宴宾佐，西楼以瞰鸣玉溪"，②白居易常登临此二楼。

白居易常在东楼宴请宾客，他曾作《东楼招客夜饮》："莫辞数数醉东

---

① 白居易：《荔枝图序》，董诰等编《全唐文》卷六百七十五，第6895页。
② 曹学佺：《蜀中名胜记》卷十九，第274页。

楼，除醉无因破得愁。唯有绿樽红烛下，暂时不似在忠州。"愁闷而醉的诗人面对着宴席上的绿樽红烛，才恍惚觉得不似在忠州，谪贬异地的苦闷可见一斑。白居易在东楼周围种了一圈竹子，他常独宿东楼，《东楼竹》载："潇洒城东楼，绕楼多修竹。森然一万竿，白粉封青玉。卷帘睡初觉，欹枕看未足。影转色入楼，床席生浮绿。空城绝宾客，向夕弥幽独。楼上夜不归，此君留我宿。"诗人在东楼对着万竿修竹，似乎与知心好友相对，也可聊解孤独，而到第二天早上醒来，远眺清晨的忠州小城："脉脉复脉脉，东楼无宿客。城暗云雾多，峡深田地窄。宵灯尚留焰，晨禽初展翮。欲知山高低，不见东方白。"（《东楼晓》）东楼远眺下的忠州城，因山地深峡，田地窄小，城邑也小，居处狭窄，又雨多雾多，是一派冷僻荒疏的景象。这些诗通过描写不同时间的忠州城地貌表达了深深的怅惘与愁绪。白居易常登东楼远眺，观山望水，远眺引发故园乡情而感慨丛生，"山束邑居窄，峡牵气候偏。林峦少平地，雾雨多阴天。隐隐煮盐火，漠漠烧畲烟。赖此东楼夕，风月时翛然。凭轩望所思，目断心悁悁"（《初到忠州登东楼寄万州杨八使君》），忠州城山地邑窄，雨雾绵绵，盐火星星，畲烟漠漠，诗人登东楼凭轩远眺，不禁思绪万千。

西楼在忠州治西南隅，是为赏荔枝而建的一座楼，又名荔枝楼，白居易还曾为此楼赋诗："乡路音信断，山城日月迟。欲知州近远，阶前摘荔枝。"（《郡中》）对于白居易而言，西楼摘荔枝是聊以慰藉故园乡情的最好方法了。其实，西楼也是白居易爱登临的地方，有时也在西楼宴宾客，无宾客时，他独自在西楼饮酒，夜晚登上楼顶眺望，思绪沉沉，他曾作《荔枝楼对酒》："荔枝新熟鸡冠色，烧酒初开琥珀香。欲摘一枝倾一盏，西楼无客共谁尝。"又作《西楼夜》："悄悄复悄悄，城隅隐林杪。山郭灯火稀，峡天星汉少。年光东流水，生计南枝鸟。月没江沈沈，西楼殊未晓。"西楼的荔枝对美酒，是人间美味，但是却无良朋共赏，这不能不说是巨大的遗憾。孤独的诗人在偏僻的小城里倍感愁苦，乡情难遣，唯以酒浇愁。

（五）龙昌寺

忠州城西有龙昌寺，寺分为上寺和下寺，上寺在山顶，下寺在山腰，二寺均是唐朝所建。龙昌上寺亦名巴台寺，"与翠屏山相对，故云可以望江南"。① 白居易经常登龙昌寺望江南，如他在《登龙昌上寺望江南山怀钱舍人》中写自己登龙昌上寺的情景："骑马出西郭，悠悠欲何之。独上高寺去，一与白云期。虚槛晚潇洒，前山碧参差。忽似青龙阁，同望玉峰时。因咏松雪句，永怀鸾鹤姿。六年不相见，况乃隔荣衰。"诗歌描述了诗人骑马出西郭，独上高寺眺望江南，怀念家乡友人的情景。龙昌下寺又名治平寺，《蜀中名胜记》所谓"龙昌寺在临江县东，今为治平寺"，② 说的便是下寺。白居易尝于上寺旁植柳，寺僧都很喜爱这些柳树，白居易在《代州民问》中写道："龙昌寺底开山路，巴子台前种柳林。官职家乡都忘却，谁人会得使君心？"诗中"巴子台前种柳林"说的是诗人在巴台寺（即龙昌上寺）前种植柳林，而"龙昌寺底开山路"说的是这座龙昌下寺因在半山腰上，白居易见州民上下不便而开凿了一条山路方便州民，后人将这条路命名为"白公路"。

龙昌寺里有荷花池，白居易有《龙昌寺荷池》咏之："冷碧新秋水，残红半破莲。从来寥落意，不似此池边！"诗歌描写了龙昌寺荷池残红的冷碧优美，意境大胜于别处所见寻常残荷的寥落。从白居易对忠州山川风景的描写看，一千多年前这个山乡小邑虽远僻荒疏，但山色景物却非常优美。

（六）巴子台与巴王庙

巴子台又名巴王台，忠州是巴国名将巴蔓子的故乡，爱国将军巴蔓子"刎首留城"的忠烈行为，一直为后世钦佩，巴子台便是为了纪念这位爱国将军所建。白居易《登城东古台》也描述了巴子台的方位："迢迢东郊上，有土青崔嵬。不知何代物，疑是巴王台。巴歌久无声，巴宫没黄埃。"白居易常去巴子台登高远眺，他还有《九日登巴台》："今岁重阳日，萧条巴子台。旅鬓寻已白，乡书久不来。临觞一搔首，座客亦徘徊。"诗歌抒发了登高望远，怀古思乡而悲凄感伤的情怀。

城东的巴王庙也是为纪念巴蔓子而修建，据《蜀中名胜记》载，"巴王庙在州东一里，神即蔓子将军也。岁三月七日，太守以豕帛致祭。先

---

① 曹学佺:《蜀中名胜记》卷十九，第 274 页。
② 曹学佺:《蜀中名胜记》卷十九，第 274 页。

期，土人具千钧蜡祠之。宋为永顺祠，今为忠贞祠"。① 白居易也常去游览并赋诗凭吊，有《登城东古台》怀古伤今："迢迢东郊上，有土青崔嵬。不知何代物，疑是巴王台。巴歌久无声，巴宫没黄埃。靡靡春草合，牛羊缘四隈。我来一登眺，目极心悠哉。始见江山势，峰叠水环回。凭高视听旷，向远胸襟开。唯有故园念，时时东北来。"诗人登高台临眺，昔日巴宫已没，巴台也成荒土，叹古伤今，思念故园，感慨万端。

三　白居易的流寓心理

白居易官场受挫始于上书急请捕刺杀宰相武元衡之贼而致贬官江州司马，江州之贬令白居易对当时草率处置、打压异己的官场深感痛心与失望。

江州司马属闲差冷职，身处江州的白居易处于无事可为的投闲置散状态，他激情顿衰，宦情淡薄，便在逍遥山水、栖心佛老、沉溺诗酒和自悲苦吟中消弭光阴，其精神之苦闷、颓丧、消沉可想而知。元和十三年，朝廷诏令白居易量移忠州刺史，对于白居易而言，这一任命无疑是扭转时运、改变命运的契机，这意味着其政治生命中贬谪生涯告一段落。"岂意天慈，忽加诏命。特从佐郡，宠授专城。喜极魂惊，感深泣下"（《忠州刺史谢上表》），在这种仰荷圣恩、忽被擢拔的感恩之情中，白居易怀着激动而快慰的心情上任。量移虽然给贬谪官员改变政治处境提供了可能，但是量移仍属贬谪，刺史虽是州郡的行政长官，但忠州却是偏僻荒疏的小郡，况且，被抛置在偏僻的忠州后何时能返回京城，这也是难以预料的。因此，量移带来的希望很快转化为希望与失望交织、欣喜与痛苦并存的复杂情感，他在《又答贺客》中写道："银章暂假为专城，贺客来多懒起迎。似挂绯衫衣架上，朽株枯竹有何荣？"又在《重赠李大夫》写道："流落多年应是命，量移远郡未成官。惭君独不欺憔悴，犹作银台旧眼看。"诗句中"懒起迎"的态度和"朽株枯竹有何荣""量移远郡未成官"的内心独白，正是此时白居易的真实想法，量移忠州并不能带来政治上的任何实质性变化，在远离故乡前途未卜的忠州寓居生活中，诗人的流寓心理也是复杂的。

---

① 曹学佺：《蜀中名胜记》卷十九，第 275 页。

（一）弃置感与孤独感

早在入蜀途中，诗人就将对仕途人生艰难的感慨寓托于大自然的鬼斧神工喷发而出了，在《初入峡有感》中，诗人描绘了江峡奇景，并触景生情，发出了"一跌无完舟，吾生系于此""常恐不才身，复作无名死"的慨叹，在《夜入瞿塘》中，他除描绘峡谷的险景外，也禁不住表达了"欲识愁多少？高于滟滪堆"的愁苦情怀，在《自江州至忠州》一诗中，他更是直抒情怀，"今来转深僻，穷峡巅山下"，心中闷郁之情，充满字里行间。

旅途的艰难、履职地的荒凉、仕途之艰险和思乡念京之情交融在一起，一直伴随着白居易，白居易的忠州诗也流露了这种因仕途之变而生的愁苦，"莫辞数数醉东楼，除醉无因破得愁"（《东楼招客夜饮》），"愁色常在眉，欢容不上面"（《花下对酒二首》），"蛮儿巴女齐声唱，愁杀江楼病使君"（《竹枝词四首》），"老去争由我，愁来欲泥谁"（《新秋》），宴饮时的借酒浇愁，听巴蜀民歌时的不胜愁苦，面对镜中的花白头发时的无奈悲凉，忠直遭贬，年华衰老，白居易谙尽宦途风险与迁谪况味，这也使他的诗歌充满了人生愁苦。

白居易接到量移忠州的诏令时，对天子还怀有"新恩同雨露"的感恩之情，但是当他来到忠州，面对现实中的偏邑小镇时，却仍然产生了复杂的心理变化，"我怀巴东守，本是关西贤。平生已不浅，流落重相怜。水梗漂万里，笼禽囚五年"（《初到忠州登东楼寄万州杨八使君》）。忠州小城因跻身群山间而显得逼仄紧促的地理位置，雾雨多阴天的气候，因煮盐烧畬而烟雾蒙蒙的天空，这使诗人产生莫名的压迫感，在这样的环境下生活就如漂泊的水梗和囚禁的禽鸟，内心的弃置感油然而生。尚永亮认为，"对贬谪诗人的被抛弃感程度起决定作用的，除了贬谪地域远恶的空间因素外，便是谪居生涯久长的时间因素了。当贬谪诗人不仅感受到了客观时间的久长，而且意识到返朝无望因而度日如年时，其心理时间便会大大超过客观时间的长度，其被弃感比起实际的被弃来，在程度上也将有过之而无不及"。① 对于白居易而言，随着迁谪时间的加长，何时返京城的不确定

---

① 尚永亮：《贬谪文化与贬谪文学》，兰州大学出版社，2004，第111页。

性就加重了，"天教抛弃在深山"的遗弃感也越深重，这也会加深他心理上视宦途为囚笼的痛苦程度，强烈的漂泊弃置感便显现出来，白居易忠州诗里出现了很多"南迁""流落""漂泊""抛身""放逐""抛掷""放弃"等表示自身被朝廷抛弃的悲哀词语，如：

去年重阳日，漂泊溢城隈。(《九日登巴台》)

浮萍飘泊三千里，列宿参差十五人。(《京使回累得南省诸公书因以长句诗寄谢萧五刘二元八吴十一韦大陆郎中崔二十二牛二李七庾三十二李六李十杨三樊大杨十二员外》)

水梗漂万里，笼禽囚五年。(《初到忠州登东楼寄万州杨八使君》)

化作憔悴翁，抛身在荒陋。(《不二门》)

自经放逐来憔悴，能校灵均死几多。(《和万州杨使君四绝句·竞渡》)

三殿失恩宜放弃，九宫推命合漂沦。(《对镜吟》)

几度欲移移不得，无教抛掷在深山。(《木莲三绝句》)

从这些诗句中可以看出，白居易的漂泊弃置感是很强烈的，忠州的任何事物都能触动这种情绪，"忠而见逐"的忧伤同时也显示了诗人内心强烈的兼济之志并未泯灭，弃置之痛和兼济之志是二面一体的，它一方面是强烈回归的意识，另一方面则是无法回归的极度痛苦。白居易从来没有打算在忠州寓居长久，"忠州且作三年计，种杏栽桃拟待花"(《种桃杏》)，他说"忠州且作三年计"，做好在忠州至少三年的打算，他的根在京城，寓居忠州只是一段漂泊无根的生活。既然寓居忠州是漂泊的无根浮萍，就注定了他无法融入忠州，他就会对忠州产生严重的不适应感。他觉得巴人像未开化的原始人，"巴人类猿狖，矍铄满山野"(《自江州至忠州》)，"吏人生梗都如鹿"(《初到忠州赠李六》)，巴地语言与中原不通，政教难化，"安可通政教，尚不通语言"(《征秋税毕题郡南亭》)，巴地的食物难以下咽，"衣缝纰颣黄丝绢，饭下腥咸白小鱼"(《即事寄微之》)，巴地的房子狭窄，"山束邑居窄，峡牵气候偏"，巴地的市井荒疏，"市井疏芜只抵村"(《初到忠州赠李六》)，巴地的气候潮湿多雨雾，"岚雾今朝重，江北此地深"(《阴雨》)，此类诗作在白居易的忠州诗中占有不小比例，这说明白居易对当下生活环境艰难不适的本质源自强烈的返京焦虑与政治期盼。

履职之地的荒蛮鄙陋以及人文气息的寡淡缺失，也导致白居易精神上的孤独感。由于忠州偏僻，文化不发达，基本没有什么人能谈得来，只有在万州做刺史的朋友杨归厚或可交流，万州离忠州虽不算遥远，但是想见一面也很不容易，"书信虽往复，封疆徒接连。其如美人面，欲见杳无缘"（《初到忠州登东楼寄万州杨八使君》），所以白居易在忠州期间的生活是寂寞单调的，"寝食起居外，端然无所为"（《招萧处士》），除日常饮居外无所事事。他在常怀空虚寂寞之余，思念家乡，怀念朋友聚饮，他常常夜饮，唯在晚上点着红烛喝酒时，才能暂时忘掉现实的痛苦，觉得不似在忠州，"唯有红烛绿樽下，暂时不似在忠州"（《东楼招客夜饮》），陆游评价这句诗时说："忠州在陕路，与万州最号穷陋，岂复有为郡之乐？白乐天诗乃云：'唯有红烛绿樽下，暂时不似在忠州。'又云：'今夜酒熏罗绮焕，被君融尽玉壶冰。'以今观之，忠州哪得此光景耶？当是不堪司马闲冷，骤易刺史，故亦见其乐耳。可怜哉！"① 陆游说忠州与万州最是穷陋，白居易在忠州做刺史的时候，唯在晚上点着红烛喝酒时才觉得不似在忠州，这虽是以沉醉酒乡缓解内心的痛苦，其实也是白居易无奈之下的自得其乐，是流寓异地的极度孤独之语。这种孤独几百年后仍被陆游一语道破，可见白居易真实凄婉的感受产生的震撼人心的力量，千百年不减。

（二）出处自如的人生观

谪居忠州时，白居易已经年近半百，多年艰险宦途让白居易承受了屈辱，消耗了锐气，年华衰老更加深了弃置的流落漂泊感，"闲看明镜坐清晨，多病姿容半老身"（《对镜吟》），"老去襟怀常濩落，病来须鬓转苍浪。心灰不及炉中火，鬓雪多于砌下霜"（《冬至夜》），老大迟暮之悲与徒唤奈何随顺认命的情绪相伴而生，并由之产生对官场热情的消解与失望，这也直接影响了白居易的人生观。在《江州赴忠州至江陵已来舟中示舍弟五十韵》中，诗人表达了以往为鉴避祸全身的思想：

　　险路应须避，迷途莫共争。此心知止足，何物要经营？玉向泥中

---

①　陆游：《老学庵笔记》卷五，中华书局，1979，第 68 页。

洁，松经雪后贞。无妨隐朝市，不必谢寰瀛。但在前非悟，期无后患
婴。多知非景福，少语是元亨。晦即全身药，明为伐性兵。昏昏随世
俗，蠢蠢学黎氓。鸟以能言媚，龟缘入梦烹。知之一何晚，犹足保
余生。

这首诗歌首次提出了"隐朝市"的处世观，诗人将儒家的"独善其身"和
道家的"知足知止"结合起来，形成了折中于出处进退之间的吏隐观念，
这作为他后半生的立身处世之道，而这一思想正是在忠州任上体悟完成
的。正如褰长春所说，"如果说，谪江州是白居易前后期思想的转折点，
那末，经过'俟罪浔阳'几年来的深刻反思，到量移忠州之际，这种从
'兼济'，到'独善'的转变已经彻底完成了"。[①] 一旦白居易形成了出处
自如的人生观后，他便释然了，忠州不再是那可怕的"瘴乡"，他开始积
极治理忠州。刺史作为一州长官，"掌清肃邦畿，考核官吏，宣布德化。
抚和齐人，劝课农桑，敦敷五教"，[②] 白居易作为忠州刺史，也开始进行垦
田税收、劝课农桑、植树修路的工作了。

白居易治理忠州，为政宽缓不争，与民休养生息，故而白居易做忠州刺
史时，比较悠闲，"朝起视事毕，晏坐饱食终"（《卧小斋》），"案牍既简少，
池馆亦清闲"（《征秋税毕题郡南亭》），他在《东坡种花》中将养民比作种
花，"云何茂枝叶？省事宽刑书"，他认为治民应该以节省宽缓的方式，这样
才能民盛物丰，如同种树枝繁叶茂一样，而实行宽缓之政的根本则在于
"劝农均赋租"，一方面劝农垦田，另一方面均取赋税，适可而止，这样一
来，只要假以时日，忠州百姓吃饱穿暖就不成问题。白居易以种花之理言
治州之道，与柳宗元《郭橐驼种树说》用意一样，是兼济之志的表现。

除了劝农均赋之外，白居易还修路种树。忠州低山起伏，出行不便，
他为了方便州人，在龙昌寺下开出一条山路，"龙昌寺底开山路"（《代州
民问》）。白居易在忠州的时间虽不长，但他在忠州栽种的花木不少，他在
庭前、刺史府、开元寺、巴子台、东坡、东涧等地广植花木，所种花木多
为柳树、荔枝、桃杏、石榴等，如：

① 褰长春：《白居易评传 附：元稹评传》，南京大学出版社，2002，第170页。
② 《旧唐书》卷四十四，第1919页。

　　已怜根损斩新栽，还喜花开依旧数。(《喜山石榴花开》)

　　十年结子知谁在，自向庭中种荔枝。(《种荔枝》)

　　忠州且作三年计，种杏栽桃拟待花。(《种桃杏》)

　　野性爱栽植，植柳水中坻。(《东涧种柳》)

　　龙昌寺底开山路，巴子台前种柳林。(《代州民问》)

　　最怜新岸柳，手种未全成。(《留题开元寺上方》)

　　持钱买花树，城东坡上栽。但购有花者，不限桃杏梅。(《东坡种花二首》)

种花树既有益于农业生产，又能美化环境，花开时游赏其间饮酒赏花，实在是一举多得，种花种树让白居易找到一种平衡出处，将二者结合起来的社会生活方式。

　　(三) 爱上忠州

　　随着白居易对忠州投入时间和精力的增加，他对忠州的感情也发生了变化，他觉得忠州虽然荒僻，但风景不错，"山城虽荒芜，竹树有佳色"(《委顺》)，他渐渐喜欢上忠州。初至忠州时对巴人"巴人类猿狖""吏人生梗都如鹿"的偏见也慢慢改观，转变为对府吏州民"勿笑风俗陋"的真挚爱护及"且喜赋敛毕，幸闻闾井安"(《征秋税毕题郡南亭》)的欣喜；初至时对忠州"百层石磴上州门"地理特征的不满，也逐渐习惯并爱上这片土地，甚至达到"官职家乡都忘却，谁人会得使君心"的程度。白居易与忠州的隔膜越来越少，心理上对忠州的认同度也越来越高，春分时节，他召集州民在郡中郊野开怀畅饮，纵情歌舞，他在《郡中春宴因赠诸客》描述与民同乐的场景："冉冉趋府吏，蚩蚩聚州民。有如蛰虫鸟，亦应天地春。薰草席铺座，藤枝酒注樽。中庭无平地，高下随所陈。蛮鼓声坎坎，巴女舞蹲蹲。"他们席地而坐，饮着藤枝酒，欣赏忠州的民间歌舞，这让白居易的忠州生活充满愉快。

　　他尽情游览忠州山水，在重阳游览忠州的涂溪时，诗人意犹未尽，"明年尚作南宾守，或可重阳更一来"(《九日题涂溪》)。他想明年自己定然还在忠州，到时一定再来一次。没想到第二年，即元和十五年(820)

暮春夏初，白居易得到了北返内调的处置，当他返回长安途经白狗峡、黄牛峡登高寺时，不免回首南望，对忠州充满了依依不舍之情，"北归虽引领，南望亦回头"（《发白狗峡次黄牛峡登高寺却望忠州》）。回到长安后，他还经常回忆起在忠州种植的花树，"长忆小楼风月夜，红栏干上两三枝"（《寄题忠州小楼桃花》），看到西省的丹青树，他就回忆起忠州东坡的花，"每看阙下丹青树，不忘天边锦绣林"（《西省对花忆忠州东坡新花树因寄题东楼》），他还在梦中回到忠州，"阁下灯前梦，巴南城里游"（《中书夜直梦忠州》）。梦是人们潜意识的幻境呈现形式，凡是留下深刻印象的事物，人们总会有意无意在头脑中把它重新呈现出来，白居易离开忠州后无缘再游，灯前小寐时竟梦游忠州，可见忠州一年的流寓生活真的让他刻骨铭心了。

白居易的忠州诗对于传播忠州物产与文化产生了重要的影响。白居易特别喜爱忠州的木莲与荔枝，他找到忠州道士毋丘元志画好了几幅木莲图，并配以诗文寄京中好友，他同样请画师作《荔枝图》，并为之写了序文寄送给京中朋友，这使忠州荔枝、木莲名满京城。据《旧唐书》记载，"居易在郡（忠州），为《木莲》《荔枝》图寄朝中亲友，各记其状……有'天教抛掷在深山'之句，咸传于都下，好事者喧然模写"。① 白居易本身诗名极高，诗文传播力强，他对忠州物产木莲与荔枝的赞美，使这两种物产在京中盛名远扬。明代大诗人杨慎更是赞《荔枝图序》为"可歌，可咏，可图，可画"，《荔枝图序》也成了描述荔枝的经典散文。

白居易在忠州作有大量有关花草的诗篇，可以说，忠州刺史时期是白居易一生栽花种树最频繁的时期。这些关于花草的诗歌也展现了忠州优良的自然环境资源，既极大提高了忠州的知名度，传播了忠州的风物，对于促进中原和西南地区的文化交流也起到了重要作用。

白居易不仅将忠州好物传播至长安，他还将长安京城的制饼技术带到忠州，改善百姓生活，他在《寄胡饼与杨万州》中写道："胡麻饼样学京都，面脆油香新出炉。寄与饥馋杨大使，尝看得似辅兴无？"白居易把长安辅兴的制饼技术带到忠州，又把忠州的胡麻饼送给万州的朋友杨归厚品尝，胡麻饼因之也成为忠州的著名美食。白居易寓居忠州在精神文学和生活方式上都极大促进了中原与西南地域的文化交流。

---

① 《旧唐书》卷一百六十六，第 4352 页。

|第五章|

晚唐乱世偏安的悲凉行旅*

唐晚期是帝国内部矛盾异常尖锐的时期，藩镇割据与党争逐渐将帝国拖入深渊，统治阶级严重的内耗斗争正孕育农民起义的大潮。在这样的时代洪流下，封建士人治国平天下的理想虽然还在，但文人们已经完全无法控制个人命运，大多数人只能随波逐流，无能为力。晚唐的文人迁移一方面表现为在党派之争的夹缝求生存，他们为了寻找入仕机会，从一个幕府迁移至另一个幕府；另一方面唐末农民起义与军阀混战的洪大战争浪潮挟裹着人群滚滚向西南后方迁移。作为西南最安全的地方，东川治所梓州与西川治所成都及周边地区成为晚唐文人迁移西南的最佳地域，梓州与成都作为巴蜀军镇所在地，物质条件与安全保障也更好，而且作为政治经济中心地区，巴蜀治所为文人提供施展抱负的机会也更多，在战乱中也更能吸引普通文士寓居以托身。随着晚唐人口迁移潮的进一步扩大，尤其是士族文人的大量南迁，南方文化得到极大发展。

第一节　梓州与李商隐的流寓

梓州，即今四川省绵阳市三台县，其地"东接巴西，南接广汉，西接阴平，北接汉中"，[①] 辖境相当于今四川省三台、盐亭、射洪等县市地。《旧唐书·地理志》载："郡城左带涪水，右挟中江，邻居水陆之要。梓州所治，

---

* 本章所引用李商隐诗文出自刘学锴等《李商隐诗歌集解》，中华书局，2004。
① 常璩撰，刘琳校注《华阳国志校注》卷二，第 145 页。

以梓潼水为名也。"① 梓州这一名称始于隋文帝开皇（581—600）初，其后曾改称为新城郡、梓潼郡，唐代乾元元年，恢复为梓州。唐乾元后，蜀地分为东川、西川，梓州作为东川节度使治所，跃升为东川地区政治、经济、军事、文化中心，与剑南西川节度使驻节之地成都，一道齐名于巴蜀之地。

一　李商隐入梓州幕府的背景

李商隐的政治生涯起步于幕府，也终结于幕府，他短暂的一生在党争的政治旋涡中"沉沦使府，坎凛终身"。据戴伟华的研究，唐代幕府主要指方镇使府，它由节度使、观察使及属下的文职僚佐所构成。安史之乱后，唐代方镇使府制度发生重要变化，节度使、观察使职位等大多由儒臣担任，幕府的生存环境及文化环境逐渐变得对文士更加有利。② 依据幕府制度规定，幕府文士进入仕宦途径有两种，幕府文士按其职位分为上下两类，其上者在朝为官，仕途亨通，没有挫折，下者则受辟入幕，俟机入朝，"列诸侯之宾者，迁次淹速，得与上台比伦"，③ 他们的升迁有可能比一直在朝者更快，对于底层文士而言，进入幕府也不失为一条进仕的通道。④

李商隐一生辗转于幕府，他先后八次入幕，幕府生涯长达二十六年。依据刘学锴的考证，大体可做如下简单梳理。

李商隐早年所入幕府主要是在中原地区的令狐楚幕府和崔戎幕府。大和三年（829），时任东都留守的令狐楚初见李商隐即聘其入幕为巡官，令狐楚后改任天平军节度使，其后迁至太原、兴元，直到开成二年（837）冬去世，李商隐一直在其幕中。大和七年（833），令狐楚入京任职，李商隐曾短期入华州刺史崔戎幕下，大和八年三月，崔戎调任兖海观察使，李商隐随至兖州，掌章奏，直至六月崔戎病卒，幕府散。

开成三年（838），李商隐入泾原节度使王茂元幕府为记室。当时李商隐因试博学宏词落选，心情颇愤恨难平，有"贾生年少虚垂涕，王粲春来

① 《旧唐书》卷四十一，第 1671 页。
② 戴伟华：《唐代文学与幕府关系的研究》，《淮阴师范学院学报》（哲学社会科学版）2000 年第 2 期。
③ 《元稹集·外集补遗》卷第五，第 774 页。
④ 戴伟华：《唐代使府与文学研究》，广西师范大学出版社，1998，第 16 页。

更远游"(《安定城楼》)的悲伤，但王茂元很欣赏他，以女嫁之。成婚后，琴瑟和谐，翁婿相得，直到会昌三年（843）王茂元卒，幕府散。

大中元年（847）三月，李商隐入郑亚桂州幕府，直到大中二年二月，历时近一年。这是李商隐首次离开中原进入南方偏远地幕府。李商隐初到桂州，心情颇有些新奇轻快，他写了《江村题壁》《桂林》《晚晴》等诗歌表达这一时期心情，但随着时间的推移，人生的不如意、远家离乡的伤感使他的诗歌在描写桂州荒陲绝域的风土人情时更多地掺入了远在天涯思亲怀友的悲凉和伤感，如《念远》《思归》等，表达的多是"此生真远客，几别即衰翁"(《寓目》)的遗憾和无奈，反映了他身处僻远之地的悲凉心情。大中二年，郑亚被贬循州刺史，李商隐失去幕职北返。大约在六月下旬，李商隐到达江陵。路过江陵时，李商隐趋前拜谒荆南节度使郑肃，离江陵后，李商隐溯江而上，到夔州访问夔州刺史李贻孙，并有短暂的逗留。

大中三年（849）十月，李商隐应武宁军节度使卢弘正之辟，入徐州幕府。李商隐与卢弘正早有交情，徐州幕中他与幕主、同僚关系融洽，大中五年春，卢弘正病逝，幕府解散。

李商隐仕途希望本已经渺茫，卢弘正的去世使他由幕入仕的愿望落空，心情跌入了低谷。大中五年，李商隐的妻子王氏（即王茂元之女）卒，王氏在盛年奄然去世，丢下一双幼小的儿女，对李商隐打击非常大，"三年已来，丧失家道，平居忽忽不乐，始克意事佛，方愿打钟扫地，为清凉山行者"(《樊南乙集序》)。王氏去世后这三年，李商隐的人生似乎彻底失去希望，他开始刻意事佛。

卢幕罢归长安后，由于生活所迫，李商隐不得不去干谒已经做了宰相的旧交令狐绹，最终令狐绹荐引李商隐做了太学博士。太学博士是正六品上，从官品看，品级并不算低，但却是一个典型的没有实权的冷官，非常贫寒，韩愈当年就曾为自己担任国子学博士这样的闲冷官职而在《进学解》中大发怀才不遇的牢骚："公不见信于人，私不见助于友。跋前踬后，动辄得咎。暂为御史，遂窜南夷。三为博士，冗不见治。命与仇谋，取败几时。冬暖而儿号寒，年丰而妻啼饥。头童齿豁，竟死何裨！"[1] 李商隐同

---

① 马其昶校注《韩昌黎文集校注》卷一，上海古籍出版社，1986，第46—47页。

处于太学博士,自然非常了解韩愈的这种处境与牢骚,他也发出了"官衔同画饼,面貌乏凝脂"(《咏怀寄秘阁旧僚二十六韵》)的悲辛感叹!

大中五年(851)七月,失意中的李商隐接受了梓州刺史、东川节度使柳仲郢的聘请,开始了又一次的幕府之旅。大中九年十一月,柳仲郢内调,梓州幕解散,李商隐无奈北返。李商隐在梓幕前后近五年时间,梓幕五年是李商隐人生的最后一段旅程,也是他一生当中羁泊异乡、寄迹幕府时间最长的一段生活。

二 李商隐流寓梓州的经历

李商隐一生曾两次进入巴蜀,第一次他曾在罢桂幕后北归经过江陵时去夔州短暂逗留十来天,第二次是进入东川梓州幕府。

(一)夔州之行

大中二年七月初,李商隐从江陵动身去夔州拜访一个朋友,他走的是水路溯江而上,于七月下旬前抵夔州,在夔州稍有羁留。在夔州白帝城,李商隐作《摇落》一诗以悲秋怀远:"摇落伤年日,羁留念远心。水亭吟断续,月幌梦飞沉。古木含风久,疏萤怯露深。人闲始遥夜,地迥更清砧。结爱曾伤晚,端忧复至今。未谐沧海路,何处玉山岑?滩激黄牛暮,云屯白帝阴。遥知沾洒意,不减欲分襟。"诗中描述了夔峡秋夜摇落清寥之境,秋夜古老的大树、疏落的萤火、清旷的捣砧声这些异地景象使诗人不由感发自己羁旅之愁,而兴怀念亲人之意。从"结爱曾伤晚,端忧复至今"看,他所怀之人应是妻子王氏。

在夔州稍做停留后李商隐即乘舟东下,路经巫山,写有两首"楚宫"的诗歌,其一曰《过楚宫》:"巫峡迢迢旧楚宫,至今云雨暗丹枫。微生尽恋人间乐,只有襄王忆梦中。"其二曰《楚宫》:"十二峰前落照微,高唐宫暗坐迷归。朝云暮雨长相接,犹自君王恨见稀。"这两首诗借巫山神女的传说表达了完全不同的思想感情和主题。前一首通过久已泯灭的楚宫旧址和云雨笼罩丹枫的迷茫景象,表现了神女之梦尽管虚幻缥缈,襄王仍然执着追求,长忆而不忘,这实际上是李商隐一生追求虽总幻灭却从不放弃的心路历程的悲剧性写照。后一首有感于令狐绹受到宣宗厚遇之事。据《新唐书》载:"(绹)还为翰林承旨。夜对禁中,烛尽,帝以乘舆、金莲华炬送还，院吏望见，以为天子来。及绹至，皆惊。"① 令狐绹受君王厚遇，与君王谈话到深夜，君王用自己车马送他回家，其受宠如此，诗句中"朝云暮雨长相接，犹自君王恨见稀"谓得宠者既已朝朝暮暮与君王相接，而君王犹自恨相见之稀，诗歌以此有所寓托。

过巫山后，李商隐沿江顺流而下，出峡时有《风》："迥拂来鸿急，斜催别燕高。已寒休惨淡，更远尚呼号。楚色分西塞，夷音接下牢。归舟天外有，一为戒波涛。"荆门为巴楚分界，过了荆门便进入楚境，诗中"来鸿""别燕"正点仲秋时节，"归舟"点明了这次行程是从夔州返回，也说明了诗人是乘船沿江而下，顺水行走，速度非常快，以致诗人希望江风稍减威虐，庶几得免风涛之苦。

诗人出峡顺风顺水，脚程很快，万里风来，舟已出峡，出峡后便是一马平川之境，在《江上》一诗中，诗人写道："万里风来地，清江北望楼。云通梁苑路，月带楚城秋。刺字从漫灭，归途尚阻修。前程更烟水，吾道岂淹留。"诗中"云通梁苑路"有投谒之意，而"刺字从漫灭，归途尚阻修"暗透此行曾有投刺拜谒之想而未有遇合，故短暂停留后仍向归京之途。诗人从桂林北返，一路上途经潭州、江陵、夔州，均有长短不等的逗留，这时他已迫不及待归京了，故有"吾道岂淹留"之慨。

（二）入梓州幕府

大中五年，李商隐第二次入蜀，此时距他上次入夔州已有三年。这一次入川，他在梓州生活了五年，这是他真正深入西南的一段流寓生活。他此次赴东川，是在妻子王氏去世不到半年的情况下抛儿别女只身前往戎幕的，内心的凄凉可想而知。梓州距离长安"二千九十里，至东都二千九百里"，② 在交通不发达的唐代，靠车马行走，这一段旅程注定是漫长而又充满悲凉的。

李商隐的入蜀路线，是从长安，由大散关南下进入蜀中的。根据刘学锴的考证梳理如下。③

大中五年九月，李商隐从长安动身赴梓州幕，离开长安时，同年兼连

---

① 《新唐书》卷一百六十六，第 5102 页。
② 《旧唐书》卷四十一，第 1671 页。
③ 参见刘学锴《李商隐传论》，安徽大学出版社，2002。

襟韩瞻一直送他到长安西的咸阳。李商隐与韩瞻开成二年同登进士第，又先后娶王茂元女，二人关系自然亲厚。李商隐有《赴职梓潼留别畏之员外同年》："京华庸蜀三千里，送到咸阳见夕阳。""庸蜀"泛指东川，《华阳国志》载："巴、汉、庸、蜀，属益州。"① 诗歌表达了对韩瞻长途相送的深情厚谊的答谢与感激。

与韩瞻分别后，李商隐踏上西南之行的漫漫长路。在向凤翔陈仓的路上，李商隐作《西南行却寄相送者》寄给韩瞻："百里阴云覆雪泥，行人只在雪云西。明朝惊破还乡梦，定是陈仓碧野鸡。"陈仓即现在的宝鸡，《旧唐书·地理志》载："凤翔府，隋扶风郡……至德二年，肃宗自顺化郡幸扶风郡，置天兴县，改雍县为凤翔县，并治郭下。初以陈仓为凤翔县，乃改为宝鸡县。"②《括地志》卷一载："宝鸡祠在岐州陈仓县东二十里故陈仓城中。"③ 从诗歌的描述看，李商隐九月初出发，到此或在九月中旬，但是陈仓已下起大雪，大雪行路真是艰难之极。

过了陈仓后，李商隐行至陈仓西南的散关，有《悼伤后赴东蜀辟至散关遇雪》："剑外从军远，无家与寄衣。散关三尺雪，回梦旧鸳机。"诗中所说"散关"在陈仓西南，《括地志》载："散关在岐州陈仓县南五十里。"④ 散关是入蜀要道，《方舆胜览》卷六十九"凤州"条载："大散关，在梁泉县。系极边，为秦蜀要路。"⑤ 诗人行至散关，遇上了大雪，想起亡妻已逝，寒冬时再无人给自己寄冬衣，不禁触景生情，感伤不已。

过散关后，李商隐沿着嘉陵江向南行，便到了利州。李商隐有《利州江潭作》："神剑飞来不易销，碧潭珍重驻兰桡。自携明月移灯疾，欲就行云散锦遥。河伯轩窗通贝阙，水宫帷箔卷冰绡。他时燕脯无人寄，雨满空城蕙叶雕。"利州，即今四川省广元市，贞观元年至五年，武则天的父亲武士護曾在此担任利州都督，因此利州当地流传着武后母亲在利州江潭与龙交合而孕武后的传说，《唐音癸签》引《蜀志》载："则天父士護为利

---

① 常璩撰，刘琳校注《华阳国志校注》卷一，第 17 页。
② 《旧唐书》卷三十八，第 1402 页。
③ 李泰撰，贺次君辑校《括地志辑校》卷一，中华书局，2005，第 36 页。
④ 李泰撰，贺次君辑校《括地志辑校》卷一，第 36 页。
⑤ 祝穆：《方舆胜览》卷六十九，第 1213 页。

州都督，泊舟江潭，后母感龙交娠后。"① 李商隐这首诗敷演这一神话，新奇浪漫，富于美感。

从利州乘舟西南行，不久到达益昌桔柏津附近的望喜驿。《蜀中名胜记》卷二十四《保宁府·广元县》载："（利州）南去有望喜驿。"② 李商隐有《望喜驿别嘉陵江水二绝》：

> 嘉陵江水此东流，望喜楼中忆阆州。若到阆州还赴海，阆州应更有高楼。
>
> 千里嘉陵江水色，含烟带月碧于蓝。今朝相送东流后，犹自驱车更向南。

阆州，位于蜀汉当衢要道，《地形志》载："阆中居蜀、汉之半，当东道要衢。"③ 诗中说"犹自驱车更向南"则因"梓州在阆州西南"④。从望喜驿开始，嘉陵江水向东南流去，而诗人则舍舟向西南剑门而行，诗人在舍舟登岸之际，"今朝相送东流后"，对一直陪伴的嘉陵江依依惜别，如同一位老朋友般。

离开望喜驿，李商隐就进入了剑南道所属的剑州。李商隐有《井络》描写剑门天险："井络天彭一掌中，漫夸天设剑为峰。阵图东聚烟江石，边柝西悬雪岭松。堪笑故君成杜宇，可能先主是真龙？将来为报奸雄辈，莫向金牛访旧踪。"诗歌极写蜀地山川险阻，剑门乃天设的奇险山峰，而以"一掌""漫夸"微露天险不足恃的意旨，如此险峻之势，以先主刘备之才略尚不能一统天下，不用说那些等而下之的奸雄之辈了。李白《蜀道难》、杜甫《剑门》都对恃险割据蜀地的危险表示过忧虑和愤慨，李商隐此诗用意与李杜一脉相承。

过了剑门就到了梓潼县，李商隐有《张恶子庙》："下马捧椒浆，迎神白玉堂。如何铁如意，独自与姚苌？"梓潼县有张恶子庙，《太平广记》引《北梦琐言》载："梓潼县张蚕子神，乃五丁拔蛇之所也。或云巂州张生所

① 胡震亨：《唐音癸签》卷二十三，上海古籍出版社，1981，第245页。
② 曹学佺：《蜀中名胜记》，第363页。
③ 转引自刘学锴等《李商隐诗歌集解》，第1123页。
④ 冯浩笺注《玉谿生诗集笺注》下册，上海古籍出版社，1979，第466页。

养之蛇，因而立祠，时人谓为张蛊子，其神甚灵。"① 《方舆胜览》载："张恶子庙，即梓潼庙，在梓潼县北八里七曲山。"② 李商隐这首诗因张恶子庙祭之事而有感，慨叹张恶子神既是忠直之士，却如何将铁如意给了僭位割据称王的姚苌呢？联系到唐中晚期的藩镇割据的现实，此诗现实讽喻之意不言而喻。

离开梓潼县，诗人继续向西南行至绵州的巴西郡，李商隐有《梓潼望长卿山至巴西复怀谯秀》："梓潼不见马相如，更欲南行问酒垆。行到巴西觅谯秀，巴西唯是有寒芜。"诗言行至梓潼县望长卿山而不见司马相如其人，故更欲南行至成都，访其酒垆遗迹，乃行至巴西而寻觅谯秀之遗迹亦唯见一片寒芜而已。

离开巴西县，诗人沿涪江而下，便直达梓州，时间约在大中五年十月末，途中将及两月。由于幕主柳仲郢七月就被朝廷任命为东川节度使，而李商隐十月底才到梓州，幕府事务繁杂，书记一职不能空缺，故由吴郡张黯取代，当李商隐到达梓州时改授节度判官一职，李商隐《樊南乙集序》载："七月，尚书河东公守蜀中东川，奏为记室，十月得见吴郡张黯见代，改判上军。"③ 其中"十月得见吴郡张黯见代"所指正是此事。

以上这一系列赴梓道中诗，为我们清晰地画出了诗人由长安至梓州的经行路线：过陈仓，越散关，沿嘉陵江而下，至利州，于望喜驿别嘉陵江水后复驱车西南行，越剑阁，至梓潼县，再西南行至巴西县，乃顺涪江而下抵达梓州，而出现在这些诗歌中的诗人形象则是一位孑然独行的天涯羁旅者。

（三）梓州的寓居生活

李商隐寓居梓州的生活主要是由幕府公务和闲暇出游两部分组成，这些生活在他的诗歌中都有表现。

大中五年十二月十八日，初到梓州的李商隐奉柳仲郢之命以"侍御"身份前往西川节度使府推狱。李商隐在《为河东公上西川相国京兆公书》中记叙了这次以侍御身份奉命前去推狱的原因："姚熊顷时斗殴，偶在坤

① 孙光宪：《北梦琐言》卷四，上海古籍出版社，1981，第172页。
② 祝穆：《方舆胜览》卷六十七，第1168页。
③ 刘学锴等：《李商隐文编年校注》第5册，中华书局，2002，第2177页。

维，阿安未容决平，遽诣风宪。当道频奉台牒，令差从事往推。去就之间，殊为未适。顾惟敝府，托近贵藩，虽蒙与国之恩，犹在附庸之列。仰遵教指，尚惧尤违；敢遣宾僚，往专刑狱？自奉台牒，夙夜兢惶。今谨差节度判官李商隐侍御往，以今月十八日离此。"从李商隐的记文可知事情原委，一个叫姚熊的东川人在西川境内斗殴，当事人阿安不等州府判决便直接向御史台控告，于是御史台下牒命东川节度使派幕僚前往西川一起审查此案。大中五年十二月十八日，李商隐前往西川节度使府推狱，当时西川节度使是李商隐远房亲戚杜悰①，这次奉命到成都推狱，正好给他提供了一个谒见杜悰的机会。

处理完推狱的公事后，李商隐趁此机会拜谒了久已向往的武侯祠，作《武侯庙古柏》："蜀相阶前柏，龙蛇捧閟宫。阴成外江畔，老向惠陵东。大树思冯异，甘棠忆召公。叶凋湘燕雨，枝拆海鹏风。玉垒经纶远，金刀历数终。谁将出师表，一为问昭融？"诗歌缅怀诸葛亮治蜀的功绩和统一中原的远大规划，也寄寓了诗人来自现实政治的感受，他感慨晚唐国运衰颓，危机深重，统治集团中即使偶有富于才略的人物，也往往因为客观环境的制约而难以有大的作为，诗歌颇有讽喻之意。

大中六年（852）春初，李商隐办完公务由西川回到梓州幕府，此后两年一直生活在梓州。梓州城外的西溪是风景佳胜之处，幕府公务之余，李商隐也抽空去西溪游览。梓幕期间，李商隐曾多次出游西溪，作西溪诗三首。大中六年三月，他抽空外出赏春，作《三月十日流杯亭》："身属中军少得归，木兰花尽失春期。偷随柳絮到城外，行过水西闻子规。"这首诗写他军务倥偬，无暇赏春，及至木兰花尽、柳絮纷飞、春期已失之时，方得偷空潜行城外，而春物已不复见，唯闻子规啼血之声。诗人寄迹幕府，杂务缠身，岁月虚捐之慨，言外见之。

有时幕府事繁而无暇出游，李商隐便夜游，有《夜出西溪》："东府忧春尽，西溪许日曛。月澄新涨水，星见欲销云。柳好休伤别，松高莫出群。军书虽倚马，犹未当能文。"诗人赏月下西溪，一轮澄澈明月映在溪水里，溪水泛涨，面对如此美景，诗人有伤才而不遇之意。又有《西溪》：

---

① 杜悰之父杜式方为李商隐从祖父李则的次女婿，故二人有疏远的中表之亲，李商隐称杜悰为"杜七兄"。

"怅望西溪水，潺湲奈尔何！不惊春物少，只觉夕阳多。色染妖韶柳，光含窈窕萝。人间从到海，天上莫为河。凤女弹瑶瑟，龙孙撼玉珂。京华他夜梦，好好寄云波。"诗人怅望西溪流水，潺湲而去，不禁触动流年之叹、迟暮之慨。西溪水色清碧，春物清丽，而自己年华老去，有"夕阳无限好，只是近黄昏"之慨。西溪东流，也只有任其到海，无可奈何，只希望莫成为阻隔牛郎织女的天河。诗人由感伤迟暮转出伤别离之意，想到寄养在京的子女，唯望异日思念京华儿女之梦，能借此云波以寄也，语悲情深，令人凄然。

游览西溪引起的感时伤春情绪在其他诗歌中也有表达，《即日》一诗写游赏触发的伤春意绪："一岁林花即日休，江间亭下怅淹留。重吟细把真无奈，已落犹开未放愁。山色正来衔小苑，春阴只欲傍高楼。金鞍忽散银壶漏，更醉谁家白玉钩。"诗人先是因为林花谢了春红而伤感于一年之花事已休，继又因春阴只傍高楼而更伤感于一日之好景难驻，再加以客散独归，银壶滴漏，不知醉卧谁家，遂觉伤感满怀。诗将春残日暮人散引起的伤春意绪表现得很深入，特别是"重吟"一联，将美好事物凋残引起的惋惜、惆怅与无奈情绪写得曲折动人。另有《天涯》一首，更是对伤春意绪的浓缩与升华："春日在天涯，天涯日又斜。莺啼如有泪，为湿最高花。"诗人天涯羁旅，又值春残日暮，乃觉莺啼花阑，无处不是伤心之境。伤时之感，迟暮之悲，沉沦之痛，均可于诗行内外领会而得。

大中七年（853）五月，杜悰离开蜀地，李商隐奉柳仲郢命往渝州界首迎送，有《为河东公复相国京兆公启》："今遣节度判官李商隐侍御，往渝州及界首已来，备具饩牵，指挥馆递。"① 由此可知李商隐得以再次谒见杜悰。

大中七年十一月，李商隐开始刻意事佛，这大概与他自妻子逝世后情绪一直低沉感伤有关，他在《樊南乙集·自序》中说："三年以来，丧失家道，平居忽忽不乐，始刻意事佛。"② 李商隐曾出资财于长平山慧义精舍经藏院创石壁五间，金字勒《妙法莲华经》七卷，并请柳仲郢为记，柳仲郢作记以后，李商隐又作《上河东公第三启》表示感谢。同年，柳仲郢于

① 刘学锴等：《李商隐文编年校注》第5册，第1987—1988页。
② 刘学锴等：《李商隐文编年校注》第5册，第2177页。

梓州慧义精舍之南禅院建四证堂，绘益州静众无相大师、保唐无住大师与洪州道一大师、西堂智藏大师四真形图于屋壁，李商隐奉仲郢之命作《唐梓州慧义精舍南禅院四证堂碑铭并序》。这一时期李商隐与僧人的交往以及涉及佛教的诗文比以前明显增多，如《酬崔八早梅有赠兼示之作》《题白石莲花寄楚公》《题僧壁》《明禅师院酬从兄见寄》等，这些都是他与僧人交往所作的佛禅诗。

由于思乡怀归情切，李商隐曾于大中七年仲冬返京探望寄养在长安的儿女，短暂停留后，约在大中八年（854）仲春或暮春之初启程返梓。据刘学锴考证，这次行色匆匆，留下的诗作较少，只有暮春过金牛路作《行至金牛驿寄兴元渤海尚书》："楼上春云水底天，五云章色破巴笺。诸生个个王恭柳，从事人人庾杲莲。六曲屏风江雨急，九枝灯檠夜珠圆。深惭走马金牛路，骤和陈王白玉篇。"从诗意看，诗人此次返梓，行色匆匆，未能参加兴元府旧日同僚的集会，心中感到遗憾，所以说"深惭走马金牛路"。同年夏，李商隐返抵梓州，作《剑州重阳亭铭并序》："乃大铲险道，绲石见土，其平可容考工车四轨，建为南北亭，以经劳饯。又亭东山，号曰重阳，以醉风日。"① 文中称为铭记天子治理蜀道之功，在剑州东山上建了南北两座亭，名为重阳亭。这一次长安探亲返回梓幕后，李商隐再未离开梓州，直到第二年梓幕解散，李商隐才离蜀北归。

（四）李商隐离蜀北归

大中九年，柳仲郢因"在镇五年，美绩流闻"② 被朝廷内征为吏部侍郎，接着又改为兵部侍郎，梓州幕因之解散，李商隐有《梓州罢吟寄同舍》，对这五年生活做了回顾："不拣花朝与雪朝，五年从事霍嫖姚。君缘接座交珠履，我为分行近翠翘。楚雨含情皆有托，漳滨多病竟无憀。长吟远下燕台去，唯有衣香染未销。"诗歌饱含对幕主的情谊，结语充满了对个人命运的感慨。

在离梓州返回长安的途中，李商隐经过利州，有《因书》一诗："绝徼南通栈，孤城北枕江。猿声连月槛，鸟影落天窗。海石分棋子，郫筒当酒缸。生归话辛苦，别夜对凝釭。"利州北枕嘉陵江，南通剑阁栈道，嘉

---

① 刘学锴等：《李商隐文编年校注》，第 2187 页。
② 《旧唐书》卷一百六十五，第 4306 页。

陵江在大巴山脚下，经此而南趋阆中，故云"南通栈""北枕江"，海石之围棋子与郫竹之酒筒，均蜀地名产，诗人写出了离蜀时的悲辛。

离利州后便到达利州之北的筹笔驿，李商隐有《筹笔驿》："猿鸟犹疑畏简书，风云常为护储胥。徒令上将挥神笔，终见降王走传车。管乐有才真不忝，关张无命欲何如。他年锦里经祠庙，梁父吟成恨有余。"相传诸葛亮出师伐魏，曾经驻军于此，筹划军事，故名筹笔驿。今四川省广元市北有朝天岭，岭上有朝天驿，相传即古筹笔驿遗址。《方舆胜览》卷六十六载："筹笔驿在绵谷县去州北九十九里……蜀诸葛武侯出师，尝驻军筹划于此。"[1] 这首诗表达了诸葛亮未能实现统一中原的宏图大志的遗憾，也隐喻诗人自己生不逢时、功业无成的失落与遗恨。

位于大散关与陈仓之间有圣女祠，此前李商隐曾多次经过这里，曾有《圣女祠》二首，这次返回时写有《重过圣女祠》："白石岩扉碧藓滋，上清沦谪得归迟。一春梦雨常飘瓦，尽日灵风不满旗。萼绿华来无定所，杜兰香去未移时。玉郎会此通仙籍，忆向天阶问紫芝。"诗歌以圣女口吻抒发感慨，圣女沦谪归迟的寂寥无依之境，亦暗喻自己漂泊外地多年，至今始回，唯望能有执掌仙官簿篆的领仙玉郎与自己相会，以便实现重回天界在天阶问取紫芝的愿望，显然蕴含了诗人的身世之慨。

过了陈仓后，李商隐终于在大中十年（856）初回到了长安，结束了他流寓蜀中的生活。

三　李商隐的流寓心理

李商隐在梓州幕的五年是他最后一任幕府生涯，这时的李商隐妻子亡故，儿女抛在长安，虽然幕主对他颇为赏识，二人关系也较为融洽，但是仕途的坎坷与失去亲人的哀痛带来的伤感愁苦难以消解。寓居梓州的诗人，整体上的心理状态是低沉苦闷的，这是诗人自己的心理意绪，也是晚唐的时代情绪。

（一）叹老嗟卑之感慨

在梓州幕府期间，盖因妻子离世，自己漂泊半生一事无成，且又兼身

---

[1]　祝穆：《方舆胜览》卷六十六，第 1168 页。

体欠佳、年华衰老，故李商隐常有叹老嗟卑之慨。

当时东川幕府中常有游赏宴会及诗歌唱酬之事，李商隐往往因病不赴，如他在《病中闻河东公乐营置酒口占寄上》中描写自己因病而愁卧未能赴宴的情景，"刻烛当时忝，传杯此夕赊。可怜漳浦卧，愁绪独如麻"。虽然朋友殷勤致意，但是自己病卧在床，愁绪如麻。在《南潭上宴集以疾后至因而抒情》中也写自己因病而迟到的情景："佳人启玉齿，上客颁朱颜。肯念沉痾士，俱期倒载还。"宴席上宾主尽欢，但自己久病不愈，只怕不能和朋友们一醉方休了。

有时候即使勉强应召前去赴宴，也是情怀之不佳，意绪之萧索，"卜夜容衰鬓，开筵属异方。烛分歌扇泪，雨送酒船香。江海三年客，乾坤百战场。谁能辞酩酊，淹卧剧清漳?"(《夜饮》)诗歌中言身世漂泊，时事艰难，夜饮中对时事身世的联想，意境阔大，感情沉郁，尾联以"谁能辞酩酊"反结，将借酒浇愁、强颜为欢的情绪更深一层地表现出来。还有如《江亭散席循柳路吟归官舍》是宴席结束后回自己官舍时所写："春咏敢轻裁，衔辞入半杯。已遭江映柳，更被雪藏梅。寡和真徒尔，殷忧动即来。从诗得何报? 惟感二毛催。"诗人谓平生为诗和之者寡，示知音者稀，唯令人更加多愁善感，反而加速衰老的到来而已。

这种因参与宴饮游赏而触动身世之感的情况常见于这一时期的诗歌，在晚唐帝国走向衰落的时代政治大背景下，诗人半生漂泊的失意、体衰年老的伤感，个人身世的不幸夹杂着时代的悲音，成为诗人寓居梓州的主要情绪体验。

(二) 怀乡

李商隐是在大中五年丧妻之后进入梓幕的，他孤身一人流寓蜀中，强烈的漂泊无依和孤寂感始终伴随他的寓蜀生活，思乡之情常常出现在诗中，成为他这一时期的诗歌主题。对于一个深受儒家思想影响的士人而言，故园从来都并不完全是指诗人的祖籍或世代居住的地方，李商隐诗歌里的家乡同样也并不完全是指他的祖籍怀州或者世代寓居的郑州，而更多呈现出来的是李商隐主观上臆想的故园，是与剑外天涯相对的整个中原，它是一个虚化了的精神家园，一个能安顿这孤寂漂泊灵魂的地方。正是在这种情感的支配下，李商隐在蜀中写了大量的思乡之作，如《寓兴》："薄宦仍多病，从知竟远游。谈谐叨客礼，休浣接冥搜。树好频移榻，云奇不下楼。岂关无景物，自是有乡愁。"这首诗描述自己官职低微又体弱多病，只好追随知己者柳仲郢远游寓居梓州，虽然柳仲郢以宾主之礼相待，虽然梓州"树好""云奇"风景优美，但是难以遣怀的乡愁时时袭上心头，这是典型的流寓异乡而生的乡愁。

梓州有二月二踏青节，据《岁时广记》载，"蜀中风俗，旧以二月二日为踏青节。都人士女，络绎游赏，缇幕歌酒，散在四郊"，①梓州亦同此风俗。李商隐于大中七年（853）作《二月二日》描写踏青节："二月二日江上行，东风日暖闻吹笙。花须柳眼各无赖，紫蝶黄蜂俱有情。万里忆归元亮井，三年从事亚夫营。新滩莫悟游人意，更作风檐夜雨声。"这首诗以乐境写哀思，踏青江行，本为游赏遣兴，但花柳蜂蝶，满眼春光，反而处处触动欲归不得的羁愁，甚至连欢畅的新滩流水之声，在怀着深重羁愁的人耳中，也化作一片风檐夜雨的凄清之声。诗中的"元亮井"便是一个虚泛的故乡家园符号。

诗歌《初起》描述蜀中的雾："想像咸池日欲光，五更钟后更回肠。三年苦雾巴江水，不为离人照屋梁。"这首诗是早晨初起时对浓雾弥漫有感而作，既见诗人对这连日不开的苦雾的厌恶与无奈，对雾开日出复见青天的热切期盼，也透露出其意绪的苦闷黯淡，心情的压抑窒息，而这苦闷正是因为"离人"，这正见诗人乡思羁愁的浓重。另外还有《写意》："燕雁迢迢隔上林，高秋望断正长吟。人间路有潼江险，天外山惟玉垒深。日向花间留返照，云从城上结层阴。三年已制思乡泪，更入新年恐不禁。"诗歌起结均直写思乡之情，但全篇所写之意远不止此，举凡迟暮羁滞之悲、世路崎岖之慨、时世阴霾之感，均见于言外，都寓含于情景描写中，思乡只是上述感情的触发点和归结点。

（三）思亲怀友

与思乡之情相联系的是对亲人朋友的深切怀念。李商隐诗歌写得最多的首先是对亡妻的怀念和对子女的牵挂。大中六年（852）适逢闰七月，他写了两首七夕诗：

---

① 陈元靓编《岁时广记》卷一，王云五主编《丛书集成初编》，商务印书馆，1939，第11页。

> 已驾七香车，心心待晓霞。风轻惟响珮，日薄不嫣花。桂嫩传香远，榆高送影斜。成都过卜肆，曾垆识灵槎。(《壬申七夕》)

> 绕树无依月正高，邺城新泪溅云袍。几年始得逢秋闰，两度填河莫告劳。(《壬申闰秋题赠乌鹊》)

前一首写得较隐晦，李商隐时已丧偶年余，故每每感慨自己与妻子的永别，转羡他人有期之别。此诗写牛郎织女佳期相会及织女珍重佳期的心理，正是这种欣羡有期之别的心情的自然流露。后一首写得比较明白，以"绕树无依"的乌鹊暗喻自己羁泊无依，以"新泪"指悼亡之痛，以"邺城"点自己之寄幕，诗歌感叹牛郎织女年年只能一度相会，今幸得逢此闰秋，得以再度渡河相会，故乌鹊虽两度填河，亦莫辞劳苦。这是一个伤痛与妻子永别的不幸者甘愿成全他人幸福会合心情的自然流露。李商隐另外还有一首《七夕》，也是丧妻后所作："鸾扇斜分凤幄开，星桥横过鹊飞回。争将世上无期别，换得年年一度来。"诗歌同样描述了七夕牛郎织女渡鹊桥相会，从常情看，牛郎织女仅一年一度相会，可谓别多会少，但在与妻子永别的悼伤者看来，这"年年一度"却远胜"无期别"。这一组七夕诗，尽管内容写法各不相同，但都贯串着一个共同的内容，这就是珍重现实的人生幸福和夫妻相聚。

除了怀念王氏以外，李商隐还有思念一对幼小儿女的诗歌。大中七年十一月，杨筹（字本胜）来到柳仲郢幕做幕僚，[①] 他对李商隐谈起其寄养在长安亲友家中的儿子衮师的情况，引起李商隐的无限思亲之情，写下一首情调凄婉的《杨本胜说于长安见小男阿衮》："闻君来日下，见我最娇儿。渐大啼应数，长贫学恐迟。寄人龙种瘦，失母凤雏痴。语罢休边角，青灯两鬓丝。"诗歌叙述听杨本胜说起阿衮的情况想象儿子的情状，几年前的美秀聪慧、活泼顽皮的儿子如今变得瘦骨伶仃、痴呆寡语，反映出失母又复远离父亲的境遇对幼小心灵的沉重打击。诗歌语浅情深，在旷寂悲凉气氛中，闪现诗人在凄冷的青灯映照下两鬓如丝的身影，情致黯然欲绝。

---

① 李商隐《樊南乙集序》有"（大中七年）十月，弘农杨本胜始来军中"。刘学锴等：《李商隐文编年校注》第5册，第2177页。

　　流寓他乡，在孤寂的环境中，思乡念亲的感情随着时间推移会沉淀得愈深厚，一旦被外界景物所触发，就会溢满心胸，这种情感在《夜雨寄北》中表现得淋漓尽致："君问归期未有期，巴山夜雨涨秋池。何当共剪西窗烛，却话巴山夜雨时？"有人认为这首诗是寄内诗，冯浩谓《万首绝句》题作《夜雨寄内》，其时李商隐妻子已经去世，并无"内"可寄，此诗的所寄对象，应当是居北方长安的一位朋友。这首诗通过"君问归期"与"未有期"的一问一答，将视线引到广阔的巴蜀地理空间中，用巴山、夜雨、秋池这一系列包含着寂寥、萧瑟、凄清、迢递、绵长意味的物象，用动词"涨"绾结成虚实相生极富包蕴的意境，在对他年相聚后剪烛夜话的遥想中，将诗人客寓他乡的孤寂凄清、对朋友的绵长思念、人生积郁的种种愁思传递出来，凄清的往事包孕于重逢的欢愉中，这也使诗歌格调不至于太过低沉。诗歌曲折含蓄而又一气呵成，回环往复中有层递新变，极富情韵风调意境之美，将思乡怀友的羁愁写得如此动人！

　　李商隐本是皇室后裔，"我系本王孙""阴阴仙李枝"的出身荣耀与使命使李商隐胸怀中兴王室积极有为的理想。但是，李商隐所处的时代却是一个矛盾重重、危机重重的时代，元和中兴后，唐王朝的各种矛盾不但没有消除，官僚集团内部的矛盾还有了新的发展。唐宪宗本人在取得政治、军事方面一些胜利和成绩后就崇佛媚道，宠信宦官，导致宦官势力进一步扩张，最后自己也被宦官所杀，这开了唐后期宦官擅自废立、杀害皇帝的先例。唐宪宗死后的第二年（穆宗长庆元年，821），朝廷上党争愈来愈激烈。长庆二年，河朔三镇又重新恢复割据局面，短暂的全国统一随之结束。从此，唐王朝转入外有藩镇割据内有朋党之争的统治阶级内耗中。随后30多年，唐王朝的各种统治阶级内部矛盾，如宦官与朝官、皇权的矛盾，藩镇与中央的矛盾，朝官内部的党争不断发展深化，这一时期，统治集团已经失去了政治革新的勇气与力量，尽管一些有识之士力图挽回颓势，王朝在某一段时期内也曾出现一些振兴气象，但终究无法挽回颓势。

　　李商隐所处的时代正是唐王朝衰亡之势已经形成但大规模的农民起义尚未酝酿成熟[①]的时期，统治阶级内部各种政治势力集团派别间的矛盾斗争尽管空前尖锐复杂，但还没有达到彻底分裂的程度，上层统治集团尽管

---

　　① 李商隐死后 17 年，即 875 年，才爆发王仙芝、黄巢起义。

日趋腐朽,但还有一定的统治力量。从整个封建社会行将衰朽没落的总行程和大背景来加以考察,生活在这个时代的人们可能不能从理性上认识到这种变化的实质,但天才而敏感的诗人、作家却可以敏锐地感受到这种时代氛围和气息,从这个层面去理解李商隐诗歌中笼罩的那一层浓重的悲凉之雾和那种感伤情调,也会有更深一层的认识。

处在党争旋涡中的李商隐晚年流寓西南梓州幕府,在唐帝国走向衰落的政治大洪流下,无法掌控个人命运的悲凉感使他的诗歌带着浓郁的愁苦,漂泊异地的流寓生活又使他的诗歌打上地域山川的烙印,"巴山""郫筒""巴笺"等具有地域特色的名称意象,尤其是"巴山夜雨"这些具有鲜明巴蜀地域色彩的文学意象,在诗歌史上历久弥新,余韵不歇,充分发挥了经典名篇在文学传播过程中的巨大影响力,它既是诗人的天才创造,代表了李商隐梓幕文学创作所达到的高度,也是巴蜀大地对于入蜀文人创作活动的真情襄助,再一次证明了"山林皋壤,实文思之奥府"的道理。

第二节　晚唐蜀中流寓诗人群

唐末社会持续不断的军阀割据波及全国,巴蜀地区虽经历了南诏危机与蜀中动乱,却成为相对安定繁华的世外桃源,文人在蜀地得以避身全命。同时,作为维系唐朝命脉和重要藩镇的壁垒,巴蜀地区成为文人武将踏足仕途的跳板,无论是王侯将相抑或怀才不遇的文人,都把蜀地看作走进仕途的契机,特别是唐僖宗幸蜀以来,蜀中政治地位空前提高,从而形成了文人入蜀高峰。

一　晚唐社会动荡与文人入蜀潮

安史之乱后唐朝社会政治结构发生了深刻变化,造成了一个大为削弱的中央政权管辖下的不稳定的总形势,岑仲勉《隋唐史》有载:"肃、代昏暗,辅弼无谋,安、史虽死,而安史之乱却未定,于是形成晚唐藩镇之祸。"[①] 曾经为平定安史之乱确保帝国延续的军事权力重新建立了军事藩镇,在叛乱的过程中扎下了根后,它们这时已形成了京师大门以外的主要

---

① 岑仲勉:《隋唐史》,中华书局,1982,第273页。

权力中心。① 这些军事方镇既有其土地，又有其人民，又有其甲兵，又有其财富，拥有军政合一的大权，而唐帝国中央政府却没有一支能控摄全局的武装，这导致地方军镇势成割据，对抗朝廷，多次发起武装叛乱。仅建中元年至宪宗元和六年（780—811）的短短 32 年，就发生了建中三年（782）河北四镇联兵反叛、建中四年淮西节度使李希烈叛乱、兴元元年（784）邠宁节度使李怀光叛乱、元和二年（807）镇海节度使李锜叛乱，②四次军阀叛乱造成社会持续的动荡不安。关于晚唐的政局，司马光在《资治通鉴·唐纪六十》中说："于斯之时，阉寺专权，胁君于内，弗能远也；藩镇阻兵，陵慢于外，弗能制也；士卒杀逐主帅，拒命自立，弗能诘也；军旅岁兴，赋敛日急，骨血纵横于原野，杼轴穷竭于里间。"③ 大唐帝国的能量在宦官专权与军阀混战的内乱中消耗殆尽。

僖宗以后，唐王朝已至覆亡边缘。唐僖宗乾符二年（875），王仙芝在濮州（今山东省鄄城县）发动了农民起义，这场农民起义持续了三年还未平息，乾符五年黄巢领导的农民起义继之而起，全国范围内大面积持续暴动，帝国危机四伏。

军阀叛乱严重影响了社会的稳定，农民起义的爆发彻底打破了藩镇割据势力下唐帝国势力的表面平衡，诚如张国刚所说，"唐代完全依赖藩镇势力之间的平衡关系，才得以维持下来，一旦黄巢起义冲垮了这种平衡，唐朝的末日就来临了"。④ 农民起义爆发后，唐僖宗避难蜀中，士人纷纷离开中原流寓至环境安稳经济发达的西南地区谋生，这一现象在中晚唐时期尤其普遍。

广明元年（880）十二月，唐僖宗自金光门奔蜀，《旧唐书·僖宗纪》载："上与诸王、妃、后数百骑，自子城由含光殿金光门出，幸山南，文武百官僚不之知，并不从行者，京城晏然。是日晡晚，贼入京城。"⑤ 随着皇帝入蜀，国家权力机构的西移，朝中官员后来也追随而至。从唐僖宗广明元年十二月入蜀，直至光启元年（885）正月由成都还凤翔，在唐僖宗

---

① 崔瑞德：《剑桥中国隋唐史》，中国社会科学出版社，1990，第 495—496 页。
② 《旧唐书》卷十二、卷十四，第 335、341、422 页。
③ 《资治通鉴》卷二百四十四，第 7880 - 7881 页。
④ 张国刚：《唐代藩镇研究》，湖南教育出版社，1987，第 27 页。
⑤ 《旧唐书》卷十九，第 709 页。

幸蜀四年多的时间里，大量文士臣子流寓巴蜀，这一时期也是中晚唐时唐代文人迁移巴蜀的高潮期。依据张仲裁的统计，[①] 748—903 年这 150 多年，正是公元 755 年安史之乱发生，又继之以频繁的军阀叛乱，直到公元 878年黄巢农民起义爆发唐僖宗奔蜀的历史阶段，这 150 多年间的入蜀文人数占到整个唐朝入蜀文人总数的 70%。

唐僖宗幸蜀四年多，在蜀中开科取士，吸引大量士人纷纷进入蜀地。僖宗幸蜀时期在成都举行过三次全国科举考试，据《登科记考》记载，中和元年（881）户部侍郎韦昭度知贡举，放进士 12 人；中和二年礼部侍郎归仁泽知贡举，进士 28 人；中和三年礼部侍郎夏侯潭知贡举，进士 30人。[②] 中和元年至三年于蜀中登榜进士的共有 70 人，后孟二冬《登科记考补正》略有增减，大体不离此貌。每年科举登第的进士人数相对增多，这也直接导致大批文人入蜀应举，这一时期也成为文人入蜀活动的高潮期，是唐代文人跟随政治中心转移的一个大迁徙时期。唐僖宗离蜀后，文人入蜀在数量上呈现明显的回落趋势。

除了应举之外，混乱的时局使很多文人选择入蜀避乱，如唐四方馆主王鄂尚书，"自西京乱离，挈家入蜀"[③]，前蜀宰相张格于家族覆亡之际"由荆江上峡，入成都"[④]，前蜀翰林学士词人牛希济生长于中原，"旋遇丧乱，流寓于蜀"[⑤]。还有一些文人对唐末政局彻底失望，放弃在中央朝廷任职，选择回归蜀地居住，如杜光庭光启元年（885）冬辞别僖宗请归青城山，成为蜀地道教经典的传承人，诗人李洞落第而以心灰意冷的落魄文人形象归蜀而终老蜀地，郑谷曾先后四次出入蜀川地区，其中有三次均发生于唐僖宗在位期间，在唐末乱世时局中，他彻底熄灭了求仕的理想之火，最终归隐故里。

在唐僖宗朝乃至唐末五代，巴蜀地区不仅仅是文人仕宦心中完美的避难胜地，更是其情感上的皈依与乱世中安宁的回归处。《新五代史》卷六十三《前蜀世家》载："蜀恃险而富，当唐之末，士人多欲依（王）建以

① 张仲裁：《唐五代文人入蜀考论》，第 24 页。
② 徐松：《登科记考》，赵守俨点校，中华书局，1984，第 879 – 883 页。
③ 孙光宪：《北梦琐言》卷二十，贾二强点校，中华书局，2002，第 357 页。
④ 吴任臣：《十国春秋》，中华书局，1983，第 603 页。
⑤ 孙光宪：《北梦琐言》，第 389 页。

避乱。建虽起盗贼，而为人多智诈，善待士，故其僭号，所用皆唐名臣世族。"① 许多文士入蜀后便一直留在蜀地，直到后来唐朝灭亡便入仕前蜀，如大诗人韦庄"宣谕西川，遂留蜀，与冯涓并掌书记"，② 张格"世为河间人，唐左仆射濬之次子也。唐末由荆江上峡，入成都，高祖擢为翰林学士"，③ 唐末五代有名的诗僧贯休，"本婺州兰溪人也，……王氏建国时，来居蜀中龙华之精舍"，④ 这些唐代世族与文人入蜀对于繁荣蜀地文化产生了重要影响。

蜀地文学的发展在唐宋时期是一个持续的过程，随着僖宗幸蜀和晚唐避乱入蜀潮而形成的文人迁徙为蜀地的文学发展带来巨大动力，高素质文人群体大规模入蜀，进一步促进了巴蜀文化和中原文化的融合与交流，并为五代文学的繁盛与生机做好了铺垫。

二 蜀中流寓诗人群

在晚唐入蜀诗人群中，郑谷与李洞是比较突出的两位。李洞与郑谷二人相交甚厚，李洞有《郑补阙山居》一诗寄郑谷，而郑谷也有《哭洞》一诗悼李洞。李洞与郑谷都是黄巢起义后避战乱入蜀的，在迁移过程与寓居异乡的艰苦岁月中，他们用诗歌书写了自己真实的生活经历与心理状态，他们的入蜀流寓诗也见证了在社会大动荡中人们流亡西南的社会现实，展现了唐末战乱中流寓文士的复杂的心理过程。

(一) 郑谷的入蜀经历

郑谷是唐末极负盛名的诗人，唐末文坛上最著名的诗人群号称"咸通（懿宗年号）十哲"，据王定保《唐摭言》记载分别是"张乔，池州九华人也。诗句清雅，复无与伦。咸通末，京兆府解，李建州时为京兆参军主试。同时有许棠与乔，及俞坦之。剧燕、任涛、吴罕、张蠙、周繇、郑谷、李栖远、温宪、李昌符，谓之'十哲'"。⑤

郑谷作为咸通十哲之一，颇负诗名，然则生逢乱世，人生遭际颇为坎

① 《新五代史》卷六十三，中华书局，1974，第787页。
② 吴任臣：《十国春秋》卷四十，中华书局，1983，第592页。
③ 吴任臣：《十国春秋》卷四十，第602—603页。
④ 李昉：《太平广记》卷二百一十四，第1638页。
⑤ 王定保：《唐摭言》卷十，中华书局，1960，第114页。

坷曲折。他为求功业而奔忙干谒，多次预礼部试而下第，踬踣于科场，屡
试不第，直至40余岁，才进士及第。进士及第后，一直未授官，在蜀中漂
泊多年，直到44岁才授了一个县尉的小官。然而生在唐王朝风雨飘摇危殆
之境的唐末乱世，王室倾危，大厦将倾，郑谷最终不得不辞官归隐宜春
家乡。

郑谷一生多次入蜀，蜀中之行遍及东西二川，据赵昌平《郑谷年谱》
载，郑谷首次入蜀在广明元年"冬暮黄巢破长安，谷出奔"，第二次在光
启三年（887），"擢第后于春三月复入蜀，有《擢第后入蜀经罗村路见海
棠盛开偶有咏题》诗"，第三次入蜀则"于景福二年（893）前后谷往泸州
省拜恩师柳玭"。[①] 流寓蜀中是郑谷一生中非常重要的人生经历，郑谷在蜀
中留下了40余首诗作，这些流寓诗为我们了解晚唐政治风貌提供了大量
资料。

1. 郑谷第一次入蜀

广明元年冬，黄巢率军袭破潼关，进逼长安，京师震恐，惊魂未定的
僖宗一路仓皇南奔至西蜀，当时很多在长安参加贡举的士子随赴蜀中，郑
谷也在其中。

郑谷首次入蜀走的是僖宗入蜀的路线。郑谷出长安后，便来到了兴
州，兴州处于川陕交界处，属唐代山南道所辖，郑谷经过此地有《兴州江
馆》："向蜀还秦计未成，寒蛩一夜绕床鸣。愁眠不稳孤灯尽，坐听嘉陵江
水声。"中和元年正月僖宗至成都，而此时唐军正在长安咸阳一带与黄巢
军交战，局势尚未明朗，在这种情势之下，郑谷彷徨于奔忙避乱，"向蜀
还秦""愁眠不稳"正是其惶惑焦虑心态的真实写照，诗歌道出了流亡蜀
道中愁苦难眠的心境。又赋《兴州东池》："南连乳郡流，阔碧侵晴楼。彻
底千峰影，无风一片秋。垂杨拂莲叶，返照媚渔舟。鉴貌还惆怅，难遮两
鬓羞。"诗歌描写兴州东池秋景，池水清澈见底，倒映水边山色，垂杨拂
莲，夕照渔舟，诗人以秋景叹惋自己鬓添二毛，一片萧瑟映射内心离乱的
凄苦。

在兴州短暂留停后，郑谷经鹿头关至成都。郑谷游览了成都，写有

---

① 赵昌平：《郑谷年谱》，《赵昌平自选集》，广西师范大学出版社，1997，第227、230、236 页。

《蜀中三首》：

马头春向鹿头关，远树平芜一望闲。雪下文君沽酒市，云藏李白读书山。江楼客恨黄梅后，村落人歌紫芋间。堤月桥灯好时景，汉庭无事不征蛮。

夜无多雨晓生尘，草色岚光日日新。蒙顶茶畦千点露，浣花笺纸一溪春。扬雄宅在唯乔木，杜甫台荒绝旧邻。却共海棠花有约，数年留滞不归人。

渚远江清碧簟纹，小桃花绕薛涛坟。朱桥直指金门路，粉堞高连玉垒云。窗下斫琴翘凤足，波中濯锦散鸥群。子规夜夜啼巴树，不并吴乡楚国闻。

三首诗分别提及了文君宅、"李白读书"之匡山、蒙顶产茶区、扬雄宅、杜甫草堂、薛涛坟，由此可见，成都名胜吸引了初来乍到的诗人，郑谷带着新奇游览了锦城诸胜。

在游览了成都之后，郑谷的行迹漫延蜀中诸胜，足迹遍及彭、绵、雅、眉、嘉、邛、简诸州。他去了成都西北之彭州唐昌县，有《宗人作尉唐昌官署幽胜》："公堂潇洒有林泉，只隔苔墙是渚田。宗党相亲离乱世，春秋闲论战争年。远江惊鹭来池口，绝顶归云过竹边。风雨夜长同一宿，旧游多共忆樊川。"诗歌充满了乱世相逢的离乱之感。郑谷又南游至眉州，有诗《蜀江有吊》怀吊僖宗朝左拾遗孟昭图："孟子有良策，惜哉今已而。徒将心体国，不识道消时。折槛未为切，沈湘何足悲。苍苍无问处，烟雨遍江蓠。"唐僖宗左拾遗孟昭图因上疏论宦官专政，被宦官田令孜矫诏贬谪为嘉州司户参军，并遣人沉之于眉山东之蟆颐津。[①] 诗人对这位正直士大夫的不幸遭遇表达了深深的同情。郑谷由眉州又西南行，至嘉邛间之峨眉山，有《峨嵋山》："万仞白云端，经春雪未残。夏消江峡满，晴照蜀楼寒。造境知僧熟，归林认鹤难。会须朝阙去，只有画图看。"诗歌中流露出诗人亲近佛禅倾向。随后郑谷又去成都东南的简州西北隅长松山，与长松山名僧圆昉旧斋相约，谈禅论道，数年后，郑谷在听闻圆昉谢世时，作

---

① 《资治通鉴》卷二百五十四，第 8255 页。

有悼诗《谷自乱离之后在西蜀半纪之余多寓止精舍与圆昉上人为净侣昉公于长松山旧斋尝约他日访会劳生多故游宦数年曩契未谐忽闻谢世怆吟四韵以吊之》，从诗题看郑谷在西蜀时多次到长松山与圆昉上人交往，二人建立了深厚的感情。

不久，蜀中发生战乱，内乱阻断了由成都往长安的归途，郑谷只能在蜀中继续漫游。据《资治通鉴》卷二百五十五载，中和三年（883）四月，李克用攻克长安，黄巢起义失败，僖宗以长安宫室未完而暂留成都。中和四年正月起，东川节度使杨师立与西川节度使陈敬瑄争权，两川交兵，其间二军对峙鹿头关月余，战事绵延半载之久，绵州成为战争中心区。六月，高仁厚攻克梓州，杨师立败，战事暂平。

这一年，郑谷漫游至东川梓潼，有《梓潼岁暮》诗："江城无宿雪，风物易为春。酒美消磨日，梅香著莫人。老吟穷景象，多难损精神。渐有还京望，绵州减战尘。"从诗句"绵州减战尘"可看出，蜀中叛乱已初步平定，唐僖宗与朝臣渐有还京之望，这也令诗人倍感欣慰。

蜀乱平定后，中和五年春三月，僖宗返京，郑谷亦于同时期返京。回到长安，所见战后长安满目"荆棘满城，狐兔纵横"，郑谷有《长安感兴》："徒劳悲丧乱，自古戒繁华。落日狐兔径，近年公相家。可悲闻玉笛，不见走香车。寂寞墙匡里，春阴挫杏花。"诗歌中充满离乱之后荒痍苍凉之感。又有《渼陂》："昔事东流共不回，春深独向渼陂来。乱前别业依稀在，雨里繁花寂寞开。"诗歌描写乱后春景，颇有"城春草木深"的寂寞荒凉感。

回到长安没多久，长安又发生了节度使兵乱。光启元年（885）七月，田令孜以争安邑解县盐利事，结邠宁节度使朱玫与凤翔节度使李昌符攻进河中节度使王重荣，河东节度使李克用支援王重荣，攻破邠宁、凤翔军，进逼京师。至十二月"己亥夜，令孜奉天子自开远门出幸兴元、凤翔"，长安"至是复为乱兵焚掠"。①

因长安兵乱，郑谷于光启元年冬十二月奔避蜀中巴江，有《巴江》："乱来奔走巴江滨，愁客多于江徼人。朝醉暮醉雪开霁，一枝两枝梅探春。诏书罪己方哀痛，乡县征兵尚苦辛。鬓秃又惊逢献岁，眼前浑不见交亲。"

---

① 《资治通鉴》卷二百五十六，第 8328 页。

诗下注："时僖宗省方南梁。"南梁即兴元，正是指光启二年僖宗避乱幸兴
元。诗人描述了自己避乱巴江的流离愁苦，对战乱带给百姓的苦难表达了
深切的同情：兵荒马乱之时，中原士庶纷纷南奔蜀中，虽有皇帝的罪己诏
颁发，而乡县征兵，一切苦难还是民众承担。

自春及秋，郑谷均在巴江一带漂游，从巴江南至渠江、赍城、通川，
秋后至万州。在渠江有《渠江旅思》："故楚春田废，穷巴瘴雨多，引人乡
泪尽，夜夜竹枝歌。"诗歌抒写了诗人长年漂泊不得归家的乡思之情，无
尽心酸只能寄托于蜀地民歌竹枝歌。接着郑谷又漂泊至紧邻渠江县的赍城，
有《巴赍旅寓寄朝中从叔》："惊秋思浩然，信美向巴天。独倚临江树，初
闻落日蝉。衰荣悲往事，漂泊念多年。未便甘休去，吾宗尽见怜。""巴
赍"即唐代之巴州。诗歌描写作者流离于巴蜀，虽然蜀中山水秀美，但诗
人难免因漂泊他乡而产生思念亲人之愁苦。随后，诗人又到了通川，有
《通川客舍》："奔走失前计，淹留非本心。已难消永夜，况复听秋霖。渐
解巴儿语，谁怜越客吟。黄花徒满手，白发不胜簪。"诗人表达了自己淹
留蜀中，四处流离的不得已，感叹在漂泊中年华已老去，不胜悲凉。

由通川东南行，郑谷来到万州附近，万州州治在南浦，故又有《寄南
浦谪官》："醉敧梅障晓，歌厌竹枝秋。望阙怀乡泪，荆江水共流。"诗歌
中流露出回归荆州故乡的强烈意向。但是，荆州当时还处于战事之中，
《资治通鉴》载，光启二年（886），"（秦宗权弟）秦宗言围荆南二年，张
环婴城自守，城中斗米直钱四十缗"。[①] 故乡荆州久陷战事，郑谷只能流落
峡中，有《峡中二首》其一写道："荆州未解围，小县结茅茨。"又有
《奔避》："孤馆秋声树，寒江落照村，更闻归路绝，新寨截荆门。"这两首
诗都表明了诗人因荆州战事不得归家的痛苦。荆州战事直至光启二年冬十
二月末才纾解，战事解除的第二年春，郑谷便东行出峡。光启三年初春，
郑谷由万州经夔州、峡州出峡至江陵。

郑谷的第一次流寓蜀中，在巴蜀荆楚漂泊了六年之久，他在《谷自乱
离之后在西蜀半纪之余》诗题中明确表示他在蜀"半纪"之久，这六年的
流寓生活诚如他在《感恩叙事上狄右丞》所描述，"寇难旋移国，飘离几
听蜇。半生悲逆旅，二纪间门墉。蜀雪随僧蹋，荆烟逐雁冲"，动荡的时

---

① 《资治通鉴》卷二百五十六，第 8343 页。

代、困顿的生活，流离漂泊让郑谷饱尝战乱之苦。

2. 郑谷第二、第三次入蜀

光启三年（887）春，僖宗在兴元行在尚未返京，这一年在兴元行在举行春试。郑谷在蜀漂泊六年之久，一出峡便赶赴兴元参加春试，这一次春试郑谷终于擢第。随后郑谷即于春三月复入蜀接取家人，这是他第二次入蜀。

由于春试擢第，第二次入蜀心情比起第一次避乱入蜀自然不同，他有《擢第后入蜀经罗村路见海棠盛开偶有咏题》诗："上国休夸红杏艳，深溪自照绿苔矶。一枝低带流莺睡，数片狂和舞蝶飞。堪恨路长移不得，可无人与画将归。手中已有新春桂，多谢烟香更入衣。"诗歌描写海棠开得绚烂，引得莺蝶流连，这样活泼生动的景象真是画也画不出，"手中已有新春桂"明确说明诗人已经擢第，正因如此，诗歌轻快明丽，与其滞留蜀地时的惆怅烦闷形成鲜明对比。

入蜀后没想到又遇到战乱，这场战乱持续了六年之久。按《资治通鉴》卷二百五十七记载，光启三年三月，山南西道节度使杨守亮忌惮利州刺史王建骁勇，说之东取阆州，以攻东川节度使顾彦朗，顾彦朗则与王建相约不犯东川。十一月，西川节度使陈敬瑄担心顾彦朗、王建联合于己不利，乃谋于其兄中官田令孜，招取王建，王建将妻儿留于梓州，自将兵至鹿头关。陈敬瑄又恐引狼入室，反悔而阻绝之，王建大怒，破关而进，连拔汉州、德阳，直逼成都。顾彦朗以其弟顾彦晖为汉州刺史，发兵助王建急攻成都。陈敬瑄告难于朝，朝廷诏令和解，皆不从。次年（文德元年）五月，王建与顾彦朗更上表请讨陈敬瑄。六月以韦昭度充两川节度使兼西川招抚制置使，征陈敬瑄为龙武统军，陈敬瑄不从，冬十月闻韦昭度将至，治兵完城以拒之。其后战火不息，直到景福二年（893），王建攻杀陈敬瑄、田令孜，战争才平息。此次两川之乱从光启三年延续到景福二年，一共绵续了六年之久。①

这场两川内乱使得入蜀接取家人的郑谷不得不再次漂泊蜀地，他在《漂泊》中写道："十口飘零犹寄食，两川消息未休兵。黄花催促重阳近，何处登高望二京。"表现流寓异地的凄苦漂泊与对朝廷平定内祸的渴望，

---

① 《资治通鉴》卷二百五十七、卷二百五十八、卷二百五十九，第8367—8442页。

二京无返，漂荡如寄，他已中举，却久未释褐授官，在蜀中漂泊求谒无成，于是打算复返荆楚。郑谷在由蜀复返荆楚时，有《荆渚八月十五日夜值雨寄同年李与》："共待辉光夜，翻成黯澹秋。正宜清路望，潜起滴阶愁。棹依袁宏渚，帘垂庾亮楼。桂无香实落，兰有露花休。玉漏添萧索，金尊阻献酬。明年佳景在，相约向神州。"此诗通过比兴，谓虽及第折桂，却无授官之实，握兰之望已成露花之消歇，故辉光而成黯淡，清望而成潜愁。对比前《擢第后经罗村路见海棠》诗之满怀希望，此时其心里是极度失落的。

直到光启四年（888），郑谷终于返回了荆州。此后三年，他又漂泊于吴越湘南黔巫淮一带，有《远游》《颜惠詹事即孤侄舅氏谪官黔巫舟中相遇怆然有寄》《送进士许彬》《南游》《江行》等诗，这些诗歌记录了他一直漂泊于江湖，栖身于一叶扁舟之上，贫病交加的窘境。郑谷在诗歌《倦客》中写道："十年五年歧路中，千里万里西复东。"他说自己十年漂泊，从西复到东，这正是他自广明元年十二月避乱至作此诗时，漂泊已达十年，二次出入蜀中又返回荆楚"西复东"的真实写照。

景福二年，郑谷第三次入蜀。他此次入蜀主要是去探望被贬为泸州刺史的恩师柳玭。郑谷为光启三年进士，当年主考为柳玭，据《新唐书·柳玭传》载，公元888年，柳玭拜御史大夫，随后坐事贬泸州刺史。[①] 郑谷此次沿涪水南下经通泉，又经遂州向泸州，有《舟次通泉精舍》诗，诗下自注"时谷将之泸州省拜恩地"，又有《将之泸郡旅次遂州遇裴晤员外谪居于此话旧凄凉因寄二首》："我拜师门更南去，荔枝春熟向渝泸。"到了泸州已是秋天，他计划拜望恩师后于秋日北归。随后郑谷有《次韵和礼部卢侍郎江上秋夕寓怀》："卢郎到处觉风生，蜀郡留连亚相情。乱后江山悲庾信，夜来烟月属袁宏。梦归兰省寒星动，吟向莎洲宿鹭惊。未脱白衣头半白，叨陪属和倍为荣。"从诗中"未脱白衣"可知自光启三年及第后至此时，郑谷尚未授官，他漂泊半生，虽然中举，却一直白衣。

这次探望恩师后郑谷返长安，终于授了一个京兆鄠县尉的官职，第二年春兼报府署，此后郑谷正式踏入仕途，进入官场，但是辉煌的大唐王朝已经步入衰微的暮年，大唐江山摇摇欲坠，直到朱温叛乱，社稷倾覆。天

---

① 《新唐书》卷一百六十三，第5026—5028页。

复三年（903），郑谷终于归隐老家宜春。

（二）李洞的入蜀经历

李洞字才江，晚唐京兆人，他本是诸王之孙，与吴融、郑谷等人相交较深。早年于圭峰山居，家贫，他一生仕途失意，多次应举不第，后因避乱迁居蜀地，终卒于蜀中。

李洞亦在黄巢起义后避战乱入蜀。① 黄巢乱后，李洞离开长安，来到龙州。龙州辖境在今四川省江油、青川、平武等县市地，《元和郡县图志》卷三十一《剑南道上》载龙州隶属剑南西川。李洞入蜀后于此地有《乱后龙州送郑郎中兼寄郑侍御》《龙州送人赴举》《避地冬夜与二三禅侣吟集茅斋》等诗，《乱后龙州送郑郎中兼寄郑侍御》载："待车登叠嶂，经乱集鸰原。省坏兰终洁，台寒柏有根。县清江入峡，楼静雪连村。莫隐匡山社，机云受晋恩。"诗歌隐晦指出广明元年冬黄巢攻入长安后士人多避乱入蜀的现实，诗题中的郑郎中和郑侍御二人经历战乱后，其在朝官署已坏，兄弟出离京城，奔避外地，这大概是黄巢起义后大多数士人共同的遭遇吧。《龙州送人赴举》载："献策赴招携，行宫积翠西。挈囊秋卷重。转栈晚峰齐。踏月趋金阙，拂云看御题。飞鸣岂回顾，独鹤困江泥。"这首诗是送朋友赴举而作，其中"行宫积翠西"表明此时唐皇不在长安，而省试亦在行宫，即位于龙州西南的成都，此时唐皇避幸成都在成都开科取士。

中和二年（882），到达成都后，李洞与兵部侍郎郑凝绩游，两人论诗著棋，颇有忘机之乐。李洞有《锦江陪兵部郑侍郎话诗著棋》叙此事："落叶溅吟身，会棋云外人。海枯搜不尽，天定著长新。月上分题遍，钟残布子匀。忘餐二绝境，取意铸陶钧。"在成都的这两年，诗人还游览了成都松溪院，结交了一些僧人谈禅论道，有诗《锦城秋寄怀弘播上人》《宿成都松溪院》等诗。

约中和四年，诗人离成都往游梓州，并客游东川节度使高仁厚幕，有《秋宿梓州牛头寺》："晓楼归下界，大地一浮沤。"乱世漂泊的诗人夜宿梓州牛头寺，产生了一种幻觉，他感觉寺院与尘世仿佛是两个世界，寺院里清冷宁静，而尘世战乱连年，王权衰微，皇帝被胁迫着不断逃亡，这是个

---

① 《唐诗纪事》《唐才子传》《唐摭言》《全唐诗话》《北梦琐言》《四川通志》等均提及李洞入蜀一事。

纷乱而令人痛苦的世界。乱世里只有佛禅寺院是一个难得清净与安宁的地方，这也是文士多乱世逃禅的原因。

离梓州幕后，李洞往遂州、普州，谒诗人贾岛任职故址及其墓，有《过贾浪仙旧地》《贾岛墓》之作。李洞是贾岛的崇拜者，写诗也受贾岛影响深，此番谒拜也满足了李洞对贾岛的精神追慕。

龙纪元年（889）冬，李洞和一位叫计偕的朋友一起回京应举，但是因没有赶在十二月中旬前到达京城，误过试期。他有《乙酉岁自蜀随计趁试不及》提到此事："客卧涪江蘸月厅，知音唤起进趋生。寒梅折后方离蜀，腊月圆前未到京。风卷坏亭赢仆病，雪糊危栈蹇驴行。文昌一试应关分，岂校褒斜两日程。"从诗歌内容看，本年冬李洞还在蜀中，他客卧涪江畔蘸月厅，却因仆人生病与风雪阻隔，贻误了考期，这实在是令人遗憾。

虽应试不及，但为了方便来年应试，第二年李洞便待在长安以诗投谒，多方奔走于省寺公卿之门，袖轴行卷，以期获得知赏攀桂。他往游西京外郭光德坊刘崇望宅，有《题刘相公光德里新构茅亭》诗；他拜访吏部张侍郎，有《投献吏部张侍郎十韵》一诗，其中"肩囊寻省寺，袖轴遍公卿"之句也真实再现了长安投谒的辛酸苦楚。昭宗大顺二年（891）春，李洞在长安应进士试，然仍落第。这次落榜后，李洞回到蜀中。

此次落榜返蜀是李洞的第二次入蜀，他心情失落。由长安出发，经由咸阳，到凤翔，向南至太白峰，随后进入蜀地，李洞沿路有诗歌记录旅途风景和行踪路线。

途经咸阳时，李洞有《题咸阳楼》："晚亚古城门，凭高黯客魂。塞侵秦旧国，河浸汉荒村。客路飐书烬，人家带水痕。"诗歌描述了咸阳楼的荒凉和诗人离开咸阳的黯然神伤。

到达凤翔后，李洞夜宿于天柱寺，有《宿凤翔天柱寺穷易玄上人房》："天柱暮相逢，吟思天柱峰。墨研青露月，茶吸白云钟。卧语身黏藓，行禅顶拂松。探玄为一决，明日去临邛。"诗歌描写了天柱寺幽静雅致的环境，流露出逃禅出世的想法。

秋日途经甘肃徽县境内河池县，河池是由陕入蜀的必经之地，李洞在河池有《赠可上人》："寺门和鹤倚香杉，月吐秋光到思嚵。将法传来穿泱溁，把诗吟去入嵌岩。模糊书卷烟岚滴，狼籍衣裳瀑布缄。不断清风牙底嚼，无因内殿得名衔。"可上人即唐末高僧可止，可止与李洞河池相遇事载于《宋高僧传》卷七《后唐洛京长寿寺可止传》，"释可止……景福年中，至河池，有请讲因明……诗人李洞风骨僻异，慕贾浪仙之模式，景福中在河池相遇，赠止三篇"。① 李洞与可止的交往表明李洞正逐渐走向佛禅。文士亲禅在乱世尤其常见，在个人命运无法掌控的动乱时代，也只有在诗与禅的世界里，生命才能找到意义与寄托。

进入剑阁前，李洞经过太白峰，有《寄太白隐者》："开辟已来雪，为山长欠春。高遮辞碛雁，寒噤入川人。栈阁交冰柱，耕樵隔日轮。"剑阁是由陕入蜀的必经咽喉之地，所谓"剑阁重关蜀北门"，西晋张载《剑阁铭》载，"一夫荷戟，万夫趑趄，形胜之地，非亲勿居"。易守难攻的形势足见其在军事方面的重要性，唐代在剑门设有关隘并且遣将驻守。剑阁西北的太白峰是由陕入川的必经之地，据《元和郡县图志》，太白峰"在（郿）县东南五十里"，② 诗歌描述在寒冬行走于栈阁，虽然非常危险，但是这挡不住入川人的步伐，对于乱世人而言，川蜀不仅提供了一个相对安宁的生活环境，温暖湿润的气候使得那里更是一个安抚心灵的地方。

入剑门后便进入蜀地，这次入蜀后，李洞再没有返回过长安，一直在蜀中，后来卒于蜀中。③

三　避乱文人的蜀中寓居生活

避乱蜀中的晚唐文士们，多喜欢流连山林禅院。蜀中是避乱的现实世界，佛禅是避乱的精神世界。寓居蜀中，虽则也游历胜景，但是蜀中佛禅寺庙在他们的流寓诗中被做了最详细的记录，这表明残破的末世现实已经没有什么值得他们关注的了。

---

① 赞宁：《宋高僧传》卷七《后唐洛京长寿寺可止传》，范祥雍点校，中华书局，1987，第149—150页。
② 李吉甫：《元和郡县图志》卷二，第44页。
③ 《唐诗纪事》卷五十八载：李洞第二榜帘前献诗后，"寻卒蜀中"。（计有功：《唐诗纪事》，上海古籍出版社，1955，第887页）《唐才子传》卷九亦载，李洞此次应试后，"果失意，流落往来，寓蜀而卒"。（王大安校订《唐才子传》，黑龙江人民出版社，1985，第190页）《唐摭言》卷十《海叙不遇》所记，洞此年落第后"寻卒蜀中"。（王定保：《唐摭言》，中华书局，1960，第109页）

（一）长松山访僧

成都西北七十里有长松山，乃蜀中名胜，据《蜀中名胜记》卷八《简州》载，"长松山，为州斧依，界内诸山，皆发脉于此。长松寺，本蚕丛庙址。开元中，马祖行空和尚乃建寺，明皇召对，赐额长松衍庆寺。又赐名香，为亭以贮之，曰御香亭。宋赐名嘉福寺，今名灵峰"。① 长松山有长松寺，为马祖行空和尚所建，是著名的佛教圣地。当时蜀中名望颇高的僧人圆昉上人住在长松山旧宅，郑谷与圆昉上人交往颇密切，友情深挚。郑谷曾作《赠圆昉公》赞圆昉上人超凡脱俗的品质："天阶让紫衣，冷格鹤犹卑。道胜嫌名出，身闲觉老迟。晚香延宿火，寒磬度高枝。每说长松寺，他年与我期。"所谓"让紫衣"，乃指圆昉上人受到僖宗的恩赐而不受紫衣之荣宠，正见其品德操守之高洁。圆昉上人去世后，郑谷有诗悼之，诗题曰："谷自乱离之后，在西蜀半纪之余，多寓止精舍，与圆昉上人为净侣。昉公于长松山旧斋，尝约他日访会。劳生多故，游宦数年，曩契未谐，忽闻谢世，怆吟四韵以吊之。"诗载："每思闻净话，雨夜对禅床。未得重相见，秋灯照影堂。孤云终负约，薄宦转堪伤。梦绕长松塔，遥焚一炷香。"诗人对昔年与圆昉上人雨夜论禅的往事充满了回忆与难忘之情，现在无缘得见，却不想上人圆寂，自己也只能焚一炷香遥祭而已。

长松山在蜀中作为一处名胜，与圆昉上人的驻锡有很大关系，流寓蜀中的文士造访长松山，更多是逃避于佛禅，寻求一方精神净土，而圆昉上人的离世使他们少了一个逃避俗乱寻找精神净地的地方，不能不说是巨大的遗憾。

（二）净众寺修禅

《蜀中名胜记》卷二《成都府》二载："西门之胜，张仪楼、石笋街、笮桥、琴台、浣花溪、青羊宫、净众寺、少陵草堂，其最著名者。"② 净众寺乃成都西笮桥门外之僧院，为新罗僧人元相所造，据《宋高僧传》载，僧无相，新罗国人，开元十六年（728）至成都，"遂劝檀越造净众、大慈、菩提、宁国等寺"。③ 净众寺与大慈寺等均因无相而起缘建造，其中净

---

① 曹学佺：《蜀中名胜记卷》卷八，第115页。
② 曹学佺：《蜀中名胜记卷》卷二，第15页。
③ 赞宁：《宋高僧传》，第487页。

众寺更为成都府最为著名的名胜之一。

郑谷初抵成都时，曾去净众寺流连，有《西蜀净众寺松溪八韵兼寄小笔崔处士》："松因溪得名，溪吹答松声。缭绕能穿寺，幽奇不在城。寒烟斋后散，春雨夜中平。染岸苍苔古，翘沙白鸟明。澄分僧影瘦，光彻客心清。带梵侵云响，和钟激石鸣。澹烹新茗爽，暖泛落花轻。此景吟难尽，凭君画入京。"这首诗写净众寺为松溪环绕，溪边苍苔点点，沙白鸟明，清幽静谧，简净明畅，松溪暮钟，老僧禅定，诗中的景物清雅，环境幽栖，人物心境平静安宁，一切尽在不言之中。这样的环境令人清心澄意，实为诵经念佛之理想场所。

此外郑谷还有《净众寺杂题》《七祖院小山》《忍公小轩》《传经院壁画松》等诗歌描写净众寺的松溪暮钟、老僧禅定的幽栖环境，是典型的佛禅诗。《忍公小轩》描写松溪暮钟："松溪水色绿于松，每到松溪听暮钟。"《七祖院小山》描述净众寺内的小山："峨眉咫尺无人去，却向僧窗看假山。"诗人面对净众寺清幽美景，想到人们入蜀不去峨眉名山，却喜来这方安静的禅寺，显然是为了寻求一方净土以获得心灵的安宁。

李洞避乱蜀中也多次去松溪院，他有《宿成都松溪院》："松持节操溪澄性，一炷烟岚压寺隅。翡翠鸟飞人不见，琉璃瓶贮水疑无。"诗歌以松树高洁的节操和溪水澄净的品性，来表现僧人心性的高洁。诗歌所描摹状写的松溪之景色与郑谷所写的净众寺诸诗相合，也展现的是佛禅寺院晨钟暮鼓，环境清幽，这样的地方无疑是文士们避世以涤荡精神的好地方。

（三）龙池游赏

蜀宫龙池也是诗人常游览抒怀的地方。成都龙池有两种说法，一说在学射山下，如《成都城坊考》载："《志》城北十里有万岁池，而唐人所称龙池，实为万岁池。"① 另一说龙池即是蜀宫内的龙跃池，亦即摩诃池。如《元和郡县图志》载，"摩诃池，在州中城内"。② 唐时摩诃池早已是人们泛舟游玩之处，如《北梦琐言》载："韦皋镇蜀，于二十四化设醮，请撰斋词，（符载）于是陪饮于摩诃之池。"③ 王建于天复七年（907）秋九

---

① 王文才：《成都城坊考》，巴蜀书社，1986，第68页。
② 李吉甫：《元和郡县图志》卷三十一，第768页。
③ 孙光宪：《北梦琐言》卷五，第118页。

月即位后，对宫室殿堂重新命名，"以摩诃池为龙跃池"，[1] 而龙跃池正位于蜀宫之内，后蜀孟昶与花蕊夫人同游摩诃池，花蕊夫人曾作《宫词》曰："龙池九曲远相通，杨柳丝牵两岸风。长似江南好风景，画船来去碧波中。"诗歌描述泛游摩诃池的情景，摩诃池杨柳丝丝，微风细细，风景清丽宛如江南。杜甫有《晚秋陪严郑公摩诃池泛舟》一诗，有"莫须惊白鹭，为伴宿清溪"的句子，也颇有江南韵致。李洞游龙池作《龙池春草》："龙池清禁里，芳草傍池春。旋长方遮岸，全生不染尘。和风轻动色，湛露静流津。浅得承天步，深疑绕御轮。"诗中描写的龙池位于成都的宫殿之内，龙池温婉清新的景象和花蕊夫人所写的龙池风景是一致的，可见龙池周围的环境颇为清幽雅致。

（四）避居梓州龙头寺

僖宗中和四年甲辰（884）秋，李洞至梓州，有《秋宿梓州牛头寺》："窗闲二江冷，帘卷半空秋。""二江"分别指涪江和中江，梓州处于涪水与中江交汇的要冲，《舆地纪胜》载，梓州"左带涪水，右挟中江，居水陆之冲要"。[2] 又《元和郡县图志》载，"牛头山，一名华林山，在县西南二里，四面危绝"，[3]《舆地纪胜》亦载，"牛头山，在郡县西南一里，形似牛头"，[4] 李洞诗中言及之牛头寺即坐落于牛头山。

李洞还作有《冬日题觉公牛头兰若》诗，梵语中阿兰若指树林、寂静处，兰若则是寺庙的通称，此牛头兰若当也是梓州牛头山之寺庙，与前诗之牛头寺为同一处。诗载："天寒高木静，一磬隔川闻。鼎水看山汲，台香扫雪焚。"这首诗描写牛头寺的冬日天寒寂静，佛间磬响，这就使得在战乱的旅途之疲惫伤悲的诗人获得暂时的安宁。

四 避乱流亡诗人的流寓心态

唐末封建社会的正常社会秩序已不复存在：一方面是皇权旁落，藩镇节度使之间的争斗导致社会动荡不安，长年避乱流亡的恓惶悲愁成为普遍

---

① 吴任臣：《十国春秋》卷三十五，第502页。
② 王象之：《舆地纪胜》卷一百五十四，第4162页。
③ 李吉甫：《元和郡县图志》卷三十三，第842页。
④ 王象之：《舆地纪胜》卷一百五十四，第4169页。

的社会心态；另一方面是社会失秩而导致正常科举之路堵塞，文士中漫延着一种绝望与茫然，末世的不安与悲哀成为普遍的社会情绪。晚唐文人因避难巴蜀，科举无望，其诗歌里表现出浓烈的末世离乱的悲凉。

（一）末世的绝望

唐宣宗即位后，敕令取消对豪门子弟的限制，权豪子弟趋进士科，据《唐语林》卷三"方正"条载："崔瑶知贡举，以贵要自恃，不畏外议。榜出，率皆权豪子弟。"① 权豪子弟趋进士科就会堵塞寒门士子正常的晋升途径，广大寒士长期蹭蹬科举，十年乃至数十年者才得一第，甚至终生不第也不在少数。如郑谷为求一第，即使在战乱四起随时有可能遭遇不测的情况下，毅然随帝王奔避蜀中，流寓江湖长达 13 年，前后考了 16 年才及第，而"咸通十哲"中的张乔、剧燕、俞坦之、任涛、李栖远等人则终生不第。流寓蜀中的诗人李洞应举多次，终生未第，真是"上林新桂年年发，不许平人折一枝"（胡曾《下第》）。为求得科名，一些屡试不第的寒士不得不趋谒权门，甚至依附权贵宦官，郑谷曾作《献大京兆薛常侍能》干谒朝中权贵，李洞也曾向覃怀相公献诗作《述怀二十韵献覃怀相公》，还向吏部张侍郎投诗《投献吏部张侍郎十韵》。《剧谈录》卷下载："自大中、咸通之后，每岁试春官者千余人。"② 这些人卑躬屈节，委曲求全为一功名，其精神上轩昂之气日敝，而猥琐之情日增。在这样的乱世大背景下，士人的前途一片暗淡。久抑不录的怨愤悲哀情绪杂夹在乱世流离仓皇奔走的遭际里，就会产生凄凉、悲哀与无奈、愤恨等复杂感情，正如郑谷于漂泊中所哀叹的那样，"十年春泪催衰飒，羞向清流照鬓毛"（《辇下冬暮咏怀》），"乱离未定身俱老，骚雅全休道甚孤"（《将之泸郡旅次遂州遇裴晤员外谪居于此话旧凄凉因寄二首》）。

（二）思乡

常年漂泊、疾病、衰老同时也催生了浓烈的思乡之情。作为一个拖家带口羁旅异乡的诗人，郑谷在《漂泊》中写道："鲈鱼砍鲙输张翰，橘树呼奴羡李衡。十口飘零犹寄食，两川消息未休兵。黄花催促重阳近，何处

---

① 王谠撰，周勋初校证《唐语林校证》卷三，中华书局，1987，第 214 页。
② 康骈：《剧谈录》，萧逸校点，《唐五代笔记小说大观》，第 1497 页。

登高望二京。"诗歌中既有对唐末蜀中兵连祸结国是日非的忧虑，同时也借张翰思念鲈鱼莼羹之美触发乡思表达了自己因战乱连年而无家可归的浓浓悲伤。因战乱阻于巴蜀小县，只能强颜欢笑，勉强过活，不知道朝廷什么时候可以返回京城，"传闻殊不定，銮辂几时还？"（《峡中寓止二首》）这既是对国事的担忧，也是对自己回乡的企盼。行旅在巴蜀，百姓的穷苦与无法归乡的愁思更是无以排遣，只能寄托于竹枝词上，"引人乡泪尽，夜夜竹枝歌"（《渠江旅思》），思乡之愁与朝廷因战乱不能归京的痛苦结合在一起，引发无尽的愁思。

伤时念乱、流寓飘零是郑谷蜀中诗中难以排遣的阴影，漂泊夜宿、风雨夜长的情景正是漂泊异乡的形象概括，此种苍凉悲慨的复杂感受，屡见于郑谷蜀中诗作，"浓淡芳春满蜀乡，半随风雨断莺肠"（《蜀中赏海棠》），"风雨夜长同一宿，旧游多共忆樊川"（《宗人作尉唐昌官署幽胜而又博学精富得以言谈将欲他之留书屋壁》），这正是乱世流寓者难以明言而又细微委曲的复杂心理。

（三）逃禅避道

晚唐流寓士人造访佛寺与他们对现实的逃避有关。在禅寺清幽的环境里与僧谈经论道，寺外的溪水、远山、青崖树、绿峡滩，寺内的竹林、鸟儿、翠微、摇风、碎影，组合成清静幽美的一方净土，诗人们闲来"披衲数""卷经看""通禅寂""嚣尘染著难"（李洞《题竹溪禅院》），这足以慰藉自己在战乱流离中的痛苦。周裕锴说，"佛教的基本宗旨是解脱人世间的烦恼，证悟所达到的最高境界（涅槃境界）是寂然界，所以佛家称离烦恼曰寂，绝苦患曰静"。[①]乱世中佛寺的清幽洁净与现实混乱喧嚣形成巨大的对比与反差，这样的环境有助于人们达到"寂静"的精神状态。

郑谷僧禅诗多写禅院景色的清幽静寂，如《西蜀净众寺松溪八韵兼寄小笔崔处士》《净众寺杂题》《七祖院小山》《忍公小轩》《传经院壁画松》等。李洞也有《宿成都松溪院》《避暑庄严禅院》《慈恩寺偶题》等佛禅诗，多描述禅悟的内心体验。在郑谷300多首诗作中，"僧"字出现了40

---

① 周裕锴：《中国禅宗与诗歌》，上海人民出版社，1992，第104页。

余次，而在李洞不到 170 首诗作中，"僧"字也出现了 40 余次，登临题咏寺院以及与僧侣交游唱和的诗作有近 50 首，足以表明诗人们交往僧人之频繁。

郑谷常以与僧交往为清高，所交之僧人多品行高洁，如在蜀中交往的圆昉公。会昌法难之后，唐末诸帝一反武宗灭佛之举，转而大力弘扬佛教，不少僧人受到极高礼遇，僧人赐紫屡见不鲜。僖宗幸蜀，圆昉曾坚辞紫衣，郑谷诗《赠圆昉公》记"天阶让紫衣，冷格鹤犹卑"，对其品性钦敬不已。圆昉公去世，谷又写诗吊之。郑谷曾声称自己"爱僧不爱紫衣僧"（《寄献狄右丞》），"不扣权门扣道门"（《自遣》），这显示了郑谷不慕名利、亲近佛禅的高洁志趣。

李洞亲佛禅注重内心的清静，其《避暑庄严禅院》载："定里无烦热，吟中达性情。入林逢客话，上塔接僧行。八水皆知味，诸翁尽得名。常论冰井近，莫便厌浮生。"诗歌主要表现诗人在禅院中修禅悟道，从而达到了陶冶性灵、不厌浮生之境。而《宿成都松溪院》载："松持节操溪澄性，一炷烟岚压寺隅。"诗歌以松树高洁的节操和溪水澄净的品性，来表现僧人心性的高洁。万物皆在静心，心中寂静，则外物寂静，僧人悠闲自在、无拘无束的生活正是心静的结果，诗人若了然于此，亦足平抑内心的躁动。

晚唐诗人处于唐末乱世，虽有复振儒纲之志，却又恨生不逢时，虽有归隐故园之念，却又感国士相知，无奈之下，只有"直夜清闲且学禅"（郑谷《省中偶作》），这既是时代环境、社会风尚所造成的，也是诗人们审美情趣和艺术心理的自然流露，更重要的是，它是士人们心灵自救的工具。

在整个唐五代时期，士人频繁迁移西南巴蜀地区，并不全然是因为巴蜀的山水之美、经济繁荣或人文之胜，甚或喜爱其民俗民风，更是由外部的、全局性的国家政治格局变化产生的动力冲击而致。

在大一统时代，风云变幻的庙堂朝政对全国各地区的政治、经济、文化的方方面面产生巨大的影响，"大历史"这只无形却又无处不在的巨臂，拂袖之间，举手之劳，一波动，万波随，驱动大批文人进入巴蜀地区，绘制出这一波澜壮阔的"天下文人皆入蜀"的文学地理长卷。而这文化长卷的最高潮就是晚唐动荡纷乱的时期，皇帝幸蜀，开科取士，蜀中几成为晚唐的另一个都城，大批文人纷纷进入西南蜀境，或避乱，或仕宦，或奉使，这不仅改变了有唐一代芸芸众生的人生轨迹，也大笔改写了唐五代的巴蜀地域文学的发展历程，借用梁启超的话来说，这是"随政治地理转移"① 的典型例证。

① 梁启超：《中国地理大势论》，刘梦溪主编《中国现代学术经典·梁启超卷》，河北教育出版社，1996，第708页。

第六章

唐代西南流寓的迁移类型与流寓心理

在唐代近 300 年中，无数士人前后相继走入西南巴蜀地域，他们或跋涉于九折蜀道，或舟行于滔滔蜀江，在历史长河中形成了一道壮美的人口迁移风景。他们由于种种原因进入巴蜀的不同地域，有的因遭逢战乱而入蜀避乱，如杜甫、郑谷、李洞等，有的因仕途遇挫而贬谪至巴蜀，如元和贬臣刘禹锡、元稹、白居易等人，有的因入幕而寓居巴蜀，如李商隐等。还有一些因游历游学、奉使应举、侍亲访友等不同情况进入巴蜀寓居，不一而足。当他们车马踟蹰行走在蜀道上，或踌躇满志心旷神怡，巴山蜀水则倍增愉悦，或去国怀乡忧谗畏讥，山水清音也一片凄凉。这种种或悲或喜悲欣交集之情绪，必然深刻地影响到文化创作的属性。因此，考察流寓者的迁移动因与心理状态对于进一步了解地域文化的创制与传播是非常有必要的。

第一节　唐代西南流寓的迁移类型

梅新林在谈到文人流向与文学地理的问题时认为，文人的迁徙流动有"向心型""离心型""交互型"三种基本类型。[①] 所谓"向心型"是指从全国各地流向某个核心，这个核心既可能指由政治文化中心形成的地域核心，也可能是以具有吸引力的人格威望为核心形成的个人核心，前者一般如京城、中心城市等，后者如朝廷大员组建的幕府对文士形成的吸引力。"离心型"是指背离某个核心而向四面分散流动，一般而言，这个被背离

---

① 梅新林：《中国古代文学地理形态与演变》，复旦大学出版社，2006。

的核心曾经所具备的政治经济文化吸引力必定因某种突然而来的外力而崩溃，或者因某种强大力量影响使得人们不得不离开并向其他地域星散，如战争引发某个地域人们的逃离，或者王权斗争下的文人远离京城流贬其他区域。"交互型"一般是指由外在自然诱因而诱发的内在驱动力的驱使而发生的地域迁移，这种迁移表现出客观外在自然和主体内驱力的交互作用，而非全然出于外力迫压下的迁移，如游历、观景、游学、探亲、访友等原因引发的流寓都属于此类。

一 向心型：入幕与应举

入幕和应举是因追求仕途而围向幕主或科考地的向心型迁移，这种迁移和流寓少则几年，多则数年。西南巴蜀地区成为唐代文士迁移的主要热门区域，这与一定历史时期西南地域在全国政治文化中的地位提升有关。

（一）入幕

西南巴蜀在唐朝是大郡，天宝元年，唐王朝改益州为蜀郡，督剑南三十八郡，[①] 此时的剑南节度使握有军事、财政、监察大权，蜀郡也成为西南唯一的军事重镇。安史之乱后，唐朝统治者充分认识到巴蜀的重要性，为了更好地控制剑南地区，将剑南分为东川与西川，《旧唐书》卷四十一载："至德二年十月，驾回西京，改蜀郡为成都府，长史为尹。又分为剑南东川、西川各置节度使。"[②] 自此以后，东川西川分治的格局形成。西川承担"西抗吐蕃，南抚蛮僚"的军事重任，其战略地位在中晚唐尤为突出，而东川则控扼着出入西川的通道，地理交通地位优于西川。

由于两川地理位置的重要性，唐王朝对两川节度使选任也就显得极为慎重，往往选派朝廷极为信任且身居高位的重臣亲贵担当，"故非上将贤相、殊勋重德，望实为人所归伏者，则不得居此。况控带蛮落，扼戎限羌，非文武宽猛包罗法度之君子，则不能得中庸，以是圣庭慎择，尤难其任"。[③] 安史之乱后，剑南地区一变而为宰相回翔之地，据统计，自宪宗元和元年（806）至僖宗乾符六年，在担任三川节度使（指东、西两川及山

---

① 《旧唐书》卷四十一，第1664页。
② 《旧唐书》卷四十一，第1664页。
③ 卢求：《成都记序》，董诰等编《全唐文》卷七百四十四，第7702页。

南西道）的 93 人中，先后有 40 人成为宰相，① 称其为"宰相回翔之地"确实一点也不夸张。

作为巴蜀方镇大员，两川节度使所组成的幕府对文人产生了极大的吸引力。文人入幕是作为方镇的幕僚，虽只是幕主的私聘，并没有得到朝廷任命，但是，朝廷可于幕府中征召人才进入仕宦之列，因此，唐代文人通过幕府进入仕途的现象很普遍。白居易在《温尧卿等授官赐绯充沧景江陵判官制》中写道："今之俊乂，先辟于征镇，次升于朝廷。故幕府之选，下台阁一等，异日入而为大夫公卿者，十八九焉。"② 可见，布衣流落才士，凭借幕主推荐而得以成为仕宦，机会也是很大的。幕主推荐人才以备朝廷选才，"鲜不由四征从事进者"，这是不第文人进入仕途的极好机会，而幕主权力之轻重也决定了其推选能力的小大。③ 诚如权德舆《送李十兄判官赴黔中序》所言："今名卿贤大夫，繇参佐而升者十七八。盖刷羽幕廷，而翰飞天朝，异日之济否，视所从之轻重。"④ 由此看来，作为"宰相回翔之地"的两川幕府，对于文人的吸引力可想而知。

唐代剑南西川历任节度使中，幕府规模较大者有韦皋幕府（34 人）、武元衡幕府（15 人）、严武幕府（15 人）、杨国忠幕府（11 人）、杜鸿渐幕府（11 人）、李德裕幕府（11 人）、段文昌幕府（10 人）。⑤ 这些幕主皆是唐世重臣，声威显赫，他们或位居宰辅，或爵至封侯，故一至剑南，即以其为中心形成规模空前的人才荟萃之地，吸引着那些胸怀功名之念和济世之志的文人们，他们越鸟道，度剑门，络绎不绝奔赴蜀川。更何况，蜀中为天府之国，富甲一方，对穷愁贫寒的文人来说，自然也是最好的选择之所，于是赴蜀入幕的文士们，行走在蜀道上，不绝如缕。

据张仲裁《唐五代文人入蜀考论》统计，唐代以入幕而流寓巴蜀的文人达到 151 人，所占比例达到 20%（如果将与之密切的方镇大员计入，这一比例则达到 27%）。⑥ 在因入幕而寓居西南巴蜀的文人中，有入蜀诗留存

---

① 李敬洵主撰《四川通史》第 3 册，四川大学出版社，1993，第 59 页。
② 朱金城笺校《白居易集笺校》，第 2924 页。
③ 戴伟华：《唐代使府与文学研究》，第 12—18 页。
④ 权德舆：《送李十兄判官赴黔中序》，董诰等编《全唐文》卷四百九十二，第 5019 页。
⑤ 依据戴伟华《唐方镇文职僚佐考》统计。戴伟华：《唐方镇文职僚佐考》，广西师范大学出版社，2007，第 363—388 页。
⑥ 张仲裁：《唐五代文人入蜀考论》，第 34 页。

的共有 35 人，其中更有像岑参、李商隐、韦庄这样的大诗人，特别是李商隐，他创作的一些优秀诗歌正是得益于在东川幕府的这段生活，如《夜雨寄北》《武侯庙古柏》《筹笔驿》等。而一些名气不大的入蜀诗人，他们的诗歌因参与幕中唱和活动而得以保存下来，如卢士玫、张正一、王良士等。可见，幕府这样一种有着浓厚文学氛围的环境，也催生了更多的文学创作。

（二）应举

除了入幕外，应举也是文人做向心性迁移的另一个最为常见的现象。巴蜀应举是指在成都参加全国性的科举考试，成都举行开科取士的科考是特殊时期的特殊现象，这绝对是历史上的偶然事件，在整个中国古代史上也是绝无仅有的。

天宝十五载，唐玄宗幸蜀，第二年改益州为南京，旋升成都府。据史载，当年礼部侍郎裴士淹知成都举，[①] 应举文人不可考知。晚唐黄巢起义，唐僖宗再奔蜀川。从广明二年唐僖宗逃奔至成都，至中和五年出蜀，共在成都举行了两次贡举，分别是在中和二年、中和三年。据清人徐松《登科记考》[②] 及今人孟二冬《登科记考补正》[③] 考证，中和二年进士 28 人，诸科 2 人。中和三年进士 30 人，诸科 2 人。另外，广明二年科举虽在长安举行，但"帖经后，黄巢犯阙，天子幸蜀。韦昭度侍郎于蜀代之，放十二人"，[④] 这些举子大多跟随僖宗入蜀。中和四年（884）虽停举，但实际上仍有不少举子入蜀准备应试。成都三次贡举，仅及第者就有七八十人，应举之人则至少数百人，他们夹在逃亡避乱的人群中，翻山越岭，入蜀应试，形成中国古代历史上空前绝后的现象。例如诗人郑谷便在这些应举的士人中，郑谷参加了中和二年和中和三年的考试。晚唐落第诗人杜荀鹤也是入蜀应举士人之一，他有《酬张员外见寄》："啼花蜀鸟春同苦，叫雪巴猿昼共饥。今日逢君惜分手，一枝何校一年迟。"诗歌描写了巴蜀景物，"一枝何校一年迟"正是落第之语。诗人崔涂入蜀应举有《入蜀赴举秋夜

① 徐松撰，孟二冬补正《登科记考补正》卷十，第 395 页。
② 徐松：《登科记考》卷二十三，赵守俨点校，中华书局，1984，第 879—883 页。
③ 徐松撰，孟二冬补正《登科记考补正》卷二十三，第 984—990 页。
④ 王谠撰、周勋初校证《唐语林校证》卷四，第 383 页。

与先生话别》，诗人王驾也入蜀应举落第，郑谷有诗《送进士王驾下第归蒲中》送他，从诗题可知王驾也于蜀中应举下第，诗歌中"失意离愁春不知"之句也表达了落第的失意，这些落第之人尚留下诗行，更有大多数应举者未留下任何踪迹。这些士子翻山越岭，历经辛苦，而最终失意落魄而归，在茫茫巴蜀大地上来回迁移，形成特殊而悲壮的历史现象。

二 离心型：贬谪与避难

"离心型"迁移是以京城为核心背离政治文化中心长安而向全国各地流散的一种迁移。相对于京城而言，迁移的目标地域散在全国各地，具有"离心"特点的心理动力，但是它指向某个具体目的地域时，不同占籍的文人从京城或其他地域迁谪量移而来，又形成一种"向心"的合力，故此处所谓"离心"是以唐代政治经济文化核心——京城而论。"离心型"也有两种常见的情况，一种是因政治斗争贬谪入蜀，一种是因京城发生战乱而流散避蜀。因独特的地理特点，西南巴蜀地区也成为迁移重镇，迎来了大量的文人寓居，客观上促进了当地文化发展。

(一) 贬谪

贬谪是中国古代社会特有的一种政治现象，唐代初期就有将贬谪、左迁的官员流徙南方的传统，按照尚永亮的解释，"贬谪是对负罪官吏的一种惩罚。在古代社会，大凡政有乖枉、怀奸挟情、贪黩乱法、心怀不轨而又不够五刑之量刑标准者，皆在贬谪之列"。① 实际上，唐代贬谪往往与政治斗争密切相关，贬谪之罪名实际上是成功方为打击、排除异己而强加给失败方的罪名，所谓够不够五刑量刑标准其实并不重要，大多数情况下被贬谪者都不是罪人，而是政治斗争的失败者。举凡朝代更迭、权奸擅政、朋党之争、宦者作祟、武人为祸都会出现流贬现象。由于统治阶级内部政治斗争激烈，在政局不稳之际，朝官换班更加频繁，而唐朝前期每一次宫廷斗争，都要用这种办法惩治一大批文武官员，因此大量文士流寓南方僻远之地。

唐史上出现过八次贬谪高潮，第一次是册立武则天为皇后的永徽末显

---

① 尚永亮：《元和五大诗人与贬谪文学考论》，文津出版社，1993，第 1 页。

庆初，第二次是武氏临朝篡唐时期，第三次是自神龙复辟到开元元年（713），第四次是至德初对陷贼官的流贬，第五次是代德两朝杨炎、刘晏党争，第六次是永贞元和之际惩罚"二王八司马"，第七次是牛李党争，第八次是懿、僖之际以韦宝衡、路岩、刘瞻为代表的党争，① 这其中除了第四次外，其余七次皆为政治斗争引起，尤以党派纷争为显因，凡反对者不问是非曲直，皆以各种理由贬斥，只是轻重不同而已。依据尚永亮的统计，唐五代340余年间，姓名或贬地可考的逐臣共计2828人次，其中有可考知姓名地域的文士逐臣1040人次。从地域分布来看，北方316人次，南方724人次，后者是前者的2倍多，可见唐五代的贬谪地主要集中在南方。在南方诸道中，江南西道逐臣最多，共163人次；岭南道其次，为150人次。其他按人次多寡排列，依次为江南东道（124）、山南东道（85）、山南西道（62）、剑南道（60）、淮南道（48）、黔中道（32），综合来看，岭南道、江南西道流贬文官高度集中，是贬谪最重要的目的区域。若论西南地区，综合考虑西南川蜀地区的山南西道、剑南道、黔中道则有154人次，比岭南道还多，② 可见，江南西、山剑黔、岭南是当时迁谪的重点地区。山剑黔自古左降官员十分频繁，据《舆地纪胜》"官吏"目"山剑地区刺史"，可以确认是自朝中派出的左降官员有近20人。据《唐刺史考》，山剑两地左降官员出身的刺史达72人，若加上山剑滇黔的诸州僚佐，数目当更大。初盛唐贞观许多著名文士官员，如陈子良、李义府、李峤、钟绍京皆贬至此，中唐时期迁谪文士官员更多，著名文人颜真卿、陆贽、窦群、羊士谔、韦贯之、元稹、白居易、刘禹锡、李逢吉、马植、薛逢、崔涣是其中的代表。

考察整个唐代贬谪巴蜀地区的文士人数，以中晚唐为盛。依据严正道对各地贬谪文士的统计：忠州，初盛唐只有3人，而中、晚唐则有12人，其中包括陆贽、李吉甫、白居易等人；夔州，初盛唐只有3人，而中晚唐有20人，包括著名诗人刘禹锡；梓州，初、盛唐贬谪人数4人，而中、晚唐则有10人。③

① 李德辉：《唐代交通与文学》，湖南人民出版社，2003，第291页。

② 尚永亮：《唐五代文人逐臣分布时期与地域的计量考察》，《东南大学学报》（哲学社会科学版）2007年第6期。

③ 严正道：《唐五代入蜀诗与巴蜀文化研究》，中国社会科学出版社，2016，第108—109页。

除了这些地方外，还有一些更加偏僻的州郡。据《唐刺史考》，巴蜀地区有唐代迁谪官员到来的州共 27 个，大多集中在山南西道集、巴、壁、通等巴山以南十二州，山南东道夔、万、忠三州，黔中道的黔州和剑南道南部的离州，这些地区对应着今天的四川省东北部巴中市至达州市一带，西南部西昌市、攀枝花市等地，以及重庆市的忠县、万州区、云阳县、奉节县、黔江区等地，这些地区处于盆地周围，自然环境相对恶劣，社会发展相对滞后，作为惩罚罪臣的贬所，理固宜然。

中唐以后，随着西南地区战略地位的提高，山剑滇黔地区僻处西南、地近蛮荒的传统地理印象也在逐渐发生变化。成都平原富饶肥沃，经济活跃，与当时烽火连天的其他地区相比，巴蜀物资丰足富饶，政局相对稳定，巴蜀虽不再是用于惩处罪臣的主要贬谪目的地，但是由于山川重重阻隔，政治、经济、文化发展极不平衡，连政治地位仅次于成都的梓州，仍不免被视为贬谪之地。除了富饶的成都平原外，一些相对偏僻的州县已经成了固定的贬谪之所，巴蜀作为唐代主要贬谪之地的形象并没有因为其政治地位的上升而改变。

贬谪文官来到巴蜀这些自然环境恶劣，社会经济发展滞后的地区，对当地经济文化发展起到了推动作用，这对于西南巴蜀地域而言是一笔宝贵的文化财富。

（二）避乱

唐代的避难迁移入蜀主要是安史之乱和黄巢起义造成北人南迁，难民背井离乡，纷纷离开文化发达的京城及至以京城为中心的北方地区，表现出典型的"离心"特征。

由于成都成为唐代皇帝避乱的首选之地，因此巴蜀地区形成了一个难民流入的中心地区，吸引后来者陆续归附。专制时代的君主就是天下的"中心"，这一中心的地理位置随着皇帝的播迁而转移，几次难民潮均以避乱的皇帝马首是瞻，因此向心流动的意味就更加浓厚。

唐五代文人大规模的入蜀避乱出现了两次，一次是由安史之乱引起，一次是由黄巢农民起义引起。中原地区这两次大战乱直接导致帝王的仓皇逃奔入蜀，随之而来的则是大量官吏，以及陆续而来的大批文人追随入蜀，继之以普通民众的移民入蜀浪潮。

天宝十五载七月唐玄宗入蜀，据《旧唐书·玄宗纪》载，天宝十四载安史之乱爆发，次年六月辛卯，叛军攻占关中大门潼关，首都长安危急，一时间，都城人心惶惶，"士庶恐骇，奔走于路"，不少人逃往外地。乙未，玄宗率宰相杨国忠、韦见素、内侍高力士及太子、亲王等一行人，匆匆西逃避蜀。七月庚辰，到达蜀郡（今四川省成都市），随同到达的扈从官吏军士不过 1300 人，宫女 24 人。① 扈从入蜀姓名见于史书者有韦见素、贾至、裴士淹、李麟、李揆、萧昕、颜允南、徐浩等人，其后仍有一些官员在发觉被抛弃后依然紧随而来。据颜真卿《正议大夫行国子司业上柱国金乡县开国男颜府君神道碑铭》载："（天宝）十五年，长安陷，舆驾幸蜀，朝官多出骆谷至兴道。房琯、李煜、高适等数十人尽在。"②《旧唐书》亦言高适"禄山之乱，征翰讨贼，拜适左拾遗，转监察御史，仍佐翰守潼关。及翰兵败，适自骆谷西驰，奔赴行在，及河池郡，谒见玄宗，因陈潼关败亡之势"，③ 可见追随而来的官员人数不少。玄宗抵成都之后仍陆续有官员因事而来，如第五琦奉北海太守贺兰进明之命入蜀奏事，④ 肃宗派使臣前来诏告即位之事等。

除了文武官员，普通民众为了躲避战乱入蜀者更是络绎不绝，高适在上肃宗奏疏中曾言及当时情况，"比日关中米贵，而衣冠士庶，颇亦出城，山南剑南，道路相望，村坊市肆，与蜀人杂居。其升合斗储，皆求于蜀人矣"。⑤ 诗人杜甫就是其中一员，安史乱起，杜甫不得不四处流寓，最终跟随逃亡民众历经艰难险阻举家迁居于蜀，其诗言"二十一家同入蜀"（杜甫《三绝句》），正与高适上疏所言情形一致。除了蜀地之外，江南也成为老百姓举家流亡的避乱之所，如顾况描述"天宝末，安禄山反，天子去蜀，多士奔吴为人海"。⑥ 李白诗载："三川北虏乱如麻，四海南奔似永嘉。"（《永王东巡歌十首》）《旧唐书》载："两京蹂于胡骑，士君子多以

---

① 《旧唐书》卷九，第 232—234 页。
② 颜真卿：《正议大夫行国子司业上柱国金乡县开国男颜府君神道碑铭》，董诰等编《全唐文》卷三百四十一，第 3460 页。
③ 《旧唐书》卷一百一十一，第 3328 页。
④ 《旧唐书》卷一百二十三，第 3517 页。
⑤ 高适：《请罢东川节度使疏》，董诰等编《全唐文》卷三百五十七，第 3627—3628 页。
⑥ 顾况：《送宣歙李衙推八郎使东都序》，董诰等编《全唐文》卷五百二十九，第 5370 页。

家渡江东。"① 这些诗文,都描绘了安史之乱以后北方人民往南方大迁徙的广阔画面。

唐末黄巢带领农民起义军攻破潼关后,历史又一次重演。唐僖宗在宦官田令孜挟持之下,狼狈出逃,先至兴元,再奔至成都。安史之乱时,由于部分官员反对入蜀,加之有不少人追随新帝肃宗而去,故入蜀的士人并不很多。而僖宗之时,黄巢在长安"尤憎官吏,得者皆杀之",② 群臣均随僖宗奔蜀。广明二年二月,"群臣追从车驾者稍集成都,南北司朝者近二百人",③ 著名者如王铎、萧遘、张潜、孔纬、卢渥、韦昭度、张蟠、孙樵、牛峤、崔凝、孟昭图诸人,其中文士也不少,如"于时以文学见称"④ 的孙樵,花间词派的重要词人牛峤等。这些都是在朝著名士人,此外还有非官员的普通文士入蜀的,如首次奔蜀在蜀流寓六年的郑谷。据张仲裁的统计,唐朝以避难入蜀的文人约为76人次,表现在数量统计上,玄宗时避乱入蜀为24人次,僖宗时避难入蜀则为44人次,后者比前者多了将近一倍。⑤ 而这还只是以文学家身份统计的文人,一些伶工、画家、音乐家还没有统计在内,实际上有史料记载的会更多。

需要特别强调的是,皇帝避乱赴蜀,并不仅仅带动了大规模的入蜀浪潮,就文化和文学的发展而言,还在于帝王及伴随入蜀文士官员的身份影响和提升了入蜀难民的文化层次。如晚唐因避乱入眉州的石藏用为"右羽林大将军,明于历数",⑥ 随僖宗入居成都的王著,出自京兆渭南,为"唐相石泉公方庆之后",⑦ 据《成都氏族谱》载,出自郭氏家族时任御史中丞的郭子仪六世孙郭甫也随僖宗入蜀。这些贵族世家入蜀后,其子弟在蜀地定居也成为蜀世文化世家,如成都的刘玝,其祖为唐僖宗时御史刘再思,"刘再思从僖宗入蜀,自蜀还长安,留其子孟温居成都,孟温以儒学教授

---

① 《旧唐书》卷一百四十八,第 4002 页。
② 《资治通鉴》卷二百五十四,第 8240 页。
③ 《资治通鉴》卷二百五十四,第 8248 页。
④ 孙樵:《自序》,董诰等编《全唐文》卷七百九十四,第 8326 页。
⑤ 参考张仲裁《唐五代文人入蜀考论》统计数据。张仲裁:《唐五代文人入蜀考论》,第 32 页。
⑥ 《宋史》卷二百九十九,第 9929 页。
⑦ 《宋史》卷二百九十六,第 9872 页。

成都中"。① 在随唐僖宗入蜀的官吏和士人中，有相当一部分人入蜀后不再
还乡，或把子女留在蜀中，子孙遂为蜀人。成都的宋氏，"唐季有任崇文
馆校书郎讳玘者，随僖宗西幸，因家成都"。② 新繁彭氏，"唐中宗时为太
常，六世孙敬先，尝以左拾遗随僖宗入蜀，家于普州"，③ 后又由普州迁往
新繁。简州何遢，"随侍父世英为平泉主簿，尝平朱沘之乱，……其子孙
因家于平泉"。④ 引《净德集》和《氏族谱》中资料的统计，唐五代时期
迁居入蜀的士族共 43 家，其中唐末五代时入蜀的就有 29 家，占总数的2/3
余。这些文士官员与贵族世家避乱入蜀，他们的子孙后代在蜀地繁衍生
息，对当地文化建设发展起到了引领与促进作用，如随玄宗入蜀的梨园弟
子张野狐、画家卢楞伽等，这些人文学水平参差不齐，但对巴蜀文化的传
播发展贡献不少，张野狐对词曲《雨霖铃》的传播，卢楞伽对蜀地绘画艺
术的提升都起到了积极的作用。卢楞伽是吴道子的弟子，尤其善画高僧，
在蜀地很有名气，《益州名画录》载："明皇帝驻跸之日，（卢楞伽）自汴
入蜀，嘉名高誉，播诸蜀川，当代名流，咸伏其妙。"⑤ 唐末蜀中画家杜齯
龟，其祖先因安史之乱流入蜀中，《益州名画录》载，"其先本秦人，避禄
山之乱，遂居蜀焉"。⑥ 杜齯龟特别擅长画佛像罗汉，他对绘画的贡献促进
了蜀中佛像绘画的发展。还有唐代多位优秀诗人如杜甫、高适、韦应物都
是因安史之乱而入蜀的，特别是诗圣杜甫，不但其入蜀诗创作最多，而且
质量极高，那些奠定了其在唐诗乃至中国古代诗歌史上地位的诗篇大部分
产生于蜀中。

　　陈正祥在《中国文化地理》一书中言："黄河中下游广大地区经过浩
劫，残破不堪；继之以藩镇割据，政局动荡，于是居民离散，大量向南迁
移；南方的州郡，人口显著增加。此后在经济发展上，南方已超越北方，
北方依赖南方的接济，愈来愈殷切。"⑦ 巴蜀地区正是由这场战乱引发的文
化南移的受益者，不仅在经济上全面赶超关陇地区，在文学上也开始奋起

---

① 吴任臣：《十国春秋》卷五十三，第 785 页。
② 《（雍正）四川通志》卷四十六，第 57 页。
③ 《（雍正）四川通志》卷四十六，第 68 页。
④ 祝穆：《方舆胜览》卷五十二，第 935 页。
⑤ 黄休复：《益州名画录》，何韫若等注，四川人民出版社，1982，第 23 页。
⑥ 黄休复：《益州名画录》，第 63 页。
⑦ 陈正祥：《中国文化地理》，上海三联书店，1983，第 4 页。

直追，而带来这种变化的正是因战乱而入蜀的大批文人，"唐衣冠之族多避乱在蜀"，衣冠之族作为文化的精英阶层，相比于普通的下层难民，具有更高的文化和文学修养，其入蜀流动对于打破文化播散的空间壁垒，对于巴蜀地区整体文化品位的提升、文学发展的推动意义更显重大。

三　交互型：游历观景与侍亲访友

交互型迁移是在文化地理景观的吸引下进行的一种自觉性迁移。不同于因外在压力而被迫入蜀的向心型迁移与离心型迁移，进行交互型迁移的诗人大多是在自愿状态下迁移入蜀的，他们或是为了游历巴蜀的山川风物，体验其独特的风土民情、人文景观而入蜀，或是为了探访亲人朋友入蜀，游山玩水者是为了获得自我愉悦期待的精神满足，而侍亲访友者则是出于维护某种亲密社会关系的自觉精神追求，这种内在的动机促使他们克服蜀道艰险而入蜀。对于交互型迁移的文士而言，他们既有底层读书人缠绵交织的失意与旅途困顿的惆怅，也有游赏山川地理诗情画意的惊奇和愉悦，还带有去蜀中寻找仕途机会的目的。不管怎样，当他们进入蜀地，巴蜀地区浓厚的文化氛围、壮美奇幽的山川以其强烈的吸引力形成了外在的巨大刺激力，使文士们流连忘返，同时，巴蜀富足丰饶的生活以及充满神秘感的文化，也让他们产生无限的遐想。

（一）游历观景

1. 山水之游

先秦时期因交通不便，巴蜀与中原地区交流较少。随着秦汉时期川陕交通的打通，早期文化典籍中巴蜀作为"异域殊方"的神秘色彩已慢慢褪去。

汉代蜀地辞赋家如司马相如、王褒、扬雄对蜀地山川风物的描绘最先引发了世人对蜀地的向往，这也引发了后代文人对游历蜀地山川的遐想，如南朝诗人鲍照在《拟古诗八首》之一中描绘巴蜀之地："蜀汉多奇山，仰望与云平。阴崖积夏雪，阳谷散秋荣。朝朝见云归，夜夜闻猿鸣。"这实际上是鲍照的想象之词，并非真实的蜀地山川风貌。魏晋南北朝时，由于动荡的政治形势，蜀中不断的割据战争，加之"蜀道难"的客观条件，真正入蜀的文人极少，大多文人只能在诗文中遐想蜀中山水。类似作品还有左思的《蜀都赋》以及《蜀道难》《蜀国弦》《巫山高》等乐府诗，大多是想象之词，并非真正踏足蜀地后的实写。

真正踏上巴蜀的山川大地，真切感受西南地域自然山川之美的是唐代文人。唐代交通条件的改善为文人游蜀提供了前提条件，而且唐代开放浪漫的文化风气，文人开放的胸襟、浪漫自由的天性、放荡不羁的个性，使唐代士人把东晋以来逐渐盛行的游历山水的生活方式推向极致，漫游天下遍访名山大川，探寻山水之趣，成为他们普遍的生活方式，"从山水游赏扩大到漫游，并且成为一种时尚，则是到唐代才开始的。唐代士人，在入仕之前，多有漫游的经历"。[1] 初唐诗人王勃开创了唐代文人漫游蜀地的先河，王勃"观景物于蜀"，评蜀中山水极尽赞美，"丹壑争流，青峰杂起。陵涛鼓怒以伏注，天壁嵯峨而横立，亦宇宙之绝观也"，[2] 王勃对巴蜀山水的崇扬激发了唐代文士对巴蜀山水的向往与渴望。

继王勃之后漫游巴蜀山水的著名诗人是盛唐山水诗人王维和孟浩然，王维漫游蜀中的确切时间已不可考，其路径则是从大散关经褒斜道、金牛道入蜀，然后沿江从三峡出蜀。陈铁民先生《王维集校注》认为《自大散关以往深林密竹磴道盘曲四五十里至黄牛岭见黄花川》《青溪》《纳凉》《戏题磐石》等诗当作于其入蜀途中，[3] 王维游历了果州、梓州、夔州等地，留下了如《晓行巴峡》《燕子龛禅师》等山水诗。蜀中游历带给王维的收获不仅止于此，出蜀后的王维根据这次经历，还画有《栈阁图》和《蜀道图》，说明巴蜀之行给王维留下了深刻印象，诗歌不足以述之，乃至以图画绘之。游蜀经历不但促进了王维的诗歌创作，还对其绘画产生了很大影响。

孟浩然作为一介平民游蜀纯粹是为开阔视野欣赏蜀中山水。开元二十三年（735）冬，[4] 孟浩然入蜀游历，其入蜀行程，据陶翰《送孟大人入蜀序》可知，"至广汉城西三千里，清江萦缘，两山如剑，中有微径，西入岷峨"，[5] 他从长安出发，翻越秦岭入蜀，经广汉至成都，再顺岷江而下至

① 袁行霈主编《中国文学史》第2卷，高等教育出版社，2005，第170页。

② 王勃：《入蜀纪行诗序》，董诰等编《全唐文》卷一百八十，第1833页。

③ 陈铁民校注《王维集校注》，中华书局，1997，第575页。

④ 参见刘文刚《孟浩然年谱》，人民文学出版社，1995，第80页。

⑤ 陶翰：《送孟大人入蜀序》，董诰等编《全唐文》卷三百三十四，第3381页。

峨眉山，过三峡出蜀，返回其家乡襄阳。其所经过之地点，皆为蜀中最具
代表性山水景观之所在，如剑门、青城、峨眉、夔门等，后人所谓"剑门
天下雄，夔门天下险，青城天下幽，峨眉天下秀"，孟浩然皆游览而过，
足见孟浩然对蜀中名胜之熟悉，这条路线后来也成为唐五代文人出入蜀的
主要路线。孟浩然这次游蜀地留下了五首诗歌，分别是《岁除夜有怀》
《途次望乡》《途中遇晴》《宿武阳即事》《入峡寄弟》，虽然没有纯粹的写
景诗，但往往是即景而发，情景交融，如陶翰所言皆为"感子之兴矣"。

王勃、王维、孟浩然的蜀中山水诗对于提升蜀中山水的名气起到了促
进作用。查《全唐诗》中送人游蜀诗，初盛唐只有4首，而中晚唐及五代
则有40首，虽然影响这些文人游蜀的原因多种多样，但直接或间接受到王
勃、王维、孟浩然的影响或多或少是存在的。

诗人对名山胜水具有亲近向往之情，蜀中山川瑰丽，造化入神，也正
是游历的好去处。不过必须明确，在唐代以前，巴山蜀水养在深闺，并未
为文人所熟知，到了唐代，文人游历的地域范围较之前代已大大拓展，足
迹所至，远涉穷荒。经过流寓诗人入蜀山水诗的描写，蜀中山水的美姿才
真正展现在世人面前。

2. 下第之游

蜀中是仅次于江南的文士漫游之区，科考失意下第而游蜀，在唐代似
乎是一种风尚。《太平广记》中《云溪友议》卷下"名义士"载有一则关
于廖有方的故事。文士廖有方于元和十年下第失意游蜀，返回时在宝鸡西
界灵龛驿遇到一个同样下第的书生，这个书生穷饿而死，廖有方出钱安
葬，并洒泪作诗一首，后以此义举与驿长戴克勤同被擢奖，廖有方将这事迹
制成书板，悬于灵龛驿。《太平广记》中这样的故事有载的就达十几篇，如
卷一百四十四《吕群》、卷一百六十五《李勉》、卷三百二十八《巴峡人》、
卷三百二十九《刘讽》、卷三百三十八《窦裕》、卷一百三十八《马植》、卷
三百四十四《祖价》、卷三百四十五《刘方玄》，可见当时奔走于此道上的寒
苦文士不知凡几。

唐代进士科一般于春二月发榜，登第者拜谒座主、宰相，而后曲江游
赏，宴集不暇，[①] 对于下第者来说则五味杂陈，其复杂心态正如武元衡在

---

① 傅璇琮：《唐代科举与文学》，陕西人民出版社，2003，第288页。

《寒食下第》诗中所写："如何憔悴人，对此芳菲节？"既然庙堂之高遥不可及，或归故里觐省，或做江湖之游，都比待在京城看别人的热闹要好。蜀中千岩竞秀，万壑争流，在彼处寻求受挫之后的心灵抚慰，应当是一个不错的选择，故此唐代下第游蜀者不少。

在下第的失落中游蜀，也可以极大稀释内心的失意与悲哀，这在许多下第送行诗中都有明确的表露，如：

带雨逢残日，因江见断山。行歌风月好，莫老锦城间。（张乔《送许棠下第游蜀》）

九折盘荒阪，重江绕汉州。临邛一壶酒，能遣长卿愁。（方干《送姚舒下第游蜀》）

鸟径盘春霭，龙湫发夜雷。临邛无久恋，高桂待君回。（杜荀鹤《送吴蜕下第入蜀》）

这些诗歌在倾诉科第失意的愁闷中，对蜀中自然风景之胜充满了向往，在取功名受挫的人生际遇中，时值春暖花开的佳日，幸可寄情山水以荡涤尘虑，消解块垒。

自然风景能够在一定程度上缓解岁月徒增事业无成的焦虑感，正所谓"情因所习而迁移，物触所遇而兴感。故振辔于朝市，则充屈之心生；闲步于林野，则辽落之志兴"。① 因科举失败而产生的去意，和对于自然山水之美的向往结合在一起，指向游历的目的地域，他们既有落第的不得已之苦闷悲痛，又有对蜀山水的好奇与渴望。外在的压力与内在的需求结合在一起，形成一种合力，促使他们踏上了漫漫蜀道。

3. 都市文化之游

成都是巴蜀的核心，天府之国的中心，自古繁华，"市廛所会，万商之渊"（左思《蜀都赋》），李唐统一巴蜀后，成都就几乎没有受到战乱的破坏，成为名副其实的西南大都会。安史之乱时，京洛遭遇兵灾，繁华殆尽，而成都却是歌舞升平，"喧然名都会，吹箫间笙簧"（杜甫《成都府》），

---

① 孙绰：《三月三日兰亭诗序》，严可均辑《全上古三代秦汉三国六朝文》，中华书局，1987，第1808页。

一片繁华景象。中晚唐时期，成都的繁华更是能与扬州相媲美，"扬一益二"之说便反映了这种盛况。在文人卢求眼中，成都甚至还超过扬州，"大凡今之推名镇为天下第一者，曰扬、益。以扬为首，盖声势也。人物繁盛，悉皆土著，江山之秀，罗锦之丽，管弦歌舞之多，伎巧百工之富。其人勇且让，其地腴以善，熟较其要妙，扬不足以侔其半"，① 卢求认为成都的艺术品类与繁盛程度均远胜扬州，足见成都都市艺术的繁华。

城市艺术的繁华离不开唐代大量艺术家的南迁入蜀，安史之乱中跟随玄宗入蜀的有大量宫廷画家、乐工、伶人、工匠等，他们中的一部分后来留在了成都，对于当地绘画、音乐、舞蹈、技艺等水平的提升起了重要作用。成都自古就盛行世俗享乐文化，正是适合歌舞伎艺发展的土壤，所以出现了卢求所说之"江山之秀，罗锦之丽，管弦歌舞之多，伎巧百工之富"的情况，杜甫诗歌《赠花卿》写道，"锦城丝管日纷纷，半入江风半入云。此曲只应天上有，人间能得几回闻"，也证实了成都歌舞之繁盛。这对于游蜀的北方文人而言也具有巨大吸引力。

成都文化名胜甚多，有如武侯祠、文翁石室、严真观、张仪楼、青羊宫、净众寺、浣花溪等文化名胜，漫游成都，在歌吹宴饮中感受巴蜀文化，也是吸引文人游蜀的重要因素。此外，唐五代巴蜀地区的佛道可谓繁盛，嘉山胜景之处往往有寺庙道观，巴山蜀水，雄奇秀美，正是宗教文化产生和传播的理想环境。对于喜欢漫游名山大川的文人来说，除了山水游赏，寻仙访道、访僧论禅大概也是一项重要内容，如薛能就曾游昌利观（在今四川省成都市金堂县）访道，作《过昌利观有怀》诗，又游峨眉山佛寺，有《咏峨眉圣刺》诗，郑谷游蜀常住净众寺，有诗《西蜀净众寺松溪八韵兼寄小笔崔处士》，至于那些僧道诗人如贯休、杜光庭、吴子来等，他们游蜀的目的便更是与宗教直接相关了。

（二）侍亲访友

侍亲入蜀者一般是因父兄入蜀为官或经商而陪侍寓居蜀中，他们一般出生于蜀或是年幼入蜀在蜀居住多年。侍亲访友入蜀是因拜访师友而入蜀，拜访结束后便离开蜀地，如段成式寓居蜀地便是因父亲在蜀为官。段

---

① 卢求：《成都记序》，董诰等编《全唐文》卷七百四十四，第 7702 页。

成式的父亲段文昌是山西汾阳人，段文昌曾在剑南西川节度使韦皋幕府，后来又两度镇蜀，段成式生于成都，后段文昌卒于西川节度使任上，段成式旋即携家出蜀赴长安，其居蜀时间前后共计十年以上。段成式所著《酉阳杂俎》一书，多载巴蜀地区奇闻逸事，这算是他久居巴蜀深受地域文化浸润的结果。又如晚唐诗人郑谷，景福二年郑谷第三次入蜀是为了去探望被贬为泸州刺史的恩师柳玭，探望完恩师后即返回了长安。而唐代女诗人薛涛则是幼年随父宦游入蜀，父殁后流寓终老于蜀，她一生行踪及全部创作，不出剑南三川范围，其文采风流泽被巴蜀，今之成都有薛涛井，已成为当地文化名胜。

蜀中清秀的自然山川、繁华的都市、清静的佛道寺观，都是吸引文人入蜀的因素，他们或漫游蜀地山川，聆听自然清音，或者是游历都市，享受世俗文化的乐趣，抑或是去佛寺道观，感受宗教文化的魅力，这种游历不但开阔了文人眼界，亦为他们提供了源源不断的创作灵感，促进了巴蜀文化与其他区域的文化融合，也为巴蜀文学的发展注入了动力。

人口迁移是人类社会的常态，随着交通建设的发展，社会文明越发达，不同地域的人口迁移就越频繁。然而在中国古代社会，文士出现大规模迁移潮则一般是国家政治威力、制度、时势影响下产生的大量具有明显流向性的迁移。文人与士族流向南方、西部、北部偏远地域，这也带来地域文学创作数量激增，文人的大规模迁移也有助于形成诗歌创作高潮，促进地域文学创作的增加，使得寓居地的文化建设得到极大的发展。

第二节　唐代西南流寓者的流寓心理

在不同地理空间的位移中，巨大的地理环境变异，文士身份权位的瞬间落差，使文士们那原本看似稳固的心理状态发生激烈波动，从而唤起喜欢、憎恶、高兴、难过、赞叹、不满等系列体验，这些独特体验结合迁入地迥异的自然地理、人文风俗从而形成具有强烈生气与自然风貌的诗作，这是"人生迁宕"与"江山之助"共同助力的结果。

一　割裂的痛苦

流寓者来到一个与原先熟悉生活环境完全割裂的地理空间，他们需要面临住处荒僻、气候不适、饮食不习惯等种种生活上的问题，他们处于精神孤独、年华老去、价值失落的心理困境中，只能在诗歌中表现出强烈的情绪宣泄与精神困苦，形成一种"虽信美而非吾土"人与地之间对抗和情绪抵触，只有当他们心理上完成对个人境遇的认同并主动接纳寓居地的生活时，这种对抗与抵触心理才能彻底得到缓解。

（一）怀乡与恋阙：价值焦虑

思乡与恋阙是诗人寓居异地产生的最普遍情感，思乡之情的萌芽源于人们与故乡拉开了遥远的时间与空间距离。

唐代士人因仕宦而常年离家在外的情形非常普遍，在交通不发达的时代，故乡不仅是一个承载温暖亲情的地理空间，更是一个遥远的时间概念，它一方面联系的是承载个人成长和亲情的温暖时空记忆，另一方面承载的是理想价值可能实现的精神地域空间。

思乡往往意味着对亲人朋友的思念，如流寓蜀中的杜甫对弟妹的思念，"有弟皆分散，无家问死生。寄书长不避，况乃未休兵"（《月夜忆舍弟》），"故乡有弟妹，流落随丘墟"（《五盘》）。寓居忠州的白居易思念朋友杨归厚，"其如美人面，欲见杳无缘"（《初到忠州登东楼寄万州杨八使君》）；寓居通州的元稹怀念朋友白居易，"安得故人生羽翼，飞来相伴醉如泥"（《寄乐天》）。事实上，怀念家乡就是时常想念失散的亲人，思念朋友就是怀念曾经为了共同理想和人生价值一起努力的过去。对于贬谪诗人而言，迁移到荒凉异域的弃置感，使他们在远离亲人朋友的孤独中产生被社会关系完全摒弃在外的焦虑，这是思乡情浓的内在驱动力，正如元稹所言，"顾我亲情皆远道，念君兄弟欲他乡"（《送卢戡》），兄弟亲情都远离了自己，更不用说师友、同僚、君臣等其他的社会关系了。在极度孤独的生活状态下，流寓者以强烈的思乡情传递出人在异域的情绪焦虑，精神孤独使他们倍加思念家乡，想念朋友。

封建社会士人所接受的儒家传统教育使他们以"修齐治平"为自己的人生理想与人生价值，从启蒙读书到走出家乡进京参加科举，通过"仕"途进入国家权力层，与王侯将相贵族勋戚一起执掌国家权力、参与政治运作并借此推行儒家之道，是读书人的最高理想。尽管仕途因王朝政权更迭、考课铨选制度变迁、士人阶层分野势力消长等因素不断变化调整，然

而出仕两端联结着的"家"与"国"却始终未变，它是天下读书人的精神
原点。当士子们从家乡游走到京城，奋斗在这条进阶之路上时，心理情绪
也始终在家园之思与对理想价值的追逐之间摇摆，要离开家乡外出宦游，
则对充满伦理温情家园的无限向往，求仕受阻或功业不遂时，又会产生因
功业未就而耻于归家的心理；在京淹留，更加深了对家的依恋，一旦因种
种不得已从京城流迁至边域时，这种由于人生境遇变化与理想价值失落而
产生的怨诽失意和怅望企盼更为强烈。他们将仕途失意的羁旅之思和家园
失落的浓烈乡愁聚合成强大的情绪焦虑，徘徊悲叹，反复诉说，一方面是
对给予生命的温暖故园的思念，另一方面是对理想价值实现地京城的渴
盼。思乡之情与恋阙之心融而为一出现在他们的流寓诗中，是他们挥之不
去的精神常态，如诗人杜甫三十岁以前生活在家乡洛阳，三十岁后到长安
生活了近十年，安史之乱后他辗转流寓于成都、梓州、夔州，在漂泊生活
中他经常怀念自己洛阳家乡，"贫病转零落，故乡不可思"（《赤谷》），
"江通神女馆，地隔望乡台"（《遣愁》），在蜀中得知河南河北收复，高兴
得立即收拾行李，"即从巴峡穿巫峡，便下襄阳向洛阳"。但是，他也思念
长安，在《野人送朱樱》中，杜甫深情怀念了自己担任左拾遗时，肃宗在
朝廷上分赐文武百官樱桃的事情：

> 西蜀樱桃也自红，野人相赠满筠笼。数回细写愁仍破，万颗匀圆
> 讶许同。忆昨赐沾门下省，退朝擎出大明宫。金盘玉箸无消息，此日
> 尝新任转蓬。

诗歌表达的不仅是对长安的思念，更有政治上归还的期待。岑参嘉州诗更
是直接将故乡称呼为"帝乡""京华""帝城"：

> 梦魂知忆处，无夜不京华。（《郡斋平望江山》）
> 言笑忘羁旅，还如在京华。（《与鲜于庶子自梓州成都少尹自褒城
> 同行至利州道中作》）
> 丹青忽借便，移向帝乡飞。（《咏郡斋壁画片云》）
> 帝城谁不恋，回望动离骚。（《送赵侍御归上都》）

这些对"帝乡""帝城"魂牵梦萦的思念，其实是有着强烈用世心的封建士人精神世界中最常见的一种恋阙心理。恋阙正是回归政治权力核心的向往。诗人虽然身在边域，但在心理上却将"帝乡""京华"视作自己的精神家园，这个精神家园有时候可能并不是一个具体的城市，就是与绝域天涯相对的整个中原，它以一种虚化的形态存在，承载了诗人整个精神价值的对象物和目标物。正如李商隐在蜀中思乡之作《寓兴》所言，"薄宦仍多病，从知竟远游。谈谐叨客礼，休浣接冥搜。树好频移榻，云奇不下楼。岂关无景物，自是有乡愁"，不论有无外物的触发，乡愁都在那里挥之不去。乡愁既有自己对故园的思念，也有宦游多年一事无成对理想精神家园的渴盼，这正是封建士人最常见的心理。他们反反复复在诗歌中倾诉的故园之思，折射的正是失意士人随着时间流逝而重返仕途日渐无望的焦虑与怨叹。

（二）失志与衰老：时间焦虑

西南巴蜀大多数地域偏冷僻荒，大多数流寓者是在不得意的情况下不得已远离故京寓居于此的，贬谪者是王朝政治斗争中的失败者，入幕者多为尚未入仕的苦闷的下层僚属，而避乱者因国家王权衰落无法有效平息战乱长期漂泊而渐对朝廷失去信心，游历者中更是不乏下第失志之人。他们远离了政治权力中心，儒家治国平天下的理想因自己来到绝域之地而变得越来越遥远。蜀中千岩竞秀，万壑争流，他们失志的悲哀始终淡淡地萦绕在诗行内外：

> 峨眉烟翠新，昨夜秋雨洗。分明峰头树，倒插秋江底。久别二室间，图他五斗米。哀猿不可听，北客欲流涕。（岑参《峨眉东脚临江听猿怀二室旧庐》）
>
> 衰疾江边卧，亲朋日暮回。白鸥元水宿，何事有余哀。（杜甫《云山》）

大自然之美显然消解不了诗人的愁绪，反而激发了新的愁情，那就是对北归的渴望。美丽的自然风景固然能够在一定程度上缓解岁月徒增而事业无成的焦虑感，但并不能完全消解愁绪，寄情山水虽可荡涤尘虑，暂消块垒，但是内心深处来自生命价值的焦虑并不能完全被消解。

流寓诗人们一旦离开故土踏上流浪之旅，往往便是数年甚至十多年的时空暌隔，如杜甫漂泊蜀中十余年之久，元稹在通州司马任上也有四年，李商隐在梓州幕府五年，而生逢乱世的郑谷在蜀中漂泊长达十余年，岑参漂泊蜀中的时间正是人生最后的三年。如此漫长的流寓生活，使人感到时光不再，人生无常，更加深了人生理想与价值失落的痛苦，这不能不令人产生年华老去的焦虑感。

时间焦虑是流寓诗人常见的心理。诗人岑参转嘉州刺史时已五十一岁，他感叹自己年华老去，功业无成，就有"到来能几日，不觉鬓毛斑"（《梁州陪赵行军龙冈寺北庭泛舟宴王侍御》）的感叹。李商隐在梓州幕府时期常常叹老嗟卑，当他因病不能赴东川幕府的游赏宴会时，发出"可怜漳浦卧，愁绪独如麻"（《病中闻河东公乐营置酒口占寄上》）之叹，即使勉强参加宴会回来也有"从诗得何报？惟感二毛催"（《江亭散席循柳路吟》）的时间焦虑。漂泊蜀中多年的杜甫也有"百年已过半，秋至转饥寒"（《因崔五侍御寄高彭州》）的时间焦虑，更何况杜甫还"百年粗粝腐儒餐""老病有孤舟"，年老加上疾病就更加摧毁士人对于生命价值的积极性，从而使他们产生叹老嗟卑之慨。杜甫晚年漂泊江湖的苍老悲凉其实已经无关理想与人生价值，早年"致君尧舜上，再使风俗淳"的理想壮志随着年华老去而消磨，只有生命暮年的悲凉与苍老，"万里悲秋常作客，百年多病独登台"（《登高》）的生命之叹更是对半生漂泊流寓他乡生活的总结。疾病往往会加速人精神上的衰老，而衰老则更意味着生命与理想的彻底结束，对于士人而言，儒家"修齐治平"出仕理想的最终落空，也是他们时间焦虑情绪的根源所在。

二 和解与重建

（一）山川娱人：自然清音以解忧

从生态哲学的角度看，人是自然的产物，人与山水万物源出一体，彼此之间本来就有着天然的亲近。南朝山水诗人谢灵运认为，"夫衣食，人生之所资；山水，性分之所适"，[1] 山水是合于人本性的所在，人回归自然

---

① 语出谢灵运《游名山志》，严可均辑《全上古三代秦汉三国六朝文》卷三十三，第 2616 页。

的愉悦源出于此。

西南巴蜀全然陌生的地理空间初见之下给人带来强烈新奇感，在进入巴蜀的途中，流寓诗人们就感受到了大自然的鬼斧神工，在流寓地居住的时间越长，蜀地自然风物之美也就越能引起诗人的惊喜，使他们暂时遗忘现实中的失意与苦闷，如诗人杜甫寓居成都草堂期间，有不少沉溺于自然山水以自适的诗歌，如《遣意二首》：

> 啭枝黄鸟近，泛渚白鸥轻。一径野花落，孤村春水生。衰年催酿黍，细雨更移橙。渐喜交游绝，幽居不用名。
> 檐影微微落，津流脉脉斜。野船明细火，宿雁聚圆沙。云掩初弦月，香传小树花。邻人有美酒，稚子夜能赊。

这两首诗叙草堂春日和草堂春夜之景：繁密树枝上听到黄鸟鸣啭，小村边的溪水已经涨得淹没了岸边的沙洲，白鸥轻轻在沙渚上掠过。岸上野花开得甚好，傍晚时分，屋前溪水斜晖脉脉，入夜时分能见到野船上细细的灯火，在灯火的微光里隐约可见宿雁聚拢的圆沙，月色不甚明朗，但能嗅到树上淡淡的花香。诗人观察得如此细致，可见幽居于此的诗人在与自然的自洽自适中是如此的愉悦而放松。诗人白居易在忠州也种了很多树木，从《种桃杏》《种荔枝》《喜山石榴花开》《东涧种柳》《东坡种花二首》等诗篇看，他种的植物品种多而数量大，看到花木生长，绿树成荫，他总是特别高兴，"已怜根损斩新栽，还喜花开依旧数"（《喜山石榴花开》），当诗人放下忧乐，在自然中暂得愉悦时，自然的山川树木便能唤起人类天性中业已沉睡的"性分"，从而使诗人获得深层次的愉悦，也获得一种相对的自由。

（二）谈佛论禅的适意

流寓诗人在内心愁苦时，除了选择游赏山水以消忧愁外，他们也常常寻访道观寺院，在佛道禅音中平息内心的苦闷。

西南巴蜀地域文化一直有"仙风道骨"的宗教氛围，据段玉明《西南寺庙文化》统计，隋唐时巴蜀各地佛寺多达117座，几乎各州皆有，其中成都11座，为数最多，其他遂宁7座，射洪6座，峨眉5座，其余有1—4

座。① 其中著名的如成都有净众寺，梓州有牛头寺，忠州有龙昌寺、龙兴寺，嘉州有凌云寺等，这些寺院给流寓至此的失意诗人提供精神上的庇护之所，如岑参游凌云寺，有"殆知宇宙阔，下看三江流"（《登嘉州凌云寺作》）愁闷顿消的朗阔之感；杜甫曾上牛头寺感受"花浓春寺静，竹细野池幽"（《上牛头寺》）的世外幽静；白居易则常独往龙昌寺感受独处的自由，"独上高寺去，一与白云期"（《登龙昌上寺望江南山怀钱舍人》），他在与白云的相看两不厌中达到混茫宇宙的精神自由。郑谷多次去净众寺寻找心灵的宁静，"澄分僧影瘦，光彻客心清"（《西蜀净众寺松溪八韵兼寄小笔崔处士》），在禅寺清幽的环境里与僧谈经论道，获得心境平静安宁。李洞则往成都松溪院中静心修禅、参禅悟道，从而达到"定里无烦热，吟中达性情"（《避暑庄严禅院》）的陶冶性灵、不厌浮生的境界。在靠近佛禅中，流寓诗人的苦闷悲愁获得了纾解。

（三）积极有为

随着时间推移，流寓者渐渐适应当地的生活，在儒家积极有为思想的指导下他们致力于寓居地的移风化俗，种树修路，造福一方。诗人元稹初至通州时对通州的气候饮食、自然环境都感到不适，但是不久后，他便振作起来，为了帮助当地百姓疗治毒虫疮伤，他创作《虫豸诗》记录通州虫豸的特性与疗治之法。看到通州民间祭祀之风甚浓，他创作了《赛神》描述民间赛神活动，并对民间过度的祭祀活动提出批评，他认为这种祭祀活动严重影响了生产，是不利于民风教化的。白居易任忠州刺史，劝农均赋租，修路种树，还不辞辛苦，广植花木，他在庭前、东坡、东涧、巴子台、开元寺、龙昌寺广泛种植柳树、荔枝、桃树、杏树、石榴等植物，并写了大量诗句记录种树的情景，这都显示了白居易在忠州生活中积极热情的状态。刘禹锡在夔州刺史任上认真治理夔州，他于长庆三年和长庆四年分别向朝廷进呈了《夔州论利害表》和《论利害表》，这是他考察夔州当地各方面情况所写出的治夔之策，他还深入当地，进一步了解巴蜀文化，并结合当地民歌改造创制了《竹枝词》，使得竹枝词走出夔峡，得以广泛传播。

---

① 段玉明：《西南寺庙文化》，云南教育出版社，1992，第48页。

除了政治文化上的积极有为外，流寓者们还主动融入当地人的生活中去，如刘禹锡常常加入当地民间老百姓的歌舞中，元稹甚至参加当地人的祭祀，他在代理州务的半年多时间里，就带领官员和州民，以"清酒庶羞"祭祀三阳神两次，竹山神一次，①祈求神灵呼风唤雨，保通州政通人和，民众丰衣足食。白居易在春分节气召集府吏、州民，在郡中野外，开怀畅饮，"蛮鼓声坎坎，巴女舞蹲蹲"（《郡中春宴中因赠宾客》），此时白居易已经完全融入忠州，和忠州民众打成一片。

流寓诗人们以如此积极的态度适应着寓居地的生活，显示出他们倔强、执着、乐观的人生境界与生命智慧，人生如寄，天地宽广，何处不是家乡，只要安心，天涯不妨为家。当流寓者从思想上消解了对地理空间的执着，将万里之外的流寓地视为故乡，便真正获得精神的自由，他们和寓居地的心理距离越来越近，隔膜越来越少。当他们离开流寓地时，对流寓地竟充满了故乡般的不舍与留念，杜甫离开成都寓居夔州时，仍然对成都怀有深深的眷恋，"万里桥南宅，百花潭北庄。层轩皆面水，老树饱经霜。雪岭界天白，锦城曛日黄"（《怀锦水居止二首》），从自己居住的浣花草堂到举目远及的雪岭，都成了杜甫晚年的难忘回忆。白居易在离开忠州时回望忠州依依不舍："北归虽引领，南望亦回头"（《发白狗峡次黄牛峡登高寺却望忠州》），甚至还会梦里重游忠州，"阁下灯前梦，巴南城底游"（《中书夜直梦忠州》），这都表明流寓地的生活已经在诗人心中留下了深刻难忘的印记。

大多数流寓者因人生不得已寓居巴蜀，他们需要完成对自己曾经熟悉生活空间的切割，更要克服全新地理空间与社会环境对精神世界造成的巨大压力。一方面他们不断调适生活习惯和心理世界以适应新的社会环境，另一方面对原有地理空间与社会关系的留恋也使他们很难快速建立新的"主客认同"，虽然他们能够充分利用寓居地的自然资源与文化资源，游览山川名胜，消解相当部分的负面情绪，但是孤独与乡思之苦的折磨又使他们内心充满了对寓居地的潜在抗拒。除此之外，他们还必须直面时间流逝带来的价值焦虑，在疾病与衰老中体悟年华老去与功业无成的深深无奈。当然，价值焦虑在许多没有流寓经历的诗人身上也会存在，但是，对于剥

---

① 元稹有《告畲三阳神文》《报三阳神文》《告畲竹山神文》三篇祭文。

离了原生地理空间且远离了政治中心长安的流寓诗人而言，这种体验是更加强烈的。他们一旦投身于自然山水与佛禅精神世界，将兼济天下的儒家思想与独善其身的佛道思想融通起来，建立形成新的人生价值观，有效调节自己的情感焦虑、价值焦虑和时间焦虑，就能够更快融入当地的生活，建立个人与地域新的主客合一，只有这样他们才能以新的地域认同感，对原有诗学传统和传统趣味进行新的建构，创作出具有地域特色与个性特色的文化名篇。

第七章

唐代西南流寓诗歌的传播

流寓是一种发生在空间层面上的人口迁移，人口迁移必然伴随着文化的迁播，这是文化传播的一种常规形态，诗歌传播正是其中最重要的一个环节。

传播是一种将信息进行交换、扩展的行为方式，[①] 从信息传播的视角考量，传播是一种信息编码及运作的过程。传播中的信息编码包括对信源、信道以及信宿进行编码，就文学传播而言，涉及本源的文学创作与本源的文学传播两种信源编码，文学创作编码是文学产品的生产，文学传播编码则是传播者接过这已然生产出来的有待传播之物并为使之获得初始传播形态而进行的编码。信源经过传播编码进入信道到达信宿时，信宿对信息加工乃至反馈，甚至使加工后的信息再以其他方式传播出去，此时接受者也成为传播者。可见，诗歌的生产者与传播者、接受者身份是可以互相转化的。诗人从一个地域迁移至另一个地域时，他是迁出区的文化传播者，当他们在迁入区进行新的文化建构时，既是迁入区的文化接受者，也是迁入区的文化创作者，当他们再度离开迁入区，又成为该地区的文化传播者。文士们从一个地域迁移到另一个陌生的地域时，文化传播与地域就产生了不可分割的关系。

第一节　流寓者的双重身份与地域文化的双向传播

文化的存在状态与展开形态都离不开传播这一动力的推进。作为信源

---

① 郭庆光：《传播学教程》，中国人民大学出版社，1999，第42页。

的内容生产者，流寓诗人在两个不同地域的空间位移客观上使诗人兼具生产者与传播者的双重身份。在通信尚不发达的唐代，传播的发生与地域迁移关系更为密切。

文化的创造和传播都离不开时间与空间两个维度，中国诗歌的创制与时间地域关系尤为密切，对此陈寅恪先生早有述及："中国诗虽短，却包括时间、人事、地理三点。"① 当代学者戴伟华也指出，"文化的生成、发展和衰落，有一定的空间依托，或者说有一定的地理位置，而这种空间正是人和自然发生关系的切入点，规定了人和自然、社会之间活动关系的性质和品性，它包含了人和土地、水、气候、生物、矿物等自然条件以及人口、经济、交通、风俗、宗教等社会条件的关系"。② 文化产品的产生与地理空间、历史时代是不可分割的，流寓诗歌产生于诗人进行地域迁移的过程中，因此在传播上也涉及空间的横向传播和时间的纵向传播两个向度，而在某个集中的历史时代，研究地域位移中的文学作品的创制与传播现象，这正是集中考察地域文化发展的维度。考察地理空间移动一般涉及移出场、移入场和移动路径三个地理要素，流寓者从移出场经移动路径最终至移入场，这个迁移过程伴随着有意识或无意识的文化传播。

迁移一般发生在经济文化不平衡的地区之间，北方中原作为我国政治经济文化中心，直到西晋末年，其经济文化发展水平都远远超过南方，隋唐之际，重要的政治和军事活动尚局限于北方，北方依然十分繁荣，经过安史之乱后，北方遭到较大规模的破坏，人口大量南迁，全国经济重心逐渐向南倾斜。从永嘉之乱和晋室南渡开始，到隋唐之际，国家经济中心早已向南方倾斜，南方文化逐渐走向繁荣。直到宋室南迁，南方文化的发展真正地超越了北方，陈正祥在谈及历史上中国文化中心的迁移时说，到北宋时期，虽然全国的经济重心已偏处东南，但全国文化的重心仍在开封、洛阳的东西轴线上，直到靖康之变，"于是在时间上，北宋统一王朝的毁灭是中国文化中心南迁的真正分野，从此文化中心搬到了江南；而在空间上，淮河曾一时成为南北文化的界线"。③

---

① 陈寅恪著，陈美延编《讲义及杂稿》，三联书店，2002，第48页。
② 戴伟华：《地域文化与唐代诗歌》，第15页。
③ 陈正祥：《中国文化地理》，第3—5页。

　　有唐一朝，以长安洛阳为中心的北方地区在文化上占绝对优势，而南方因远离政治文化中心一直处于弱势地位。作为文化强域的移出者与文化弱域的移入者，自带文化属性的流寓诗人具有移出者和移入者双重身份，他们一方面将北方的政治治理理念、文化理念带入南方，另一方面又将南方的民间风俗、地理物产传播至北方，有意识或无意识的区域文化传播就不可避免，这在流寓诗歌中表现得异常明显。

　　考察唐代流寓诗人的地域属性就会发现，大多数诗人都具有寓居地域与籍里地域不一致的特性，流寓南方的文士其占籍为北方者居多，许多文人在自传或替人写的碑传里喜欢追溯郡望和祖籍，尤以出身北方名门望族为荣，这既是潜意识里对门第（血统）地位的一种标示，更是一种对文明程度的标明。

　　南方文化虽整体上落后于北方，但具体而言，又有着地理历史原因而致的极度不平衡。从迁入地的总体经济文化发展程度上来考察，江浙一带文化相当发达，江浙是六朝政治文化中心，也是人才集聚之地，所谓"长江之南，世有词人"，①这一地区在唐代安史之乱后，甚至可与北方的关中、山东（包括前述河南、河东、河北）等地鼎足抗衡，共同成为唐代文化的三大核心地域空间。而长江以南和长江以西的荆南、山剑（除成都外）、岭南等地则为明显的落后地区。唐代西南川蜀的迁入者大多来自北方的文化发达区，从可考的诗人占籍上看，占籍最多的是京畿道（131人），其次是河北道（113人）、河南道（66人）、江南东道（65人）、都畿道（50人）、河东道（50人）、江南西道（24人），②如唐代流寓西南的著名诗人中，元稹、白居易、李洞来自京畿道，杜甫、刘禹锡来自河南道，李商隐来自都畿道，而岑参来自山南东道，郑谷来自山南西道，这些大多都是典型的北方文化强域。

　　随着流寓者的迁入，北方的主流文化也向京畿之外秦岭以南的地区进行传播和扩散，这些来自北方的流寓者人数既多，整体素质也高，他们对文化弱域表现出来的播散和辐射力量是强劲而持久的。例如来自中国儒家文化的发源地和核心区域河南的流寓者给地僻西南"仙风道骨"的巴蜀佛

---

① 陶翰：《送惠上人还江东序》，董诰等编《全唐文》卷三百三十四，第3381页。
② 张仲裁：《唐五代文人入蜀考论》，第54页。

道文化注入儒家文化，从宏观角度看，中原齐鲁地区文人大规模入蜀，可以视作中国正统的儒家文化在远离文化中心的巴蜀大地的进一步传播和扩散，是儒、道文化进行碰撞和交融的典型范例。

当然，不能忽略的是，文化的影响是相互的，在不同的历史时代、不同的地理环境下产生的文化产品具有不同的审美特性，文化在形成的过程中，一个地域的山川风俗对作家的影响是潜意识的，作家在进行创作时会自觉选择符合他所在地域审美意识内在规定性的审美对象，这种心理逐渐形成了地域性的集体无意识，隐秘而深沉地影响着地域文学创作。当文士们在不同地域间迁移时，这种固定的审美就会被打破重建。通过地理空间的往返移动，南方迁入区的地域文化也必对文人的创作和心理产生影响，这种影响又参与到了建构主流文学和文化的过程中，从而形成文化中心区与边缘区的互动关系。当文士们以地域移入者和移出者的双重身份进行创作时，就会形成一种初级的文化自我传播，伴随着一些名篇影响力的扩大与流传范围的不断拓展，传播者、传播方式范围的不断扩大，将会不断促成两个地域文化的交流与融合。

第二节　以山川、风俗、名物为内容的诗歌传播

在唐代诗歌的传播过程中，诗人将具体的文学形象纳入信源生产编码，这些文学形象因受到彼时彼地的时空定性以及它得以发生的历史规定性限制而具有原发性的客观意蕴。一方面，山川地理、名物特产、民俗风情等客观内容进入生产创制编码；另一方面，诗歌的原创性使其不能脱离主观心理性，人类在离开故土进行地域迁移时自然而生的主观情感打上了个人独特印记。二者紧紧结合成一个整体，互为表里，成为信源生产的核心客体，形成地域文化传播的核心内容。

（一）地理山川

《新唐书·地理志》中提到唐代十道名山大川，这十道名山大川各有其地域特色。西南地域的山川涉及山南道和剑南道，山南道"其名山嶓冢、熊耳、铜梁、巫、荆、岷，其大川巴、汉、沮、洧"，[①] 剑南道"其名

---

① 《新唐书》卷三十七，第1027页。

山岷、峨、青城、鹤鸣,其大川江、涪、洛、西汉",① 这些山川的景观呈现各自有别其他的特点,也特别能引起人们的关注。

巴蜀山川众多,它们在唐代流寓诗中均存在着不同程度的传播状况,如李白和岑参都有描写峨眉山的诗歌,李白有《峨眉山月歌》《峨眉山月歌送蜀僧晏入中京》《登峨眉山》等,其《峨眉山月歌》描写了峨眉山与平羌江山水相缪的月景:"峨眉山月半轮秋,影入平羌江水流。夜发清溪向三峡,思君不见下渝州。"岑参有《峨眉东脚临江听猿怀二室旧庐》:"峨眉烟翠新,昨夜秋雨洗。分明峰头树,倒插秋江底。久别二室间,图他五斗米。哀猿不可听,北客欲流涕。"诗歌中峨眉山清翠峻逸的美景给人留下深刻印象。

唐代诗人中描写嘉陵江的诗歌也很多,杜甫《阆水歌》描写了嘉陵江春季的平静:"嘉陵江色何所似,石黛碧玉相因依。正怜日破浪花出,更复春从沙际归。巴童荡桨敧侧过,水鸡衔鱼来去飞。阆中胜事可肠断,阆州城南天下稀。"元稹多次往来于蜀道,写过多首关于嘉陵江的诗,如《嘉陵江二首》《嘉陵驿二首》《江楼月》《江花落》等,其《江楼月》描写了月夜下嘉陵江的激荡:"嘉陵江岸驿楼中,江在楼前月在空。月色满床兼满地,江声如鼓复如风。"李商隐《望喜驿别嘉陵江水》也曾描写嘉陵江含烟带月的清新俊逸之美:"千里嘉陵江水色,含烟带月碧于蓝。今朝相送东流后,犹自驱车更向南。"此外,郑谷、刘沧、张祐等诗人都有诗歌描写嘉陵江,这些诗歌在传达诗人情意的同时,也使嘉陵江的峻朗清新、激荡汹涌的丰富形象深入人心。

诗人最为乐于反复传播的还有著名的长江三峡,诗人杨炯、杜甫、白居易、李商隐都描绘过三峡,诗人杨炯自梓州还洛阳途中之作有《广溪峡》(广溪峡即瞿塘峡)、《巫峡》、《西陵峡》,三首诗歌展现了三峡不同美景:

> 乔林百丈偃,飞水千寻瀑。惊浪回高天,盘涡转深谷。(《广溪峡》)
> 重岩窅不极,迭嶂凌苍苍。绝壁横天险,莓苔烂锦章。(《巫峡》)
> 及余践斯地,瑰奇信为美。江山若有灵,千载伸知己。(《西陵峡》)

---

① 《新唐书》卷三十九,第1079页。

诗歌将瞿塘峡的山势险峻、巫峡的叠嶂秀美、西陵峡的瑰奇完整地展现在世人面前。此外，白居易有《出入峡有感》："上有万仞山，下有千丈水。苍苍两崖间，阔峡容一苇。"李商隐有《有感》："一自高唐赋成后，楚天云雨尽堪疑。"李白有"巫山夹青天，巴水流若兹。巴水忽可尽，青天无到时"之句。元稹有《酬乐天闻李尚书拜相以诗见贺》："百口共经三峡水，一时重上两漫天。"这些诗歌均从微观角度展现了三峡中某一段的景象，令人印象深刻。诗歌对三峡的险峻、秀美进行了描写，其描述大致是实写自然存在的状态。在诗歌往复传播中，长江三峡惊涛飞瀑、重岩绝壁的形象深入人心，大量地域文化信息得以实现广泛、迅速传播。

当然，西南巴蜀的优美山川远不止于这些著名者；一些名不见经传的山水偶见于诗人笔端，也无不展现出西南山川苍翠、深秀、润泽的地理特点。

（二）名物

中国之大，品物繁多。品物与地域关系特别密切，即使同一名物，其生存环境不同，也有其不同的特性，《周礼·考工记》载："橘逾淮而北为枳，鹳鹆不逾济，貉逾汶则死，此地气使然也。"① 西南巴蜀地区地域广阔，山水多样，因而品物种类繁多，曹学佺《蜀中广记》中有《方物记》十卷，记载了蜀中各种物类，其中在诗歌传播中被人们广为熟悉的有子规、猿、海棠、荔枝等。

1. 子规

子规即杜鹃鸟，是南方地区比较常见的一种鸟类。蜀中杜鹃被认为是杜宇的化身，据清人陈元龙编《格致镜原》引《寰宇》言："蜀之后主名杜宇，号望帝，让位鳖灵。望帝自逃后，欲复位不得，死化为鹃，每春月间昼夜悲鸣。蜀人闻之曰：'我望帝魂也。'"② 子规啼叫一旦与蜀主杜宇的千古哀怨相联系，则啼声也被赋予其特殊的情感色彩，这是特殊文化背景下产生的一种常见情感。由于入蜀诗人大多数情况下都处在羁旅漂泊之中，所以借子规而抒写传递内心情愁是一种比较普遍的现象，如元稹《酬乐天舟泊夜读微之诗》："知君暗泊西江岸，读我闲诗欲到明。今夜通州还

---

① 《周礼正义》卷三十九，李学勤主编《十三经注疏》，北京大学出版社，1999，第1060页。
② 陈元龙编《格致镜原》卷七十八，《景印文渊阁四库全书》第1032册，第463页。

不睡，满山风雨杜鹃声。"杜鹃声中所蕴含的哀婉、忧愁情感借着满山风雨向好友白居易传递其思念之情和孤苦凄冷的愁苦之状。杜甫《子规》写道："峡里云安县，江楼翼瓦齐。两边山木合，终日子规啼。眇眇春风见，萧萧夜色凄。客愁那听此，故作傍人低。"诗歌写在夔州夜闻子规啼声触发绵绵愁思，有不堪其愁之感。诗人行客流寓蜀中，听得杜鹃声声，凄恻悲凉，有所感发托意于物，自然与蜀中多杜鹃有关。巴蜀作为杜宇化鹃神话故事的诞生地，其赋予寓蜀诗人笔下的子规文化含义也更加丰富多样、精彩生动，这是其他地区的子规诗歌所没有的。

2. 猿

猿并非巴蜀所独有，但巴蜀地区是我国古代猿类的一个重要栖息地，蜀道和三峡沿线的高山茂林、江岸峭壁处往往就有猿猱。史料中关于三峡猿多有记载：

> 峡中猿鸣至清，山谷传其响泠泠不绝。行者歌之曰："巴东三峡猿鸣悲，猿鸣三声泪沾衣。"（袁山松《宜都山川记》）①
>
> 每至晴初霜旦，林寒涧肃，常有高猿长啸，属引凄异，空谷传响，哀转久绝。故渔者歌曰："巴东三峡巫峡长，猿鸣三声泪沾裳。"（郦道元《水经注》）②
>
> 峡长千百第里，两岸连山，略无绝处，重岩叠嶂，隐天蔽日，自非亭午分夜，不见曦月。每至晴初霜旦，林寒涧肃，尝有高猿长啸，属引清远。（盛弘之《荆州记》）③

这些关于三峡的文字中都提到"猿鸣"，三峡猿声与三峡的云、雨、林、岩构成三峡风光不可或缺的景观，形成了其悲伤哀婉的固定意象。流寓者行走在入蜀途中，或是船行峡中与猿偶然相遇，听闻其声，难免会产生羁旅漂泊、思乡念人之感，愁思悲情更浓。如卢照邻《送梓州高参军还京》："别路琴声断，秋山猿鸟吟。"元兢《蓬州野望》："欲下他乡泪，猿声几

---

① 李昉：《太平御览》卷九百一十，第 4032 页。
② 郦道元著，陈桥驿校证《水经注校证》，第 790 页。
③ 张英等编《渊鉴类函》卷四百三十一，《景印文渊阁四库全书》第 993 册，第 479 页。

处催。"元稹《与李十一夜饮》:"忠州刺史应闲卧,江水猿声睡得无。"无论是送别还是思乡念人,甚或只是在江上偶闻猿啼,都能借猿啼传递哀婉凄清的愁情。杜甫在夔州之时就反复借猿吟咏哀愁,如《登高》:"风急天高猿啸哀,渚清沙白鸟飞回。"《秋兴八首》之二:"听猿实下三声泪,奉使虚随八月槎。"《雨晴》:"有猿挥泪尽,无犬附书频。"诗人的兴亡之感、思乡之愁、怀人之情皆借猿声来抒发。有时猿声凄厉,往往催人泣下,如杨炯《巫峡》:"山空夜猿啸,征客泪沾裳。"孟郊《巫山高》:"目极魂断望不见,猿啼三声泪滴衣。"这正是建立在传统文化对猿啼文化内涵的积淀基础上形成的文化意象。

唐五代入蜀诗人途经三峡者闻猿无不愁情满怀,这也正是魏晋南北朝以来三峡猿声意象固定化的一个表现。三峡啼猿,作为三峡景观及重要文学意象之一,也是承载三峡文化的一个重要物象,早已随《水经注》为文人所熟知,一旦身临其境更成为触发他们诗情才思的重要媒介。

3. 海棠

蜀地出产海棠,但海棠在唐以前却籍籍无名,直到中唐以后,随着入蜀诗人对蜀海棠的歌咏,海棠花才声名鹊起。蜀中海棠种植广泛,种植范围从蜀南的嘉州到蜀北的利州,遍及蜀中大部分地区。海棠花开时"浓淡芳春满蜀乡"(郑谷《蜀中赏海棠》),"一时开处一城香"(薛能《海棠》),十分繁盛。

蜀中海棠名声很盛,只是中唐以前没有诗人吟咏,连诗圣杜甫也未吟咏过海棠,所以中唐诗人薛能明确说"蜀海棠有闻,而诗无闻"(《海棠并序》)。直至中晚唐时期,入蜀诗人珍爱海棠者不少,海棠才进入诗歌,广为传播,如郑谷留滞蜀中多年,因爱海棠而咏海棠:"却共海棠花有约,数年留滞不归人。"(《蜀中三首》之二)中晚唐蜀中海棠诗不少,兹举几例:

> 春风用意匀颜色,销得携觞与赋诗。秾丽最宜新著雨,娇娆全在欲开时。莫愁粉黛临窗懒,梁广丹青点笔迟。朝醉暮吟看不足,羡他蝴蝶宿深枝。(郑谷《海棠》)
>
> 上国休夸红杏艳,深溪自照绿苔矶。一枝低带流莺睡,数片狂和舞蝶飞。堪恨路长移不得,可无人与画将归。(郑谷《擢第后入蜀经罗村路见海棠盛开偶有题咏》)

淡淡微红色不深，依依偏得似春心。烟轻虢国颦歌黛，露重长门敛泪衿。低傍绣帘人易折，密藏香蕊蝶难寻。良宵更有多情处，月下芬芳伴醉吟。（刘兼《海棠花》）

四海应无蜀海棠，一时开处一城香。晴来使府低临槛，雨后人家散出墙。（薛能《海棠》）

郑谷《海棠》诗着意描写海棠盛开的美景，而《擢第后人蜀经罗村路见海棠盛开偶有题咏》寓托自己出身凡俗却不自卑的志向。刘兼《海棠花》诗则直接以古代美女相喻，显得格外多情，薛能《海棠》赞美海棠的品格。诗人们极尽腾挪之笔法描摹海棠，或将海棠花比作美人，娇羞柔美，或以海棠托物言志表达自己的自信和孤傲。海棠频频成为蜀中咏物诗的观照物，也成为蜀中流寓诗的主要传播对象。

由于唐代诗人对海棠的吟咏传播，到宋代进一步引发吟咏海棠的高潮，宋人沈立云："蜀花称美者有海棠。"[1] 宋代著名诗人如苏轼、晏殊、陆游均有咏蜀海棠的诗句，宋人对蜀中海棠的歌咏将蜀中海棠的美艳之名传播得更远了，唐诗的广泛传播功不可没。

4. 荔枝

重庆古属巴国，境内合川、涪陵、忠县、万县等地皆产荔枝，其中涪州荔枝为贡品。此外，泸州、叙州、嘉州等地荔枝品质也非常好，戎、泸二州荔枝品质甚至超过涪州，《舆地纪胜》载："蜀中荔枝，泸、叙（即戎州）之品为上，涪州次之，合州又次之。涪州徒以妃子得名，其实不如泸、叙。"[2] 除涪州荔枝外戎州荔枝在中唐时也为贡品，据《元和郡县图志》载，元和间戎州贡物就有"荔枝煎四斗"。[3]

涪州荔枝因杨贵妃而名气大，苏轼《荔支叹》诗载："永元荔支来交州，天宝岁贡取之涪。"清人陈鼎《荔枝谱》则载："玉真子，产重庆府涪州。唐时最盛，有妃子园，荔五百株，为杨贵妃所嗜，因名玉真子。马上七日，夜至京师，即此荔也。故唐诗有'一骑红尘妃子笑，无人知是荔枝

---

① 沈立：《海棠记序》，陈思：《海棠谱》卷上，《左氏百川学海》第三十二册癸集下，第1页。
② 王象之：《舆地纪胜》卷一百七十四，第1197页。
③ 李吉甫：《元和郡县图志》卷三十一，第790页。

来'之句。"①严耕望先生也认为:"据白居易之说,荔枝采摘三日而色香味俱变,审度当时交通条件,有岭南发驿至京师,绝不可能保持新鲜,故若欲及新鲜享嗜,则由涪州飞驿,较为合理。"②因此,一般认为进贡杨贵妃之荔枝主要来自涪州。

关于巴蜀荔枝的传播,唐代流寓诗人功不可没。唐代诗人中传播荔枝最突出的是诗人白居易,白居易请画工画了一幅《荔枝图》,并亲自另作《荔枝图序》以为配合,寄赠京中友人,意欲向未曾见识荔枝者推广介绍,因其对荔枝果实外形及特征介绍尤为详细,显得相对客观。白居易在忠州刺史任近两年,先后还有《题郡中荔枝诗十八韵兼寄万州杨八使君》《重寄荔枝与杨使君时闻杨使君欲种植故有落句之戏》《种荔枝》《荔枝楼对酒》等诗,这些诗歌有的描写忠州当地百姓普遍种植荔枝的情况,有的描写荔枝果实之红润可爱,巴蜀荔枝借白居易诗歌的广泛传播力迅速传至北方。

晚唐诗人郑谷到涪州第一次见到真正的荔枝树,异常欣喜,"二京曾见画图中,数本芳菲色不同。孤棹今来巴徼外,一枝烟雨思无穷"(《荔枝树》),虽然在京城见过荔枝图,但毕竟不是实物,此时亲见,欣喜之余也因此"思无穷",引发思乡之情。不过,一旦见了荔枝果,真正尝到了其美味,则又让郑谷有不舍之情,其《荔枝》诗写道:"平昔谁相爱,骊山遇贵妃。枉教生处远,愁见摘来稀。晚夺红霞色,晴欺瘴日威。南荒何所恋,为尔即忘归。"为了荔枝而情愿久居南荒,真是对荔枝爱到了难以割舍的地步。

女诗人薛涛吃过嘉州荔枝,作诗《忆荔枝》:"传闻象郡隔南荒,绛实丰肌不可忘。近有青衣连楚水,素浆还得类琼浆。""青衣"即指流经嘉州的青衣江,荔枝的美味有如琼浆,令诗人记忆犹新,难以忘怀。薛能在嘉州刺史任上有《荔枝诗》:"颗如松子色如樱,未识蹉跎欲半生。岁杪监州曾见树,时新入座久闻名。"嘉州荔枝美味,清代时被认为是川中绝品。荔枝本就美味,又屡成为贡品,经过诗歌的传播,蜀中荔枝名满天下。

---

① 陈鼎:《荔枝谱》,彭世奖校注《历代荔枝谱校注》,中国农业出版社,2008,第473页。
② 严耕望:《唐代交通图考》卷四,第1029页。

（三）风俗

西南川蜀与中原迥异的人文风俗也是流寓诗歌的描写内容。南方祭神赛神的风俗在许多诗歌中有所表现，如元稹"病赛乌称鬼，巫占瓦代龟"（《酬翰林白学士代书一百韵》）表现了"南人染病，竞赛乌鬼，楚巫列肆，悉卖瓦卜"的风俗，元稹另在《赛神》中详细描写了通州民间"赛神"的风俗："年年十月暮，珠稻欲垂新。家家不敛获，赛妖无富贫。杀牛贳官酒，椎鼓集顽民。喧阗里闾隘，凶酗日夜频。"每年赛神的时间是十月暮，不论贫富，把家里粮食都拿出来，杀牛赊酒，击鼓歌舞以娱神，这是南方的大规模赛神活动的表现。

祭神还有捧酒击鼓的风俗，岑参来嘉州途经青神县五流溪时，作《龙女寺》写蜀民祭祠时捧酒击鼓的风俗："龙女何处来，来时乘风雨。祠堂青林下，宛宛如相语。蜀人竞祈恩，捧酒仍击鼓。"与鼓乐相配合的是以歌娱神，刘禹锡《阳山庙观赛神》写道："汉家都尉旧征蛮，血食如今配此山。曲盖幽深苍桧下，洞箫愁绝翠屏间。荆巫脉脉传神语，野老娑娑起醉颜。日落风生庙门外，几人连蹋竹歌还。"从刘禹锡诗作可以看出，所受祭之神为"汉家都尉"，赛神时也演唱竹枝歌舞。可见，赛神也因地而异，不专主一神，地域文化色彩相当浓厚。

语言和音乐也是最能反映地域文化风俗的两大要素。不同的地域，口音不同，民歌乐调也不尽相同。唐代的雅言当以京都为代表，可称为秦语秦音，所谓"秦音尽河内"（薛能《送冯温往河外》）。京都方言外的地域方言主要有楚语楚歌、吴语吴歌、巴语巴歌，唐诗中出现较多的是楚语楚歌和吴语吴歌，巴语巴歌则见之于诗歌较少，主要以《竹枝歌》为代表。竹枝歌不仅是祭祀时所歌，也是巴蜀民众欢庆时爱唱的歌曲，《蜀中名胜记》载："琵琶峰下女子皆善吹笛，嫁时，群女子治具吹笛，唱《竹枝词》送之。"[1] 妇女们在婚礼时唱竹枝歌送嫁，这种风俗应该是历史的遗存。

寓蜀诗人对竹枝歌多有描述，杜甫《奉寄李十五秘书文嶷二首》写道："竹枝歌未好，画舸莫迟回。"《暮春题瀼西新赁草屋五首》写道："万里巴渝曲，三年实饱闻。"刘禹锡、白居易、元稹流寓巴蜀时均听过竹

---

[1] 曹学佺：《蜀中名胜记》卷二十二，第315页。

枝歌，且改编创作了竹枝词，对巴蜀民歌的传播起到了推动促进作用。

西南山剑地区的风土人情、物产山川当然并不止于上面提到的这些①，诗人迁移到一个全新的地域生活时，该地域的山川地理、风土人情、土产名物会促使诗人对地域产生新的认知，从而激发诗人的创作热情，这既是流寓者与寓居地走向人地遇合的过程，也是地域以客体形式进入诗歌生产编码，进入传播的起始。

第三节　口头、抄本、题壁等传播方式

信源的生产编码完成后，传播者为其进入信道使之获得初始传播形态进行信息传播编码，传播者将诗歌编写成便于口头传唱的歌谣，或者抄写、刻写于某种实体材质，或者编印成书籍，这是信源进入信道接受传播的第一重转化规定的编码，这也是人类早期传播中较为常用的传播编码方式。

不同信息编码方式取决于媒介的不同特质，美国传播学家 A. 哈特将人类有史以来的传播媒介分为三类，即示现性媒介系统、再现性媒介系统和机器媒介系统。② 示现性媒介系统是通过人体感官来执行传播功能的媒介系统，主要使用人类的口语和表情、动作、眼神等非语言符号作为传播方式，而再现性媒介系统是只需要传播者使用物质或机器工具的传播媒介系统，如绘画、文字、印刷和摄影等，机器媒介系统则是需要信息传播者和信息接受者都使用机器工具的传播媒介系统，这是伴随 20 世纪电子信息科技发展而产生的新兴媒体形式，如电话、电信、电影、广播、电视、计算机通信等。唐代所使用的传播主要是示现性媒介和再现性媒介，即口头传播与文字传播，这两种传播媒介性质的不同也决定了编码方式的不同。

一　示现的媒介传播：口头传播

口头传播即"口口相传"，这是一种较为古老的传播方式。一般而言，除了普通老百姓民间传唱外，专业歌者也是口头传播的主要执行者，歌伎

---

① 还有如烧畲、取水、驾船、歌舞、踏青等风俗。参见第四章第一节，第 94—101 页。

② 郭庆光：《传播学教程》，第 36 页。

传唱和民歌传唱是唐代最典型的两种口头传播方式。

歌伎传唱是唐宋时诗歌传播的一种最常见的方式，"凡有井水处，皆能歌柳词"表明的正是柳永词经歌女传唱后的普及程度。乐工歌伎的广泛传唱能使诗歌民间普及度更高，也能大大提高诗人的知名度，故诗人也多愿意与乐工歌伎们交往，《开元天宝遗事》载："长安有平康坊，妓女所居之地，京都侠少，萃集于此，兼每年新进士以红笺名纸，游谒其中，时人谓此坊为风流薮泽。"① 《北里志·序》载："诸妓皆居平康里，举子及新及第进士，三司幕府但未通朝籍，未直馆殿者，咸可就诣。"② 这些记载中进京举子士人与妓女交游的情况真实地反映了那个时代的社会风尚，士子们多以与妓女交往为风雅之事，而且将其作为佳话韵事记录下来，"唐人登科之后，多作冶游，习俗相沿，以为佳话。故伎家故事，文人间亦著之篇章"，③ 唐代的乐工歌伎大部分有较高的艺术素养，士子在与她们的交往中，既能获得精神上的交流与满足，也能借其传唱使自己诗歌得到较好的传播，提升知名度，这自然也是士子们求之不得的事情。

乐工歌伎出入社会各阶层，她们作为一种传播媒介自然而然增强了文人与大众间的沟通交流，正如杜牧所言，"诗者可以歌，可以流于竹，鼓于丝，妇人小儿，皆欲讽诵。国俗薄厚，扇之于诗，如风之疾速"。④ 通过歌伎乐工的传唱，诗歌也会传播得更快，诗人的名气也会越来越大，因此诗人有了新作，也希望借歌女传唱提高诗歌的知名度，如刘禹锡作《竹枝词》"俾善歌者扬之"⑤，元稹也希望自己的诗"会遣诸伶唱，篇篇入禁围"⑥。

反过来，著名诗人的诗词也能为传唱的歌伎乐工提升名气，歌伎乐工传唱所选择的文本一般为当时流传的著名作品或者名气很大的诗人作品，如唐代诗人李益诗名早著，"每作一篇，为教坊乐人以赂求取，唱为供奉

---

① 王仁裕：《开元天宝遗事》，中华书局，2006，第25页。
② 孙棨：《北里志》，《唐五代笔记小说大观》，第1403页。
③ 鲁迅：《中国小说史略》，上海古籍出版社，2006，第168页。
④ 杜牧：《唐故平卢军节度巡官陇西李府君墓志铭》，吴在庆：《杜牧集系年校注》，中华书局，2008，第744页。
⑤ 《竹枝词引》，瞿蜕园笺证《刘禹锡集笺证》卷二十七，第852页。
⑥ 元稹《酬友封话叙怀十二韵》，《元稹集》，第131页。

歌词"①。又如《云溪友议》卷下载，中唐时著名歌伎刘采春所唱一百二十首诗"皆当代才子所作"，而著名的"旗亭画壁"故事中，梨园伶官所唱的王昌龄、高适、王之涣诗也是当时流行之作。

有的歌伎还因常传唱某一种曲子的诗歌成为名伎，如曹娘之《子夜歌》、刘采春之《望夫歌》等，白居易家伎樊素"善唱《杨枝》，人多以曲名名之，由是名闻洛下"。② 歌女传唱诗歌使得唐诗尤其是绝句借助于音乐、歌唱的力量，甚至传播到宫廷、边域这些常人难至的地方，可见其传播力之强。

白居易家伎樊素善唱的《杨枝》即民歌《杨柳枝》，民歌流传也是口头传播的最典型传播方式。《杨柳枝》本属于乐府民歌，唐代诗人白居易和刘禹锡都曾创作过合乐可唱的改创版《杨柳枝词》，经过诗人改创的民歌具有词语雅致声情并美的特点，利于民歌的进一步传播。流寓诗人对民歌进行改良使之广泛传唱最显著的例子是竹枝词。竹枝词是巴渝地区具有特色的民歌，夔州、万州、忠州以及通州等地都是竹枝词的发祥地，早在唐代文人创作之前，竹枝词就已经在巴山渝水之间广为流行，《太平寰宇记》中"万州风俗"载："正月七日，乡市士女渡江南，娥眉碛上作鸡子卜，击小鼓，唱竹枝歌。"③《夔州府志》卷一记万州开县民俗："渔樵耕牧，好唱竹枝歌。"诗人们在诗歌中也描述了竹枝歌在民间广为流传的现象，如张籍《送枝江刘明府》写道："向南渐渐云山好，一路唯闻唱竹枝。"于鹄《巴女谣》写道："巴女骑牛唱竹枝，藕丝菱叶停江时。"李益《送人南归》写道："无奈孤舟夕，山歌闻竹枝。"白居易《曲江感秋》写道："夜听竹枝愁，秋看艳堆没。"宦游三峡的宋代诗人陆游也有"通衢舞竹枝"（《将赴官夔府书怀》）"四邻相应竹枝歌"（《山峡歌》）的记载，可见民歌传唱是一种空间流传度非常广泛的传播形式。

竹枝词的传播主要是通过贸易商人和撑船巴人流传开来。张籍在《贾客乐》中写道："金陵向西贾客多，船中生长乐风波。欲发移船近江口，船头祭神各浇酒。停杯共说远行期，入蜀经蛮远别离。"诗歌描述的便是

① 《旧唐书》卷一百三十七，第3771页。
② 白居易：《不能忘情吟序》，朱金城笺校《白居易集笺校》，第3810页。
③ 乐史：《太平寰宇记》卷一百四十九，第2886页。

商贾船只停泊于岸边聚集后又流向全国各地，获得交换信息并广泛传播出去的情景。由于巴蜀独特的地理位置及三峡的危滩险途，全国各地往来西南经商的商人们经过巴渝之地常常在此停留，当他们在江边休息时，聆听当地人唱竹枝词，竹枝曲忧怨，很容易引发行人的乡愁，刘禹锡诗《堤上行三首》便描述了这种情形："酒旗相望大堤头，堤下连樯堤上楼。日暮行人争渡急，桨声幽轧满中流。""江南江北望烟波，入夜行人相应歌。桃叶传情竹枝怨，水流无限月明多。""春堤缭绕水徘徊，酒舍旗亭次第开。日晚上楼招估客，轲峨大舸落帆来。"诗歌描述的便是行人在船上唱竹枝民歌的情景。竹枝词形式上多使用口语，内容也与巴蜀人民生活息息相关，平易的歌词内容与容易上口的旋律使这些路过商人们很容易便将竹枝词传向全国各地，促进了民歌竹枝词的广泛传播。

竹枝词哀婉曲调，最能引动游子的思乡之情与身世之悲，"巴童巫女竹枝歌，懊恼何人怨咽多？"（白居易《听竹枝赠李侍御》）因此，凡是寓居或途经三峡的文人，无不深深地喜爱竹枝词这一艺苑奇葩，并依仿创作，其中，刘禹锡、白居易、范成大等人的创作尤为脍炙人口。与民间竹枝相比，文人仿作语言上明显雅化，格律上也趋于成熟，抒情风格上则俗艳与风雅并存，更便于传播至大江南北、中原上下。诗人刘禹锡模仿并创作了《竹枝词九首并序》《竹枝词二首》，这些作品既保留了传统竹枝民歌诗乐舞三位一体的优点，又改变了原民歌的语词的鄙陋，使竹枝词俚而不俗，通俗易懂又具有美感，形式上也由原来的字数句式的长短不齐固定为七言四句，审美风格上也改变了"调苦"的倾向。经过刘禹锡的改编，初期多"凄凉""幽怨"之声情的竹枝词遂成女伎之"精唱"，"教坊"之曲名，得以引入文坛，得到更好的保存和流传，这也是其"竹枝词"能产生巨大影响的一个重要因素。

流寓忠州的白居易和贬谪通州的元稹也都很喜欢竹枝词，白居易在忠州创作了《竹枝词》四首诗，表现了巴渝人民纯朴的生活方式和巴渝一带秀丽的山川风物，元稹也创作过《竹枝词》，可惜未能传世。范成大的竹枝词主要展现夔州的民风民情、自然景观，语言平易，有田园诗的恬静之美，是刘禹锡竹枝词风格的延续。

正是由于刘禹锡、白居易、范成大等流寓文人的介入，"竹枝词"这种民歌形式从口头民歌变成词调和谐而又通俗雅致的案头文学，得以跨越时空广泛流传开来，产生如此大的影响力。借着竹枝词的传播，巴蜀地区的山川风情，白帝城、白盐山、蜀江、奉节瀼水、昭君坊、滟滪堆、瞿塘峡、巫峡等地名也渐传播开去，巴风蜀韵得以更快融入中华文化的洪流。

二　再现媒介传播：抄本与题壁

唐代再现性传播中最主要的传播方式是文字传播，文字传播的物质载体主要分为软物质与硬物质两种。以软物质为载体的文字容易携带但不容易保存，是一种偏向于空间传播的媒介载体；而以硬物质为载体的文字更容易保存却不容易流动，是一种更偏向时间传播的媒介载体。前者主要有纸、绢、布、树叶等，后者主要有木、简、石、土、陶等。以纸本为物质载体的传播方式又分为手抄本、印刷本、拓本、笺本等不同形式，而以坚硬的石或土为载体的传播方式主要有题壁、碑刻等。在诗歌传播方面，唐代最为广泛的传播方式是抄本与题壁。

（一）抄本的传播

在印刷术发明推广以前，文化传播的主要方式就是手抄，吕思勉《隋唐五代史》写道："刻板之事至晚唐乃稍盛，故其时爱书之士，从事钞写者仍多。"[1] 在唐代文学传播中，抄本发挥着关键性的作用，亲自缮写和传抄他人诗集在唐代很流行。在传抄中，诗人的名声亦因诗集的流传而为世人认可，诚如颜真卿所言，"好事者传写讽诵以垂无穷，亦何必藏名山而纳石室也"，[2] 诗歌在好事者的传抄中便可流传后世，诗人之名亦可永垂无穷也。

唐代诗人的创作一般都是以抄本的方式流传，抄本的来源不一而足，有的是作者自己整理而成，有的则是其爱好者搜集整理而成。以流寓蜀中十多年且诗歌创作数量最多的诗人杜甫为例，杜甫一生创作诗歌总数在1400首，蜀中创作约900首，蜀中诗歌超过其诗歌总数的一半，这些诗歌主要以手抄本的形式进行传播。

杜诗的传播在当时就很广泛了，杜甫自己在诗歌中说："念我能书数

---

[1] 吕思勉：《隋唐五代史》，上海古籍出版社，1984，第1372页。
[2] 颜真卿：《尚书刑部侍郎赠尚书右仆射孙逖文公集序》，董诰等编《全唐文》卷三百三十七，第3416页。

字至，将诗不必万人传。"（《公安送韦二少府匡赞》）"万人传"，这也是杜诗传播的实际情况。

杜甫的诗歌当时就受到周围官员和朋友广泛赞美，在朋友中广为传播，唐代诗人任华《寄杜拾遗》提到杜诗在当时的传播情况："杜拾遗，名甫第二才甚奇。任生与君别，别来已多时，何尝一日不相思。杜拾遗，知不知？昨日有人诵得数篇黄绢词，吾怪异奇特借问，果然称是杜二之所为。"① 任华喜爱杜甫诗歌，他见到"有人诵得数篇黄绢词"便去询问，果然是杜甫的作品，由此可知杜诗在当时社会上就有一定传播度。韶州牧韦迢的《潭州留别杜员外院长》也说到杜甫诗歌传播情况："江畔长沙驿，相逢缆客船。大名诗独步，小郡海西偏。地湿愁飞鹏，天炎畏跕鸢。去留俱失意，把臂共潸然。"② 诗歌叙述了杜甫遭遇如屈原、贾谊一般失意不得志，也赞美了杜甫诗歌"大名诗独步"的传播情况。衡阳判官郭受在《寄杜员外》中提到杜甫诗在当时流传广泛："新诗海内流传久，旧德朝中属望劳。郡邑地卑饶雾雨，江湖天阔足风涛。松花酒熟傍看醉，莲叶舟轻自学操。春兴不知凡几首，衡阳纸价顿能高。"③ 诗歌虽然主要是对杜甫诗才人品的赞颂，但是杜甫诗歌在当时能令"衡阳纸贵"，也表明杜诗在当时传播非常广泛。

杜甫诗名高，当时学习杜诗进行创作的诗人也不少，这也形成了杜诗的间接传播。大历诗人戎昱是学杜诗创作得比较好的一位，如其《闻笛》中"风起塞云断，夜深关月开"显然是对杜甫《秦州杂诗》"无风云出塞，不夜月临关"的学习，又如《入剑门》中"山川同昔日，荆棘是今时"则与杜甫《春望》"国破山河在，城春草木深"异曲同工，《九日贾明府见访》中的"莫嫌浊酒君须醉，虽是贫家菊也斑"，也令人想到杜甫《客至》"盘飧市远无兼味，樽酒家贫只旧醅"，二者都表达了清贫无以待客的殷勤。不仅如此，戎昱创作思想也崇尚现实主义，他沿着杜甫现实主义的创作道路创作了纪实诗歌《苦哉行五首》，记叙了安史之乱中生灵涂炭的历史真实图景，是学习杜诗的佳作，戎昱的诗歌创作客观上也加速了

---

① 彭定求等编《全唐诗》卷二百六十一，第 2903 页。
② 彭定求等编《全唐诗》卷二百六十一，第 2908 页。
③ 彭定求等编《全唐诗》卷二百六十一，第 2908 页。

杜诗的二次传播。

早期传播杜诗的主要是与杜甫交游的朋友，杜甫与同时期诗人李白、高适、岑参、王维、王翰、严武、郭受、韦迢、李邕、崔尚、魏启心等彼此间皆有寄赠，其中，杜甫和严武、高适赠答唱和最多。寓居草堂时，杜甫常以诗代书向人乞物，严武、高适、范邈、吴郁、王抡、李皂等亦常来草堂和他把酒论诗，过川的魏侍御、段功曹、韦班、裴迪等人都和杜甫有所过往。① 因此，在赠答酬唱中杜甫的诗歌当时在蜀中就已经有流传了。而且，寓居蜀中时，杜甫于公共场所题写的诗作也比入蜀前稍多，且诗迹遍布行经之所，客观上对其诗作的保存、流传起了一定作用。

杜甫病逝湖湘之后，与杜甫同时期诗人润州刺史樊晃多方搜求采集杜甫诗歌二百九十篇，编为《杜工部小集》六卷，使杜诗开始传抄，对杜诗的传播起到了关键作用。

樊晃《杜工部小集》序文介绍杜甫人生经历和诗歌传播情况时，尤其提到杜诗在当时的传播情况："所知江左词人所传诵者，皆公之戏题剧论耳，曾不知君有大雅之作，当今一人而已。"② 樊晃明确指出当时江东人所传颂的是杜甫的"戏题剧论"，也即游戏笔墨、戏题之作，而非表现其忧国忧民的"大雅之作"，这种诗歌接受情况与当时影响较大的几个唐诗选本有莫大的关系。

诗歌选本是编选者按照一定标准对作品进行取舍集合而成的诗歌总集，是诗歌传播的一个重要渠道，诗歌选本对于时代美学风格的形成有着重要影响力。唐代当时较重要的诗歌选本有《河岳英灵集》《中兴间气集》《箧中集》，其中，殷璠《河岳英灵集》选诗以"气象高华"、"风骨"与"声律"兼备为要求，所倡导的是气象圆融的诗歌，而高仲武《中兴间气集》选诗标准为"体壮风雅""理致清新""朝野通取""格律兼收"，所倡导的是优美典雅的诗风，杜诗"沉郁顿挫"的风格和以诗明史的诗歌内容显然不太符合殷璠与高仲武选诗的要求，对此当代学者已形成共识。元结的《箧中集》强调文学为政治服务，倡导的是为政治服务的写实诗歌风格，否定那些重视抒性情、文辞格律美的诗歌，而杜甫诗歌虽然以写实为

---

① 参见杜晓勤《杜诗在至德、大历间的流传和影响》，《陕西师大学报》1991 年第 3 期。
② 董诰等编《全唐文·唐文拾遗》卷二十三，第 10631 页。

主，但他注重"比兴""兴寄"，强调在诗中注入个人真实的感情，要求有来自社会生活中的激情和冲动，这也不符合元结《箧中集》的选录标准。杜诗不被选入当时流行的抄本，这反映了杜诗的价值并未被多数唐人所认可和普遍接受，这无疑也影响了杜诗的传播，造成了杜甫诗歌大雅之作不传而仅以"戏题剧论"为人所知的传播状态。

直到晚唐，经过元稹、韩愈、白居易对杜诗的大力崇扬，杜诗的地位可与李白相颉颃。中唐之后选本普遍选录杜诗，如顾陶《唐诗类选》和韦庄《又玄集》选录杜诗，到宋代时杜甫诗歌获得崇高的地位，出现"千家注杜"的盛况。当然，杜诗在宋代广泛传播更主要与作为接受主体的宋代士人人文环境的变化和雕版印刷的发展相关，雕版印刷技术在南北宋之交的普及直接促进了南宋民间坊刻的兴盛，这使得杜诗的抄本传播更加广泛迅速，从而形成其传播史上的一次飞跃。

后世读书人不仅读杜诗，尊杜甫为圣人，更有不少为了寻访诗圣的足迹而到巴蜀追慕杜甫，这也形成了一种文化名人传播现象。这属于抄本传播引发的二次传播。在杜甫入蜀途经且有诗文留下的地方，后人都有重访与缅怀，例如"栗亭"这个名不见经传的地方，只因为杜甫写《栗亭十韵》而成为文化圣地，不断有人凭吊。咸通十四年（873），忠武军名将赵鸿出任成州刺史，他来到栗亭怀念杜甫，作《栗亭》诗："杜甫栗亭诗，时人多在口；悠悠二甲子，题记今何有？"原题注："杜公栗亭十韵，今不复见。"诗歌感慨当杜甫在世之时当地人还对杜甫栗亭诗朗朗上口，仅百年，杜甫栗亭诗就湮没不闻了。北宋著名词人贺铸以《寄题栗亭县名嘉亭》缅怀杜甫："环堵久芜没，斯亭名尚传。"诗歌追忆杜甫人生经历，对诗人漂泊流离的人生经历充满了同情，而今亭已荒芜，栗亭之名却仍久久流传，这也是杜甫诗名传播之盛而使然。木皮岭和青泥岭等也是如此，宋代诗人赵抃入蜀经青泥岭，亦写诗怀念杜甫："老杜休夸蜀道难，我闻天险不同山。青泥岭上看云客，二十年来七往还。"（《过青泥岭》）清嘉庆年间，徽县知县张伯魁重修县志，特地访考古迹而登木皮岭，作诗歌《木皮岭》缅怀诗圣杜甫："木皮高插天，栗亭即首路。孤臣去悠悠，欲泣乡园树。攀援手不牢，飞下尻已蹉。牵藤过危梯，横衫阻仄过。"① 诗歌既描

---

① 张伯魁：《徽县志》卷八，嘉庆四十年刊本，成文出版社有限公司，1976，第44页。

写了木皮岭既高又险的地理形势，也缅怀了杜甫当初孤身从栗亭启程经木皮岭入蜀的忠勇。张伯魁另有《木皮岭吊杜少陵》："铁锁缘虚壁，中空身自轻。浑忘垂老力，犹作少时情。履险非知命，临危或近名。深怜千载下，岂敢负平生。"① 诗歌怀吊杜甫过木皮岭的艰辛，也感叹杜甫以垂老之身翻越险峻的木皮岭的一片赤诚之心。

杜甫居住过的草堂，就更成为后世人凭吊的圣地。晚唐成都人雍陶，曾在《经杜甫旧宅》中描写了草堂荒芜景象，并抒发了缅怀诗人之情："浣花溪里花多处，为忆先生在蜀时。万古只应留旧宅，千金无复换新诗。沙崩水槛鸥飞尽，树压村桥马过迟。山月不知人事变，夜来江上与谁期？"郑谷《蜀中（其二）》也提到"杜甫台荒绝旧邻"，草堂业已成为一处凭吊诗圣的名胜。宋代来此凭吊的就更多了，宋京、郭印的《草堂》，周紫芝的《次韵草堂主人雨中十首》，喻汝砺的《草堂诗》，李流谦的《草堂》，喻良能的《草堂成即事二首》等，这些诗歌大多用杜甫草堂诗歌意象描写草堂周边景色，感怀杜甫的仁心忠直，杜甫草堂已然成为蜀中文化名胜。

不仅如此，一些杜甫短暂游览过的地方也成为后人凭吊的名胜，如夔州白帝山顶的白帝庙，现在所见白帝庙明良殿内楹联匾额均系杜甫诗句，如"伯仲伊吕""诸葛大名垂宇宙，宗臣遗像肃清高"等，而且传说诸葛亮曾在此夜观星象的临江观星亭，其亭内石桌上刻有杜甫的《秋兴八首》。白帝庙曾经影响过杜甫的诗歌创作，现在其诗歌创作又反过来为此间的名胜古迹增添光彩，这也是诗歌传播与地域文化互为促进的典型了。

杜甫作为蜀中文化名人，其影响力和传播力都非其他诗人可比。杜甫诗歌通过抄本不仅传播了蜀中山水，而且吸引后人亲往寻访蜀中山水并赋诗，这些二次传播进一步宣传了蜀中山水的美，展现了抄本的传播力。

（二）题壁

题壁是指将诗歌题写于墙壁上，以便来往行人阅读传抄的一种传播方式。这是一种简单易行的传播编码形式，题壁者既可以是诗歌创作者，也可以是诗歌传播者。

---

① 张伯魁：《徽县志》卷八，第 55 页。

　　唐朝题壁之风很盛，题壁之处首推驿馆，驿馆是建筑在驿路上的交通机构和公共场所。由于唐代各类驿馆都处在交通沿线的枢纽上，诗歌题写在驿馆的厅壁楹梁等处——如同现代商业广告抢占车站、码头的道理——就会被流动的旅客传播到四面八方。这种形式虽然不能获得歌伎传唱的剧场效应，但由于墨迹比歌声保留时间长，读者流动性更大，流动范围更广，其传播效果不亚于歌伎传唱。

　　随着唐代交通系统日趋完善，驿馆制度的管理也发生变化。中唐以前，朝廷对驿馆管理是严格的，到玄宗朝驿馆仍以政治军事用途为主，只有敕使、高官才有资格使用驿馆和乘传。唐肃宗至德以后，朝廷对驿馆的控制与管束逐渐放松，一些从前没有资格住驿馆的人员如落第文人、行脚僧人、官眷家奴、商客民女等都来往出入于驿馆，驿馆来往人员复杂，且流动性大，题驿诗也多起来。

　　唐代诗人漫游成习，官员调动频繁，这使得唐人出行时间之长远超前代，诗人们流动在旅途，常将自己的旅行感触和见闻感慨题写在驿馆的墙上、门上、柱上，而驿馆等公共场所的管理者也乐于粉刷好墙壁、门柱留给过往文人题写，有时候前人题满了，管理者还可重新漫过，让后人再题。题壁成为当时被全社会认可的常见文化现象，一些著名驿馆的诗板墙壁上布满唐人留题，如蜀路上的骆口驿、筹笔驿、嘉陵驿、褒城驿都有很多题诗，文人到达驿馆第一件事就是去寻找题壁和诗板，欣赏上面的题诗，这已是习以为常的事情。

　　骆口驿在今陕西省周至县西南，唐后期在骆谷置驿，由此往返川陕的人士很多，驿中题壁也多。元稹出使东川经骆口驿时，见李逢吉、崔韶题名与白居易、王质夫题诗，他作《骆口驿二首》序："东壁上有李二十员外逢吉、崔二十二侍御韶使云南题名处，北壁有翰林白二十二居易《拥石》《关云》《开雪》《红树》等篇，有王质夫和焉。王不知是何人也。"诗写道："邮亭壁上数行字，崔李题名王白诗。尽日无人共言语，不离墙下至行时。"元稹在骆口驿读到了两处题名、两人题诗，还疑惑这个在白居易诗下和诗的王质夫是谁，可见他读题驿驻足吟赏之久。对于元稹如此用心地在驿馆壁上读自己的诗句，白居易有《酬和元九东川路诗十二首·骆口驿旧题诗》回应元稹的深厚情谊："拙诗在壁无人爱，鸟污苔侵文字残。唯有多情元侍御，绣衣不惜拂尘看。"元白二人通过题壁互通消息，表达友情，可见题驿诗还兼有传递消息的功能。

元和十年正月元稹从唐州返长安，于沿途驿馆驿亭留下《西归绝句十二首》，同年秋天，白居易贬江州司马，经元稹入京旧路，路过蓝桥驿读到元稹留题的诗句，写下《蓝桥驿见元九诗》："每到驿亭先下马，循墙绕柱觅君诗。"可见，唐人在长期的行旅中形成了阅读他人留题的习惯，题壁也成为元白二人在被无法掌握的命运抛到天南地北的情况下互通消息的一种渠道。但是，题在壁上的诗，朋友能否看到、什么时候能看到都是不能确定的，故元稹《阆州开元寺壁题乐天诗》写道："题在阆州东寺壁，几时知是见君时。"元稹到通州后，在通州看到白居易在壁间题写的诗歌，也是十分的意外，"忽向破檐残漏处，见君诗在柱心题"（《见乐天诗》）。每到驿馆去寻读题壁诗，通过题壁诗获得朋友音信，这也是交通不发达年代获取信息的一种方式。

褒城驿也有不少文人题诗，元稹贬谪通州行至褒城驿有《褒城驿二首》，其一写道："容州诗句在褒城，几度经过眼暂明。今日重看满衫泪，可怜名字已前生。""容州"指大历诗人戴叔伦，元稹此番经过此地是贬谪通州司马，在驿馆中读了戴叔伦留题，感慨系之有感而作。而且元稹首次入川在褒城驿曾作《褒城驿》："严秦修此驿，兼涨驿前池。已种万竿竹，又栽千树梨。四年三月半，新笋晚花时。怅望东川去，等闲题作诗。"晚唐诗人薛能经过褒城驿，读了元稹题诗，乃续题《褒城驿有故元相公旧题诗因仰叹而作》："鄂相顷题应好池，题云万竹与千梨。我来已变当初地，前过应无继此诗。"诗歌既有物是人非之感慨，也是对元稹诗歌的遥远呼应。可见，戴叔伦题壁诗引起元稹的感慨，而元稹题诗又引发薛能的应和，这种跨越时间的再创作也是题壁诗所特有的一种传播现象。

嘉陵驿临近广元县州城，① 位于人烟密集交通便利之处，题诗于此，可以更快地流播四方，邀致令名，故唐五代人题诗不少。中唐时武元衡有《题嘉陵驿》："悠悠风旆绕山川，山驿空濛雨似烟。路半嘉陵头已白，蜀门西上更青天。"晚唐诗人薛能有《题嘉陵驿》："江涛千叠阁千层，衔尾相随尽室登。"晚唐诗人张蠙有《题嘉陵驿》："嘉陵路恶石和泥，行到长

---

① 据《大清一统志·保宁府二》载："嘉陵古驿，在广元县西二里，唐时驿道也。"穆彰阿等纂修《大清一统志》卷三百九十一，第 16 页。

亭日已西。独倚阑干正惆怅，海棠花里鹧鸪啼。"这些题壁诗主要描写巴蜀风光之美，抒发行途的艰辛和各种人生感慨。嘉陵驿题壁诗中也有很多阅读前人题壁诗有感的即兴再创作，如薛能有《嘉陵驿见贾岛旧题》："贾子命堪悲，唐人独解诗。左迁今已矣，清绝更无之。毕竟吾犹许，商量众莫疑。嘉陵四十字，一一是天资。"齐已在此也有"丧乱嘉陵驿，尘埃贾岛诗"（《送吴守明先辈游蜀》)，二人都是读了贾岛题诗有感而发，进而题写创作，可惜贾岛嘉陵驿五律题咏没有流传下来。

文士的题壁引发阅读者的创作冲动是很常见的，一些诗人读了别人的题驿后产生创作冲动，续题新诗，这些续发题壁会进一步引发传播效应。《全唐诗》中仅从诗歌题目看这样的作品就非常多，如宋之问《至端州驿见杜五审言沈三栓期阎五朝隐王二无竞题壁慨然成咏》、韩愈《夕次寿阳驿题吴郎中诗后》、杨发《和李卫公漳浦驿留题》等。这种驿壁唱和诗在晚唐五代曾盛极一时，有的驿馆题壁诗积累得太多了，续作者根本读不过来，就会对这些题诗进行品评删掉那些价值不高的作品。据《唐摭言》卷十三"惜名"载，蜀路上有飞泉亭，中有诗板百余，薛能赴蜀佐李福，只留下李端《巫山高》，其余诗被认为是恶诗，全砸了。① 又据《太平广记》中《云溪友议》卷上"巫咏难"条载，秭归县神女祠（即神女馆）在元和长庆间就有文士留题诗千余篇，其中四篇最杰出的被保留，即王无竞、沈佺期、李端、皇甫冉的诗。原来，刘禹锡移守夔州，游赏眼前的巫山，他曾细细阅览题刻于庙中的数千首诗歌，品其高下，鉴其优劣，独对李端等四人的《巫山高》评价甚高，誉之为"绝唱"。② 题壁诗中能够经受历史大浪淘沙留下的作品，一般是非常杰出的作品，这些优秀的作品经受了历史时光的考验流传下来，很多便成为千古流传的佳作和名作。

题壁诗人既是题驿诗的基本读者，又是传播者和续作者，这样相续的题壁突破了时空限制，扩大作品影响，传扬作者诗名，有的创作者前后间隔几十年，只要驿站还在，就能跨越时空源源不断地进行跨时代的传播。

---

① 《唐五代笔记小说大观》，第 1695 页。
② 李昉：《太平广记》卷一百八十九，第 1491 页。

　　还有些题壁诗并非原创作者题写，而是诗歌爱好者的"转发"，这也就是传播者的有意识编码与传播。元稹、白居易二人与名歌伎商玲珑、阿软等交谊颇深，二人诗歌常被这些歌伎传唱，白居易就写了一首诗送给阿软，这首诗经过歌女的传唱流传得十分远，后来不知何人将其题刻于通州壁上，十五年后元稹谪至通州时，看到墙上居然题有白居易《赠长安妓女阿软》诗："绿水红莲一朵开，千花百草无颜色。"元稹感到非常惊异，于是写了一首长诗寄送给朋友白居易，白居易又回赠《微之到通州日授馆未安尘壁间有数行字仍是仆十五年前初及第时赠长安妓阿软绝句缅思往事杳若梦中怀旧感今因酬长句》，诗题详叙前因后果，诗中写道："十五年前似梦游，曾将诗句结风流。昔教红袖佳人唱，今遣青衫司马愁。"一首旧日诗歌因歌女传唱，竟被好事者题于遥远的通州壁上，因缘际会之下，又被贬谪通州的元稹重新读到，唤起元白二人旧年一起交游酬唱的美好回忆，这也是题壁诗所产生的意想不到的传播结果。可见，转题他人作品在唐代十分常见，"君写我诗盈寺壁，我题君句满屏风"，元白二人也经常互相转题彼此的诗歌，他们彼此之间既充当了对方信息的接受者，又是对方信息的传播者，角色屡屡转换，他们的诗歌以文字题壁与歌女口头传唱的方式传递着友情，也推动着地域文化的交流与传播。

　　题壁这种传播渠道最大的优点就是保存时间长，最大的不足便是不够灵活，题写在馆驿墙壁上的题壁诗，以其短小易于传唱的形式突破了时空限制，获得了广泛的传播效果，也为天南海北的诗人沟通交流提供了方便。

　　口头传播是以口语为媒介的示现性传播，而题壁与抄本是以文字为媒介、以不同承载物质为基础的再现性传播。口头传播方式更加灵活，能够快速跨越空间限制，但受时间限制不易保存，民歌需要借助文字才能长久保存下来。而文字传播能够突破时间限制流传后世，但是空间扩散性差，尤其是题壁诗，只有借人口迁移流动才能进行空间传播。

　　唐代有些传播者将题壁与口头传播相结合，口头传播将文本传送至全国甚至外国，而后再以文字形式记录下来，就能克服时空限制，传播到更广泛的地域，也能传播得更久远。如白居易《赠长安妓女阿软》就以歌唱形式传播至广阔地域，并以文字形式流传永久，使我们今天的读者还能读到。从传播媒介上考察，音乐比纯粹文字传播力更强，在一首歌曲中，诗

（歌词）是比较内在的，而音乐是比较外在的，前者主要诉之于人的视觉，后者则主要诉之于人的听觉。两者一旦通过技艺高超的艺人的表演结合起来，便能产生强烈的艺术效果。唐代诗歌配乐后由乐工传唱，以口头传播与文字传播结合的方式流传，这对唐诗的普及和流播起着积极的推动作用。

在以文字抄写为主要传播方式的媒介载体中，纸张与墙壁只是众多媒介载体中最常见的两种，除此之外，还有卷轴、碑石、墙壁、书信、邸报、笺、名片、拓印、陶瓷器等各种物质载体。通过口头传播和文字传播，唐代巴蜀流寓诗中具有地域特色的名物传遍中华大地，广为人知，一些名物如子规、猿啼等甚至形成了具有某种特定情感内涵的意象，汇入中华文化的传统意象群中，成为具有民族特色的典型意象。另外，一些如"南人""北人""个里""懊恼""等闲"等地域语言也融入了中华语言文化中，成了为大众普遍接受的具有特色的语言文化。同时，西南巴蜀流寓诗人用描写一方水土的组诗形式从不同层次上展现区域自然景观和文化特征，唤起了人们对地域的强烈直觉感受，深化了根植于中华文化传统的乡土意识，也影响与改造着唐代诗歌的风尚。

文化传播是一个由无数的社会因素、个人因素相互影响、相互作用而形成的信息转换过程，一个时代的文化传播与社会、政治、经济、文化都有着密切的联系，它不仅受社会意识形态的制约，也受到个人思想意识、价值观念、心理情绪的影响。由于文化的创作者、传播者和接受者都是具有主体性的人，因此文化传播过程总是带着双向互动的关系。唐代是非常重视文化传播的时代，文人很重视诗名的传播，他们不仅在彼此的交游酬唱间对朋友作品不遗余力地赞美，而且也很重视自己作品的久远流传，他们具有整理收集自己诗歌作品的意识，如白居易诗集便是自己精心整理而成，"莫怪气粗言语大，新排十五卷诗成"（《编集拙诗成一十五卷因题卷末戏赠元九李二十》），这是唐人具有极强传播观念的表现。

诗人作为信源传播的生产编码者，他们以自己独特的创作风格，将寓居地域的环境风俗纳入创作视野进行创作编码，而这些作品也会直接、间接影响当地的文学创作，并对地域文化产生持续深远的影响。如杜甫之于成都，刘禹锡之于夔州，柳宗元之于永州，元稹之于通州，苏轼之于黄州，正如孙旭培在《华夏传播论》中强调的，"信息实质上不是依自身价值的大小显示其差异，而是因传者的社会等级显示其价值的大小，影响其传播的力度。社会等级愈高则信息价值愈大"。① 那些声名赫赫的诗人迁移至一个地方，引领当地诗歌传播的风潮，提升当地文化品质，也是顺理成章的事情。

---

① 孙旭培：《华夏传播论》，人民出版社，1997，第 37 页。

第八章

流寓传播生态下的文化融合

文化的传播与文人的迁移流寓是分不开的，因此，流寓者在寓居地的生活与创作极大丰富了当地的地域文化，提升了地域文化的品质。文化产品不同于其他物品，它是创作者的主体精神与作为创作客体的自然社会的完美融合，而寓居地的自然风物与深受儒家文化影响的失志异乡人的精神心理状态的结合，使流寓文学一产生就打上浓郁的地域色彩和流浪特色。唐代流寓诗歌的发展与传播，既拓展了行旅文学与乡愁文学的边界，丰富了传统诗歌的意象与意境类型，也极大丰富繁荣了中华文化的多样性。

第一节 唐代文人流寓迁移潮与南方文化的发展

陈正祥认为，永嘉之乱、安史之乱和靖康之难，是整个中国历史上三次最为巨大的波澜，逼使全国的文化中心一再由北向南迁移，[①] 而安史之乱不仅是唐朝由盛转衰的重要分水岭，也是整个封建王朝发展历程跨越顶峰走向衰落的分水岭。安史之乱影响了唐帝国的历史轨迹，自安史之乱至唐末将近 150 年时间，战争频发，人口的迁移一直处于高潮期，这直接造成南方文化的发展与繁荣，唐代西南人口的增长与文化的发展尤为迅猛。

西南川蜀地区的成都平原，盆地内部富庶而周边封闭，具有得天独厚的自然条件，其独特的自然条件和文化资源吸引文人频繁来此漫游。唐代科举选拔制度和官吏铨选制度的实施使文人得以在全国各地频繁流动，往来于巴蜀古道的文人络绎不绝，而历史上每逢政治局势变迁和动荡的时

---

① 陈正祥：《中国文化地理》，第 3 页。

刻，前往巴蜀避难或游历的文人墨客就更多了。安史之乱期间，唐玄宗带领大批文武百官逃往成都，入蜀避乱；黄巢起义时，唐僖宗带领大臣文士同样也避至蜀地；五代十国期间，战乱频仍，蜀地宁静，大批文人入蜀避乱。《全唐诗》录有诗歌的入蜀诗人就有700余人，其中著名的诗人有王勃、高适、张说、杜甫、岑参、刘禹锡、白居易、元稹、李商隐、贾岛等，这些诗人有的还是多次入蜀。有唐一代，巴蜀地区聚集的文人密度仅次于关中、江南，居全国第三，[①]及至南北宋之交，金人攻占汴京，中原衣冠士族纷纷南渡，也有相当一批文人西行入蜀。

正因为累世的文人迁入，西南巴蜀文化得到快速发展。如安史之乱入蜀的大诗人杜甫在蜀生活了九年，杜甫蜀中创作诗歌900余首，《茅屋为秋风所破歌》《蜀相》《水槛遣心》《春夜喜雨》《闻官军收河南河北》等名篇即作于此时。刘禹锡在夔州时依据当地的民歌竹枝词音调，创制《竹枝词》11首，数量虽少，但却使这种民歌走向全国，影响深远。白居易居忠州两年，在民歌民俗中汲取了巴蜀文化的丰富营养，创作蜀中诗歌120余首。元稹在通州生活四年，创作蜀中诗歌100余首。李商隐两次入蜀，留下《夜雨寄北》《杜工部蜀中离席》等名篇，其中《夜雨寄北》流传广阔久远，成为千古名篇。岑参任嘉州刺史，在巴蜀度过了生命最后三年，其诗集名为《岑嘉州集》，就是以他晚年所在地嘉州命名。

西南巴蜀文化因这些久负盛名的文人到来，出现了前所未有的灿烂状态，晚唐和五代十国时期，南唐统治区和前后蜀统治的巴蜀成了当时全国文化最发达的地区，这都离不开北方士族与文人南迁带来的影响。如唐末五代词的代表作五代赵崇祚所辑《花间集》中收录了18家词500首，在18位作者中有13人可考知居住地，其中韦庄、牛峤、毛文锡、牛希济、李珣等5人是北方移民，占38%，在5名移民中，韦庄的成就最大，为唐末五代最著名的词人之一，与温庭筠齐名，号称"温韦"。韦庄是长安杜陵人，先任王建的掌书记，后在前蜀国任宰相，前蜀的政治经济制度多由其制定，由于身居高位，韦庄的创作对蜀中词的繁荣起了推动作用。再如广明乱后随僖宗入蜀并留居于蜀的杜光庭是五代最有名的道士，杜光庭前蜀时任金紫光禄大夫、谏议大夫，封蔡国公，又赐号广成先生，他在蜀搜

---

① 李德辉：《唐代交通与文学》，第76页。

集整理有关道教礼仪，著《道门科范大全集》87 卷，杜光庭既是蜀国的上层官僚，又是道教首领，对蜀国乃至南方的道教发展产生了深远影响。

南方文化的发展还表现在绘画、音乐等方面。南方音乐绘画的发展也得益于流寓文士加入，安史之乱和唐末黄巢起义时许多北方音乐家和舞蹈家南迁至西南巴蜀，如杜甫在夔州（今重庆市奉节县）时便看见北方人李十二娘表演剑器舞，李十二娘是著名舞蹈家公孙大娘的弟子,① 又如另一位梨园乐工石潨唐末入蜀，靠在高官贵族人家表演谋生，尤善于弹奏琵琶,② 这些艺术家在大庭广众的演出活动无疑有利于北方音乐舞蹈在南方的流传。

当时蜀中绘画水平在全国都是数一数二的，据《宣和画谱》载，唐后期全国画家 27 人，12 人居住在蜀中，占总数的 44.4%；蜀中画家有 8 人为北方移民或其后裔，占此地名画家的 67%；五代时全国画家 24 人，9 人居住蜀中，占总数的 37.5%；蜀中画家有 2 人为北方移民或其后裔，占此地名画家的 22%。③ 北宋文同评价蜀中绘画艺术："蜀自唐二帝西幸，当时随驾以画待诏者，皆奇工，故成都诸郡，寺宇所存诸佛、菩萨、罗汉等像之处，虽天下能号为古迹多者，尽无如此地所有矣。后历二伪至国初，其渊源未甚远，故称绘事之精者，犹斑斑可见。"④ 黄休复于《益州名画录》序中说："益都多名画，富视他郡。谓唐二帝播越，及诸侯作镇之秋，是时画艺之杰者，游从而来，故其标格模楷，无处不有。"⑤ 据此可见蜀中画家在全国的崇高地位。而北宋灭后蜀，蜀中画师大多数进入了宋初翰林图画院，名画家黄筌、黄居寀父子，夏侯延祐，袁仁厚均随国主孟昶北迁；北宋灭南唐后，董源、周文矩也随李后主迁入开封，连同中原地区原有的画家郭忠恕、高益、王道真等人，均被安置在翰林图画院供职。唐宋时代是我国古代绘画发展史上的重要时期，其形成的基础离不开蜀中画师的加入。也正是因为北方画师流寓居蜀多年，后又回流北方，统一后的宋朝才

① 参见杜甫《观公孙大娘弟子舞剑器行并序》，仇兆鳌注《杜诗详注》，第 1815 页。
② 吴任臣：《十国春秋》卷四十五，第 657 页。
③ 葛剑雄：《中国移民史》第 3 卷，福建人民出版社，1997，第 387 页。
④ 文同：《丹渊集》卷二十二《彭州张氏画记》，《全宋文》卷一千一百零五，第 51 册，第 123 页。
⑤ 黄休复：《益州名画录》，第 1 页。

可能在此基础上进行南北画风融合，形成宋代的画风。

文士回流现象早在唐代时就很普遍了，贬谪诗人在谪期满后返回，游历宦游者也会在结束游历后回到北方，更不用说因改朝换代政局变化而回到北方的情况，对于回流文人而言，南方的生活不仅使他们留下大量关于南方秀山丽水、风土人情的诗文，也影响到他们的思维方式和文风，必然对其回流后的北方文化产生深远影响，从而进一步促进南方文化与北方文化的合流。

文化的形成是全方位的，包括文学、绘画、音乐得到全面发展，它们在风格上彼此影响，相互补充，傅璇琮先生曾指出，"作家的出现和成熟，作品的内容和表现形式，文人的唱和和交往，文化的传播和接受，自有其生长的社会文化土壤。应将文学的研究拓展到政治制度、传统思想、社会思潮、社会群体（家族、流派、作家群、社团等）、科举、幕府、音乐、绘画、民俗、交通等文化层面"。① 北方文学的发展离不开南方回流诗人，而南方文学的发展同样离不开北方流寓文人源自北方文化土壤滋养而形成文化创作和文化背景。南方文化与北方文化的互相影响，同时也滋润和丰富着整个中华文化土壤，使其在政治、经济、社会的综合发展不断前进、变异，而且越来越完善丰满。

第二节　流寓中的文化双向传播

文化地域有强弱之分，文化强域通常指经济政治中心地区以及延伸的邻近地段，而文化弱域则习惯上被认为是地理位置偏僻、环境恶劣、经济文化较落后的区域，文化传播一般发生在文化强域和文化弱域之间。

流寓诗歌的创作实质是强域文化与弱域文化的非自觉传播与融合过程。来自北方文化强域的流寓者身上潜在先进文化印记，他们与流寓地落后的地域文化之间必然会发生冲突、交战乃至于融合。流寓者在适应当地环境与生活方式的同时，也影响与改善着当地落后文化环境，如贬谪官员往往会把禁止淫祠、提升教育水平、兴儒教、明教化等作为他们治理的头

---

① 傅璇琮：《唐代文学研究：社会—文化—文学》，《华南师范大学学报》（社会科学版）2005 年第 2 期。

等大事。与此同时，在不同环境间的多次生存转移中，在寓居地的风俗文化和山川水土的滋养下，流寓者们乐意以文化强域的思维意识，将寓居地的社会生活与山川地理纳入诗歌视野，去表达与以往生活经历中不相同的部分，更好地实现文化互动。

对于流寓诗人而言，来到寓居地最直观的感受便是地理生活空间发生了极大变化，在自然社会各方刺激与影响下，诗人产生了强烈的创作冲动，如李商隐的《夜雨寄北》，诗人在难以入眠的夜晚，在对朋友的怀念中寄托自己漂泊多年的人生悲凉时，在"巴山夜雨涨秋池"中不自觉将巴蜀地多雨多水的地理特征纳入诗歌意境。有时候诗人就是单纯表达初到流寓地的不适，如白居易"水雾重如雨"（《早祭风伯因怀李十一舍人》）、"城暗云雾多"（《西楼晓》）只是描述忠州山地多雨多雾的气候特征，但是随着白居易诗歌的广泛传播，西南地域多雨雾的气候特征也为人所熟悉了。诗人们不自觉地将寓居地的山川地理和文化风俗等纳入诗歌视野，这对当地文化名片的提升具有积极意义。

寓居地的山川地理也会激发诗人的写作灵感，异域自然风物为诗人提供了取之不竭的创作素材，诗人无论在意象选取还是情意寄托上，都离不开当地山川风物和民风民俗真实存在的影响。屈原流寓南方，湘沅地区的民歌《九歌》激发了诗人内心的共鸣，产生了改编创制的愿望，"屈原放逐，窜伏其域，怀忧苦毒，愁思沸郁，出见俗人祭祀之礼，歌舞之乐，其词鄙陋，因作《九歌》之曲，上陈事神之敬，下以见己之冤结"，① 《九歌》如果没有屈原强大创造力的改编是无法得到如此广泛传播的，自然南方祭祠之俗也不能得到传播，而屈原如果没有遭遇流寓南方"怀忧苦毒，愁思沸郁"的精神危机，也不可能创造出如此伟大的作品。柳宗元贬谪南方，诗调悲凉，"为骚文十数篇，览之者为之凄恻"，② "仿《离骚》数十篇，读者咸悲恻"，③ 其诗作《登柳州城楼寄漳汀封连四州》写道："城上高楼接大荒，海天愁思正茫茫。惊风乱飐芙蓉水，密雨斜侵薜荔墙。岭树重遮千里目，江流曲似九回肠。共来百越文身地，犹自音书滞一乡。"诗

① 王逸章句《楚辞章句》卷二，四库全书本，第 2 页。
② 《旧唐书》卷一百六十，第 4214 页。
③ 《新唐书》卷一百六十八，第 5132 页。

歌将身世之悲、贬谪之痛融入南方的风物之中，完全是流寓地域发生变化的结果。张说贬岳州，其《游洞庭湖》写道："树坐参猿啸，沙行入鹭群。"《对酒行巴陵作》写道："鸟哭楚山外，猿啼湘水阴。"诗歌的幽怨凄婉以江南风物托出，与其朝中唱和诗的雍容华贵完全不同，正是"而诗益凄婉，人谓得江山助云"。① 而岑参出塞外，创作出反映西域山川风物的著名诗歌《白雪歌》《走马川行》则完全得益于西北雄奇的自然景观，审美趣味上表现出对纤细的疏远和对悲壮阔大意境的追求。王维为御史监察至塞上，短暂寓居边塞所作诗歌《使至塞上》写道："大漠孤烟直，长河落日圆。"诗歌几乎没有那种追求禅意、沉醉于空山新雨松间月明的幽静情韵的痕迹。

诗歌创作上的这种变化完全是因为移居到全新的自然环境后，生活环境的变化给诗人带来的感官上的全新刺激，诗风的变化与生成与移入场有必然联系，这正是南北文化融合的产物。诚如当代学者李伟所言，"传统文化熏陶下的文人士大夫，在遭遇屈辱的贬谪流放的时候，内心是痛苦悲凉的，但文人特有的精神气质和骨气使他们很快从个人的遭遇中解脱出来，积极主动地投身到所处的社会生活之中，把中原文明的阳光洒播到当时尚未开化的蒙昧之地，改造和完善了地域文化，加速了各民族的融合，促进了中华民族文化的发展"。②

中国古代士人有以天下为己任的天然情怀，他们经过初入流寓地短暂的不适期后，以积极有为的态度去了解接纳当地文化，创作出伟大的诗歌作品，在他们与远在京城或异域的朋友的寄赠唱和过程中，这些诗歌得以广泛传播，元稹、白居易、刘禹锡、柳宗元、韩愈等人的诗歌作品无不如此，以他们在文学史上的地位，他们的流寓诗对地域文化传播和交流不无助益。在诗歌的广泛传播中，其中的地域性名片也得以传播于世，如三峡、峨眉山、巴江、嘉陵江等风景绝佳的名胜之处，经诗人们反复题咏，转变为地域文化的一种代言、符号，传播得更远。这些名胜虽然位于巴蜀地域，但是诗人寄托其中的文化内涵与北方中原是一致的，诚如庄晓东所

---

① 《新唐书》卷一百二十五，第 4410 页。
② 李伟：《贬谪流放文人在民族文化发展中的贡献》，《河海大学学报》（哲学社会科学版）2007 年第 1 期。

言，"从文化的世界图景来看，文化具有统一性、整体性和共享性，具有一种整合的客观要求和基础，而人类文化的交流和传播，是促使文化整合、生成新的文化结构和文化模式的关键性因素。人类发展的历史可以说是文化不断整合的历史。"① 正是由于文人迁移与文化迁播，在文化交融中，地域文化与中原文化获得一体性，西南边域文化发展为包孕了中原文化内核的民族文化，西南地域在充分的文化一体发展中形成了具有较高艺术水平的文化作品，这些文化作品也使南方的地理风情与风土人情得到广泛传播。

第三节　唐代西南流寓传播对中国传统文化的建设意义

流寓诗歌的发展与传播使中国文学在深度和广度上都获得了推进与发展。首先，文学表现的对象范围更宽广了，诗歌观照不再局限于中原与江南物象，绝域广漠与深峡大河进入诗歌视野，成为最常见的表现对象，诗歌意象的表现层次得到了极大的丰富；其次，中国山水诗中的实景山水诗正是因流寓诗歌而得到了充分的拓展，乡愁诗也因流寓经历有了更深沉的表现内涵，中国古代文学题材与表现门类得到了极大的丰富。

一　流寓丰富了乡愁诗的内容

当那些因战乱、仕宦、贬谪等离开京城故乡的士子，在旅途中夜宿客舍驿馆时，不得已离乡的无奈使他们夜不能寐，巴蜀崎岖的外部地理环境使他们的故国之思更加深厚，流寓乡愁诗将传统的乡愁文化推向更加丰富深沉的思想境界。

传统乡愁诗情绪的主调是一种柔性的悲，其怀乡情绪主要围绕故乡的温暖和漂泊的孤寂两极来展开，不管何显何隐，其核心是一个"离"字。在封建社会士大夫的传统功成名就价值观下，当士子离家远游的目标得不到实现时，故乡便成为心灵深处守望的梦幻与情结，成为无法抵达的精神彼岸，在这种情形下，怀乡情绪便表现为一种退缩意识、逃逸意识。如果

---

① 庄晓东：《文化传播：历史、理论与现实》，人民出版社，2003，第40页。

远游的目标得以实现，那么故乡便成为一种亲切而难以忘怀的温暖回忆。可以说，怀乡意绪所指向的家乡从来不是物质的乡土，而是士人在文化中的精神旨归意义，是陷入困境下的个人对生命意义归宿的追索与问询，这是怀乡情绪中最核心的本质。

这在早期的乡愁诗中就已经表现出来了，《诗经》中建立在农耕文明基础上的家园意识便体现了早期先民对于生长万物的大地的依恋和对自然节令的敏感，人们的生理、心理、情感都追求与自然生命节奏的协和统一的平和安宁，家园意识与大地乡土紧密联系在一起。《楚辞》中的故园之思则表现为屈原在故土难离中远游求索的激烈内心冲突，即使在决定去国远游之时，他仍"蜷局顾而不行""船容与而不进"。作为一个政治家兼诗人，屈原的思乡带有欲将美政理想施用于故国的巨大使命感，这源自他生命深处将个人政治理想与宗族国家的命运紧密结合而形成的宗族责任感，因此，屈原的离别诗中多次出现的"故宇""旧乡""故都"等词语是故园与宫阙的合二为一，思乡恋阙的表达体现出思乡诗政治化倾向的升华，这是一种源自土地、将土地与责任捆绑的更高层面的精神追求。

西南巴蜀流寓诗人同样延续这样的思乡传统，他们远离朝廷与政治中心长安，陌生而险恶的旅途往往又勾起他们对过去美好时光和熟悉故土的思念，一方面是对温暖家园的永恒怀念，另一方面是对帝京的深情遥望。一方面，"常恐死道路，永为高人嗤"的忧虑，无法归乡的沉痛凄婉和浓烈的故乡之思交织在一起，"但逢新人民，未卜见故乡。大江东流去，游子日月长"（杜甫《成都府》），"雨滴芭蕉赤，霜催橘子黄。逢君开口笑，何处有他乡"（岑参《寻阳七郎中宅即事》），行旅中的山水意识自始至终都与铭心刻骨的思乡情结联系在一起，每一处山水似乎都令人想起自己的故园。另一方面，在儒家修齐治平思想影响下对自我价值的追求使诗人们充满了对封建士人精神家园的栖止地——京城长安的怀念，"剖竹向西蜀，岷峨眇天涯。空深北阙恋，岂惮南路赊"（岑参《与鲜于庶子自梓州成都少尹自褒城同行至利州道中作》）是那些有着强烈用世心的封建士人精神世界中最常见的一种心理，在蜀地的崇山峻岭中，经过远离京城的漫长时间隔离与远阔的空间隔离，这种被旅途的孤独凄凉浸润的怀乡之情就更加深沉与醇厚了。

孤独悲凉和温馨忆想是中国乡愁诗的两种情绪，一边指向现实的漂泊，另一边指向已被虚拟化的时空回忆，这两端无论写哪一种都是在加强另一端的效果。因此，传统乡愁诗中时间多为日暮、深秋，场景多取江泽、长路，意象多为孤雁、秋雨、霜风、流水、明月之类，它们是乡愁的联想媒介和承载体，诗人们以辽阔的空间为背景为乡愁建构了一个可以将乡愁伸向无限的忧伤意境，然而，流寓乡愁却因感触殊异的地理环境和弃置边域的身份将乡愁引向更加深沉的境界。

农耕民族从远古时代形成的安土重迁的生活方式也是人们乡土情结产生的根源，因之，异域荒偏不可久居的传统观念由来已久，屈原《大招》中大力渲染东南西北四方凶险怪异不能久居，呼唤魂魄归来。东有大海，"螭龙并流，雾雨淫淫"，南有"炎火千里，蝮蛇蜒只。山林险隘，虎豹蜿只。鰅鳙短狐，王虺骞只"，西方有浩荡流沙，还有"豕首纵目，被发鬤只，长爪踞牙，诶笑狂只"的怪物，北方有寒山深水，"代水不可涉，深不可测只。天白颢颢，寒凝凝只"，招魂是南方的民间习俗，屈原所描述的四面荒寒凶险环境是早期先民对四方极边的想象，表达了中国先民对未知远方的恐惧。当人们真正来到奇险的蜀地，来到"哀猿透却坠，死鹿力所穷"（杜甫《泥功山》）的悬崖高岭，真有可能命丧他乡时，潜藏在血脉中的深沉恐惧便会唤起，此时的思乡之情便会因身处环境的凶险荒僻而更加深沉。流寓乡愁诗中因地理位置偏远和蜀道难行产生的乡愁情结的作品大量存在，如：

> 我行逢日暮，弭棹独维舟。水雾一边起，风林两岸秋。山阴黑断碛，月影素寒流。故乡千里外，何以慰羁愁。（陈子良《入蜀秋夜宿江渚》）
>
> 蜀客本多愁，君今是胜游，碧藏云外树，红露驿边楼。杜魄呼名语，巴江作字流。不知烟雨夜，何处梦刀州。（李远《送人入蜀》）
>
> 巴兴千万寻，此去若为心。蟋蟀既将定，猕猴应正吟。剑门秋断雁，褒谷夜多砧。自古西南路，艰难直至今。（许棠《送友人游蜀》）

这些诗歌中"巴江""驿楼""剑门""褒谷"这些迥异于中原的地理物象无不宣示着蜀地迥异于中原的险峻峭跋与荒僻，"偏远"是以长安、洛阳为地理中心的唐人对巴蜀地理的一个普遍感知，这样的认识在诗歌中非常普遍，如"蜀郡将之远，城南万里桥"（田澄《成都为客作》），"金牛蜀路远，玉树帝城春"（刘禹锡《令狐相公见示题洋州崔侍郎宅》），"楚客去岷江，西南指天末"（张祜《送蜀客》）等，类似对于蜀中"遥远"的表述几乎见于大部分旅蜀诗中。当流寓诗人跨过险峻峭跋的山水来到巴蜀，根植于弃逐心理的失落哀怨和远离京城故乡的乡愁在边域地理中变得愈加深厚，这种深入骨髓的思乡之情，被陇蜀山川的奇崛风貌所激荡，令人更加伤感。传统思乡恋阙在山川异域感受中凸显得更鲜明，这也拓深了中国乡愁诗的表现深度与力度。

唐代是中国封建社会发展的巅峰状态，面对如此欣欣向荣的时代，唐代士人踌躇满志，自命不凡，他们以乐观进取的态度积极追求功成名就，追求生命价值的实现，他们游走于山川大漠中，感受帝国宽阔的疆域、强大的实力，寻找成功的机会，尽管仕途渺茫，人生失意，哪怕他们带着满身疲惫与伤痛，怀着对漂泊前景的困惑，辗转迷惘，飘忽淹留，仍不失坚贞勇毅的执著。即使个人命运被抛到荒凉的边域绝境，他们仍然以个人微弱的热忱关注着帝国的命运，将个人的命运与国家命运交织在一起，将故园之思与对京城的回望联系在一起，"洛城一别四千里，胡骑长驱五六年"（杜甫《恨别》），在川驿客舍书写着一首又一首的怀乡诗，在崎岖险峻的行旅上用指向家园温馨的悠悠回想来抚舔伤痕。

二 流寓纪行诗丰富了中国山水诗的内容与意象

流寓者走过巴山蜀水，一路用诗歌记录他们行进的旅程，巴蜀的山川形胜和自然风光给诗人注入了无限的创作灵感，他们一路行程一路诗，创作了大量纪行山水诗，这些巴蜀山水诗极大丰富了传统山水纪行诗的范畴。

纪行是中国山水诗的一个门类，如《诗经》中"君子于役"和《楚辞》中的"涉江"就有纪行诗的影子，然而《诗经》《楚辞》中山水诗纪行的意图主要在于社会生活并不在于山水。晋宋以来人们对山水的认知已经出现了变化，"山水，性分之所适"（谢灵运《游名山志》），他们认为山水是与人的本性相关的内在需求。谢灵运的山水诗描写孤清恬淡的山水情调，表达自然山水的愉情悦性，并从中体会达生之道，保一守真，寂守本性，尽管他的山水诗还没有摆脱玄言的尾巴，但是已经向前迈进了一大步。

唐代科举制度广泛推行，大批庶族文人为实现政治抱负和人生理想，他们或"读万卷书，行万里路"游历天下，或宦游谪戍行走边域，每到一处必然访古览胜，游遍名山大川，寄情山水，留下了一些山水纪行诗，这些山水诗在和谐纯美的自然山水中追求一种超然物外的精神自由，表现个人心灵意志和大自然中体现出来的"道"，是晋宋山水诗的延续。从起源上看，传统山水诗一开始就与佛道出世思想紧密相连，它在诗风上不追求温柔敦厚，不追求慷慨悲凉，而追求平静淡泊，意趣深邃，这与儒家诗教的传统完全不同。山水诗人谢灵运、谢朓、孟浩然、王维都程度不同地受过佛道思想的影响，他们的山水诗立足于现实却与现实中的真实山水拉开距离，追求空淡玄远的山水意境和平和淡然的情感。

流寓山水诗表现出与传统山水诗完全不同的创作方式与美学风格。流寓诗人远离故土漂泊于边域异乡，由于流寓诗人的出游大多数本就有着不得已的悲慨，或因时代悲剧无法逃避，或因个人的悲剧命运，再加上出游之地山川险恶，蜀道凶险，稍有不慎就可能性命不保，这就给行程更增添了悲壮色彩，巴蜀山水的奇异性和独特性、行程的艰险，足可以使巴蜀纪行山水诗具有惊心动魄之美了。

流寓诗人以纪行山水诗记录自己一路艰辛流落的旅途经历，其最具代表性的诗人便是杜甫。杜甫的入蜀是寒冬时节拖家带口的一场艰难行程，这既不是青年时代的漫游，也不是在长安时的仕宦出游，而是在安史之乱爆发后为避乱谋生的不得已出行。杜甫用《发秦州》《赤谷》《铁堂峡》《盐井》《寒峡》《法镜寺》《青阳峡》《龙门镇》《石龛》《积草岭》《泥功山》《凤凰台》十二首诗记录了他从秦州到同谷的整个行旅，又用《发同谷县》《栗亭十韵》《木皮岭》《白沙渡》《水会渡》《飞仙阁》《五盘岭》《龙门阁》《石柜阁》《桔柏渡》《剑门》《成都府》十二首诗记录自己从同谷到成都的行程。每一首诗歌记录了旅程中所经历的一处地点，每一首诗都会先交代自己行止的艰难，再如实描绘行止地的景象，这组诗歌集中表现了峡地景象的荒寒、奇诡、凶险、雄奇、壮观，如《赤谷》写道："天寒霜雪繁，游子有所之。岂但岁月暮，重来未有期。晨发赤谷亭，险艰方自兹，乱石无改辙，我车已载脂。山深苦多风，落日童稚饥。悄然村墟迥，烟火何由追。贫病转零落，故乡不可思。常恐死道路，永为高人嗤。"

诗歌不仅描写了作者天寒行走于赤谷中山深风苦、乱石难行的现实，也表达了恐死于半路的忧惧与贫病交加远离故土漂泊的凄凉。对于杜甫而言，蜀道之难不再是虚造的想象，而是真切实在的经历，这些山水诗每一首都经得起实地考察，所刻画的每一处山川景象都是经过脚踏实地的对景写实，寸寸雕镂，如行旅画图一般逼真感人，所谓"少陵诗卷是图经"正是如此。完全不同于六朝大小谢山水诗及盛唐张九龄、王孟山水诗的明静秀美与清丽自然，流寓山水诗以雄奇劲壮、生新峭刻的独特风格开辟了山水诗歌新境界。

在传统山水诗发展过程中，山水诗人基于共同的志趣与审美趋向而形成了一整套圆熟的诗歌意象，如白云、落日、明月、彩虹、细雨等天空意象，深山、古寺、竹林、松柏、幽石、春花、山猿、飞鸟等山林意象，池塘、江水、沙岸、渡口、扁舟、浦树等江河川泽意象。这些意象在整体审美风格上倾向于清幽、古朴、明秀、宁静，寄寓了诗人们孤寂、平淡、旷达、疏放的情怀与心境；在塑造方法上追求虚实结合，在写景状物的基础上创造性地运用动静、神形、虚实等一系列艺术手段来处理意象，使之产生含蓄不尽的韵味，形成清雅与空灵的艺术意境。

流寓山水诗打破了传统山水诗的意象群，建立了自己崭新的意象群。这是基于巴蜀边域的地理环境所作的实写意象，如杜甫山水纪行诗中所呈现的蜀道奇险的自然意象系列：赤谷里遍地的繁霜、乱石、山风、落日，铁堂峡的险径、裂地，寒峡的绝岸、霾天，龙门镇的石门、云雪、古镇、峰峦、旌竿、白刃，石龛的熊咆、虎号、昏天、寒雾、迷道，泥功山的哀猿、死鹿，同谷县的山风、急溪、寒雨、枯树、古城、白狐，万丈潭边洪涛、苍石、危径、绝岸，木皮岭的远岫、千岩、秀崖，白沙渡是猿多、石多、水清、沙白，水会渡则江阔，水急，桔柏渡的急流、鸬鹚、鼋鼍，飞仙阁的狭径、疏林、寒日、积阴、风涛，龙门阁的长风、绝壁、清江、高浪、山道、浮梁等，石柜阁的高壁、奇石、群鸥，这些意象既有势显气寒、凄哀阴惨的一面，又有峭削幽秀、雄奇肃壮的一面，自然意象都是眼前实景，分明如画，具有直接现实性。除了具有现实性的自然意象外，杜甫纪行山水诗还推出了一系列由险峻高峭的自然景观感发而生的社会意象，如渔阳、楼兰、属国、弧关、烟尘、烽火、胡马、鼓角、白刃、旌竿、盗贼、戍人、蒸黎、王者、苍生等，这些社会意象则多涉及边境和战争景象，悲壮苍凉，广阔激越、深沉蕴藉，但都从某一侧面表现出了杜甫胸中沉郁顿挫的思想感情，从而表现出整体上苍莽、悲凉、雄奇、峭丽的特色。这些奇险的意象与杜甫忧国忧民的博大情怀确实十分协调，其承载的深厚社会内容更难能可贵，杜甫以之构建了深沉阔大、苍凉悲壮的意境，正所谓"盖逢险峭之境，写愁苦之词，自不能为平缓之调也"，① 它们都笼罩着深重悲凉的气氛，带有鲜明的个人色彩。

除杜甫外，其他流寓诗人也有不少这样的意象，如岑参诗中千崖、层冰、密竹、深林、栈道、雪缩、烈风、攒峰、石罅的意象组合，李商隐入川诗中的阴云、雪泥、剑峰、江石、雪岭、剑外、嘉陵、陈仓等，白居易与刘禹锡入蜀水路上的黑岩、白浪、大石、小石、高橹、欹樯、逆风、惊浪、暗船等意象组合，这些意象以入蜀行旅中的真实景物为基础，组合成壮阔而郁峭险拔的诗歌意境。

不同于传统山水诗对关中平原、江南及江汉等地山水的疏简清雅的意象塑造，流寓山水诗以繁密浓稠的实体意象对景物山水进行描摹式刻画。杜甫巴蜀纪行诗一改传统山水诗以类同化山水意象营造宁静淡泊、物我两忘、山水虚境的固有模式，而通过苍莽险峻、壮阔峭拔的巴蜀山水意象与行旅过程的艰苦险拔、感时忧世、失志思乡的忧愤情绪相结合，从而产生一种深沉郁阔、悲壮感伤意境的山水实境。不同于传统山水诗超然世外、弃情累、远世虑的创作旨趣，流寓诗人以关心现实、干预现实的入世姿态来把握山水，把山水题材与忧国忧民的思想感情融合起来，把流寓行旅与时代风云紧密联系起来，这不仅大大拓展了山水诗的题材内容，深化了山水诗的意境，而且赋予山水诗更宽广的审美视野，提高了山水诗的审美价值，这是对我国传统山水诗的重大突破，在山水诗史上具有极为重要的影响。

在杜甫之前，从未有人对秦川蜀道做过如此大量穷形尽相、惊心动魄的实景描绘，即便如千古传诵的李白《蜀道难》，也是诗人以想象夸张构筑而成的超现实意象，而流寓诗人们行走于巴山蜀水的壮阔大地上，他们以雕镂刻画不避繁复的描写，对眼前之山水铺排点染，使之产生一种苍凉雄浑的山川壮阔气势，这完全得益于陇蜀一带奇险的山水风物。巴山蜀水

---

① 仇兆鳌注《杜诗详注》卷八，第 679 页。

和流寓者们的遇合，为中国山水诗更增添了壮阔悲凉的丰富内涵。

三 流寓诗展现了繁富雄俊的西南地理文化景象

唐代涉及蜀地地理意象的诗歌中，"山川奇异感"是十分突出的，这主要是因为唐代题咏蜀地的诗人大多数来自文化发达的北方和江南地区。然而，随着诗人们寓居蜀地时间日长，他们越来越多在诗歌中展现蜀中繁富景象，"锦江近西烟水绿，新雨山头荔枝熟。万里桥边多酒家，游人爱向谁家宿"（张籍《成都曲》）。在流寓诗人笔下，唐代西南都会城市成都是个烟雨迷蒙、荔枝飘香、酒肆林立的西南商业都会，这也使得西南雄峻富庶的景象深深浸入中国文化洪流，成为其不可抹掉的底色。

蜀地山川奇异感对于初次入蜀者而言尤其明显。流寓者们从关陇边塞南下入蜀，经历蜀道艰险崇山峻岭，有的还经历隆冬寒风萧瑟，当他们初至温暖湿润的蜀地，蜀地的山川异地感和成都的繁华程度同时给他们带来强烈的冲击，如杜甫自秦州流寓成都之初，便被与北方迥然不同的蜀中自然景观和社会画面所深深吸引："翳翳桑榆日，照我征衣裳。我行山川异，忽在天一方。但逢新人民，未卜见故乡。大江东流去，游子去日长。曾城填华屋，季冬树木苍。喧然名都会，吹箫间笙簧。"唐代诗人司空曙初至蜀中惊讶于蜀地繁华："粉堞连青气，喧喧杂万家。夷人祠竹节，蜀鸟乳桐花。酒报新丰景，琴迎抵峡斜。多闻滞游客，不似在天涯。"（司空曙《送柳震入蜀》）从诗人们的描写看，蜀地景致优美，物产繁富，加之人文历史积淀厚实，这都使得历经艰辛远道而来的诗人多少有所寄托与慰藉，也大大消减了流寓者"人在天涯"的飘零感。

蜀中物产丰富且大多品质上佳，据《华阳国志·蜀志》载，蜀地的物产"其宝则有璧玉、金、银、珠、碧、铜、铁、铅、锡、赭、垩、锦、绣、罽、牦、犀、象、毡、毦，丹黄、空青、桑、漆、麻、纻之饶，滇、獠、賨、僰僮仆六百之富"，[①] 多达 20 余种。蜀地贡物种类是当时全国最多的，据《新唐书·地理志》载，剑南地区是物产最丰饶、上贡方物最多之地，荔枝、巴酒、巴茶、布匹等物更是常年作为贡品输入中原，更为流寓诗人们所熟悉。这些贡物之中尤其酒与茶与文学关系特别紧密，这为唐

---

① 常璩撰，刘琳校注《华阳国志校注》卷三，第 175 页。

宋寓蜀文人及其文学创作平添了一份独特的巴蜀风韵。

巴蜀酒酿到唐宋时发展很快，剑南之"烧春酒"为全国名酒，而成都的"生春酒"更是向朝廷进贡的贡品，《新唐书》卷四十二记载了成都土贡"生春酒"，唐德宗刚刚登基时，为了节省民力，就取消了剑南生春酒的进贡惯例，《旧唐书》也载："剑南岁贡春酒十斛，罢之。"① 《新唐书》卷七也有"剑南贡生春酒"的记载。② 杜甫在《戏题寄上汉忠王》中称赞蜀酒浓烈，"蜀酒浓无敌，江鱼美可求"，贯休《送张拾遗赴施州司户》向朋友描述巴酒醉人，"且啜千年羹，醉巴酒"。范成大《夔州竹枝歌九首》中也感慨蜀酒易醉，"云安酒浓曲米贱，家家扶得醉人归"。陆游《楼上醉书》则流露出蜀中饮酒之风盛行，有"益州官楼酒如海，我来解旗论日买"的豪情，这些沉醉于巴酒中挥发诗兴的诗人们留下的诗句，让人们充满了对蜀都的向往，直到今天，巴蜀地区所产美酒依然质量上乘，种类繁多，如五粮液、剑南春、泸州老窖、全兴大曲、郎酒等，无不为人们所喜爱。

川茶为中国茶饮之首，巴蜀的种茶历史可以追溯到西周初年。周初武王伐纣时，巴蜀两国便以茶作为进献周王的见面贡品。清顾炎武《日知录》亦载："自秦人取蜀而后有茗饮之事。"③ 《本草·菜部》记载茶树"生益州川谷山陵道旁"，④ 都表明了产茶胜地遍布益州。唐代饮茶之风在文人中开始兴盛，唐人陆羽《茶经》中提到茶之源出于川，"其巴山峡川，有两人合抱者，伐而掇之"。⑤ 《蔡宽夫诗话》中记载："唐茶品虽多，亦以蜀茶为重。"⑥ 川茶中最负盛名的是蒙顶茶，《东斋记事》载："蜀中数处产茶，雅州蒙顶最佳。"⑦ 《邵斋闲览》载："唐以蒙山、顾渚、蕲门者为上品。"⑧ 诗人们在诗歌中反复描写蒙山茶，"琴里知闻唯渌水，茶中故旧

① 《旧唐书》卷十二，第 320 页。
② 《新唐书》卷七，第 184 页。
③ 顾炎武：《日知录》卷七，黄汝成集释，上海古籍出版社，2006，第 449 页。
④ 陆羽撰，沈冬梅校注《茶经校注》，中国农业出版社，2006，第 50 页。
⑤ 陆羽撰，沈冬梅校注《茶经校注》，第 1 页。
⑥ 胡仔纂集《苕溪渔隐丛话前集》卷四十六，廖德明校点，人民文学出版社，1962，第 314 页。
⑦ 胡仔纂集《苕溪渔隐丛话前集》卷四十六，第 315 页。
⑧ 胡仔纂集《苕溪渔隐丛话前集》卷四十六，第 315 页。

是蒙山"（白居易《琴茶诗》），"蒙顶茶畦千点露，浣花笺纸一溪春"（郑谷《蜀中三首》），"蜀土茶称圣，蒙山味独珍"（文同《谢人寄蒙顶新茶》），"旧谱最称蒙顶味，露芽云液胜醍醐"（文彦博《蒙顶茶》），蒙顶茶为唐宋文人所盛赞，实是因为川蜀深峡高山，环境优美，所产出茶品自然清新，宛如山中清泉，实为人间甘露，堪与文人形神契阔，故深得文士喜爱。

茶与酒是我国古代人民日常生活不能缺少的生活必需品，在长期的历史演变中发展出独特的文化内涵，茶与酒也成为流寓诗歌中最常见的文化意象。中国茶酒文化与文人结缘很深，所谓"诗情茶助爽，药力酒能宣"（刘禹锡《酬乐天闲卧见寄》），"百岁光阴半归酒，一生事业略存诗"（陆游《疾衰》），茶酒能激发诗兴，饮酒品茶也成为展现蜀地繁富悠闲生活的一个方面，蜀酒川茶借着唐宋诗歌的描述也广为人们所熟知了。

除了这些深受文人广泛喜爱的丰富物产外，蜀中繁富景象还可从唐宋蜀中田园诗得以展现。唐宋时期的巴蜀地区虽然也有战争与动乱，但是社会秩序总体上稳定平静，再加上蜀地气候温暖湿润，只要有平原的地方就非常适合农业生产，如入蜀道上位于巴山、秦岭之间的梁州、洋州、金州，这里处于汉水上游，均由大小不等的谷地和盆地组成，地理气候环境都非常优越。这些地方山清水秀，农业发达，田畴盈野，烟树远村，江帆点点，风光旖旎如画，属于典型的小农经济社会。在唐宋诗人的作品中，也可看到巴蜀地区常常弥漫着悠闲富庶的田园诗意，如岑参赴嘉州滞留梁州，吟出"芃芃麦苗长，蔼蔼桑叶肥"（《过梁州奉赠张尚书大夫公》），感叹于汉中田园风光之美。戎昱《汉上题韦氏庄》描述山清水秀的汉江风光："结茅同楚客，卜筑汉江边。日落数归鸟，夜深闻扣舷。水痕侵岸柳，山翠借厨烟。调笑提筐妇，春来蚕几眠。"诗歌也展示了春日蚕桑的农业生产画面，陆游《山南行》中的"平川沃野望不尽，麦陇青青桑郁郁"描绘一眼望不尽的沃野和桑树。这些农业景观也构成蜀地自然地理人文景观无比繁盛富庶的形象，也展现了中世纪蜀地农业风俗画卷。

蜀地悠久的历史文化、四塞险固的地理形势、富庶的社会经济、浓郁的地域风情，构成了"雄险"与"繁富"并行不悖的地理形象，也营造了蜀地"在水一方"的感觉印象，这种地理形象在全国其他区域文化中是很难体验得到的，这也形成了唐宋蜀地诗以描绘蜀地险峻秀美、人文景观繁盛富庶占据主流的现象，如唐代诗人李白赞美蜀地："九天开出一成都，万户千门入画图。"(《上皇西巡南京歌十首》)杜甫初入蜀也感叹蜀地的歌吹繁华,"喧然名都会,吹箫间笙簧"(《成都府》)。宋代诗人宋祁初入川时感叹蜀地的繁富乐游:"卖剑得牛人息盗,乞浆逢酒里余欢。"(《岁稔务间因美成都繁富》)

巴蜀的"繁富"不仅是地理物产的丰富和世俗生活的富裕,更是文化富足昌盛的表现,如宋代陈师道所言:"惟蜀中之右地,乃海内之上游,家有刑书,知而不犯,地为沃野,富以无求。图圄屡空,枹鼓几息,久安周召之化,浸成齐鲁之风。"① 这种文化昌盛在当时是文化人屡屡称道的,这当然是历史上中原与巴蜀地域的文化大融合的结果,而正是唐代流寓文人则将这种文化融合进一步推向了深处,他们以寓居巴蜀的卓越文学创作,将巴蜀文学推向了前所未有的高峰,奠定了唐宋时期巴蜀文化的昌盛。

文化是文学的摇篮和审美对象,文学是文化的重要构成。随着中原文明在南方的发展和扩散,在各地经济文化交流的加深联系中,文化的交融日渐深厚,西南巴蜀文化也与中原文明互动,呈现出耀眼夺目的奇异光芒。文人因流寓巴蜀而以更为恢宏的胸怀、气度、抱负与强烈的进取精神吟唱出更动人的诗篇,巴蜀地域文化也因北方流寓者的到来更显生机、活力与繁盛。流寓者将北方文化带入巴蜀,将北方中原的先进文明融入南方地域文化中,在政治局势发生变化的时候,浸淫蜀中文化多年的他们又回流北方进行文学创作。在文化与地域的不断融合中,他们的创作既发展了巴蜀的地域文化,也丰富了中原文化,这种文化互动与交融是中华文化不断丰富发展的必然趋势,巴蜀文化也成为中华文化宝库中富有特色、极为厚重的重要组成部分之一。

① 陈师道:《代谢西川提点刑狱表》,曾枣庄等主编《全宋文》卷二千六百六十四,第123册,上海辞书出版社,2006,第272页。

参考文献

著作

《1844 年经济学哲学手稿》，人民出版社，2018。

卞孝萱：《元稹年谱》，齐鲁书社，1980。

博克尔：《英国文化史》，胡肇椿译，上海古籍出版社，2018。

常璩撰，刘琳校注《华阳国志校注》，巴蜀书社，1984。

曹学佺：《蜀中名胜记》，刘知渐点校，重庆出版社，1984。

岑仲勉：《隋唐史》，中华书局，1982。

巢元方，南京中医学院校释《诸病源候论校释》，人民卫生出版社，1980。

陈善：《扪虱新话》，商务印书馆，1939。

陈铁民、侯忠义校注《岑参集校注》，上海古籍出版社，1981。

陈铁民校注《王维集校注》，中华书局，1997。

陈寅恪著，陈美延编《讲义及杂稿》，三联书店，2002。

陈贻焮：《杜甫评传》，上海古籍出版社，1982。

陈正平：《中华民俗文化论稿》，中央文献出版社，2007。

陈正祥：《中国文化地理》，上海三联书店，1983。

程千帆：《程千帆全集》，河北教育出版社，2000。

《船山全书》，岳麓书社，2011。

崔瑞德：《剑桥中国隋唐史》，中国社会科学出版社，1990。

戴伟华：《地域文化与唐代诗歌》，中华书局，2006。

戴伟华：《唐方镇文职僚佐考》，广西师范大学出版社，2007。

大藏经刊行会编《大正新修大藏经》，佛陀教育基金会出版部，1990。

丹纳：《艺术哲学》，傅雷译，人民文学出版社，1994。

《德意志意识形态》（节选本），人民出版社，2018。

董诰等编《全唐文》，中华书局，1983。

杜佑：《通典》，中华书局，1984。

杜佑：《通典》，王文锦等点校，中华书局，1988。

段玉明：《西南寺庙文化》，云南教育出版社，1992。

《范成大笔记六种》，孔凡礼点校，中华书局，2002。

冯浩笺注《玉谿生诗集笺注》，上海古籍出版社，1979。

凤凰出版社编选《中国地方志集成·甘肃府县志辑》，凤凰出版社，2009。

凤凰出版社编选《中国地方志集成·陕西府县志辑》，凤凰出版社，2007。

冯至：《杜甫传》，百花文艺出版社，2007。

高棅《唐诗品汇》，葛景春等点校，中华书局，2015。

葛剑雄：《中国移民史》，福建人民出版社，1997。

郭庆光：《传播学教程》，中国人民大学出版社，1999。

顾炎武：《日知录》，黄汝成集释，上海古籍出版社，2006。

顾野王：《大广益会玉篇》，中华书局，1987。

顾祖禹：《读史方舆纪要》，中华书局，2005。

《汉书》，中华书局，1962。

赫维人等：《新人文地理学》，中国社会科学出版社，2002。

《后汉书》，中华书局，1965。

胡仔纂集《苕溪渔隐丛话》，廖德明校点，人民文学出版社，1962。

胡震亨：《唐音癸签》，上海古籍出版社，1981。

《黄庭坚全集》，刘琳等点校，四川大学出版社，2001。

黄休复：《益州名画录》，何韫若等注，四川人民出版社，1982。

计有功：《唐诗纪事》，上海古籍出版社，2008。

蹇长春：《白居易评传　附：元稹评传》，南京大学出版社，2002。

《晋书》，中华书局，1974。

《景印文渊阁四库全书》，台湾商务印书馆，1983。

《旧唐书》，中华书局，1975。

李昉：《太平广记》，中华书局，1986。

李昉：《太平御览》，中华书局，1966。

郦道元著，陈桥驿等译《水经注全译》，贵州人民出版社，1996。

郦道元著，陈桥驿校证《水经注校证》，中华书局，2007。

李德辉：《唐代交通与文学》，湖南人民出版社，2003。

李吉甫：《元和郡县图志》，中华书局，1983。

李敬洵：《唐代四川经济》，四川省社会科学院出版社，1988。

李泰撰，贺次君辑校《括地志辑校》，中华书局，2005。

李学勤主编《十三经注疏》，北京大学出版社，1999。

李膺：《益州记》，四库全书本。

李肇等：《唐国史补·因话录》，上海古籍出版社，1979。

《柳河东集》，上海人民出版社，1974。

刘梦溪主编《中国现代学术经典·梁启超卷》，河北教育出版社，1996。

刘文刚：《杜甫年谱》，云南人民出版社，2013。

刘勰著，范文澜注《文心雕龙注》，人民文学出版社，1958。

刘学锴：《李商隐传论》，安徽大学出版社，2002。

刘学锴等：《李商隐诗歌集解》，中华书局，2004。

刘学锴等：《李商隐文编年校注》，中华书局，2002。

鲁迅：《中国小说史略》，上海古籍出版社，2001。

陆游：《老学庵笔记》，中华书局，1979。

陆羽撰，沈冬梅校注《茶经校注》，中国农业出版社，2006。

罗宗强：《魏晋南北朝文学思想史》，中华书局，1996。

吕思勉：《隋唐五代史》，上海古籍出版社，1984。

马其昶校注《韩昌黎文集校注》，上海古籍出版社，1975。

梅新林：《中国古代文学地理形态与演变》，复旦大学出版社，2006。

孟德斯鸠：《论法的精神》，申林译，北京出版社，2007。

穆彰阿等纂修《大清一统志》，上海古籍出版社，2008。

牛汝辰编著《中国地名掌故词典》，中国社会出版社，2016。

欧阳忞《舆地广记》，四川大学出版社，2003。

彭定求等编《全唐诗》，中华书局，1960。

彭世奖校注《历代荔枝谱校注》，中国农业出版社，2008。

钱仲联校注《陆游全集校注》，浙江教育出版社，2011。

仇兆鳌注《杜诗详注》，中华书局，1979。

瞿蜕园笺证《刘禹锡集笺证》，上海古籍出版社，1989。

让·博丹：《易于认识历史的方法》，朱琦译，华东师范大学出版社，2020。

阮元：《广东通志》，广东人民出版社，2011。

《三国志》，中华书局，1959。

上海古籍出版社编《唐五代笔记小说大观》，丁如明等点校，上海古籍出版社，2000。

尚永亮：《贬谪文化与贬谪文学》，兰州大学出版社，2004。

尚永亮：《元和五大诗人与贬谪文学考论》，文津出版社，1993。

《史记》，中华书局，1959。

《宋史》，中华书局，2011。

孙光宪：《北梦琐言》，中华书局，2002。

孙旭培：《华夏传播论》，人民出版社，1997。

《隋书》，中华书局，1973。

《唐律疏议》，刘俊文点校，中华书局，1983。

王定保：《唐摭言》，中华书局，1960。

王国维：《观堂集林》，中华书局，1959。

王嗣奭：《杜臆》，上海古籍出版社，1983。

王十朋：《梅溪先生后集》，四库丛刊本。

王谠撰，周勋初校证《唐语林校证》，中华书局，1987。

王文才：《成都城坊考》，巴蜀书社，1986。

王象之：《舆地纪胜》，中华书局，1992。

王逸章句《楚辞章句》，四库全书本。

温大雅：《大唐创业起居注》，上海古籍出版社，1983。

文同：《丹渊集》，四部丛刊本。

闻一多：《唐诗杂论》，上海古籍出版社，1998。

翁俊雄：《唐朝鼎盛时期政区与人口》，首都师范大学出版社，1995。

吴任臣：《十国春秋》，中华书局，1983。

吴松弟：《两唐书地理志汇释》，安徽教育出版社，2002。

吴在庆校注《杜牧集系年校注》，中华书局，2008。

萧统：《六臣注文选》，李善等注，中华书局，2012。

辛文房：《唐才子传》，中华书局，1991。

《新五代史》，中华书局，1974。

徐松：《登科记考》，赵守俨点校，中华书局，1984。

徐松撰，孟二冬补正《登科记考补正》，北京燕山出版社，2003。

严可均辑《全上古三代秦汉三国六朝文》，中华书局，1987。

严耕望：《唐代交通图考》，文汇印刷厂有限公司，1985。

杨慎：《全蜀艺文志》，刘琳等点校，线装书局，2003。

杨伦笺注《杜诗镜铨》，上海古籍出版社，1998。

袁珂校注《山海经校注》，上海古籍书版社，1980。

袁说友：《成都文类》，中华书局，2011。

袁行霈：《中国文学史》，高等教育出版社，2005。

《元稹集》，冀勤点校，中华书局，1982。

郁贤皓：《唐刺史考全编》，安徽大学出版社，2000。

乐史：《太平寰宇记》，中华书局，2007。

赞宁：《宋高僧传》，范祥雍点校，中华书局，1987。

曾枣庄、刘琳主编《全宋文》，上海辞书出版社、安徽教育出版社，2006。

张国刚：《唐代藩镇研究》，湖南教育出版社，1987。

张伯魁：《徽县志》，成文出版社有限公司，1976。

张彦远撰，冈村繁译注《历代名画记译注》，上海古籍出版社，2002。

张仲裁：《唐五代文人入蜀考论》，社会科学文献出版社，2013。

赵昌平：《赵昌平自选集》，广西师范大学出版社，1997。

郑樵：《通志》，中华书局，1987。

周辉：《清波别志》，四库全书本。

周绍良主编《唐代墓志汇编》，上海古籍出版社，1992。

《周书》，中华书局，1971。

周相录校注《元稹集校注》，上海古籍出版社，2011。

周裕锴：《中国禅宗与诗歌》，上海人民出版社，1992。

祝穆：《方舆胜览》，祝洙增订，施和金点校，中华书局，2003。

庄晓东：《文化传播：历史、理论与现实》，人民出版社，2003。

朱金城笺校《白居易集笺校》，上海古籍出版社，1988。

论文

蔡平：《中国古代流寓文学研究视阈》，《中国社会科学报》2015 年 1 月 30 日，第 2 版。

陈正平：《司马元稹笔下的通州风土人情》，《四川文理学院学报》2017 年 第 4 期。

戴伟华：《杜甫：一个被边缘化的当代诗人——从〈河岳英灵集〉失收杜 诗说起》，《文艺争鸣》2013 年第 8 期。

戴伟华：《唐代文学与幕府关系的研究》，《淮阴师范学院学报》（哲学社 会科学版）2000 年第 2 期。

杜晓勤：《杜诗在至德、大历间的流传和影响》，《陕西师大学报》（哲学 社会科学版）1991 年第 3 期。

付兴林：《元稹入蜀纪行诗及"百牢关"位置考辨》，《陕西理工学院学 报》2014 年第 2 期。

傅璇琮：《唐代文学研究：社会—文化—文学》，《华南师范大学学报》 （社会科学版）2005 年第 2 期。

蒋寅：《一种更真实的人地关系与文学生态：中国古代流寓文学刍论》， 《中国文化研究》2012 年第 3 期。

焦尤杰：《白居易"忠州情感"述论》，《社会科学论坛》2014 年第 10 期。

李厚琼：《岑参入蜀末与杜鸿渐同行》，《内江师范学院学报》2005 年第 3 期。

李伟：《贬谪流放文人在民族文化发展中的贡献》，《河海大学学报》（哲 学社会科学版）2007 年第 1 期。

李永杰：《"流寓"概念探源》，《中国社会科学报》2016 年 5 月 20 日，第 5 版。

卢华语：《唐天宝间西南地区绢帛年产量考》，《中国经济史研究》2007 年 第 4 期。

卢华语：《唐代西南地区州（郡）县增置的几个问题》，《中国经济史研 究》2009 年第 4 期。

马强：《唐宋西南、岭南瘴病地理与知识阶层的认识应对》，《中国历史地 理论丛》2007 年第 3 期。

马强：《唐宋诗歌中的"巴蜀"及文化地理内涵》，《成都大学学报》2010年第 2 期。

任桂园：《古夔州地望形胜与唐诗互证》（下），《重庆三峡学院学报》2009 年第 2 期。

尚永亮：《唐五代夔、归二州贬流官考》，《武汉大学学报》（哲学社会科学版）2022 年第 2 期。

申东城：《论杜甫巴蜀诗与唐宋诗歌嬗变》，《安徽大学学报》（哲学社会科学版）2014 年第 4 期。

孙士信：《杜甫诗中木皮岭的地理位置及其它》，《兰州教育学院学报》1988 年第 1 期。

孙植：《岑参及其诗歌研究》，博士学位论文，南京师范大学，2007。

汪钰、陈煜菲：《晚唐流寓文学研究的综述与展望》，《石家庄学院学报》2021 年第 1 期。

王定璋：《试论郑谷的蜀中诗歌》，《西华大学学报》（哲学社会科学版）2011 年第 2 期。

王飞：《诗心与画意——杜甫陇右入蜀山水纪行诗对诗境与画境的开拓》，《杜甫研究学刊》2014 年第 4 期。

吴承学：《江山之助——中国古代文学地域风格论初探》，《文学评论》1990 年第 2 期。

吴孔明：《唐代西南地区麻织业研究》，硕士学位论文，西南师范大学，2005。

吴伟斌：《元稹通州诗歌编年——〈元稹年谱〉疏误举例》，《中州学刊》2000 年第 4 期。

吴在庆：《李洞生平系诗》，《铁道师院学报》1995 年第 4 期。

鲜于煌：《试论白居易三峡诗的内容特色》，《重庆师范大学学报》（哲学社会科学版）2006 年第 6 期。

张学松：《论中国古代流寓文学经典之产生机制——以苏轼、杜甫为中心》，《清华大学学报》（哲学社会科学版）2019 年第 4 期。

张澂：《杜诗传播论》，《杜甫研究学刊》2008 年第 4 期。

赵晓兰：《杜甫山水纪行诗三题》，《杜甫研究学刊》1995 年第 2 期。

周相录：《元稹年谱新编》，博士学位论文，四川大学，2004。

周振鹤：《唐代安史之乱和北方人民的南迁》，《中华文史论丛》1987 年第 2 期。

图书在版编目（CIP）数据

流浪的诗歌与山河：唐代西南流寓诗歌及其传播 /
丁红丽著. -- 北京：社会科学文献出版社，2023.11
　　ISBN 978 - 7 - 5228 - 2226 - 6

　　Ⅰ.①流…　Ⅱ.①丁…　Ⅲ.①唐诗－诗歌研究　Ⅳ.
①I207.227.42

　　中国国家版本馆 CIP 数据核字（2023）第 139727 号

流浪的诗歌与山河
——唐代西南流寓诗歌及其传播

著　　者／丁红丽

出 版 人／冀祥德
责任编辑／张建中
文稿编辑／梅怡萍
责任印制／王京美

出　　版／社会科学文献出版社·政法传媒分社（010）59367126
　　　　　　地址：北京市北三环中路甲 29 号院华龙大厦　邮编：100029
　　　　　　网址：www.ssap.com.cn
发　　行／社会科学文献出版社（010）59367028
印　　装／三河市尚艺印装有限公司

规　　格／开本：787mm × 1092mm　1/16
　　　　　　印 张：15.75　字 数：258 千字
版　　次／2023 年 11 月第 1 版　2023 年 11 月第 1 次印刷
书　　号／ISBN 978 - 7 - 5228 - 2226 - 6
定　　价／98.00 元

读者服务电话：4008918866